Letni port

Susan Wilson

Letni port

Z angielskiego przełożyła
Anna Dobrzańska-Gadowska

Świat Książki

Tytuł oryginału
SUMMER HARBOR

Redaktor prowadzący
Ewa Niepokólczycka

Redakcja
Elżbieta Bryńska

Redakcja techniczna
Lidia Lamparska

Korekta
Bożenna Burzyńska

Wszystkie postacie w tej książce są fikcyjne.
Jakiekolwiek podobieństwo do osób rzeczywistych –
żywych czy zmarłych – jest całkowicie przypadkowe.

Świat Książki
Warszawa 2006

Bertelsmann Media Sp. z o.o.
ul. Rosoła 10, 02-786 Warszawa

Skład i łamanie
Plus 2

Druk i oprawa
Rzeszowskie Zakłady Graficzne SA

ISBN 978-83-7391-650-0
ISBN 83-7391-650-4
Nr 4901

Książkę tę dedykuję moim rodzicom

Serdecznie dziękuję mojej agentce, Andrei Cirillo,
oraz wspaniałemu zespołowi z JRA;
Mickiemu, z nadzieją, że randka w ciemno okaże się udana;
Matthew Stackpole'owi, który dał mi „Podręcznik żeglarstwa"
Leedsa Mitchella Juniora oraz „Sztukę żeglowania"
Jana Adkinsa i nauczył mnie odróżniać rufę od dziobu;
Kapitanowi i załodze jachtu „When and If"
za wspaniały rejs;
I, jak zwykle, mojej kochanej rodzinie za to, że wytrzymuje
z oszalałą kobietą w szopie.

Przedwieczny Ojcze, Potężny Zbawco,
Ty, którego ramię wstrzymuje niespokojne fale,
Który panujesz nad każdą głębiną
I nie pozwalasz jej zalać świata, któryś stworzył;
O, usłysz nas, gdy wołamy do Ciebie:
Miej litość nad tymi, co giną na morzu!

Hymn Marynarki Morskiej

Prolog

Kiedy Will wszedł do domu było już po czwartej i salon ogarnął zimowy zmierzch. Zanim zdjął kurtkę, włączył lampki na choince i cofnął się parę kroków, żeby z podziwem przyjrzeć się dużej jodle, pod którą piętrzył się stos gwiazdkowych prezentów. W Wigilię będzie ich jeszcze więcej, bo rano przyjadą dziadkowie i ułożą nowe pakunki, a w świąteczny ranek Will jak zwykle znajdzie w swoim pokoju co najmniej trzy lub cztery podarunki z karteczkami podpisanymi przez Świętego Mikołaja.

W lewej ręce Will trzymał pocztę. Między rachunkami, zaadresowanymi do jego matki, i świątecznymi kartkami dla nich dwojga była także koperta przeznaczona tylko dla niego, list, na który czekał od zakończenia ostatniego semestru. W pewnym sensie był to list, na który Will czekał od zawsze.

Rozdział pierwszy

U stóp ganku grzechotała na wietrze metalowa tabliczka z napisem: „NA SPRZEDAŻ". Był to niewielki, dyskretny szyld, z literami wymalowanymi na tle stylizowanego wizerunku latarni morskiej, utrzymany w biało-niebieskiej tonacji, z logo dużej lokalnej agencji nieruchomości o nazwie „Nieruchomości Nadmorskie, spółka z o.o.".

– Z ograniczoną odpowiedzialnością – powiedział Will.

– Ograniczoną do czego?

– Do bardzo zamożnych ludzi – odparła jego matka, Kiley.

– Takich jak dziadek i babcia?

– Babcia i dziadek byli bardzo zamożni w dawnych czasach, w epoce klubów jachtowych i szortów z indyjskiej bawełny. Dzisiejsi bardzo zamożni uznaliby pieniądze dziadka za drobne na kawę.

– Te drobne na kawę wystarczą, żeby wysłać mnie na Uniwersytet Cornell.

– Pieniądze ze sprzedaży tego domu wystarczą, żeby wysłać cię na Cornell.

Kiley natychmiast pożałowała ostrej nuty, którą sama usłyszała w swoim głosie, lecz widok domu, niezmienionego mimo upływu lat, takiego samego jak w jej wspomnieniach, całkowicie wytrącił ją z równowagi.

Schyliła się, żeby podnieść jakiś papierek, uwięziony między gałązkami krzewu dzikiej róży. W ostatnich latach właściciele drewnianych letnich domów w tym samym stylu zatrudniali specjalistów od planowania terenów zielonych, którzy zakładali na małych podwórkach klomby i rabaty z „lokalną" roślinnością i projektowali ogródki. Ojciec Kiley pozostał przy staromodnym żywopłocie z iglastych krzewów, kilku jukach, paru kępach pięknych hortensji i dzikiej róży po

obu stronach cementowej ścieżki, wiodącej do frontowych drzwi, i pozwolił żółtawej trawie rosnąć tak, jak chciała.
– To jest domek na lato, na miłość boską – mawiał. – Gdybym chciał patrzeć na wymyślny ogród, zostałbym w domu, w Southton.

Teraz prawdopodobnie skromna ilość roślin przy domu miała okazać się dodatkowym plusem przy sprzedaży – nowi właściciele nie będą musieli wyrywać lasu niechcianych kwiatów i krzewów, a dzika róża z pewnością zasługiwała na miano „lokalnej".

Irytowało ją, że każda drobna czynność natychmiast przywołuje wspomnienia. Nawet spoczywający w jej ręku klucz przywodził na myśl chwile, kiedy zdejmowała go z haczyka obok kuchennych drzwi, pobrzękując metalowym łańcuszkiem. Osiemnaście lat temu sama skazała się na wygnanie z Hawke's Cove, lecz dom na zawsze pozostał w jej pamięci, cudowny i nietknięty, teraz zaś ze zdumieniem odkryła, że rzeczywiście wcale się nie zmienił.

Kiley nigdy nie odmawiała sobie wspomnień. Czasami, kiedy nad ranem maleńki Will ssał jej pierś, lub gdy stara piosenka Dona Henleya, niespodziewanie usłyszana w radiu, pozwalała jej przynajmniej w wyobraźni poczuć szorstki piasek pod stopami, Kiley znowu cieszyła się towarzystwem swoich dwóch przyjaciół, wciąż tak samo obecnych w podsuwanych przez pamięć obrazach.

To właśnie pragnienie zachowania tego miejsca i niezwykłych wspomnień w świętym grobowcu przeszłości spowodowało, że nie chciała tu przyjeżdżać. Gdy rzeczywistość pokonuje wyobraźnię, nic nie jest już takie samo. Jak mogłaby oddzielić cudowne lata z okresu wczesnej młodości, nieodmiennie spędzane w Hawke's Cove, od ich tragicznego zakończenia, gdyby wróciła do miejsca, gdzie to wszystko się wydarzyło?

Podjęta przez jej rodziców decyzja o sprzedaniu Hawke's Cove była dla niej pewnego rodzaju wstrząsem. W 1933 roku dziadek Kiley kupił to miejsce za przysłowiowy grosz i od tamtej pory Harrisowie zawsze spędzali tam letnie miesiące. Jeszcze niedawno Kiley nie przywiązywała wielkiej wagi do częstych rozmów rodziców o sprzedaży, zakładając, że ostatecznie to ona odziedziczy po nich Hawke's Cove. Myśl o pozbyciu się letniego domu wywoływała ból w tych zakamarkach jej serca, które dawno odgrodziła wysokim murem od swego dorosłego „ja". Jako osoba rozważna doskonale rozumiała, że utrzymanie domu staje się zwyczajnie zbyt trudne i skomplikowane dla jej rodziców – matka Kiley przegrywała kolejne bitwy z osłabionymi osteoporozą kośćmi, a ojciec toczył beznadziejną walkę z rozedmą płuc. Wbrew zdrowemu rozsądkowi, trochę jak dziecko, Kiley liczyła jednak, że rodzice mimo wszystko nie podejmą żadnych ostatecznych kroków w sprawie Hawke's Cove, i że w jakiejś bliżej nieokreślonej przyszłości będzie mogła tam wrócić.

Kiedy rodzice nagle oznajmili jej, że podjęli decyzję o sprzedaży domu, aby sfinansować studia Willa, Kiley na własnej skórze odczuła bolesne ukłucie ironii losu. Za sam fakt zaistnienia Willa zapłaciła porzuceniem Hawke's Cove, teraz zaś dom miał zapłacić za nieobecność jej syna...

Zanim dziadkowie Willa zaproponowali, że zapłacą za studia wnuka na Uniwersytecie Cornell, Kiley sądziła, że jej syn podejmie naukę na uniwersytecie stanowym, gdzie czesne nie przekraczało jej możliwości. Świadomość odległości, dzielącej Southton w stanie Massachusetts od słynnej uczelni w stanie Nowy Jork, przyprawiała Kiley o zawrót głowy. Wiedziała, że kiedy Will jesienią wyjedzie na studia, będzie widywała go bardzo rzadko. A jednocześnie była niezwykle dumna, że jej syn został przyjęty przez tak elitarny uniwersytet i zasmucona czekającym ich rozstaniem, i pewnie dlatego za wszelką cenę starała się znaleźć zapomnienie w pracy i codziennych zajęciach. Regularnie przeglądała ciągle rosnącą listę rzeczy, które Will powinien zabrać ze sobą i koncentrowała się na przygotowaniach do jego wyjazdu, uporczywie spychając w głąb podświadomości myśl o tym, na szczęście jeszcze dość odległym, wrześniowym dniu, kiedy nieodwołalnie zostanie sama. Być może takie sytuacje były łatwiejsze dla rodziców, którzy mieli życiowych partnerów i więcej dzieci, lecz dla niej Will był całym światem.

Potem jej rodzice powiedzieli, że chcieliby, aby sama przygotowała Hawke's Cove do sprzedaży i zinwentaryzowała znajdujące się w domu rzeczy. Początkowo Kiley wcale nie zamierzała łamać danego samej sobie słowa, że nigdy więcej nie wróci do Hawke's Cove.

– Mamo, przecież najłatwiej będzie zapłacić komuś z agencji nieruchomości, żeby wszystko spakował, albo, co byłoby jeszcze lepszym rozwiązaniem, sprzedać dom razem z meblami i całą zawartością...

– Nie pozwolę, żeby obcy ludzie rozkradli moje rzeczy, Kiley.

Lydia Bowman Harris, teraz już po siedemdziesiątce, miała najprawdziwszą obsesję na punkcie złodziei. Należący do niej i jej męża dom w Southton wyposażony był we wszelkiego rodzaju alarmy przeciwwłamaniowe, które średnio raz na tydzień przypadkowo włączały się, ponieważ ojciec Kiley zbyt wolno naciskał guziki tych skomplikowanych urządzeń. Alarm u Harrisów stał się nawet czymś w rodzaju rodzinnego żartu.

– Nie mogę tak po prostu zostawić swoich spraw i wyjechać do Hawke's Cove – broniła się Kiley. – Nie wiem, kiedy będę w stanie wziąć urlop, nie będzie on zresztą dość długi, żebym zdążyła zająć się tym wszystkim...

– Przecież będziesz miała jakieś wakacje, prawda?

– Tak, ale myślałam, że pojadę z Willem nad Jezioro Cameo. To pewnie nasze ostatnie...

Ojciec Kiley podniósł się z fotela i chwilę oddychał ciężko, aby z wystarczającym naciskiem powiedzieć to, co miał do powiedzenia.

– Już dawno pogrzebaliśmy przeszłość i zaczęliśmy żyć normalnym życiem. W Hawke's Cove nie ma nic, co mogłoby cokolwiek zmienić, ożywić czy obudzić. Chcemy, żebyś w naszym imieniu zajęła się domem. Nie prosimy cię o wiele, ale na tym bardzo nam zależy...

I Merriwell Harris powoli i z godnością opuścił salon.

– Nie zwracaj na niego uwagi... – Lydia Harris zbyła słowa męża machnięciem wciąż pięknej i zadbanej dłoni. – Ojciec nie jest szczęśliwy, że musimy pozbyć się Hawke's Cove. Ta posiadłość należała do jego rodziny przez siedemdziesiąt lat...

– Więc nie sprzedawajcie jej!

– Po co mielibyśmy kurczowo trzymać się miejsca, z którego nikt nie ma żadnego pożytku? Ty nie chcesz tam jeździć, więc...

– Mamo, dobrze wiesz, że nie mogłabym tam normalnie żyć i oddychać z powodu wspomnień!

– Kochanie, przez osiemnaście lat doskonale sobie radziłaś i zapewniłaś sobie i swemu synowi dostatnie życie, prawda? Wiem, że na początku potraktowaliśmy cię twardo i bezkompromisowo, ale co się stało, to się nie odstanie. Nie sądzę, aby którekolwiek z nas żałowało, że sprawy potoczyły się tak, a nie inaczej – oczywiście mam na myśli przyjście na świat Willa...

– Nie, oczywiście, że nie. Powinnaś jednak zrozumieć, że stać mnie na pozytywny stosunek do życia tylko wtedy, kiedy nie wracam do przeszłości.

– Sama ukształtowałaś tę przeszłość. Dopóki nie przyjmiesz tego do wiadomości, nie staniesz się dorosła.

Ostre słowa Lydii tylko utwierdziły Kiley we wcześniejszym postanowieniu. Nie, nie przekroczy tego małego mostku ponad bagnistymi terenami, oddzielającymi Hawke's Cove od Great Harbor. Pod pewnym względem była przeciwieństwem staruszka, który kasował bilety w miejscowym kinie, kiedy ona i chłopcy byli jeszcze dziećmi. Podobno Joe Green nie potrafił zdobyć się na opuszczenie Hawke's Cove, nawet na krótko. Ludzie opowiadali, że nie pojechał na lotnisko nawet po ciało swojego syna, który zginął w Wietnamie, i że przez ten dziwaczny upór stracił żonę.

Ona, Kiley, po prostu nie mogła tam wrócić. Dokąd była po tej stronie mostu, mogła do woli czerpać z pamięci wyidealizowane, nieszkodliwe wspomnienia.

Czasami nocą budziła się, zmęczona snami o wodzie. Były to skomplikowane sny, które pozostawiały ją w stanie głębokiego smutku. Przez krótki czas chodziła nawet do psychoanalityka, którego poleciła jej koleżanka ze szkoły podstawowej. Psychoanalityk radził, żeby znalazła sobie jakieś hobby, i sugerował, że za bardzo się zamartwia. Kiley nie powiedziała mu nic o swojej przeszłości. Jak zwykle wolała rozmawiać o teraźniejszości – o szkole, pracy na pełnym etacie, samotnym wychowywaniu małego dziecka, o rozdźwięku między nią i rodzicami, powstałym po tym, jak podjęła decyzję o urodzeniu Willa.

– Musisz znaleźć trochę czasu dla siebie, Kiley. Zrób sobie przynajmniej krótkie wakacje, wyjedź nad morze...

Po tej sugestii Kiley przestała do niego przychodzić.

Sny powtarzały się cyklicznie, wracały najczęściej w okresach zasadniczych zmian w życiu Willa, nie Kiley. Nawiedzały ją, kiedy uczyła synka korzystać z toalety, kiedy Will starał się o przyjęcie do drużyny futbolowej, kiedy Kiley umawiała się z jakimś mężczyzną na więcej niż dwie randki z rzędu. Dręczyły ją, kiedy Will rozpoczął naukę w liceum i kiedy niepokoiła się o niego bardziej niż zwykle. Kiedy budziły się w niej wątpliwości, czy dobrze go wychowuje.

W tych snach Kiley nigdy nie widziała Macka ani Graingera, lecz widok bezmiaru wody sprawiał, że miała uczucie, iż obaj są obok niej. Zupełnie jak dawniej, jak w Hawke's Cove, otoczonym z trzech stron przez morze, w letnich miesiącach, które we troje spędzali na plaży i w wodzie. Czasami miała wrażenie, że widzi żaglówkę, którą z takim staraniem i sercem przywrócili do stanu używalności... Naturalnie obraz wody zawsze wywoływał w niej skojarzenia ze śmiercią ich przyjaźni.

Mimo nacisków ze strony rodziców, Kiley była przekonana, że nic nie skłoni jej do powrotu do Hawke's Cove. Miała zamiar pozostać na wygnaniu – sama wymierzyła sobie tę karę i czuła, że nie może jej nagle odwołać. Wierzyła, że dobrze zrobiła, wyrzekając się tego, czego pragnęła najbardziej na świecie. Wierzyła, że zasłużyła na wygnanie.

I pewnie nadal trwałaby w tym przekonaniu, gdyby pewnego dnia Will i jego dwaj koledzy nie zostali przyłapani na paleniu marihuany.

Jedna z dwóch wiadomości, których rodzice boją się najbardziej. Telefon koło dziesiątej wieczorem.

– Proszę przyjechać na komisariat.

Kiley ogarnęło uczucie dziwnego oderwania od rzeczywistości i spokoju, zupełnie jakby codziennie odbierała tego rodzaju wezwania. Umyła zęby, przeczesała włosy, włożyła czystą bluzę i spodnie od dresu na piżamę. Normalnie nigdy nie wyszłaby z domu w takim stroju, lecz wtedy była przekonana, że jest on jak najbardziej odpowiedni. Tłumaczyła sobie, że nie spotka przecież nikogo znajomego. Znalazła kluczyki do samochodu, nie zapomniała włączyć domowego alarmu i powoli przejechała kilka kilometrów, dzielących ją od komisariatu. Po drodze nie słuchała radia, za to przez cały czas mówiła do siebie na głos, usiłując poprzez brzmienie swego głosu odnaleźć jakieś zaczepienie w rzeczywistości.

– Dobrze, że żyje – powtarzała jak mantrę.

Nie umiała określić swoich uczuć. Czuła ulgę, że nie stało się nic gorszego, a także gniew. Wiedziała, że wkrótce pojawi się wstyd oraz towarzysząca mu potrzeba znalezienia usprawiedliwienia, które mogłaby przedstawić przyjaciołom i znajomym. Nie ulegało wątpliwości, że wcześniej czy później większość z nich niby od niechcenia zada jej jakieś pytanie, ukrywając swoją ciekawość pod maską zaniepokojenia i współczucia. *Déjà vu*. Kiley doskonale pamiętała wysoko uniesione brwi sąsiadów, kiedy jej ciąża stała się widoczna. Pamiętała troskliwe pytania o jej samopoczucie, które w specyficznym kodzie znaczyły: „Ale wstyd! Córka Harrisów chodzi z brzuchem, a ojca dzieciaka jakoś nie widać!".

W Southton, niezbyt dużym, średnio zamożnym mieście, rodzice dorastających dzieci brali pod uwagę możliwość wystąpienia tego rodzaju życiowych komplikacji. Niewykluczone, że ten telefon był czymś w rodzaju inicjacji. „Przyłącz się do klubu rodziców, których dzieci zawiodły ich zaufanie. Przynieś kawę w termosie i wszyscy podzielimy się swoimi rozczarowaniami". Dwunastoetapowy program dla rodziców, którym się nie udało.

Czy nie bawiła się z nim, nie zabierała go na sanki i na minigolfa? Czy nie zaganiała go do odrabiania lekcji, kiedy miał ochotę poleniuchować? Czy nie nauczyła się gotować i nie robiła mu gorącej kolacji codziennie, każdego wieczoru jego życia? Ale jednak zostawiała go pod opieką niań, kiedy robiła dyplom asystentki lekarza. Nigdy nie należała do trójki klasowej, bo nie miała czasu na dodatkowe zajęcia, niemające nic wspólnego z jej pracą i szkoleniem. I nagle nie mogła sobie przypomnieć, czy kiedykolwiek śmiali się razem z jakichś głupich dowcipów.

Na parkingu przed komisariatem nie było żadnych prywatnych samochodów, drzwi budynku stały otworem, czerwcowa noc zachwycała łagodnym ciepłem. Kiley na moment oparła czoło o kierownicę. Myśli wirowały jej w głowie. Potem wzięła głęboki oddech, sięgnęła do zapasów swego zawodowego spokoju i przywdziała zbroję pewności siebie, którą nosiła w pracy, aby nikt nie zwątpił, że sytuacja nigdy nie wymyka się jej spod kontroli.

Will miał wyjątkowe szczęście, że policjanci nie znaleźli narkotyku w jego kieszeniach i że oficer, który dokonał aresztowania, zdecydował się postawić zarzut posiadania tylko jednemu z trzech chłopców, ale trudno było uznać to za pocieszenie. Czyn Willa, niezależnie od tego, czy był to pierwszy i jedyny raz, jak twierdził, czy któryś z kolei, oznaczał, że Kiley oszukiwała się, uważając, że udało się jej dobrze wychować chłopca w pojedynkę. Że wszystkie te długie rozmowy, które przeprowadzili, i wszystkie zasady, które starała się mu wpoić, okazały się śmiechu warte. W ciągu tego jednego wieczoru Will dowiódł, że Kiley wcale nie jest i nie była wzorem samotnej matki, za jaki się miała. To, co się zdarzyło, zniszczyło dumę, z jaką opowiadała wszystkim o osiągnięciach Willa (ukończył szkołę średnią z szóstą lokatą) i nauczyło ją pokory.

Wydawało jej się, że przed dziewiętnastu laty podjęła najtrudniejszą decyzję swojego życia, lecz tamte chwile okazały się stosunkowo lekkim wyzwaniem w porównaniu z codzienną rutyną skomplikowanych, wymagających nieustannego wysiłku kroków, niemożliwych do uniknięcia w kolejnych fazach wychowania tego dziecka, które zdecydowała się urodzić i doprowadzić do samodzielności. Jeszcze dziś była zaskoczona, że z tak wielką jasnością i dokładnością pamięta tamte bezsenne noce, podczas których przewracała się z boku na bok na łóżku w pokoju w akademiku. Czasami miała wrażenie, że tamte myśli posiadały wymiar fizyczny, podobnie jak pierwsze ruchy Willa czy bóle porodowe, chociaż jednocześnie były jednak czymś zupełnie innym. O bólu, który rozrywał jej ciało podczas porodu, zdążyła w pewnym sensie zapomnieć, natomiast nigdy nie zapomniała, co przeżyła, kiedy musiała powiedzieć rodzicom, że ona, ich osiemnastoletnia i jedyna córka, studentka pierwszego semestru doskonałego Smith College, jest w ciąży. Celowo przyznała im się dopiero w siedemnastym tygodniu, gdy było już za późno na zmianę decyzji i również rozmyślnie nigdy nie zdradziła, kto jest ojcem jej dziecka.

Drogę z komisariatu do domu odbyli w ciszy tak niezwykłej i gęstej, że chwilami Kiley wydawało się, iż mogłaby jej dotknąć. Było po drugiej w nocy i poza ich samochodem na krętej drodze nie było żadnych aut. Will wpatrywał się w okno po swojej stronie, zupełnie jakby nawet nie był w stanie patrzeć w tym samym kierunku co jego matka. Jego szczupłe ciało wypełniało miejsce źrebięcą długością, co jeszcze podkreślały obszerne dżinsy. Kiley chciała powiedzieć synowi, że przez swoją głupotę mógł stracić miejsce w Cornell i naraził na poważny szwank swoje zdrowie. Chciała zapytać, co sobie właściwie myśli, ale obawiała się, że kiedy raz zacznie, nie będzie umiała przestać i przeistoczy się w rozwrzeszczaną wiedźmę z jego najgorszych snów. Will często oskarżał ją, że krzyczy na niego, chociaż zawsze starała się udzielać mu reprymend spokojnym, opanowanym głosem, tym razem czuła jednak, że może stracić kontrolę nad sobą, więc wolała w ogóle się nie odzywać. Milczenie wydawało jej się lepszym wyjściem i po przybyciu do domu powiedziała Willowi tylko, żeby położył się spać i że porozmawiają rano.

Poszła do swojego pokoju i długo leżała ze wzrokiem utkwionym w ciemności, nie mogąc zasnąć. W końcu w szczelinach między listewkami żaluzji pojawił się cień szarości. Świtało. Właśnie wtedy drzwi otworzyły się i w progu stanął Will.

— Nie śpisz, mamo?

Usłyszała ciche pociąganie nosem i szybko usiadła. Jej dorosły, inteligentny i niezależny syn w jednej chwili znalazł się w jej ramionach, płacząc ze wstydu i żalu, i błagając ją o wybaczenie. Oparł głowę na jej piersi, a ona kołysała go i zastanawiała się, jak to możliwe, że mimo upływu czasu wciąż jest tym samym małym chłopcem, który szlochał, jakby serce miało mu pęknąć z bólu, ponieważ stłukł jej ulubiony wazon.

Następne miesiące bardziej przypominały próbę sił między matką i synem niż normalną egzystencję. Jego naturalne dążenie do niezależności i jej równie naturalne pragnienie pozostania częścią jego życia starły się w twardej walce. W minionych tygodniach Kiley często zadawała sobie pytanie, czy może powstrzymać Willa przed powtórzeniem tamtego błędu. Mimo jego łez i zapewnień czuła, że nie bardzo potrafi mu zaufać, bo przecież naciski ze strony kolegów i przyjaciół oraz zwykły zbieg okoliczności mogły okazać się silniejsze od jej wpływu.

Była głęboko wstrząśnięta, kiedy uświadomiła sobie, jak bardzo ucierpiało zaufanie, które dawniej miała do syna. Kiedy budziła się przed świtem, wyobrażała sobie, jak Will oddaje krew w stacji krwiodawstwa, aby mieć pieniądze na narkotyki, potem zaś zamykała oczy, starając się odegnać od siebie ten obraz. Will powtarzał, że wypalił tylko dwa skręty, właśnie tamtej nocy, nigdy więcej. Mówił to, patrząc jej w oczy. Fakt, że wątpiła w jego uczciwość, budził głęboki ból w jej sercu, wiedziała jednak, że do odbudowy utraconego zaufania może dojść tylko w określonych warunkach, kiedy Will znajdzie się daleko od źródła pokusy, czyli przede wszystkim kolegów, z którymi został wtedy przyłapany. Praktycznie rzecz biorąc, znała tych chłopców tylko z widzenia – obaj pochodzili z jednego z miasteczek sąsiadujących z Southton. Nie miała pojęcia, kim są ich rodzice i nie wiedziała, czy interesują się swoimi dziećmi.

Uznała, że Will potrzebuje teraz odpoczynku w spokojnym, bezpiecznym miejscu. Oboje powinni wyjechać z miasta, odetchnąć świeżym powietrzem i naprawić to, co uległo zniszczeniu w ich wzajemnych stosunkach. Powinni zrobić to jak najszybciej, zanim Will na dobre opuści dom i wkroczy w dorosłe życie.

Dom w Hawke's Cove zawsze był dla Kiley schronieniem.

Kiedy problemy w szkole, kłótnie z rodzicami i przyjaciółkami stawały się zbyt wielkim ciężarem, wracała myślami do Hawke's Cove, do przyjemnej rutyny codziennych spacerów po plaży, czytania ciekawych książek na ganku, do znajomego zapachu rozgrzanego piasku i wyrzucanych przez fale wodorostów. Do uczucia przynależności, jaką zapewniało jej towarzystwo Macka i Graingera.

Obudzona łagodnym blaskiem świtu jaskółka zakwiliła pod oknem sypialni. Kiley poruszyła się niespokojnie, przygnębiona obawami. Hawke's Cove zawsze było dla niej symbolem bezpieczeństwa. Niepewność o los Willa nie pozwalała jej zasnąć. Czy pobyt w domu nad brzegiem morza przywróci jej zaufanie do syna? Już sama myśl o wyjeździe do Hawke's Cove przywołała uśmiech na jej twarz. Nie miała cienia wątpliwości, że dobro Willa jest jedynym powodem, dla którego byłaby gotowa tam wrócić. Mogłaby pojechać do Hawke's Cove nie ze względu na siebie i nawet nie ze względu na rodziców, którzy byli zawiedzeni jej zdecydowaną odmową, ale ze względu na Willa.

– Myślę, że chyba powinniśmy pojechać do Hawke's Cove, Will – powiedziała do niego tamtej nocy, kiedy już wypłakał się w jej ramionach.

Usiadł prosto i zmierzył ją uważnym spojrzeniem.

– Wydawało mi się, że nie chcesz tam jechać... – otarł oczy wierzchem dłoni, zacierając obraz małego chłopca, którym jeszcze przed chwilą był.

– Nie chcę, ale sądzę, że przyda nam się odpoczynek i oderwanie od codziennych spraw.

– Możesz być pewna, że nigdy więcej tego nie zrobię – powiedział. – Przysięgam na Boga, że to był pierwszy i ostatni raz.

Kiley otarła łzy brzegiem prześcieradła.

– Obiecujesz, że będziesz się trzymał z daleka od D.C. i Mike'a? Przez całe lato?

W głosie Willa zabrzmiała nuta wahania i właśnie to sprawiło, że Kiley podjęła decyzję.

– To nie była wina D.C. i Mike'a – mruknął Will. – Miałem wybór, prawda? Nikt mnie nie zmuszał...

– Kupiłeś marihuanę?

– Nie. I wypaliłem tylko dwa skręty, słowo honoru.

– Jeżeli nie dam ci kluczyków do samochodu, nie będziesz mógł pracować. Jesteś już za duży, żeby zamknąć cię w domu, a ja nie chcę ciągle zamartwiać się, że obracasz się w złym towarzystwie, wszystko jedno czy celowo, czy przypadkiem.

– Nie masz do mnie zaufania?

Kiley odwróciła wzrok i zapatrzyła się na złociste promienie słońca, wdzierające się do pokoju przez szczeliny między deseczkami żaluzji. Na przestrzeni lat nauczyła się, że rodzice powinni unikać ostrych sformułowań. Wiedziała, że twarde słowa, nawet jeżeli użyte ze słusznego powodu, mogą boleśnie zranić młode serca. Kiedy karciła, zawsze podkreślała, że nie podoba jej się zachowanie Willa, ale jej atak nie jest wymierzony w niego samego. Nigdy *ad hominem*, nie przeciwko człowiekowi, powtarzała sobie. Było tak aż do tej pory, gdy nagle zabrakło jej słów, aby wyrazić, jak bardzo poczuła się zdradzona. Will zrobił coś, o czym często dyskutowali i co do czego nieodmiennie dochodzili do wspólnych wniosków. Skoro tak łatwo zawiódł ją w tej sprawie, to czy same słowa wystarczą, aby naprawić wyrządzoną szkodę? Słowa są tanie, jak mówiła matka Kiley.

– Nie. Szczerze mówiąc, nie ufam ci.

Will podniósł się.

– Naprawdę bardzo cię przepraszam, mamo – powiedział, starając się nadać swemu spojrzeniu wyraz godności. – Wiem, że spieprzyłem sprawę. Popełniłem błąd, ale nigdy więcej tego nie zrobię, niezależnie od tego, czy mi wierzysz, czy nie. To było głupie.

– Więc dlaczego to zrobiłeś?

– Nie umiem ci tego wytłumaczyć.

Echo jej własnych słów sprzed dziewiętnastu lat. *Nie umiem wam tego wytłumaczyć...* Kiley zdawała sobie sprawę, że czasami wystarczy przyznać się do błędu, nie podając powodu jego popełnienia.

– Rozumiem, dlaczego nie chcesz uwierzyć, kiedy mówię, że nie zrobię tego więcej, ale jeżeli zabierzesz mnie ze sobą do

Hawke's Cove, pozbawisz mnie szansy pokazania ci, że możesz mi ufać... – Will mówił rozsądnym tonem, tym samym, którym zwykle przekonywał ją, aby pozwoliła mu na coś, co do czego miała poważne wątpliwości.

Ostatnim razem było to pójście na imprezę u Lori, urządzoną podczas nieobecności rodziców dziewczyny.

– Wyjazd pozwoli nam spojrzeć na ten incydent z pewnej perspektywy – odparła. – A to bardzo nam się przyda...

Miała nadzieję, że Will nie wyczuwa jej wahania. Sama nie była pewna, czy wybrała najlepsze rozwiązanie.

– Na jak długo pojedziemy, jeżeli w ogóle? – w głosie Willa zabrzmiała nuta rezygnacji i jednocześnie zaciekawienia.

– Nie wiem. Na dwa tygodnie, może trzy – Kiley odrzuciła koc i usiadła na brzegu łóżka. Nie miała już szans na sen. – Mam miesiąc urlopu, a lipiec to dobry czas na odpoczynek nad morzem. Doktor także robi sobie wtedy wolne, więc w gabinecie nie będzie się nic działo... – znalazła kapcie i otuliła się szlafrokiem. – Chodźmy zjeść śniadanie.

Will potrząsnął głową.

– Nie mam ochoty na śniadanie. Wracam do łóżka.

– Nie skończyliśmy jeszcze tej rozmowy – rzuciła Kiley.

Zatrzymał się w progu i lekko wzruszył ramionami, demonstrując swoją młodzieńczą zimną krew. Kiley natychmiast doszła do wniosku, że podjęła właściwą decyzję. Najwyraźniej Will uważał, że jego łzy i przeprosiny ją zadowolą – wciąż jeszcze dziecinny sposób myślenia podpowiadał mu, że zrobił już wszystko, co należało. Kiley była jego matką, więc po prostu musiała mu przebaczyć, i to natychmiast, już, prawda? Kiley dobrze pamiętała, że kiedyś sama myślała podobnie. Gdyby tylko łzy i żal mogły zatrzeć błędy młodości... Pomyłka, którą Will popełnił, nie zmieni jego życia w taki sposób, w jaki niedyskrecja Kiley odmieniła jej przyszłość, ale też nie zniknie tylko dlatego, że on sobie tego życzy.

– Powiedz mi coś... – Will położył dłoń na klamce.

Kiley zawiązała pasek szlafroka i podniosła wzrok.

– Co takiego?

– Dlaczego tak bardzo boisz się wyjazdu do Hawke's Cove?

– To skomplikowana sprawa.

– Z powodu mojego ojca? – ostatni strzał, trochę w ciemno, lecz dość celny.

Kiley przykryła łóżko narzutą, wyrównała ją i wygładziła.

– Twój ojciec był miłością mojego życia.

Nigdy nie powiedziała mu nic ponad to. Ojciec Willa był kimś dobrym, przystojnym i mądrym. Kimś, kogo kochała całym sercem. Kimś, kto odszedł.

Problem polegał na tym, że Kiley nie wiedziała, kto był ojcem Willa. Dawno temu kochała dwóch chłopców, obu równie mocno, chociaż inaczej, i szybko dowiedziała się, że taka miłość nie jest możliwa. Miłość jest dla dwojga, nie dla trojga. Najgorsze zaś było to, że czasami dostrzegała w Willu jakąś cechę charakterystyczną jednego z chłopców, a zaraz potem drugiego, zupełnie jakby obaj spłodzili to dziecko, jakby jej miłość sprawiła, że niemożliwe okazało się możliwe i Will stał się cząstką ich trojga.

Stary letni dom nie zmienił się do tego stopnia, że przez chwilę, otwierając podwójne wejściowe drzwi, na wpół spodziewała się, że z pokoju wybiegnie uradowany Mortie, jej cocker spaniel. Kiley dostała Mortiego od rodziców, kiedy miała pięć lat. W miarę jak się starzał, jego złocisto-ruda sierść stawała się coraz jaśniejsza. Zdechł we śnie, na swoim posłaniu w kącie przy kominku, niedługo po siedemnastych urodzinach swojej pani. Kiley zerknęła w tamto miejsce, podświadomie zdziwiona, że nie ma tam wiklinowego kosza z materacykiem. Pośpiesznie odsunęła pokusę, aby przejść się po całym domu jak po muzeum wspomnień, i zawołała do Willa, żeby zaczął wyjmować rzeczy z bagażnika.

Rodzice Kiley przestali przyjeżdżać do Hawke's Cove po pierwszym upadku jej matki. Złamanie kości biodrowej i zdiagnozowana zaawansowana osteoporoza położyły kres ich letnim wyprawom nad morze, chociaż lekarz Lydii zachęcał ją, aby nie rezygnowała ze swoich ulubionych rozrywek. Mniej więcej w tym samym czasie Merriwell, który przez całe życie palił dwie paczki papierosów dziennie, zaczął przegrywać walkę z rozedmą płuc, tak więc rok wcześniej dom Harrisów stał pusty przez całą wiosnę, lato i jesień, po raz pierwszy od prawie siedemdziesięciu lat. Nikt z rodziny nie zasiadał na ganku z kubkiem kawy w ręce, aby podziwiać morski krajobraz z wciąż tym samym zachwytem i entuzjazmem. Obejmująca życie trzech pokoleń tradycja została złamana, częściowo z powodu uporu Kiley, która nie chciała przyjechać do Hawke's Cove.

Teraz zaś Will, przedstawiciel czwartej generacji Harrisów, stał na dużej werandzie i patrzył na letni błękit oceanu, widoczny nieco w dole, za niedużym dziedzińcem i wąską drogą. Baseballową czapkę miał włożoną daszkiem do tyłu, znad szerokich dżinsów wystawała mu guma od bokserek, a na twarzy malował się zachwyt, z jakim każdy po raz pierwszy przyglądał się zatoce, której nazwa z czasem przeszła na całe miasteczko. Will podciągnął opadające dżinsy i odwrócił się do matki.

– Nikt mi nie mówił, że to takie piękne miejsce...

– W czasie burz i sztormów jest jeszcze piękniejsze – uśmiechnęła się Kiley. – Morze przybiera wtedy szarozielony kolor, a grzbiety fal do złudzenia przypominają bitą śmietanę. Nie widać Great Harbor, bo morze i niebo są dokładnie tej samej barwy. Kiedy byłam młodą dziewczyną, siadaliśmy na ganku i oglądaliśmy burzę jak nasz prywatny spektakl...

Pozwoliła Willowi myśleć, że mówi o sobie i swoich rodzicach, chociaż w rzeczywistości siadywała na ganku z Mackiem i Graingerem. Wszyscy troje z zapartym tchem obserwowali dramatyczne zmiany na niebie i na morzu, podskakując ze strachu, kiedy błyskawice rozrywały czarne chmury i rozświetlały fale niczym rzucane ręką Neptuna trójzęby.

– Sądzisz, że trafi nam się jakaś burza? – zagadnął Will.

– To wybrzeże Nowej Anglii, więc wszystko może się zdarzyć...

Kiley chwyciła rączkę swojej walizki i po stromych, wąskich schodach zaniosła ją na piętro, gdzie powietrze przesycone było zapachem kurzu i morskiej wody, charakterystycznym dla przez długi czas zamkniętego domu. Ten zapach zadziałał jak klucz, otwierający drzwi do zachowanych w pamięci obrazów innych przyjazdów do Hawke's Cove, a do-

datkowym uwiarygodnieniem był znajomy ciężar wypako-
wanej walizki i szuranie podeszew sandałów po deskach
podłogi. Kiley prawie czuła na podniebieniu smak domowego chłodnika, zawsze przygotowywanego dla niej i rodziców
przez kobietę, która sprzątała i wietrzyła dom tuż przed ich
przyjazdem.

Nagła fala tęsknoty za tym, co bezpowrotnie minęło, sprawiła, że łzy zakręciły jej się w oczach.

– Dobrze się czujesz, mamo? – odezwał się Will, zaskoczony wyrazem twarzy matki.

– Nie zdawałam sobie sprawy, że aż tak bardzo brakowało
mi Hawke's Cove... – Kiley zaśmiała się niepewnie i szybko
wytarła oczy. – Och, głupio mi, że tak się wzruszyłam...

Nie potrafiła jednak określić, czy za głupi uważa swój sentymentalizm, czy upór, przez który tak długo nie przyjeżdżała do domu nad morzem.

Rozdział drugi

Will natknął się na zdjęcia, kiedy otworzył najwyższą szufladę sosnowego biurka, stojącego w malutkim pokoju na górze, który kiedyś należał do jego matki. Zdjęcia leżały luzem, a tkwiące w ich rogach pinezki były zardzewiałe. Przesunął dłonią po wiszącej nad biurkiem tablicy z białej, grubej tektury, pod palcami wyczuł malutkie dziurki. Kiedy przytknął do nich zdjęcia, okazało się, że pasują jak ulał. Ktoś musiał zdjąć fotografie z tablicy i wrzucić je do szuflady w bezmyślny, przypadkowy sposób. Trzy z pięciu zdjęć miały poszarpane rogi, jakby z tektury zerwała je gwałtowna, silna dłoń.

Słysząc kroki matki, instynktownie zatrzasnął szufladę.

– Masz wszystko, czego potrzebujesz? – Kiley przystanęła w drzwiach.

Po łzach, którym tak niespodziewanie uległa, nie było już śladu. Oczy miała suche i błyszczące, uśmiech szeroki, chociaż może nie do końca szczery.

– Tak, wszystko w porządku. Układam swoje rzeczy.

Skinęła głową i zeszła na dół, aby przygotować kolację.

Will ostrożnie znowu wysunął szufladę i wyjął z niej fotografie. Usiadł na miękkim łóżku w kącie pokoju i uważnie przyjrzał się utrwalonym na błyszczącym papierze twarzom. Dwóch chłopców i dziewczyna, która z całą pewnością była jego matką. Zaskoczyło go, że tak bardzo przypominała jego samego, zaledwie sprzed kilku lat – kształt twarzy, kolor włosów i spojrzenie natychmiast skojarzyły mu się z jego starym zdjęciem, które Kiley trzymała na swoim biurku w pracy.

Odwrócił pierwszą fotografię, na której wszyscy troje wyglądali na dziesięć, może jedenaście lat. „Grainger, Mick i ja, lato 1976 roku". Siedzieli na plaży, za ich plecami widać było potężny zamek z piasku. Kolory zdążyły już wyblaknąć, lecz Will widział czerwone, białe i niebieskie paski dzianiny, z której uszyty był jednoczęściowy kostium kąpielowy jego matki, oraz jasną zieleń nagrzanych słońcem fal. Drugie zdjęcie ukazywało całą trójkę, siedzącą na barierce tarasu domu dziadków. Ich ramiona były złączone, długie nogi zwisały prawie do ziemi. Kiley siedziała między dwoma chłopcami, wszyscy uśmiechali się do obiektywu. „Lato 1980 roku". Charakter pisma i kolor długopisu, dziewczęcy lilaróż, podsunął Willowi myśl, że to jego matka przypięła te zdjęcia do tablicy, nie jedno po drugim, ale wszystkie naraz. Być może wybrała pięć fotografii jako pamiątki z lat, które spędziła nad zatoką w towarzystwie dwóch chłopców. Czyżby byli spokrewnieni? Natychmiast odrzucił tę teorię – patrząc na uwiecznione w obiektywie gesty i sposób, w jaki dotykały się ich ramiona, bez trudu odgadł, że ci troje byli nie kuzynami, lecz przyjaciółmi. Najlepszymi przyjaciółmi. Nastoletnie dziewczęta raczej unikały wszelkich form kontaktu fizycznego z rówieśnicami i rówieśnikami, podczas gdy chłopcy czasami zarzucali przyjaciołom ręce na szyje, udając, że ich duszą, aby nikt nie posądził ich o okazywanie uczuć. Ci troje obejmowali się bez zahamowań i fałszywego zawstydzenia, co wyraźnie świadczyło, jak wysokiej próby była ich przyjaźń. Tak zachowywali się wobec siebie tylko ludzie, którzy mimo swej młodości i braku doświadczenia doskonale wiedzieli, że mają przy sobie najserdeczniejszych, najlepszych przyjaciół.

Następne dwa zdjęcia były podobne, różniły się tylko wypisanymi na odwrocie datami. „My na plaży, 1982". „Lato 1983 roku". Każda fotografia stanowiła odbicie zachodzących w nastolatkach zmian. Grainger miał ciemniejsze włosy i zawsze stał lub siedział po prawej ręce Kiley, Mack, prawie tak jasny jak Kiley, zawsze po lewej. W 1982 roku Mack był najwyższy z całej trójki, lecz rok później Grainger przerósł o głowę tamtych oboje. Na zdjęciu z 1983 roku obaj byli do pasa nadzy, ich barki rozrosły się, a klatki piersiowe stały się umięśnione, jakby na potwierdzenie przejścia z wieku chłopięcego w młodzieńczy.

Na ostatniej fotografii, opisanej tym samym lilaróż długopisem co poprzednie („1984", nic więcej), troje przyjaciół opierało się o burtę niewielkiej żaglówki, tkwiącej na drewnianej ramie Rufa łodzi wyglądała na świeżo oczyszczoną, od dołu była pociągnięta białą farbą. Na dziobie wisiała na sznurku tekturowa tablica z wypisaną drukowanymi, nieco niezgrabnymi literami nazwą: „SZCZĘŚLIWY DUCH".

Will ułożył pięć zdjęć na łóżku i przyklęknął na podłodze. Nadając fotografiom chronologiczną kolejność, widział, jak jego matka dorasta na jego oczach. W 1976 roku była chudą dziewczynką z plastrem na kolanie i uśmiechem lśniącym od klipsów aparatu ortodontycznego, z krótko ostrzyżonymi, rozjaśnionymi promieniami słońca włosami. W 1980 roku aparatu już nie było, kolana były gładkie, a ciało nosiło znamiona pierwszych zmian na drodze do kobiecości. Kiley była czarująca w swej giętkiej smukłości i wciąż jeszcze dziecinnym zawstydzeniu – sprawiała wrażenie istoty uchwyconej w połowie przejścia z jednego stanu do drugiego.

Latem 1983 roku Kiley powróciła do Hawke's Cove jako młoda kobieta. Miała jasne, długie włosy, trochę wystrzępione zgodnie z ówczesną modą. Chociaż całą trójkę i tym razem sfotografowano na tarasie, Kiley miała na sobie plażowy, bardzo skąpy kostium bikini. Stała między dwoma młodymi mężczyznami i uśmiechała się zalotnie, jakby wreszcie zrozumiała, jaką ma nad nimi władzę. Will z rosnącym zaciekawieniem przyglądał się twarzom Macka i Graingera. Dojrzałość ocieniła policzki i dół twarzy Graingera cieniem zarostu, natomiast Mack zachował chłopięcy wygląd, lecz jego oczy, wpatrzone nie w obiektyw, lecz w Kiley, były dojrzałe.

Will sięgnął po ostatnią fotografię, tę z łodzią, i pomyślał, że w oczach wszystkich trojga dostrzega wyraźną zmianę. Inne były także ich uśmiechy – pełne napięcia, nie do końca naturalne, pozbawione otwartości, z całą pewnością przywołane na użytek fotografa. Will długo patrzył na pochłoniętych własnymi myślami młodych ludzi, którzy nie obejmowali się już, nawet nie dotykali. Will pozbierał zdjęcia i odłożył je do szuflady. Chyba tylko jego matkę było stać na to, żeby przejść przez życie, ani słowem nie wspominając o przyjaciołach tak bliskich jak ci dwaj...

Will zawsze uwielbiał towarzystwo matki i cieszył się, że jest najważniejszą osobą w jej życiu. Może było tak dlatego, że urodziła go jako bardzo młoda dziewczyna, a może sprawiła to jej wrodzona żywotność i energia... Tak czy inaczej, teraz nadal tryskała radością życia i była wciąż tak samo skłonna do żartów i zabawy. Kiedy Will miał dziesięć lat, martwił się, że koledzy uznają go za maminsynka i bardzo starał się mówić o matce z umiarkowanym entuzjazmem, szybko jednak okazało się, że inni chłopcy najbardziej lubią grać w piłkę na jego podwórku. Podobało im się, że Kiley traktuje ich jak dorosłych, chętnie z nimi rozmawia, a czasem nawet przyłącza się do gry. Z konieczności podejmując pracę na pełnym etacie, Kiley wybrała prywatny gabinet lekarski, nie szpital, aby zawsze mieć wolne weekendy i święta. Codziennie po wczesnej kolacji, zanim Will zabrał się do odrabiania lekcji, a ona do zmywania i sprzątania, długo rozmawiali i rozgrywali partyjkę szachów lub jakiejś innej gry. Matka bez trudu wyciągała z niego wszystkie zmartwienia i radości, dzieląc się z nim własnymi przeżyciami z danego dnia.

Will miał Kiley tylko jedno do zarzucenia – to, że bardzo krótko, oszczędnie i niechętnie odpowiadała na naprawdę ważne pytania, głównie dotyczące jego ojca i tego, dlaczego wymazała Hawke's Cove z historii swego życia, tak jakby to miejsce w ogóle nie istniało. Pięknie oprawione fotografie domu, plaży i morza, zdobiące ściany domu babci i dziadka, zadawały kłam słowom Kiley, która zawsze przedstawiała Hawke's Cove jako zwyczajną, nic dla niej nieznaczącą miejscowość letniskową. Nigdy nie chciała, żeby Will pojechał do letniego domu dziadków i z odpowiednim wyprzedzeniem opowiadała mu o planach na najbliższe wakacje, a kiedy stał się na tyle duży, aby móc pojechać do Hawke's Cove razem z dziadkami, krzywiła się i mówiła, że jeszcze przyjdzie na to czas.

Gdy Will wkroczył w okres dorastania, doskonale wiedziała, kiedy zadawać pytania, a kiedy zostawić go samemu sobie. Było tak aż do tego lata, lecz w czerwcu Will sam skazał się na wygnanie, zaś Kiley zaczęła obwiniać się za to, co się stało. Will świetnie zdawał sobie sprawę, że spieprzył sobie wakacje, lecz teraz nagle w głowie zaświtała mu myśl, że może to los tak chciał. Może to palec losu popchnął go w kierunku Hawke's Cove, może tamten jego błąd odsłoni przed nim największą tajemnicę jego życia, kto wie...

Will wyjął ostatnie zdjęcie z szuflady biurka i wsunął je do kieszeni spodni. Urodził się na początku maja 1985 roku. Nie potrzebował kalkulatora, aby obliczyć, że pod koniec sierpnia 1984 roku jego matka musiała wyjechać z Hawke's Cove w ciąży. Wcale niewykluczone, że nosiła go w łonie w chwili, kiedy pozowała do tej fotografii... Może już wtedy był połączeniem komórek, których zaistnienie miało nieodwołalnie odmienić jej życie... Jeżeli nawet żaden z tych dwóch chłopców nie był jego ojcem, na pewno wiedzieli, kto nim jest.

Rzucił się na łóżko z takim rozmachem, że stare sprężyny pod materacem zajęczały żałośnie. Zasłonił sobie oczy ramieniem, aby nie raziło go słońce, wpadające do pokoju przez wąskie okienko, i zaczął zastanawiać się, co mogło spotkać jego matkę latem tamtego roku. Nie był niewiniątkiem, o, nie... Miał dziewczynę, hm... dopóki z nim nie zerwała... Tak czy inaczej, wiedział, co robią zakochane pary. Ale to dotyczyło jego matki, na miłość boską... Musiała kochać jednego z tych chłopców albo kogoś innego. Może tego, który robił zdjęcia? Z całą pewnością była to głęboka, tragiczna miłość, szekspirowska, jak w „Romeo i Julii"... Miłość skazana na niepowodzenie, nieszczęśliwa, może wyklęta... Musiał przecież istnieć jakiś powód, dlaczego nie chciała powiedzieć, kim był jego ojciec.

No, chyba że sama nie wiedziała... Ale nie, to było po prostu niemożliwe! Jego matka nie była kobietą, która idzie do łóżka z pierwszym lepszym... Może więc była ofiarą? Lecz chyba nie byłaby w stanie kochać go tak mocno, gdyby był owocem gwałtu? Ten scenariusz przyszedł mu już kiedyś do głowy, ponieważ uświadomił sobie, że matka unika Hawke's Cove z takim uporem, jakby to miejsce kryło wspomnienia zbyt bolesne i straszne, aby cokolwiek mogło je oczyścić, nawet czas... Z drugiej strony matka zawsze opowiadała się

przecież za prawem kobiet do aborcji, dlaczego więc nie usu-
nęła ciąży, gdy odkryła, że nosi w sobie owoc gwałtu? Zaraz,
zaraz, a może w 1984 roku nie można jeszcze było legalnie dokonać aborcji? Może zwyczajnie nie mogła tego zrobić, a może po prostu się bała...

Szarpany tymi strasznymi wizjami, Will mocniej przycisnął
ramię do oczu. Zrobiło mu się trochę niedobrze, więc przewrócił się na brzuch i, posłuszny niezwykłej sile beztroskiej
młodości, zapadł w sen. Nie obudził się nawet wtedy, gdy Kiley zawołała z dołu, że kolacja jest już gotowa.

Rozdział trzeci

Uzbrojona w żółty notes i bloczki małych karteczek o fluorescencyjnych kolorach, Kiley przystąpiła do inwentaryzowania znajdujących się w domu rzeczy. Zaczęła wcześnie rano, zanim Will się obudził, odnotowując każdy przedmiot wraz z krótkim opisem, lokalizacją oraz uwagą, czy jest przeznaczony na sprzedaż, czy ma zostać przesłany pod adresem jej rodziców. Agent nieruchomości powiedział jej matce, że za dom da się uzyskać znacznie wyższą cenę, jeżeli do sprzedaży wystawi się także meble i sprzęty, które od samego początku wchodziły w skład wyposażenia.

O uroku letniego domu w Hawke's Cove w sporej części stanowił prosty, bezpretensjonalny styl umeblowania. Malowane sosnowe stoły, komody z trzema szufladami, drewniane i wiklinowe, oraz lampy zrobione z wypełnionych morskimi szkiełkami słojów. Nikomu nigdy nie przyszło do głowy, aby wymienić krzesła, przeznaczony pod telefon stolik z marmurowym blatem czy cztery malowane fotele na biegunach, które od zawsze stały na tarasie, bo taki pomysł zakrawałby na lekceważenie tradycji. Matka Kiley wymieszała niepotrzebne sprzęty z domu w Southton z oryginalnymi wiejskimi meblami, w umiejętny sposób łącząc style i mody. Co roku przyjeżdżali do Hawke's Cove z jakimś krzesłem lub biureczkiem na dachu pikapu. Zakup nowego kompletu sztućców oznaczał, że stary dołączy do zdekompletowanych talerzy i kubków w kredensie letniego domu. Kiley często myślała, że wyprawa do Hawke's Cove jest jak wizyta u dawnych przyjaciół. Kanapa, która kiedyś zajmowała honorowe miejsce w salonie w Southton, w pewnym momencie stała się przytulnym gniazdkiem w Hawke's Cove – można było wylegiwać się na niej w zapiaszczonym, jeszcze wilgotnym kostiumie, przerzucać długie nogi przez jej oparcie i błogo odpoczywać, pochłaniając niezliczone kanapki z masłem orzechowym. Każdy dawno zapomniany mebel przywoływał teraz wspomnienia, które odrywały ją od niełatwego zadania. Oto mały dzbanek, pokryty miejscami popękaną glazurą, który jej matka co wieczór napełniała mlekiem do płatków zbożowych, żeby rano Kiley mogła sama zrobić sobie śniadanie, nie budząc rodziców. Jako dziecko Kiley wyobrażała sobie, że nieregularne pęknięcia to małe dróżki, którymi podróżują mikroskopijni ludzie. Oto pies z białej porcelany, który należał jeszcze do jej babki i któremu mogła się tylko przyglądać, nigdy dotykać. Nawet teraz, biorąc figurkę do ręki, czuła się jak nieposłuszne dziecko. Kiley zaśmiała się cicho. Nic dziwnego, że nie pozwalali jej dotykać porcelanowego pieska – pochodził z fabryki porcelany w Staffordshire i był naprawdę cenny. Teraz wróci do domu w Southton. Kiley napisała „zatrzymać" na jaskrawopomarańczowej samoprzylepnej kartce i przykleiła ją do nogi psa.

Salon był dosłownie obwieszony żółtymi i pomarańczowymi karteluszkami. Oprawiona w ciemne ramy mapa nawigacyjna oznaczona została kolorem żółtym („na sprzedaż"), zaś namalowana przez przyjaciela rodziny akwarela, przedstawiająca latarnię morską, pomarańczowym („zatrzymać"). Ogarnęła wzrokiem duży, słoneczny pokój i uświadomiła sobie, że znacznie więcej przedmiotów nosiło pomarańczowe kartki niż żółte. Może później, już przed wyjazdem, powinna jednak wrócić do salonu i ponownie rozważyć niektóre decyzje...

Chociaż jej rodzice przez tyle lat wywozili rozmaite rzeczy do Hawke's Cove, w ich domu w Southton nie było miejsca na nic nowego, czy też, w tym wypadku, starego. Gdzie pomieszczą te niepotrzebne, dawno temu skazane na wygnanie sprzęty? A co będzie za kilka lat, kiedy będą musieli przeprowadzić się do mniejszego domu? Kiley wyobraziła sobie, jak znowu dokonuje przeglądu tych samych rzeczy i koniec końców przeznacza je na sprzedaż. Dlaczego nie zrobić tego teraz, od razu? Czy rzeczywiście chciała, żeby wciąż przypominały jej, jak bardzo jej życie różni się od tego, o jakim dawniej marzyła? Czy zatrzymanie tej głupiej akwareli mogło cokolwiek zmienić? Czy jej sentymentalna wartość wytrzyma próbę czasu i zmiany miejsca? Takie rzeczy są jak ludzie, których zwykle widzimy tylko w jednym kontekście, tylko w jednej sytuacji, pomyślała. Akwarela straci w końcu barwy, wisząc w holu jej domu, i stanie się tylko bladym cieniem wspomnienia deszczowych wieczorów, które spędzała z Mackiem i Graingerem, z zapałem grając w karty.

Często wymyślali wtedy różne historie o nieistniejącej latarni. Kiley najchętniej snuła opowieści o księżniczkach, więzionych przez złych rycerzy, natomiast chłopcy woleli wyobrażać sobie czających się w latarni szpiegów, w każdej chwili gotowych ściągnąć zagładę na miasteczko. Wszyscy troje komponowali swoje historie tak szczegółowo, że później byli zaskoczeni, kiedy zamiast wyimaginowanej latarni widzieli tylko czerwone światło lampy umieszczonej przy końcu portowego molo, co osiem sekund ostrzegawczo omiatające wejście do zatoki.

Przed uczuciami nie da się uciec, pomyślała teraz. Oszukiwała się, udając, że może je odegnać, nalepiając pomarańczowe i żółte karteczki – wszystkie te działania pokazywały tylko, jak mocno przywiązana była do domu nad zatoką.

Na zewnątrz mewy głośno krzyczały, walcząc o jakąś zdobycz na plaży. Kiley odłożyła bloczki z kartkami i ołówek i popchnęła drzwi. Był lipcowy, ciepły dzień, idealny na wyjście na plażę. Powinna obudzić Willa. Zerknęła na zegarek. Parę minut po jedenastej, więc może obudzi go za chwilę, ostatecznie plaża może trochę zaczekać...

Usiadła w bujanym fotelu najbliżej barierki i oparła stopy o drewnianą poręcz. Kłócące się mewy walczyły teraz nad samą wodą. Drogą przejechała grupa rowerzystów, potem pojawiło się kilkoro spacerowiczów. Jakże łatwo było wyobrazić sobie, że czeka na Macka i Graingera...

Nie widziała Graingera Egana od tamtego lata. Wiedziała, że jest w miasteczku, że wrócił po dziesięcioletniej żegludze na transoceanicznych statkach. Dwa lata wcześniej ojciec Kiley wspomniał w rozmowie, że Grainger rzucił służbę w marynarce handlowej i zajął się naprawą łodzi. Merriwell Harris nie zauważył, że policzki jego córki zaróżowiły się na wzmiankę o Graingerze.

Wszystko wskazywało więc na to, że Grainger wrócił do życia, od którego przed laty uciekł. Kiley zastanawiała się, dlaczego to zrobił. Mack zawsze powtarzał, że najpierw zwiedzi cały świat, ale później osiedli się na stałe w Hawke's Cove, lecz Grainger potrząsał głową i mówił, że żadna siła nie zmusi go do pozostania w tej dziurze, kiedy osiągnie pełnoletność.

Oczywiście mówił to, gdy jego ojciec jeszcze żył.

Kiley zakołysała się lekko w fotelu. Myśli o Graingerze, Macku i wspólnych przeżyciach ich trojga wprawiły ją w stan dziwnej dekoncentracji. Siedziała w fotelu, na którym często huśtali się z takim zapałem, że jej matka krzyczała na nich, żeby natychmiast przestali, bo zrobią sobie krzywdę. Kiedyś Mack spadł z barierki właśnie w tym miejscu i zdarł sobie płat skóry z ramienia, a tam, w żywopłocie pod tarasem, Grainger znalazł gniazdo z ptasimi jajkami... Tamte chwile wydawały jej się nierzeczywiste, mijające lata nadały im jakość sennych marzeń. Czy naprawdę oni troje byli kiedyś tak beztroscy i wolni? Czy panująca w ich przyjaźni równowaga była tak doskonała? Gdyby tak mogła zredagować tamto lato, lato 1984 roku, wykreślić z niego złe chwile i pozostawić tylko te dobre... Może wtedy ich przyjaźń ożyłaby i trwała jak dawniej...

Mocniej zakołysała fotelem, oparła głowę o wiklinową siatkę. Może powinna zobaczyć się z Graingerem... Zadzwonić do niego i powiedzieć: „Cześć, jak się masz? Tak, dawno się nie widzieliśmy, ale teraz moglibyśmy się spotkać... Co było, to było, umówmy się na lunch i spokojnie porozmawiajmy".

Bzdury. Kiley oparła stopę o deski tarasu i unieruchomiła fotel. Nie trzeba być psychologiem, aby wiedzieć, że właśnie ona jest ostatnią osobą na świecie, z którą Grainger chciałby się spotkać. Jak mogliby spokojnie rozmawiać, skoro do tej pory nie uporali się z problemem tamtej strasznej nocy? Nie spotkali się, nie rozmawiali, nawet do siebie nie pisali. Wspomnienie twarzy Graingera, pełnej bólu, gniewu i pogardy, jaką dostrzegła w jego oczach w czasie ich ostatniego spotkania, skutecznie powstrzymało ją od wszelkich prób nawiązania kontaktu.

Tamtej nocy straciła ich obu, Macka i Graingera.

Ale miała Willa.

Kiedy pierwszy raz spojrzała na jego twarzyczkę, pomarszczoną, wykrzywioną od płaczu i najdroższą na całym świecie, zrozumiała, że dokonała właściwego wyboru. W jej życiu zaszły nieodwracalne zmiany, nie była już beztroską dziewczyną, lecz Bóg w swojej nieogarnionej mądrości nagrodził ją tym wielkim darem.

Wraz z upływem czasu i z pomocą swojego zabawnego, czarującego synka Kiley odzyskała sporą część radości życia, którą utraciła w samotnych i strasznych miesiącach poprzedzających jego narodziny. Aby odpokutować swoje winy, wzięła na siebie ciężar wychowania chłopca na dobrego, uczciwego człowieka. I prawie jej się to udało. Miała za sobą kilka trudnych chwil, ale wyszła z tych zmagań spokojna i pogodzona z losem.

A teraz, odpoczywając w znajomym, chociaż mimo wszystko obcym miejscu, zastanawiała się, czy Grainger także odnalazł spokój... Dlaczego nie pomyślała o tym wcześniej?

Z zamyślenia wyrwał ją Will, który wyszedł na taras i leniwie osunął się na sąsiedni fotel.

– Salon wygląda jak fabryka confetti – odezwał się.

– To trudniejsze zadanie, niż sądziłam.

– Mnóstwo wspomnień?

Kiley skinęła głową, nie odrywając oczu od linii horyzontu. Dwie motorówki przemknęły po falach, jedna pędząca w kierunku zatoczki Hawke's Cove, druga w stronę Great Harbor.

– Znalazłem to... – Will podsunął jej zdjęcie z 1976 roku.

Nawet nie próbowała powstrzymać uśmiechu.

– O, mój Boże, ależ byliśmy śmieszni! Małe dzieciaki, dziesięciolatki... – wskazała palcem swój czerwono-biało-niebieski kostium. – W 1976 roku obchodziliśmy dwusetną rocznicę zdobycia niepodległości...

– Kim byli ci chłopcy? Kuzynami?

– Nie. Przyjaźniliśmy się, każdego lata bawiliśmy się razem... – Kiley poczuła, jak jej policzki oblewa lekki rumieniec.

Pamiętała, że ojciec zrobił im to zdjęcie swoim nowym aparatem fotograficznym. Merriwell bardzo lubił obu chłopców, to matka Kiley nie do końca akceptowała przyjaźń trojga dzieci. Kiley uważnie przyjrzała się trzem uchwyconym na fotografii twarzom. Czy Will był podobny do Macka albo do Graingera? Tu Grainger uśmiechał się szeroko, lecz niedługo potem miał stać się poważnym, może nawet nieco ponurym chłopcem.

– Biedny Grainger... – mruknęła.
– Co masz na myśli?
– To zdjęcie zostało zrobione przed zniknięciem jego matki.
– Jak to, „zniknięciem"? Co się z nią stało?
– Wyjechała. Uciekła...

Jednak Will czekał na szczegóły i Kiley widziała, że jej syn nie da się zbyć uproszczoną wersją wydarzeń.

– Mąż bił ją i Graingera. Był okropnym człowiekiem. Grainger nigdy się do tego nie przyznawał, ale myślę, że bał się Rolliego Egana...

– I matka zostawiła mu dziecko?

– Cóż, to skomplikowana historia... Właściwie można powiedzieć, że Grainger mieszkał u MacKenziech, u rodziców Macka.

– Więc Mack i Grainger byli przyjaciółmi, tak?
– Najlepszymi przyjaciółmi.
– Twoimi także, prawda?

Kiley oddała synowi fotografię. Wystarczy jedno słowo i wszystko wyjdzie na jaw, pomyślała. Jedno krótkie „tak"... Postanowiła wrócić do swojego pierwszego opisu łączącej ich więzi.

– Spędzaliśmy ze sobą dużo czasu, bawiliśmy się razem...

Will położył zdjęcie na jej kolanach. Przytrzymała je ręką, ale nie spojrzała na nie.

– Mam kilka pocztówek do wysłania – powiedział Will. – Pójdę na pocztę, w porządku?

– Jasne. Kiedy wrócisz, wybierzemy się na plażę.

– Mamo? – Will podniósł się i podciągnął szerokie szorty z mnóstwem kieszeni i kieszonek.

– Tak?

– Co on zrobił? Co zrobił Grainger po wyjeździe matki?

– Najpierw ukrył się przed wszystkimi.

– Poszliście go poszukać?

– Próbowaliśmy.

– I co?

Kiley od wielu lat nie wracała myślami do tamtego dnia, lecz teraz przypomniała sobie jasno i wyraźnie, jak razem z Mackiem przeszła pięć kilometrów dzielących Hawke's Cove od starego domu Sunderlandów, który wynajmowała rodzina Eganów. Rodzice Graingera często zmieniali miejsce zamieszkania, a tego lata wprowadzili się do zniszczonego domu nad odległą zatoką French Cove.

Dom stał u stóp zbocza, na którym rozpościerała się zarośnięta chwastami łąka. Kiley i Mack dotarli tam przez las, na skróty. Z góry dostrzegli niski, rozwalający się biały komin. Stan domu ponad wszelką wątpliwość świadczył o rozpaczliwym ubóstwie właścicieli i wynajmujących. Mack i Kiley nie wyobrażali sobie, że ich przyjaciel żyje w takiej biedzie. Przystanęli pod lasem i mocno chwycili się za ręce. W tych okolicach dość często widywało się domy z zapuszczonymi podwórkami – były tam odwrócone do góry dnem łodzie rybackie, klatki do połowu homarów, poustawiane jedne na drugich jak dziecięce klocki i służące do ich mocowania długie kije. W tym wszystkim nie byłoby nic nadzwyczajnego, miejscowi rybacy nie należeli do najbardziej dbających o porządek ludzi, ale to, co zobaczyli tutaj, było świadectwem serii życiowych porażek. Zardzewiałe silniki łodzi, kłęby splątanych sieci, zwoje kabli i kilka najwyraźniej przeznaczonych na złom samochodów o otwartych maskach, a w środku tego chaosu dom, przycupnięty jak kaleka na progu szpitala, otoczony nagą ziemią, bez śladu ogrodowych roślin czy choćby trawy. Z boku komina sterczała powyginana i zardzewiała telewizyjna antena, wejściowe drzwi stały otworem, wnętrza domu nie bronił przed muchami żaden ekran z siatki. Okna były brudne, podobne do oczu, oślepionych widokiem zrujnowanego podwórka. W jednym powiewała podarta firanka. Dom sprawiał wrażenie całkowicie opuszczonego i zaniedbanego, nie tylko przez panią Egan, ale przez całą ludzkość.

Kiley i Mack nie mieli cienia wątpliwości, że Grainger skonałby ze wstydu, gdyby dowiedział się, że widzieli, gdzie mieszka.

Bez słowa zawrócili do lasu i dopiero po powrocie do domu Kiley uroczyście obiecali sobie, że nigdy nie powiedzą nikomu o swojej wyprawie. To była ich pierwsza tajemnica, z której Grainger został wykluczony.

– Próbowaliśmy go znaleźć, ale nie udało nam się – powiedziała cicho. – Następnego dnia sam do nas wrócił...

– Jego matka nie wróciła?

– Nie.

Will znowu podciągnął szorty i utkwił wzrok w morzu. Spokojne fale leniwie uderzały o brzeg, tuż pod linią horyzontu kołysało się kilka żaglówek.

– Parszywa historia... – wymamrotał.

Kiedy Will poszedł wysłać pocztówki, Kiley została na ganku. Wciąż myślała o tamtym dniu, gdy oboje z Mackiem uroczyście przyrzekli sobie, że nigdy nie zdradzą się przed Graingerem, że widzieli, jak ubogi i zaniedbany był jego dom. Grainger był bardzo dumny, a Mack, chociaż miał wtedy zaledwie dziesięć lat, doskonale rozumiał, że Grainger raz na zawsze zniknie z ich życia, jeżeli wyczuje ich litość. Najważniejsze było jednak to, że oni dwoje nie tylko współczuli Graingerowi, ale także kochali go i nigdy nie przyszło im do głowy, że pod jakimś względem może nie być im równy. Więcej, ponieważ trudne warunki życia uczyniły Graingera dojrzalszym od nich, traktowali go jako przywódcę swojej niewielkiej grupki.

Co roku, od pierwszego lata, kiedy poznała chłopców, Kiley nie mogła doczekać się następnych wakacji. Liczyła dni od września do czerwca, niecierpliwie czekała na ranek, kiedy razem z rodzicami zapakuje rzeczy do samochodu i wyruszy do Hawke's Cove.

Zaczęła kołysać się coraz szybciej. Dawno zapomniane uczucie radosnego oczekiwania powróciło z całą siłą, może dlatego, że wcześniej, gdy przygotowywała się do wyjazdu, uparcie nie dopuszczała go do świadomości, a w czasie podróży powtarzała sobie, że jedzie do Hawke's Cove wyłącznie na prośbę rodziców. Dopiero teraz, siedząc na ganku, pozwoliła ogarnąć się fali podniecenia, nostalgii i nadziei.

Gwałtownie podniosła się z fotela. Nie mogła dopuścić, aby związane z tym miejscem uczucia otworzyły to miejsce w jej sercu, gdzie pogrzebała przeszłość.

Nie powinna nawet myśleć o ponownym spotkaniu z Graingerem Eganem. Nie zniosłaby widoku mężczyzny, jakim stał się tamten chłopiec.

Rozdział czwarty

Grainger Egan stał w kolejce do pocztowego okienka i trzymał w ręku plik comiesięcznych rachunków. Przed nim czekał szczupły chłopak, który teraz grzebał w kieszeniach spodni, szukając drobnych na znaczki. Egan domyślił się celu jego wyprawy na pocztę, ponieważ z kieszeni koszuli młodego człowieka wystawało kilka pocztówek. Latem na ulicach Hawke's Cove dosłownie roiło się od nastolatków, praktycznie niemożliwych do rozróżnienia w anonimowych mundurkach, złożonych z szerokich spodni i wciskanych na głowę daszkiem do tyłu baseballowych czapek, ale w tym wypadku Grainger był pewny, że zna tego chłopaka. Nie wiedział, czy sprawił to intensywny wyraz twarzy, z jakim wpatrywał się w jedną z trzymanych w ręku kartek, czy sposób pochylenia głowy, lecz nie potrafił oprzeć się wrażeniu, że już go gdzieś widział. Kiedy chłopiec odwrócił się od okna, Grainger skinął mu głową i uśmiechnął się lekko, jakby chciał dać mu do zrozumienia, że zna jego rodziców. I wtedy nagle uśmiech Graingera zamarł, ale młody człowiek zdążył się już odwrócić i nie zauważył zdumienia, które odmalowało się na twarzy starszego mężczyzny. Grainger spojrzał w jego szeroko rozstawione, błękitne oczy i natychmiast odgadł, kogo ma przed sobą, bez cienia wątpliwości.

Chłopak był bardzo podobny do matki. Oczywiście miał męskie rysy twarzy, ale te same jasne jak miód włosy i oczy niebieskie jak fale oceanu, boleśnie znajome. Miał też ten sam spontaniczny, serdeczny uśmiech z dołeczkami w policzkach, którym odpowiedział na półuśmiech Graingera oraz odziedziczoną po matce linię brwi i włosów. Grainger pomyślał, że patrząc na niego, można by uwierzyć w teorię podziału komórek, bo trudno byłoby wyobrazić sobie kogoś bardziej podobnego do Kiley w wieku tego chłopca.

Grainger nie zdołał zepchnąć tej myśli w podświadomość i natychmiast zaczął zastanawiać się, czy Kiley nadal tak wygląda, czy wciąż przypomina rozbrykanego źrebaka, tchnienie świeżego powietrza, szczęśliwego, beztroskiego duszka. On i Mack nazwali ją „Szczęśliwym Duchem" po tym, jak w dziewiątej klasie przeczytali wiersz „Do skowronka" Shelleya. „Witaj, Szczęśliwy Duchu", powtarzali za wielkim poetą. Kiley śmiała się z nich i nieodmiennie odpowiadała: „Choć nigdy nie byłeś ptakiem...". Tamtego lata codziennie przerzucali się tymi żartami. „Hej, Szczęśliwy Duchu, Grainger i ja wybieramy się wieczorem do kina, chcesz iść z nami?". „Wybieracie się do kina, doprawdy?". Och, uważali się za takich dowcipnych młodych ludzi... Zresztą Mack rzeczywiście był dowcipny i zabawny, zawsze potrafił rozładować sytuację żartem, śmiesznym gestem czy wyrazem twarzy.

Zanim Kiley pojawiła się w ich życiu, Mack i Grainger tworzyli zgrany tandem. Bawili się w te same zabawy od tak dawna, że nie musieli już nawet omawiać szczegółów rozmaitych misji, na które wyruszali jako żołnierze, ani skomplikowanych wątków wymyślonych historii detektywistycznych czy przygód superbohaterów, w których role lubili wchodzić, biegając po plaży w zarzuconych na ramionach dużych ręcznikach. Mack zawsze był sprytnym Spidermanem, natomiast Grainger skomplikowanym wewnętrznie, dręczonym wątpliwościami Supermanem. Kiedy poznali Kiley, zaczęli wzbogacać wątki swoich zabaw, aby znalazło się w nich miejsce dla niej, lub bawić się w gry jej pomysłu, oczywiście pod warunkiem, że nie były to przygody Barbie. Gdy Grainger wracał myślami do dzieciństwa, co zdarzało mu się bardzo rzadko, pamięć podsuwała mu obrazy dni lata, zawsze słonecznych i ciepłych, zawsze spędzanych na plaży. Wciąż widział siebie, Macka i Kiley jako ośmioletnie lub dziesięcioletnie dzieciaki, później zaś jako piętnastolatków, w najlepszym, złotym okresie życia. Nie pozwalał sobie na wspominanie późniejszych lat, bo ból podwójnego porzucenia czyhał na końcu nawet zupełnie niewinnych scen i obrazów.

Ktoś cyniczny mógłby mu powiedzieć, że okres dorastania odmienia wszystko w nieodwracalny sposób, więc czego właściwie się spodziewał... Jednak Grainger wiedział, jak niewiele brakowało, aby udało im się zadać kłam takim teoriom i zachować platoniczną przyjaźń, nieskażoną zazdrością i potrzebą rywalizacji. Bo przecież zachowali ją, aż do tamtego lata, kiedy wszystko zawaliło się w jednej chwili i ich szczęśliwe życie obróciło się w gruzy... Może nawet wtedy mogli zabrać w wiek dojrzały same cudowne wspomnienia, gdyby nie...

Grainger z irytacją trzepnął plikiem rachunków w otwartą dłoń. Zwykle bardzo starał się trzymać z daleka od takich rozważań, ale wystarczyło jedno spojrzenie w niebieskie oczy tego chłopaka i już znalazł się w niebezpieczeństwie. Jego spokój został poważnie zagrożony.

– Grainger, teraz twoja kolej! – zawołał Harvey Clark, wychylając się z okienka.

Chłopiec wrzucił pocztówki do skrzynki, odwrócił się i popatrzył na Graingera z wyraźnym zaciekawieniem, jakby próbował przypomnieć sobie, z czym kojarzy mu się to imię. Na jego twarzy malował się lekki uśmiech.

Właśnie wtedy Grainger ostatecznie zrozumiał, że ten wysoki chłopak, tak uderzająco podobny do Kiley, musi być synem Macka. Albo jego, Graingera.

Grainger nie był zaskoczony – już wcześniej dowiedział się, że Kiley Harris i jej syn przyjeżdżają do miasteczka, aby przygotować stary dom na sprzedaż. Chociaż Toby Reynolds poinformował o tym w zaufaniu swoich znajomych, między innymi Graingera, już przed dwoma tygodniami fakt pojawienia się Kiley w Hawke's Cove dopiero teraz zyskał wymiar namacalnej rzeczywistości. Toby, jako agent handlu nieruchomościami, puszczał w obieg takie wiadomości niejako zawodowo i ponieważ zdawał sobie sprawę, że Grainger ma do czynienia z bardzo zamożnymi i bogatymi klientami, zawsze mówił mu, kiedy w okolicy wystawiano na sprzedaż jakąś interesującą posiadłość. Wydawało mu się, że każdy łatwo może skierować rozmowę na ten temat, mimo że Grainger wielokrotnie starał się wyprowadzić go z błędu. Grainger powtarzał, że naprawia tylko jachty i żaglówki bogatych letników, zabezpiecza je i przechowuje do następnego sezonu. Rozmawiał z klientami tylko o pracy, jaką miał wykonać, terminie wykonania i wynagrodzeniu, nigdy nie zależało mu, żeby zawierać z nimi bliższe znajomości i wchodzić w ich ciasny krąg kontaktów towarzyskich, chociaż często dostawał zaproszenia na przyjęcia i czasami nawet brał w nich udział, zwłaszcza jeżeli gospodarze organizowali je, aby zebrać pieniądze na cel, który sam popierał.

Toby, który zaledwie parę lat wcześniej przeniósł się do Hawke's Cove, dość mętnie zdawał sobie sprawę z różnicy między stałymi mieszkańcami miasteczka i niedawnymi przybyszami. Sam był jednym z tych ostatnich i w przeciwieństwie do pierwszych nie przejawiał zainteresowania historią osady, chyba że na rynek trafiał stary, wyjątkowo ciekawy dom. Wtedy Toby pośpiesznie wzbogacał swoją „lokalną wiedzę", chcąc przedstawić dziurawy dach czy marny stan muru w bardziej korzystnym świetle.

Znajomość historii Hawke's Cove równała się w oczach Toby'ego wiedzy o budynkach. Nie miał zielonego pojęcia o historii ludzi, zadawnionych żalach, tragediach i tajemnicach, które kryły się za codziennymi maskami mieszkańców osady, których codziennie spotykał w kawiarni „U Lindy" i nawet nie przypuszczał, jakie wrażenie może zrobić na Graingerze niedbale rzucona uwaga o kobiecie, której czyny na zawsze odmieniły jego życie.

– Rzadko zdarza się, żeby sprzedawano któryś z tych starych domów. – Toby nie krył zachwytu, że właśnie jemu trafiła się taka gratka. – Szczerze mówiąc, to prawie nigdy... Właściciele mają chyba problemy ze zdrowiem, a ich córka, Kitty, Cathy, czy jakoś tak, nie chce tu przyjeżdżać, więc zależy im, żeby szybko się go pozbyć...

– Kiley.

– Słucham?

– Ich córka ma na imię Kiley.

Toby wzruszył ramionami.

– Możliwe. Wszystko jedno... Tak czy inaczej, bardzo im się śpieszy.

Kiedy rozmawiali, pies Graingera, Pilot, cierpliwie czekał w półciężarówce, z pyskiem opartym o kierownicę. Lśniący lexus Toby'ego stał obok solidnego forda z 1999 roku, a sam Toby wciąż z zapałem rozprawiał o domu Harrisów. Grainger miał wielką ochotę pchnąć go na maskę jego eleganckiego wozu i zmusić do milczenia.

– Pani Harris powiedziała mi, że jej teść kupił tę posiadłość za pięćset dolarów, wyobrażasz sobie? Teraz dom z działką pójdzie za ponad milion, stary. Wspomniała, że potrzebują pieniędzy na studia dla wnuka, więc zapewniłem ją, że nawet jeśli wyślą go do Harvardu, to i tak zostanie im jeszcze mnóstwo kasy...

Wiadomość o wnuku zaskoczyła Graingera, lecz fakt, że Harrisowie chcą sprzedać dom, wydał mu się zupełnie zrozumiały. Kiley nie przyjeżdżała do Hawke's Cove i wszystko wskazywało na to, że nigdy więcej nie zamierza się tu pojawić. Jeżeli Graingera kiedykolwiek ogarniał gniew na myśl, że szczęśliwie ułożyła sobie życie bez niego, szybko tłumił to uczucie. Sam nie był w stanie obdarzyć kogoś całkowitym zaufaniem, ale nie oznaczało to przecież, że Kiley musi być dotknięta podobną przypadłością.

– ... powiedziała, że nie, że chłopak został przyjęty do Cornell, zupełnie jakby Harvard był gorszą opcją...

A więc wnuk Harrisów nie był małym dzieckiem, tylko chłopcem, który lada chwila miał rozpocząć studia.

Grainger zawsze był dobry z matematyki. Ostatni raz widział Kiley przed dziewiętnastu laty, dokładnie 24 sierpnia 1984 roku.

Toby gadał dalej. Grainger bez słowa zawrócił, wsiadł do półciężarówki i trochę za szybko odjechał, ignorując wyraz przerażenia i oburzenia, który pojawił się na twarzy Toby'ego, gdy fala piasku trysnęła spod kół samochodu Graingera i uderzyła w bok białego lexusa.

Grainger pojechał w górę Seaview Avenue, aż do Overlook Bluff Road. Podekscytowany Pilot kręcił się na siedzeniu obok niego, zachwycony każdą odmianą w rutynie, która mogła zaowocować spacerem.

Dom Harrisów, czekający na przyjazd dawno tu niewidzianej Kiley, stał za zaniedbanym, przerośniętym żywopłotem. Okna nadal zasłonięte były okiennicami, podobnie jak przez cały ubiegły rok. Grainger pomyślał, że właściwie od jego dzieciństwa nic się tu nie zmieniło. Ganek i taras wymagały odmalowania, za jakiś rok albo dwa warto byłoby też od nowa pokryć dach, lecz poza tym dom wciąż wyglądał doskonale.

Grainger mijał to miejsce co najmniej kilka razy w tygodniu, ale celowo nigdy nie odrywał wzroku od drogi. Teraz zjechał na bok, zatrzymał się i uważnie popatrzył na dom, usiłując wyobrazić sobie, że tamtego lata zdarzyło się tu coś jeszcze poza tragicznym końcem ich przyjaźni, lecz nagle odkrył, że potrafi myśleć tylko o dniu, kiedy pierwszy raz znalazł się w pobliżu domu Harrisów.

Kiedy Kiley Harris pojawiła się w życiu Graingera Egana i Macka MacKenzie, obaj chłopcy przyjaźnili się już od czasu przeprowadzki rodziców Macka do Hawke's Cove. Mieli wtedy po osiem lat i oczywiście wydawało im się, że znają się od zawsze. Ojciec Macka, lekarz, podjął praktykę w budynku przychodni zdrowia, wykonując wielki skok, jak mówił, od pracy w wielkim mieście, gdzie stosunek lekarza do pacjenta i odwrotnie musi pozostać bezosobowy i obojętny, do pracy w małym miasteczku, w którym wcześniej zawsze spędzał letnie wakacje. Oznaczało to, że teraz doskonale znał swoich pacjentów, chociaż oczywiście nikt nie płacił mu kurczakami i jajami. Na początku lat siedemdziesiątych Hawke's Cove wciąż było jeszcze bardzo małą osadą, która dopiero pod koniec wieku miała przeobrazić się w kwitnące, rozrastające się uzdrowisko.

Grainger siedział w poczekalni doktora MacKenzie z cieknącym, spuchniętym nosem, obok matki, która podawała mu jedną chusteczkę za drugą. Mack, spokojny i zadowolony z życia, bawił się plastikowymi wagonikami po stronie przeznaczonej dla dzieci zdrowych, podczas gdy Grainger obserwował go załzawionymi i zaczerwienionymi oczami, pewny, że nigdy nie będzie miał szansy pobawić się tym wspaniałym pociągiem. Jego obawy były uzasadnione, ponieważ nieobjęta ubezpieczeniem zdrowotnym rodzina Eganów mogła pozwolić sobie na leczenie tylko w przypadkach ostrych infekcji i uporczywych przeziębień. Dopóki matka Graingera nie porzuciła domu, chłopiec od czasu do czasu trafiał do lekarza, a po jej odejściu przyjaźń z Mackiem okazała się skuteczniejszą formą ubezpieczenia od wszystkich formalnych.

Mack szybko zauważył płomienne pragnienie w oczach Graingera i zaczął popychać wagoniki w jego kierunku. Kolorowe pudełeczka jedno po drugim przekraczały niewidzialną granicę na środku poczekalni i wkrótce Grainger mógł wziąć zabawki do ręki.

– Jestem Mack.

– A ja Grainger.

– To imię czy nazwisko?

– Imię. Nazywam się Grainger Egan.

– Grainger Egan... Ja nie jestem chory, ale muszę bawić się tutaj, kiedy moja mama jest zajęta. Tata jest lekarzem.

– Mój jest rybakiem.

– O, chciałbym, żeby mój tatuś łowił ryby...

– Mój tata może nauczyć twojego.

– Fajnie! Chcesz się pobawić, kiedy już wyzdrowiejesz?

Mack mieszkał w pobliżu Overlook Bluff Road, w ładnym, starym domu z dwoma łazienkami i piwnicą, w której urządzono pokój telewizyjny. Taki dom zasługiwał na miano prawdziwego pałacu w oczach Graingera, który całe życie spędził w trzech pokojach z kuchnią. Grainger bardzo szybko stał się codziennym gościem w domu MacKenziech. Miał nawet swój wieszak przy drzwiach, na którym zawsze celnym rzutem umieszczał kurtkę po powrocie ze szkoły.

– Grainger, skarbie, możesz zostać na kolacji? – pytała pani MacKenzie, kiedy zaczynało się ściemniać.

Dobrze wiedziała, że Grainger często jadał na kolację tylko płatki z mlekiem albo hot doga, nie kotlety czy pieczonego kurczaka z ziemniakami lub makaronem i jarzynami.

Jeżeli ojciec Graingera był akurat w morzu, na pokładzie jednego ze statków wychodzących na połów z Great Harbor, chłopiec zawsze potrząsał głową i dziękował za zaproszenie.

Jego matka wtedy była w domu sama i spodziewała się, że wróci. Kiedy Rollie Egan tkwił w domu, czekając na kolejny rejs albo narzekając na brak pracy z powodu marnej kondycji przetwórstwa rybnego, Grainger z radością zostawał u Mac-Kenziech. Później po ciemku wracał do domu, starając się trafić na porę, gdy Rollie po kilku piwach sennie kiwał się przed telewizorem. Zdarzało się jednak, że Graingerowi nie udawało się przyjść niepostrzeżenie i ojciec zasypywał go gorzkimi, pełnymi złości uwagami: że jest niewdzięczny i pcha się tam, gdzie go wcale nie chcą. W zależności od tego, czy ostatni połów zakończył się sukcesem i dużą wypłatą, czy wręcz odwrotnie, Rollie Egan zadowalał się werbalnym dręczeniem syna albo po paru zdaniach sięgał po pas. Szeroko otwarte oczy Graingera czujnie śledziły owłosione ręce ojca, ten zaś, doskonale świadomy lęku, jaki budził w chłopcu, celowo drażnił się z nim, co jakiś czas dotykając sprzączki pasa. Rollie Egan uwielbiał patrzeć, jak na twarzy syna pojawia się strach, który Grainger ze wszystkich sił starał się ukrywać.

Bywało i tak, że przed powrotem Graingera Rollie zdążył już wyładować swoją złość i frustrację na żonie. Połączenie żalu i poczucia winy sprawiało czasami, że stawał się jeszcze bardziej nieobliczalny i niebezpieczny. Im mniej pieniędzy przynosił do domu, tym bardziej dokuczał żonie i dziecku. Kiedy Grainger usłyszał szloch matki, dobiegający zza cienkiej ściany, siadał w korytarzu i czekał, aż ojciec zacznie głośno chrapać. Czasami pani Katz, sąsiadka z naprzeciwka, otwierała drzwi swego mieszkania i wciągała Graingera do środka. Nigdy nie komentowała sytuacji w domu chłopca, za to prawie zawsze częstowała go kawałkiem piaskowej babki i szklanką mleka, wydając pełne współczucia posykiwanie.

Gdy wraz z nadejściem wiosny dni stawały się coraz dłuższe i cieplejsze, Grainger i Mack z wielką przyjemnością zaczynali bawić się we „wchodzenie na teren prywatny", jedną ze swoich ulubionych gier. Wchodzili na działki, gdzie stały puste letniskowe domy, wspinali się na ganki i parapety, i zakładali się, który z nich ośmieli się zajrzeć przez okno do środka. Po zakończeniu roku szkolnego Grainger prawie codziennie nocował w domu MacKenziech.

W czerwcu słońce zachodziło po ósmej wieczorem, więc obaj chłopcy mieli mnóstwo czasu i okazji, aby odwiedzać wciąż jeszcze puste domy w sąsiedztwie. Im bliżej początku letniego sezonu, tym bardziej ekscytująca stawała się ich ukochana zabawa.

Pewnego wieczoru zakradli się na podwórko za domem Harrisów i podeszli do długiego, otaczającego cały budynek tarasu. W tamtych latach właściciele nie chowali ogrodowych mebli w domu i Harrisowie także oparli tylko bujane fotele o ścianę, aby nie moczyły ich deszcze. W powoli zapadającym zmroku fotele wyglądały jak pochylone w modlitwie postacie, z czołami wspartymi o mur. Chłopcy po prostu nie mogli przepuścić takiej okazji. Biegnąc wzdłuż żywopłotu, porozumiewali się wymyślonym przez siebie kodem. Założyli się, że Grainger nie ośmieli się postawić czterech dużych foteli w normalnej pozycji, ale wyzwany nie tylko spełnił warunek zakładu, lecz także wprawił fotele w chaotyczny taniec, stając na drewnianych biegunach. Kiedy nagle w dole Overlook Bluff Road zabłysły reflektory zbliżającego się samochodu, chłopcy pośpiesznie ukryli się za szeroką balustradą. Światła nie minęły domu Harrisów, ale znieruchomiały na podjeździe przed gankiem. Grainger czuł, że serce bije mu tak samo szybko jak w te wieczory, kiedy wracał do domu, wiedząc, że zastanie w nim ojca.

Mack stłumił nerwowy chichot i popchnął Graingera od tyłu, aby ten przesunął się za róg domu. Stamtąd, przygięci nisko do ziemi, szybko zbiegli po niewidocznych od frontu schodkach tarasu, schowali się w krzakach i zaczęli podziwiać swoje dzieło. Zrobiło się już zupełnie ciemno i obaj wiedzieli, że jeżeli niedługo nie wrócą do domu, matka Macka będzie na nich zła, nie potrafili jednak odmówić sobie przyjemności, jaką był widok zdumienia na twarzy świeżo przybyłego właściciela domu, który właśnie wysiadł z samochodu i zapalił papierosa. Mężczyzna wszedł na ganek, unieruchomił fotele, przerywając ich tajemniczy taniec, i dopiero wtedy otworzył podwójne drzwi.

Kobieta, która wysiadła z białego samochodu chwilę po mężczyźnie, otworzyła tylne drzwiczki i chłopcy ujrzeli za-

spaną dziewczynkę, która w jednej ręce trzymała jasnego plu-
szowego misia, a drugą tarła oczy, zupełnie jak dziecko z filmu Disneya. Parę chwil stała nieruchomo, patrząc, jak jej rodzice wypakowują załadowane aż po dach samochodu
rzeczy, potem zaś zrobiła kilka kroków po szeleszczącej,
sztywnej morskiej trawie i zatrzymała się dokładnie naprzeciwko miejsca, gdzie skuleni Mack i Grainger rozpaczliwie za-
słaniali sobie usta, tłumiąc śmiech.

— Mam na imię Kiley — odezwała się. — Bawicie się w cho-
wanego po ciemku? Mogę bawić się z wami?

W tej chwili ojciec Kiley stanął w progu i zawołał ją. Dziew-
czynka szybko wbiegła na schodki i drzwi z metalowej siatki
zatrzasnęły się za nią z brzękiem.

Tamtego ranka, gdy Toby Reynolds powiedział mu o przyjeździe Kiley, Grainger długo siedział w półciężarówce i patrzył na zamknięty, pusty dom. W jego uszach wciąż brzmiało pytanie, zadane dziecinnym, jeszcze trochę zaspanym
głosem: „Mogę bawić się z wami?".

Nie powinni byli się zgodzić.

Widział syna Kiley, młodego człowieka, którego przyszłość
miała zostać zabezpieczona dzięki sprzedaży domu jego
dziadków... Grainger pośpiesznie wyszedł z budynku poczty,
pełen obaw, że szok wyraźnie maluje się na jego twarzy.
Przez moment oczami wyobraźni widział, jak chwyta chłopaka w ramiona i przytula go do piersi w teatralnej scenie szczęśliwego zakończenia, ze wzruszeniem wołając: „Mój synu!".
Tyle tylko, że chłopak wcale nie musiał być jego synem. W całej tej dziwacznej sytuacji pewne było jedynie to, że był synem Kiley, która do tej pory nigdy nie pozwoliła mu przyjechać do Hawke's Cove.

W głowie Graingera wirowały niespokojne myśli. Usiłował przypomnieć sobie, co miał do załatwienia w ten sobotni
ranek. Poszedł do drogerii i zapomniał kupić aspirynę, za to
wyszedł ze sklepu z opakowaniem kremu do golenia, które-

go nie potrzebował, i sporą torebką M&M'sów. W sklepie z artykułami metalowymi i budowlanymi nieprzytomnie chodził między półkami, co chwilę wpadając na znajomych i wymieniając z nimi uwagi na temat ładnej pogody i gry drużyny Red Sox. W końcu ustawił się w kolejce do kasy tylko z paczką papieru ściernego i kilkoma pędzlami, ponieważ nie zdołał przypomnieć sobie, że miał dorobić klucz i kupić metr metalowej siatki, potrzebnej do naprawy uszkodzonych przez Pilota drzwi. Wciąż zastanawiał się, czy Kiley z egoistycznych pobudek tak długo trzymała chłopca przy sobie, czy też wykazała się rozwagą i szlachetnością, wychowując go samotnie. Mogła przecież skontaktować się z nim, Graingerem, jeśli chciała. Rodzice Macka zawsze znali jego adres, chociaż ich wzajemna korespondencja ograniczała się do świątecznych kartek. W czasie tych dziesięciu lat, gdy Grainger praktycznie nie schodził na ląd, pilotując wszelkiego rodzaju statki, od jednostek poszukujących zaginionych na morzu aż po promy kursujące po Puget Sound, co jakiś czas przesyłał im adres, pod którym odbierał listy. Nawet przez pierwsze dwa lata po wyjeździe z Hawke's Cove, kiedy służył w wojsku, gorzko żałując, że nie wstąpił do marynarki, państwo MacKenzie wiedzieli, gdzie go szukać. Oczywiście należało brać pod uwagę możliwość, że Kiley wcale nie chciała skontaktować się ani z nim, ani z rodziną Macka, i że miała po temu ważne powody.

Tak czy inaczej, on także nigdy nie próbował się do niej odezwać. Nie był w stanie zdobyć się na ten krok. Na początku nienawidził ją za to, co zrobiła. Potem nienawiść zbladła, lecz Grainger wciąż uważał, że to Kiley zniszczyła wszystko, co kochał. Teraz nie czuł już nienawiści, ale doskonale wiedział, że nadal nie wybaczył ani jej, ani sobie samemu i podejrzewał, że chyba nie umiałby pozbyć się przekonania o winie ich dwojga.

Kiedy matka Graingera uciekła z domu, chłopiec doświadczył gorzkiej rozpaczy po stracie najbliższej osoby. Co wieczór modlił się o powrót matki, modlił się tak długo, aż w końcu wyrósł z nadziei na ponowne spotkanie. Potem, już jako młody mężczyzna, błagał Boga, aby nigdy więcej nie musiał patrzeć na Kiley Harris i modlitwa ta została wysłuchana. Aż do dzisiaj...

Nagle pomyślał, że mimo wszystko wolałby wcześniej dowiedzieć się o istnieniu chłopca. Kiley z pewnością wiedziała, kto jest ojcem jej syna i postanowiła nie nawiązywać kontaktu z Graingerem. Czy chciała go w ten sposób ukarać, czy kierowała się uczciwością i szlachetnością? Grainger pragnął poznać chłopca, ale nie miał pojęcia, jak zaspokoić swoją ciekawość, nie mieszając w to Kiley i nie zaczynając rozmowy, którą powinni byli odbyć prawie dwadzieścia lat wcześniej.

Stał w kolejce do kasy, pocierając kciukiem arkusz papieru ściernego. *Podobno czas leczy wszystkie rany... To nie do końca prawda, ale na pewno łagodzi ból.* Niewątpliwie obydwoje nosili blizny, ich życie poznaczone było śladami pomyłek i wielkich błędów. Rany Graingera były już zasklepione, prawie zapomniane. Pozwolił, aby pochłonęły go podróże, praca, kilka dłuższych związków. Gdyby wtedy, przed laty, sprawy ułożyły się inaczej, gdyby rozstanie z Kiley nastąpiło w sposób naturalny, w wyniku dorastania, może co jakiś czas spotykaliby się i rozmawiali o niczym, jak starzy przyjaciele, którzy nie mają już żadnych wspólnych tematów, ale los chciał inaczej. Postąpili tak, jak postąpili, zniszczyli swoją przyjaźń i samych siebie.

Może jednak nadal coś ich łączyło... Może chłopiec był tym ogniwem, które związało ich raz na zawsze, kto wie... Niezależnie od tego, czy był synem Graingera, czy nie, niewątpliwie w pewien sposób należał do nich trojga...

Zaraz po wyjściu ze sklepu Grainger zobaczył go znowu. Chłopak siedział za kierownicą błękitnej mazdy z wgniecionym błotnikiem. Ciemne okulary nie mogły ukryć faktu, że obserwował Graingera, który z trudem stłumił nerwowy śmiech. W tej samej chwili usłyszał szybkie kroki za plecami i głos Emily Claridge Fitzgibbons, która zawołała go po imieniu. Podczas gdy Emily terkotała jak najęta, Grainger gorączkowo myślał o chłopcu i przyglądał mu się spod oka. Nagle przyszło mu do głowy, że próba zbliżenia się do syna Kiley byłaby bardzo niebezpieczna. Wyraz zaskoczenia i zaciekawienia, który na poczcie odmalował się na twarzy chłopca, wyraźnie świadczył o tym, że młody człowiek jednak coś wiedział, a skoro Kiley powiedziała mu o Graingerze, to niewątpliwie wspomniała i o Macku.

Grainger uświadomił sobie, że musi trzymać chłopaka na dystans. Jeżeli mały interesował się nim aż tak bardzo, że postanowił go obserwować, to najwyraźniej wiązał z nim jakieś nadzieje, a to mogło okazać się naprawdę groźne.

Rozdział piąty

Stary czarny telefon, stojący na stoliku z marmurowym blatem, rozdzwonił się głośno i nieco chrypliwie. Kiley podniosła słuchawkę, prawie pewna, że usłyszy głos Willa, tłumaczącego się, dlaczego jeszcze nie wrócił z poczty.

– Kiley, tu tata.

– Coś się stało? – zapytała nerwowo, ponieważ ojciec prawie nigdy do niej nie dzwonił.

– Nie, wszystko w porządku. Chciałem tylko porozmawiać z tobą o „Random".

Minęła dłuższa chwila, zanim Kiley zorientowała się, o co ojcu chodzi. No, tak, „Random", jego dwunastometrowy, dwumasztowy jacht...

– Tak, tato?

– Powinienem go sprzedać.

Głos ojca Kiley brzmiał słabo, może ze wzruszenia, a może dlatego, że jak zwykle z trudem oddychał. „Random" był jego chlubą i wielką radością, fakt posiadania klasycznego jachtu stawiał go wysoko w hierarchii miejscowych żeglarzy-amatorów.

– Przecież nie musisz tego robić... Nie pozbywaj się wszystkiego naraz...

– I tak nie mogę już na nim pływać, więc po co go trzymać? Jacht powinien być na wodzie, nie w suchym doku...

– Gdzie jest „Random"? – zapytała po chwili milczenia.

– W doku, w warsztacie szkutniczym Egana.

Kiley poczuła, jak jej żołądek zwija się w twardą kulkę. Wiedziała już, co ją czeka.

– Zajmiesz się nim?

– Nie mogę – odpowiedziała.

– Nie bądź tak cholernie uparta! – głos Merriwella Harrisa zabrzmiał mocniej, bardziej zdecydowanie.

– Nie możesz sam załatwić tego przez telefon? – Kiley zaczęła masować bolący brzuch.

– Nie. Trzeba obejrzeć jacht, umówić się z rzeczoznawcą, który go wyceni, podpisać umowę... To tak jak ze sprzedażą domu, żadna różnica...

– Owszem, jest różnica – trzy słowa, wypowiedziane ostrym, twardym głosem.

Czy jej ojciec nie zdawał sobie sprawy, że warsztat szkutniczy Egana należy do Graingera Egana? Tego samego Graingera Egana, który stanowił podstawowy temat niezliczonych rodzinnych dyskusji, a raczej kłótni? Tego samego, którego jej matka umieściła bardzo wysoko na liście podejrzanych o ojcostwo dziecka Kiley, gdy tylko dowiedziała się o ciąży córki? Czy naprawdę nie rozumiał, co to dla niej znaczy?

– Dlaczego tak to utrudniasz? – Merriwell przerwał, żeby złapać oddech. – Po prostu wybierz się tam i załatw, co trzeba... – znowu zawiesił głos. – Chyba nie boisz się, że on cię pogryzie...

Kiley położyła ciężką słuchawkę na widełkach i usiadła na krześle obok stolika. Ukryła twarz w dłoniach, starając się nie zwracać uwagi na coraz ostrzejszy ból żołądka. Zupełnie jak nastolatka, która umiera ze strachu przed egzaminem, pomyślała ze złością. Czyżby ojciec chciał wystawić na próbę jej posłuszeństwo, dojrzałość i odwagę? Nie, to niemożliwe. Po prostu poprosił ją o coś, a ona nie mogła spełnić jego prośby, to wszystko.

Usłyszała trzaśnięcie zamykanych drzwi i brzęk kluczyków do samochodu, rzuconych na blat kuchennego stołu. Podniosła się szybko.

Will stał pochylony, z głową w lodówce.

– Nie ma nic do jedzenia – oznajmił.

– Jest szynka i żółty ser, no i mleko, jeżeli nie wypiłeś wszystkiego na śniadanie. Pójdziemy gdzieś na kolację...

– Mogę wybrać? – zapytał z ożywieniem.

– Jasne. W Hawke's Cove wybór jest niewielki, więc możemy pojechać do Great Harbor...

– Co powiesz na „Osprey's Nest"? Ten bar niedaleko przystani?

Kiley skrzywiła się lekko.

– Hmmm... Czy ja wiem...

– To jak, może być?

– Nigdy tam nie byłam...

– Lokalna kuchnia, miejscowy koloryt, zaryzykujmy – Will rzucił zapakowaną w folię szynkę na stół. – Zachowajmy się dziś jak durni turyści, nie jak Harrisowie...

Kiley parsknęła śmiechem. Bar „Osprey's Nest" rzeczywiście był ostatnim miejscem, jakie wybraliby jej rodzice, którzy co drugi tydzień, zwykle w czwartki, jadali kolacje w Klubie Jachtowym, a poza tym jeździli do Great Harbor, gdzie znajdowały się lepsze restauracje. Byliby przerażeni, gdyby dowiedzieli się, że zabrała Willa do „Osprey's Nest"...

Niewykluczone, że podświadomie chciała wyrazić swój bunt przeciwko żądaniu, z jakim wystąpił jej ojciec, a może po prostu pragnęła odbudować poczucie bliskości, które jeszcze tak niedawno istniało między nią i Willem... Było też całkiem prawdopodobne, że najzwyczajniej w świecie miała ochotę zajrzeć do „Osprey's Nest", ulubionego baru miejscowych żeglarzy i ludzi, którzy zarabiali na życie, łowiąc ryby, kraby i homary, albo naprawiając łodzie i jachty, tak jak Grainger Egan.

– Dobrze, pójdziemy do „Osprey's Nest". Na razie zjedz lunch, czas wybrać się na plażę.

– Zrobić ci kanapkę?

Kiley dotknęła twardego, napiętego brzucha i potrząsnęła głową.

– Nie, nie jestem głodna.

Nawet na plaży Will nie mógł otrząsnąć się z dziwnego niepokoju. Najpierw trochę pływał, a potem zupełnie nie mógł skupić się na lekturze „Sports Illustrated" i w końcu ze zniecierpliwieniem rzucił gazetę na piasek. Wygodnie wyciągnął się na ręczniku, ale nie udało mu się zasnąć. Kiley zaproponowała, że pospaceruje z nim po plaży, lecz Will pokręcił głową.

– Mógłbym wziąć samochód i pojeździć trochę po okolicy?

– Chyba tak... – Kiley starannie ukryła rozczarowanie. Mogła zostać na plaży i wrócić pieszo albo poprosić Willa, żeby podrzucił ją do domu, ale nie podobała jej się żadna z tych opcji. Ona także czuła niepokój, który nie miał nic wspólnego z nudą.

– Zostanę tutaj i zaczekam na ciebie – zdecydowała.

Will dużym palcem u nogi nakreślił kółko na piasku.

– Nie wiem, kiedy wrócę – powiedział. – Może wolałabyś, żebym teraz odwiózł cię do domu? Potem spotkamy się w „Osprey's Nest", o piątej albo szóstej, co ty na to?

Kiley obrzuciła syna czujnym spojrzeniem, niepewna, co chodzi mu po głowie, lecz zaraz odepchnęła podejrzliwe myśli. Will chciał mieć trochę czasu dla siebie, potrzebował samotności, jak każdy.

– Wrzuć leżaki do bagażnika, to wrócę pieszo – odparła, wstając i składając leżak. – Chciałabym jeszcze trochę popływać. Tylko nie wybieraj się za daleko, dobrze?

– Nie dalej niż do Great Harbor.

Zapakował leżaki i plażową parasolkę do samochodu i zostawił Kiley samą, z książką, ręcznikiem i dręczącym ją niepokojem.

Rozdział szósty

Will chwilę stał w progu kawiarni „U Lindy", zanim wypatrzył siedzącego przy barze Graingera. Kiedy jechał od strony plaży, zauważył półciężarówkę Graingera, wyjeżdżającą ze stacji benzynowej. Pod wpływem impulsu pojechał za nim i zatrzymał się w odległości kilkudziesięciu metrów od miejsca, gdzie Grainger zaparkował swój wóz. Tego ranka Will nie był szczególnie dyskretny i nie miał wątpliwości, że na poczcie Grainger zwrócił na niego uwagę, ale teraz na pewno go nie widział. Bez pośpiechu wysiadł z szoferki, poklepał swojego szarego psa i wszedł do kawiarni.

Po lewej ręce Graingera znajdowały się dwa wolne stołki i Will wybrał ten dalszy. Sięgnął po oprawione w plastik menu, aby nie wyglądało na to, że przyszedł tu bez celu, i popatrzył na odbicie Graingera w lustrze, na jego twarz, wyraźnie widoczną między tekturowym rożkiem z różowo-kremowymi lodami oraz zieloną tablicą z wypisanymi białą kredą daniami dnia.

Brodę i policzki Graingera pokrywał jednodniowy zarost, a jego oczy utkwione były w menu. Kiedy zdjął czapkę i położył ją na sąsiednim stołku, Will zobaczył, że włosy ma ciemniejsze, niż wskazywałby na to srebrzysty cień na skroniach. Nagle chłopak drgnął nerwowo, zaskoczony spojrzeniem Graingera, które spoczęło na jego twarzy, pełne zaciekawienia i chyba także wahania. Will szybko spuścił wzrok, nie zdołał jednak zapanować nad rumieńcem, którym oblały się jego policzki.

– Dużą kawę, Donno, i kawałek szarlotki. – Grainger podał kelnerce menu. – Na wynos.

Donna z uśmiechem skinęła głową i odwróciła się do Willa.

– Co mam podać?

– Och... Poproszę lody w rożku, czekoladowe... – Will szybko sięgnął do kieszeni, sprawdzając, czy ma przy sobie dość pieniędzy.

Kelnerka najpierw przyniosła lody, Will więc wyszedł na zewnątrz i usadowił się na ławce po drugiej stronie ulicy. Po kilku minutach z kawiarni wyłonił się Grainger. Will, który niecierpliwie czekał na jego pojawienie się, zerwał się z ławki, pośpiesznie oblizując roztapiające się lody, gotowy wrócić do samochodu i pojechać za Graingerem, oczywiście w pewnej odległości, lecz mężczyzna zaskoczył go, przechodząc na drugą stronę, siadając na ławce i przerzucając ramię przez jej oparcie.

– Nie sądzisz, że dobrze by było, gdybyś powiedział mi, co właściwie robisz?

Will nagle poczuł się jak dziecko. Stał przed Graingerem, lizał gałkę lodów i niewątpliwie mimo swojego wzrostu sprawiał wrażenie kompletnego gówniarza.

– Przyjechałeś tu za mną – spokojnie dorzucił Grainger.

Will zakasłał, lody wydały mu się nieprzyjemnie zimne.

– Wcale za panem nie jechałem. Ma pan manię prześladowczą czy co?

– Może i tak... – ton Graingera był zdecydowany, ale nie groźny i trochę przypominał głos trenera, który w szkole średniej opiekował się drużyną koszykówki Willa. – Siadaj. Jak się nazywasz?

– Will. Will Harris.

– Harris... – Grainger wziął głęboki oddech. – Czego chcesz, Willu Harris?

Will wciąż stał przed nim jak uczniak. Lipcowe słońce, chłodzone tylko lekką bryzą z południowego zachodu, chciwie lizało szyję Willa, który przekręcił swoją basseballówkę z logo Uniwersytetu Cornell tak, aby osłonić skórę daszkiem.

– Ja... Ja zastanawiałem się, czy nie mógłby mi pan dać kilku lekcji żeglarstwa. – Will wetknął sobie koniuszek rożka do ust.

Był dumny, że tak szybko udało mu się wymyślić w miarę wiarygodny pretekst pragnienia zawarcia znajomości z Graingerem, a wszystko to dzięki wielkiemu napisowi: „PRZY-

STAŃ EGANA, SZKUTNICTWO, NAPRAWY, PRZECHO-
WYWANIE W SUCHYM DOKU, LEKCJE ŻEGLARSTWA",
wymalowanemu na boku półciężarówki.

Grainger milczał. Siedział nieruchomo, wpatrzony w coś za
plecami Willa, może w port, widoczny między budynkami,
może w ulicę, a może po prostu w przestrzeń. Po dłuższej
chwili Will usiadł obok Graingera na zielonej parkowej ławce.

– Dlaczego nie poprosisz o to swojej matki?

Pytanie Graingera wprawiło Willa w zażenowanie. Wsty-
dził się, że nowy znajomy tak łatwo przyłapał go na półkłam-
stwie, zwłaszcza że w tonie mężczyzny brzmiała nuta ni to
pogardy, ni to zaciekawienia.

Will wpadł na pomysł lekcji żeglarstwa, aby ratować swoją
godność, i teraz ogarnęła go złość, że Grainger natychmiast
nie przystał na jego propozycję. Wiedziony zwykłą przekorą,
podjął rozmowę.

– Nie mamy łodzi – oświadczył.

– Owszem, macie mały jacht. Stoi w moim doku.

– Och, no tak... Mama jest strasznie zajęta i pewnie dlatego... – Will poczuł się jeszcze mniej pewnie, kiedy tak łatwo
uzyskał potwierdzenie, że Grainger zna jego matkę.

– Sporo biorę za lekcje.

– Mam trochę pieniędzy. Chyba wystarczy na kilka lekcji...

– Dlaczego chcesz nauczyć się żeglować?

– Można powiedzieć, że mam to we krwi. Dziadek często
opowiada mi, jak brał udział w regatach, a ja po prostu nigdy
nie miałem okazji się nauczyć...

Dorastając, Will chętnie słuchał opowieści o dniach chwały
dziadka i jego dokładnych opisów każdego wyścigu, ale myśl,
że mógłby zacząć brać lekcje żeglowania nigdy dotąd nie powstała mu w głowie. Nagle poczuł się tak, jakby żeglowanie
było jego wielką pasją i ambicją.

– No, nie wiem... – Grainger pokręcił głową, zdjął czapkę
i przeczesał ciemne włosy palcami. – Jestem zajęty, nie mam
za dużo wolnego czasu...

Will pomyślał, że właściwie powinien wstać i pożegnać się,
ale niespodziewanie odkrył, że nie jest w stanie tego zrobić.
Miał przed sobą człowieka, który trzymał w ręku klucz do je-

go przeszłości, nawet jeżeli polegało to tylko na tym, że znał matkę Willa, gdy była młodą dziewczyną. Will nie potrafił pozbyć się głębokiego przekonania, że Grainger może powiedzieć mu coś ważnego, wyjątkowego i gotów był zrobić wszystko, aby nie dać się zbyć.

– Może chociaż jedną lekcję? – zaproponował pokornie.

Grainger, który przed chwilą oparł łokcie na kolanach, teraz wyprostował się i spojrzał Willowi prosto w oczy. Przez chwilę wydawało się, że szacuje chłopca, ocenia go, może porównuje z kimś, kogo znał i pamiętał.

– W porządku – rzucił. – Spotkamy się na przystani, we wtorek rano, o siódmej trzydzieści – wyciągnął rękę do Willa. – Jedna lekcja. Jeśli uznam, że masz zadatki na dobrego żeglarza, zastanowimy się nad drugą.

– Świetnie! – Will poczuł, jak uścisk dłoni Graingera staje się bardzo silny, prawie bolesny.

– Jedna lekcja, za darmo, żeby sprawdzić, czy się nadajesz. – Grainger uwolnił rękę Willa, chwycił papierową torbę z kawą i szarlotką, podniósł się i ruszył w stronę półciężarówki.

Nagle przystanął i odwrócił się do chłopca.

– Jak ona się czuje? Twoja mama?

Willowi wydawało się, że słyszy leciutkie, prawie niemożliwe do uchwycenia drżenie w spokojnym głosie, ale może tylko to sobie wyobraził. Nie był pewny, jak odpowiedzieć na pytanie Graingera. Mama miała się nieźle, lecz zachowywała się trochę dziwnie, jakby przyjazd do Hawke's Cove przyprawił ją o ostry ból głowy.

– Chyba dobrze... – powiedział.

Grainger kiwnął głową, odwrócił się i przeszedł na drugą stronę ulicy długim, nieco rozkołysanym krokiem człowieka, który większą część życia spędził na morzu.

Rozdział siódmy

Najpierw Kiley była zła, że Will się spóźnia, ale szybko zaczęła się martwić. O ile powiedział jej prawdę, nie pojechał dalej niż do Great Harbor, gdzie najprawdopodobniej chciał poszukać jakichś nowych CD i rozejrzeć się po mieście. Obiecał, że przed piątą będzie już po tej stronie mostu i spotka się z nią w „Osprey's Nest" na wczesnej kolacji. Kiley z góry założyła, że jej syn nie będzie idealnie punktualny i bez pośpiechu wyruszyła spacerem do miasta. Teraz była już jednak piąta czterdzieści i Kiley walczyła z typowym dla większości matek uczuciem paniki, które nieodmiennie brało górę nad zdrowym rozsądkiem.

Od tamtej nocy, kiedy został przyłapany na paleniu trawki, Will bywał roztargniony i jakby oderwany od rzeczywistości, co często nasuwało Kiley niepokojące myśli, czy przypadkiem nie traci kontaktu z synem. Niestety, sama ostatnio była równie roztargniona z powodu domu, a raczej konieczności przyjazdu do Hawke's Cove. Początkowo żywiła nadzieję, że wspólny pobyt z Willem w ukochanym letnim domu jej dzieciństwa i wczesnej młodości otworzy nową drogę porozumienia między nimi, ale gdy Will zaczął wypytywać ją o znalezione zdjęcie, zawiodła jego i samą siebie. Pragnęła, żeby Will wyjawił jej swoje myśli, lecz sama wcale nie miała ochoty zwierzać się synowi ze swoich przeżyć. Cóż, może dzisiaj wieczorem uda jej się przekroczyć granicę jego wewnętrznego świata... W głębi serca Kiley wiedziała, że tamtej nocy coś musiało skłonić Willa do sięgnięcia po narkotyk, że istniało coś, co popchnęło go do tego czynu. Will był wrażliwym młodym człowiekiem i nigdy nie pozostawał obojętny na to, co mu się przydarzało.

Kiley westchnęła. Ostatnio w ich wspólnym życiu tyle się działo, że po prostu nie mogła pozwolić, aby Will nadal trwał w milczeniu, niezależnie od tego, czy powodem tego zachowania było zwyczajne zmęczenie, czy obronna reakcja organizmu i psychiki. Jeszcze kilka tygodni i Will wyjedzie z domu, stanie się głosem w słuchawce, obszarem nieobecności i tęsknoty. Zacznie żyć z dala od niej i wtedy nigdy już nie wrócą do normalnych stosunków.

– Mogę już przyjąć zamówienie? – z zamyślenia wyrwał Kiley głos kelnerki, która już drugi raz podchodziła do jej stolika.

– Nie, nadal czekam na syna. Zaraz powinien tu być. – Kiley miała sobie za złe, że czuje potrzebę tłumaczenia się przed obcą osobą. – Na razie poproszę szklankę wody...

– Jasne...

Kobieta przyniosła dużą szklankę lodowatej wody i odeszła.

Kiley piła powoli, zastanawiając się, czy nie poprosiła o wino tylko dlatego, aby nie wyglądać na godne pożałowania stworzenie, które udaje, że czeka na syna i pod tym pretekstem zamawia alkohol. W tej okolicy wciąż wierzono, że dama nigdy nie pije w samotności.

Zachowanie innych gości szybko pozbawiło ją złudzeń, że ktokolwiek zwraca uwagę na jej obecność. Byli to głównie mężczyźni, jedzący porządną gorącą kolację, złożoną z klopsa lub pieczonego kurczaka, po dniu ciężkiej pracy. Nawet gdyby zauważyli samotną kobietę, to to spostrzeżenie nie wywarłoby na nich najmniejszego wrażenia. Ubrani w poplamione, znoszone dżinsowe spodnie i koszule oraz kalosze, należeli do innego Hawke's Cove niż to, które Kiley znała i kochała. Klientelę „Osprey's Nest" stanowili głównie stali mieszkańcy miasteczka, rzadko widywani na ulicach w sezonie, ci których spotykało się wtedy, gdy trzeba było naprawić żagiel lub silnik, albo przetransportować jacht z suchego doku. To byli ludzie, wśród których żył i dorastał Grainger.

Rodzice Kiley nie aprobowali jej przyjaźni z Graingerem.

– To chłopak z miasteczka – mówili. – Powinnaś być dla niego miła i uprzejma, ale nie zachęcać go do podtrzymywania kontaktów...

„Nie jest jednym z nas" – oto, jaki był podtekst tych łagodnie sformułowanych uwag. Na zmianę ich zdania nie wpłynął nawet fakt, że rodzina MacKenziech traktowała Graingera jak syna. Rodzice Macka byli „dobrymi, świętymi ludźmi", skoro zdecydowali się nieformalnie adoptować Graingera, ale chłopak był przecież tym, kim był, i tyle.

Kiley zastanawiała się, czy zwiastunem nękającego jej matkę od kilku lat lęku przed obrabowaniem nie była stanowcza odmowa przyjęcia pomocy Graingera przy rozładowywaniu samochodu, kiedy Harrisowie przyjeżdżali na lato do Hawe's Cove.

– Zmykaj, jakoś sobie poradzimy – odpowiadała niezmiennie Lydia.

W uszach Kiley wciąż brzmiały słowa wypowiedziane tonem tak rozkazującym, jakby podejrzewała Graingera o zakusy na ich srebrne sztućce. W rezultacie obaw matki to ona, Kiley, musiała zmagać się ze zbyt ciężkimi torbami i walizkami.

Któregoś lata Grainger został instruktorem żeglarskim najmłodszej grupy letników, należących do miejscowego klubu Dyer Dinks i wtedy otwarta dezaprobata Lydii została złagodzona polityczną poprawnością, z jaką musiała mówić o nim w towarzystwie przyjaciółek od brydża, których dzieciaki „po prostu uwielbiały" swego nauczyciela. Tak czy inaczej, Grainger nadal nie był zapraszany na odbywające się w piątkowe wieczory tańce w klubie. Kiley nie mogła uniknąć tej obowiązkowej rozrywki, lecz zawsze stawała na głowie, aby jak najszybciej wymknąć się tylnym wyjściem, pod którym na wyżwirowanym parkingu czekali już na nią Mack i Grainger.

Kiedy rodzice Macka oficjalnie wstąpili do Klubu Jachtowego, obaj ich synowie, a także Grainger, przyjaciel rodziny i stały gość, zaczęli przychodzić na tańce. Kiley miała ogromne trudności z nakłonieniem któregoś z przyjaciół, żeby z nią zatańczyli. Obaj chłopcy woleli podpierać ściany i popijać colę z puszki. Czasami starszy brat Macka, Conor, który przyjeżdżał do domu na wakacje zaraz po zakończeniu sesji egzaminacyjnej na uczelni, wychodził z Kiley na parkiet, głównie po to, aby zirytować brata i Graingera. Po tańcu uprzejmie kłaniał się partnerce i odchodził do swojej własnej grupy, zostawiając zdyszaną dziewczynę samą.

Na wyjście do klubu Grainger zawsze ubierał się w jasnobrązowe płócienne spodnie i niebieską koszulkę polo z postawionym kołnierzykiem, zgodnie z najnowszymi dyktatami mody. Kiley podejrzewała, że dostał te rzeczy od pani Mac-Kenzie, najprawdopodobniej po Conorze, ponieważ na podstawową garderobę Graingera składały się dwie pary spranych dżinsów i kilka zwyczajnych koszulek z krótkim rękawem.

Gdy Kiley wreszcie zrozumiała, że namawianie chłopców do aktywnego udziału w tańcach nie ma najmniejszego sensu, cała trójka zaczęła zgodnie wymykać się z klubu na opustoszałą plażę. Zrzucali ubrania, pod którymi zawsze mieli kostiumy do pływania, i ze śmiechem rzucali się do nagrzanej w czasie dnia wody. W otaczającej ich zewsząd ciemności pozwalali się kołysać falom, patrzyli, jak rzęsiście oświetlone okna klubowych budynków odbijają się w wodzie i uważali się za najprawdziwszych buntowników. Z głośników rozlegała się muzyka, głównie piosenki Pointer Sisters, Dona Henleya i Donny Summer, brzegi złocistych pasów na powierzchni miały zielonkawe, fluorescencyjne krawędzie, a łagodne fale leniwie lizały plażę. Pod osłoną ciemności uczucie łączące troje młodych ludzi kwitło i wzmacniało się. Wierzyli, że ich przyjaźń przetrwa wszystkie możliwe przeciwności losu, że zawsze będą najlepszymi, najserdeczniejszymi przyjaciółmi.

Nie widzieli się, ale ich ręce, spokojnie gładzące powierzchnię wody, czasami lekko się dotykały. Pewnego wieczoru zdarzyło się, że dłoń któregoś z chłopców musnęła pierś dziewczyny. Zawstydzona i mimo woli poruszona Kiley sądziła, że ten, do którego należała dłoń, był równie zaszokowany jak ona. Pod wpływem chłodnego wieczornego wiatru jej sutki twardniały, a po skórze przebiegał dziwny dreszcz.

Wtedy w głowie Kiley po raz pierwszy zaświtała myśl, że gdyby któreś z nich trojga zachowało się nieodpowiednio, ich przyjaźń znalazłaby się w niebezpieczeństwie. Szybko zanurkowała, powtarzając sobie, że nigdy do tego nie dojdzie. Nie powinna w ogóle się nad tym zastanawiać. To, co ich łączyło, nigdy się nie zmieni. Na pewno.

Kiley uświadomiła sobie nagle, że jej wzrok przesuwa się po twarzach ludzi przy sąsiednich stolikach, zupełnie jakby szukała kogoś znajomego. Pośpiesznie spuściła oczy i zaczęła przyglądać się niezbyt czystemu obrusowi z ceraty. Czy rzeczywiście rozpoznałaby go po tak długim czasie? Ostatni raz widziała go przed dziewiętnastu laty... Dziewiętnaście lat – prawie ćwierć wieku, całe życie Willa. Przestraszyła się, że naprawdę mogłaby go nie poznać. Podobno mężczyźni zmieniają się bardziej niż kobiety, zresztą jakie tam „podobno", wiedziała przecież, że to prawda, bo na niedawno zorganizowanym spotkaniu z okazji piętnastolecia ukończenia studiów od razu zauważyła, że kiedyś przystojni chłopcy roztyli się i zaczęli łysieć. Ich karki stały się grube, a głosy zbyt donośne.

Co by zrobiła, gdyby nagle wszedł do tego baru, a ona by go poznała, teraz, w tej chwili? Czy wytrzymałaby jego wzrok, gdyby spojrzał na nią z taką samą nienawiścią jak ostatnim razem? Rany, które sobie zadali, wcale się nie zabliźniły, bo przecież nigdy nie dali sobie tej szansy... I co on by zrobił, gdyby dowiedział się o istnieniu Willa? Jak, na miłość boską, miała rozmawiać z Graingerem o jachcie swojego ojca, skoro sama myśl, że mogłaby go zobaczyć, budziła w niej paniczny, obezwładniający lęk?

Zadrżała i szybko roztarła ramiona, pewna, że w sali zrobiło się chłodniej, bo ktoś za mocno nastawił klimatyzację. Ciarki przebiegły jej po grzbiecie, zupełnie jakby nagle pomyślała o czymś absolutnie przerażającym.

Dzwonek nad drzwiami zadźwięczał głośno i do baru wszedł Will. Kiley znowu zadrżała, ale zaraz odetchnęła z ulgą i uśmiechnęła się, szczęśliwa, że syn wreszcie się zjawił.

Rozdział ósmy

Will wiedział, że spóźnił się prawie godzinę, zresztą nawet gdyby nie wiedział, malujący się na twarzy matki niepokój uświadomiłby mu, że coś jest nie w porządku. Zdawał sobie sprawę, że jest już zbyt dorosły, aby posługiwać się mocno wyświechtaną wymówką, iż stracił poczucie czasu, zwłaszcza że z okazji ukończenia szkoły średniej dostał od dziadków nowy, drogi i elegancki zegarek. Pomyślał, że może warto byłoby wykorzystać tę okazję, aby zasugerować matce, że gdyby miał telefon komórkowy, nie musiałaby się o niego niepokoić, ale postanowił podsunąć jej to rozwiązanie trochę później.

– Gdzie byłeś?

– Zgubiłem drogę... Przed mostem skręciłem w prawo, zamiast w lewo, i musiałem sporo nadłożyć...

– Nie wygłupiaj się! Oboje wiemy, że nie masz problemów z odczytywaniem znaków drogowych.

– No, może spędziłem w centrum handlowym trochę więcej czasu, niż należało. Centrum jest niewielkie, ale mają tam świetnie zaopatrzony sklep muzyczny... – Will otworzył plecak i wyjął z niego pięć nowych płyt kompaktowych. – Zrobiłem nieoczekiwanie duże zakupy, jak widzisz...

Na kwadratowym blacie leżały dowody zróżnicowanych upodobań muzycznych Willa: Alicia Keys, No Doubt, Coldplay, India. Arie oraz promocyjna składanka wczesnych nagrań Beatlesów.

Kiedy kelnerka wróciła do ich stołu, aby wreszcie przyjąć zamówienie, Kiley poprosiła o kieliszek wina.

– Mam nadzieję, że kupiłeś baterie – ruchem głowy wskazała kupione przez syna płyty. – W domu nie ma odtwarzacza CD...

– Wiem. Kupiłem duży zapas baterii.

Will był zadowolony, że matka nie wspomniała o sumie, jaką przeznaczył na płyty, chociaż oczywiście miał prawo wydawać swoje pieniądze, jak mu się podobało. Postanowił, że kiedy wyjedzie do Cornell, wreszcie zacznie planować wydatki i przynajmniej trochę oszczędzać. W tej chwili mógł sobie pozwolić na drobne szaleństwa, głównie dzięki hojności dziadków. Harrisowie seniorzy byli tak szczęśliwi, że Kiley zgodziła się pojechać do Hawke's Cove, iż wręczyli Willowi spore kieszonkowe, aby zrekompensować mu stratę miesięcznych zarobków w barze z hamburgerami.

Doszedł do wniosku, że jeżeli Grainger po pierwszej lekcji zgodzi się uczyć go dalej, wykorzysta resztę pieniędzy właśnie na ten cel. Może faktycznie istniało coś takiego jak cechy dziedziczne... Dziadek Willa był przecież doskonałym żeglarzem i zdobył wiele nagród.

Kelnerka postawiła przed nimi zamówione dania. Will od rana nosił się z zamiarem zadania matce pewnego pytania, związanego ze znalezionym zdjęciem, przedstawiającym troje młodych ludzi, opartych o burtę niewielkiej łodzi.

– Kto nauczył cię żeglować, mamo?

Drgnęła, wyraźnie zaskoczona.

– Tata – odparła po dłuższej chwili. – Oczywiście nigdy nie dorównałam mu pod względem umiejętności i dlatego nie zabierał mnie ze sobą na regaty, ale i tak radziłam sobie całkiem nieźle...

– Pływałaś z kimś jeszcze, czy tylko z dziadkiem?

– Klub Jachtowy sponsorował zawody dla dzieci. – Kiley przesunęła mięso na brzeg talerza i spojrzała na Willa. – Dlaczego pytasz?

– Pomyślałem sobie, że mógłbym wziąć kilka lekcji żeglowania... – powiedział.

Gdyby uśmiechnęła się i powiedziała: „Mam przyjaciela, który mógłby cię nauczyć", natychmiast przestałby udawać.

– Skoro już tutaj jestem, to chyba warto to wykorzystać – dodał.

– Jeśli mówisz poważnie, możemy sprawdzić, czy Klub prowadzi zajęcia dla początkujących żeglarzy. Zajrzę tam jutro, ale dopiero koło południa, kiedy przejrzę następną porcję rzeczy...

Przez moment wyglądała na radośnie podekscytowaną, zupełnie jak wtedy, gdy planowali jakąś wspólną rozrywkę.

– Co dzieje się z jachtem dziadka? – Will zobaczył, jak lekki uśmiech znika z twarzy matki, ustępując miejsca napięciu.

– Stoi w suchym doku – odparła krótko. – Poza tym powinieneś uczyć się żeglować na mniejszej łódce.

Will przełknął duży kęs cheeseburgera, żałując, że nie ugryzł się w język. Wyglądało na to, że ostatnio wszystko, co robi i mówi sprawia matce przykrość.

– W porządku, tak sobie tylko powiedziałem...

Kiley wyciągnęła rękę i dotknęła jego dłoni.

– Żałuję, że sama nie mam czasu trochę z tobą popływać i pokazać ci, jak obsługiwać łódź. Mielibyśmy niezłą zabawę, chociaż wcale nie jestem pewna, czy jeszcze potrafię odróżnić fał od ściągacza i lewą burtę od prawej. O, właśnie, przypomniał mi się pewien kawał...

– Jaki?

– Znasz ten o kapitanie, który przechowuje w kabinie drewnianą szkatułkę?

Will potrząsnął głową.

– Załoga umiera z ciekawości, bo kapitan co wieczór idzie do swojej kabiny, otwiera zamkniętą na kłódkę szkatułkę i zagląda do środka. Wreszcie, gdy staruszek umiera, mogą zaspokoić ciekawość. Bosman biegnie do kapitańskiej kabiny, wyłamuje kłódkę i podnosi wieczko szkatułki. Wewnątrz leży mała karteczka ze słowami... – Kiley zawiesiła głos, starając się uzyskać dramatyczny efekt. – „Prawa burta jest po prawej, lewa po lewej stronie"...

Will parsknął niezupełnie szczerym śmiechem, jak ktoś, kto nie do końca rozumie dowcip, ale widok rozpogodzonej twarzy matki naprawdę go ucieszył.

– Chyba trzeba być żeglarzem, żeby w pełni docenić ten kawał! – zaśmiała się Kiley.

Willowi zaświtał w głowie wspaniały pomysł.

– Kto ci go opowiedział? – zagadnął.

Kiley przeniosła wzrok na swój talerz.

– Nie pamiętam... Chyba jakiś stary znajomy...

Dzwonek nad drzwiami zadźwięczał znowu i Kiley szybko podniosła oczy, jakby na kogoś czekała. Will kończył cheeseburgera, zastanawiając się, czy może ją jeszcze o coś zapytać.

W kieszeni spodni miał zdjęcie, które chciał jej pokazać. Miał nadzieję, że w ten sposób dowie się czegoś o jej przeszłości i zachęci do rozmowy, tak jak było z tamtą pierwszą fotografią, jednak wahał się zbyt długo i zmarnował wspaniałą okazję. Powinien był wyciągnąć zdjęcie i zapytać, który z dwóch przyjaciół opowiedział jej ten kulawy dowcip, ale nie zrobił tego, bo w głębi serca doskonale wiedział, że byłby to tylko marny pretekst.

Will instynktownie wyczuwał, że matce nie spodobałby się pomysł, iż on uczy się podstaw sztuki żeglarskiej od człowieka, którego najwyraźniej wykluczyła ze swojego życia, a tym samym z życia swego syna. Jeżeli Grainger był jego ojcem (tu myśli Willa skłębiły się w bolesny węzeł), to nie ulegało wątpliwości, że towarzyszące całej tej sprawie przeżycia musiały być prawdziwie traumatyczne dla Kiley. Gdyby było inaczej nie odcięłaby się tak bezwzględnie i zdecydowanie od wszelkich kontaktów z ojcem swego dziecka. Will wepchnął sobie resztę frytek do ust. Już kilka lat temu zrozumiał, że upór, z jakim matka ukrywała przed nim prawdę o jego ojcu wcale nie świadczył o wielkiej, prawdziwej i bezpowrotnie straconej miłości, która kiedyś połączyła dwoje bardzo młodych ludzi, lecz raczej o wrogości, która ich rozdzieliła. Frytki wydały mu się nagle dziwnie niesmaczne, żołądek skulił się z napięcia. Czy nie powinien brać pod uwagę możliwości, że próbuje zaprzyjaźnić się z człowiekiem, który skrzywdził jego matkę? Z trudem przełknął frytki. Może rzeczywiście tak było, ale prawdy dowie się tylko wtedy, gdy na własną rękę przeprowadzi prywatne śledztwo, niezależnie od tego, jak trudne i nieprzyjemne okażą się kolejne odkrycia. Nawiązał znajomość z Graingerem, ponieważ chciał zorientować się, co tamten wie, i nie zamierzał wycofywać się z tej sprawy. Jeżeli Grainger wyrządził krzywdę jego matce, to on już postara się, żeby za to zapłacił...

73

Will uświadomił sobie nagle, że ma pewien problem. Umówił się na lekcję o siódmej trzydzieści i teraz musiał wymyślić jakiś wiarygodny powód, dlaczego wstaje tak wcześnie we wtorkowy poranek. Matka z pewnością nabierze podejrzeń, jeśli Will wstanie trzy godziny wcześniej niż zwykle, i na dodatek zniknie na cały ranek...

Doskonale wiedział, że martwi się o niego bez przerwy od tamtej nocy, kiedy razem z D.C. i Mikem pozwolił przyłapać się na tym idiotycznym kurzeniu trawki. Szczerze żałował tego, co się stało, bo przecież nie palił nałogowo, nie był jednym z tych głupków, którzy myśleli tylko o tym, żeby się najarać, a przede wszystkim naprawdę rzadko coś przed nią ukrywał, ale wtedy po prostu musiał poprawić sobie nastrój i sięgnął po łatwo dostępny środek.

Wcześniej wszyscy trzej byli na imprezie u Lori Amandie. Przez całą ostatnią klasę Lori była dziewczyną Willa, więc kiedy tamtej nocy poprosiła, żeby wyszedł z nią na chwilę na taras, pomyślał, że zwyczajnie ma ochotę spędzić z nim parę minut na osobności. Nie przyszło mu do głowy, że Lori może mieć zupełnie inne plany.

– Musimy trochę przyhamować, Will – powiedziała. – Wydaje mi się, że nasze drogi rozchodzą się i nie chcę, żebyś żałował, że związałeś się ze mną...

– Chodzi ci o to, że sama mogłabyś tego żałować, tak? – zapytał, usiłując ukryć zranioną dumę.

Wydawało mu się, że naprawdę kocha tę inteligentną, śliczną dziewczynę. Od pierwszej chwili, kiedy mocno spóźniona wpadła na zajęcia z wiedzy o społeczeństwie, zdyszanym głosem podając jakąś głupiutką wymówkę, którą nauczyciel przełknął bez zmrużenia oka, Will czuł, że to dziewczyna dla niego. Uważał, że są dla siebie stworzeni, ale wtedy, na słabo oświetlonym tarasie, zrozumiał, że dla niej był tylko kimś, z kim mogła umówić się na lunch, gwarancją, że weekend nie będzie potwornie nudny, tarczą, którą osłaniała się przed zalotami innych, mniej odpowiednich chłopców. Chętnie poszła z nim na bal maturalny, lecz nie zamierzała z jego powodu ograniczać swego życia towarzyskiego na uczelni, którą wybrała.

Will utkwił wzrok w ciemnym niebie, bo nie chciał na nią patrzeć.

– W porządku – rzucił. – Wolna wola...

Zostawił Lori na stopniach tarasu, z malującym się na jej uroczej twarzy wyrazem niewinnego zdumienia, zupełnie jakby nie miała pojęcia, dlaczego Will nie jest szczęśliwy. Najwyraźniej jej zdaniem powinien skakać z radości, że w ogóle pozwoliła mu spędzić ze sobą trochę czasu. Po raz pierwszy Will zrozumiał, co miał na myśli poeta, mówiąc, że w każdym związku jest ten, kto kocha i ten, kto przyjmuje miłość. Z całej siły uderzył otwartą dłonią w drewnianą poręcz i poszedł poszukać D.C.

Zamierzał wrócić do domu i wleźć do łóżka, zanim matka poczuje zapach piwa, którym przesiąknięty był jego oddech. Chciał ukryć twarz w poduszce i zmoczyć ją niemęskimi łzami, rozciąć ten bolesny wrzód, kiedy jednak D.C. mrugnął do niego i wysunął z kieszeni torbiastych spodni brzeg plastikowej torebeczki, Will zmienił zdanie. Uznał, że chyba może sobie pozwolić na zemstę doskonałą – Lori nie omijała żadnej okazji, aby zamanifestować swoje przekonanie, że wszystkie używki są ostatecznym złem, była nawet przewodniczącą szkolnego oddziału organizacji Młodzi Przeciwko Narkotykom. Pieprzyć ją.

Will skinął głową. Zaraz potem we trzech wsiedli do samochodu Mike'a i pojechali do parku, żeby tam spokojnie wypalić skręty. Przez cały rok kumple drwili z jego lojalnej abstynencji, nazywając go „dziwakiem" i „prawiczkiem", lecz jednocześnie szanowali go za wierne poparcie dla poglądów Lori. Teraz także propozycja zapalenia skręta wzięła się raczej z czystej uprzejmości niż przekonania, że Will mógłby na nią przystać. Zaskoczenie, które odmalowało się na twarzy D.C., sprawiło, że Will ściągnął brwi i odmówił jakichkolwiek wyjaśnień. Nie wątpił, że wcześniej czy później i tak dowiedzą się, że nie jest już z Lori, i domyślą się, że to ona go rzuciła.

Oczywiście nie mógł powiedzieć tego matce, chociaż przypuszczał, że poczułaby pewnego rodzaju ulgę. Kiley od początku nie przepadała za Lori, przez co Willowi jeszcze trudniej było pogodzić się z zerwaniem. Nie chciał, żeby matka otwarcie wyraziła złą opinię o jego byłej dziewczynie. Will sam próbował się przekonać, że poniósł niewielką stratę, ale nie był pewny, czy jest gotowy usłyszeć to samo z ust Kiley. Tak czy inaczej, nie było winą Lori, że Will sięgnął po skręta. Był to wyraz głupiego buntu, i tyle.

Nie odrywał wzroku od pustego talerza. Obawiał się spojrzeć na matkę, która zawsze z łatwością odgadywała stan jego ducha. Wystarczył niezbyt naturalny uśmiech Willa albo nuta niepokoju w jego głosie.

– Co ci jest, kochanie? – pytała natychmiast.

Tylko jej roztargnieniu z powodu prawnych konsekwencji jego pobytu w areszcie zawdzięczał to, że nie zwróciła uwagi na brak telefonów od Lori. Aż do wyjazdu do Hawke's Cove Kiley ani razu nie wspomniała o dziewczynie syna, nawet przelotnie. Być może doszła do wniosku, że co z oczu, to z serca, pomyślał Will.

Kiley odłożyła nóż i widelec.

– Dziadek prosił, żebym zajęła się sprzedażą jachtu.

Głos matki wyrwał Willa z zamyślenia. Podniósł głowę i zobaczył, że na jej twarzy maluje się ten sam wyraz napięcia, którym zareagowała na konieczność przyjazdu do letniego domu rodziców i jego wcześniejsze pytanie o jacht. Lekko wzruszył ramionami.

– Powiedz mu, że nie dasz rady załatwić dwóch ważnych spraw naraz.

– Już to zrobiłam.

– Punkt dla ciebie...

Kiedy uśmiechnęła się, poczuł radość, że wyciągnął ją na kolację do tej zapyziałej tawerny. Znowu rozejrzała się dookoła, jakby szukając wzrokiem kogoś znajomego. Gdy odzywał się wiszący tuż nad drzwiami dzwonek, za każdym razem zerkała w tamtym kierunku. Willowi przyszło do głowy, że chyba nie powinien ukrywać przed nią, że wie, kto przechowuje jacht dziadków, ale szybko odsunął tę myśl.

We wtorek będzie mógł z bliska przyjrzeć się Graingerowi, mężczyźnie, który dawno temu stanowił część życia jego matki. Postanowił obserwować go uważnie i spróbować znaleźć odpowiedź na dręczące go pytanie – może Grainger zdradzi się z jakimiś upodobaniami, antypatiami lub cechami, które wskażą, że łączy go z Willem coś więcej niż tylko znajomość. Will otarł krople potu, które zebrały się na jego karku. Sala była klimatyzowana, ale on pocił się z podniecenia. Czuł się jak snowboardzista, który staje na krawędzi stoku w czasie międzynarodowych zawodów. Mógł sobie tylko wyobrażać, co czuje taki zawodnik. Na pewno gorączkowo zastanawia się, czy okaże się wystarczająco dobry i czy następne minuty nieodwracalnie odmienią jego dotychczasowe życie.

Will miał wrażenie, że także stoi na krawędzi zaśnieżonego stoku, gotowy skoczyć na nawoskowaną deskę, spięty, pełen pulsującego podniecenia. Tyle tylko, że on nie zastanawiał się, czy jest dość dobry... Szukał odpowiedzi na znacznie głębsze, bardziej istotne pytanie, pytanie, które mogło zaważyć na całym jego życiu.

Kim jestem?

Rozdział dziewiąty

Grainger Egan, siedzący w swoim ulubionym kącie za dwoma belkami, które udawały, że podtrzymują sufit, podniósł wzrok i zobaczył wchodzącą do słabo oświetlonego baru Kiley Harris. Lubił ten mały, dwuosobowy stolik, ponieważ mógł być tu praktycznie niewidzialny. Zbyt wielu jego klientów wyobrażało sobie, że Egan marzy tylko o tym, żeby pogadać z nimi o wykonywanej dla nich pracy, podczas gdy on miał ochotę na kawałek wyśmienitej pieczeni rzymskiej Mattie Lou Silvy i kufel dobrze schłodzonego piwa. Bar „Osprey's Nest" był idealnym miejscem dla człowieka cuchnącego kreozotem, innymi substancjami impregnującymi i pakułami, zbyt zmęczonego, aby przed posiłkiem pojechać do domu i wziąć prysznic. Pilot także był tu zawsze mile widziany i teraz siedział pod stołem, czekając na resztki z talerza swego pana. Grainger czuł ciężar głowy psa, opartej o jego buty, ciężar, który czasami przypominał mu, gdzie i po co żyje.

Wejście Kiley Harris poruszyło dzwonek nad drzwiami tawerny i serce Graingera, które zaczęło bić szybko i niespokojnie. Kiley rozejrzała się dookoła, jakby wcale nie miała pewności, czy powinna zostać, czy uciec i Graingerowi przez jedną, szaloną chwilę wydawało się, że szuka wzrokiem właśnie jego.

Obserwując ją ze swojego bezpiecznego kąta za belką, od razu zorientował się, że prawie się nie zmieniła. Nadal była tak samo wysoka i smukła. Miała na sobie czarną bluzkę bez rękawów, podkreślającą ładny rysunek jej dość szerokich ramion. Włosy, kiedyś bardzo długie, teraz muskały końcami barki; w przyćmionym świetle wydawały się równie jasne jak dawniej. To samo łaskawe światło skutecznie ukrywało zmarszczki, jeżeli w ogóle pojawiły się na jej twarzy. Grainger poznał ją natychmiast, w ułamku sekundy, jakby nie minęły wszystkie te lata.

Dopiero po chwili zorientował się, że jednak się zmieniła. Kiedy szła w kierunku wolnego stolika, zobaczył, że zmienił się jej sposób poruszania się. Spokojnie sięgnęła po menu i przejrzała je, potem zaś odłożyła na brzeg stołu, podczas gdy Kiley sprzed lat z rozmachem rzuciłaby je na blat. Przełknęła łyk wody, nie wypijając całej szklanki jednym haustem, jakby umierała z pragnienia. Ruchy Kiley pozbawione były teraz dziewczęcej lekkości, która miała tak duży wpływ na to, jak widzieli ją Mack i Grainger.

Powiedziała coś do Mattie Lou i Grainger zdał sobie sprawę, że czeka na kogoś, zapewne na chłopca. Przestraszyła go myśl, że Will wejdzie do baru i rozpozna go. Chłopak najwyraźniej wiedział coś albo zgadywał, że jego matka i Grainger nie są zwyczajnymi starymi znajomymi, i usiłował ukryć dręczącą go ciekawość pod maską zainteresowania żeglarstwem. Czy teraz Will, celowo lub w nieświadomości, nie zechce przedstawić matce swego instruktora? I jakie piekielne komplikacje mogłyby wyniknąć z takiej sytuacji?

Kiley siedziała przy środkowym stoliku w centralnej części sali, zwrócona profilem w stronę Graingera, gdy głośno trzasnęły drzwi i do baru długim, typowym dla wysokich młodych ludzi krokiem wszedł Will. Rzucił się na krzesło naprzeciwko matki, plecami do Graingera i twarzą do drzwi. Grainger instynktownie przylgnął do ściany. Nie miał ochoty stanąć twarzą w twarz z Kiley Harris właśnie tutaj i teraz. Jeszcze nie teraz.

Znalazł się w potrzasku, uwięziony przez okoliczności i własny upór. Pilot westchnął u jego stóp, a kiedy Mattie Lou podeszła, aby sprzątnąć ze stołu, Grainger zamówił drugie piwo.

Nie mógł oderwać oczu od kobiety, która w odległości paru metrów od niego powoli sączyła wino w lokalu, gdzie właściwie nikt nie zamawiał wina. Kiley i Will nie rozmawiali dużo, ale co jakiś czas przerywali milczenie, wymieniając po parę zdań i okraszając je śmiechem. W towarzystwie syna Kiley wyraźnie się ożywiła i jej gesty bardziej przypominały teraz dziewczynę, którą Grainger znał przed laty. Patrzył na nią jak urzeczony.

Wyobrażał sobie, że matka i syn nie będą mogli się nagadać, lecz Kiley i Will dużo milczeli. Mimo warunków, w jakich dorastał, Grainger wiedział, że rodzice i dzieci rozmawiają ze sobą. Rodzice Macka często wciągali go do rozmowy i zdarzało się, że ich głosy były jedynymi miłymi, ciepłymi głosami, jakie słyszał na przestrzeni paru dni. Pani MacKenzie karciła go, ale także chętnie z nim żartowała, wypytywała o szkołę i lekcje do odrobienia.

Grainger kupował jej ozdobne kartki na Dzień Matki. Kiedy przyniósł pierwszą, rozpłakała się, szczerze litując się nad chłopcem, którego zostawiła matka, i zawsze uważała chyba, że Grainger składa jej życzenia, manifestując w ten sposób niegasnące uczucie do nieobecnej w jego życiu kobiety. Grainger nigdy nie umiał wyrazić przekonania, że pani MacKenzie, z całą swą dobrocią i odpowiedzialnością, była dla niego ważniejsza od matki, która odeszła, aby szukać szczęścia gdzie indziej. Niezmiennie adresował te życzenia do „osoby, która jest dla mnie jak matka" i chociaż dzisiaj dostrzegał sentymentalizm tego zwrotu, wiedział, że nie było w nim cienia fałszu. Grainger byłby najszczęśliwszy na świecie, gdyby pani MacKenzie zaproponowała mu, aby mówił do niej: „mamo", ale matka Macka była delikatną, taktowną kobietą. Grainger nie mógł sobie przypomnieć, aby kiedykolwiek zwracał się do niej po imieniu.

Odejście matki naznaczyło piętnem gorzkiego żalu jego miłość do niej i pewnie dlatego nigdy nie upiększał w wyobraźni wspomnień z okresu jej pobytu w domu. Kiedyś uważał matkę za ofiarę, lecz później dostrzegł w niej osobę wolną. Zostawiła syna Rolliemu Eganowi, uwolniła się, czyniąc z Graingera kogoś w rodzaju zakładnika. Porzuciwszy dziecinne nadzieje, Grainger nie oszukiwał się, że matka planuje przyjść mu na ratunek i nie spodziewał się przeprosin czy choćby wyjaśnień. Matka postanowiła ratować się za wszelką cenę – było to jasne jak słońce, nawet dla dziesięcioletniego chłopca. Jeszcze później Grainger powiedział sobie, że gdyby miał możliwość, zrobiłby to samo i starał się jak najmniej o niej myśleć, aby jej zdrada była mniej bolesna. Nie obwiniał jej, ale także nie usprawiedliwiał.

W ten sam sposób nauczył się patrzeć na Kiley. Nie widział szansy na powrót do ich dawnej przyjaźni. Kiley pozbawiła go jedynego szczęścia, którego dane mu było zaznać we wczesnej młodości, jego bezpiecznego portu. Podeptała uczucia jego i Macka. Nawet jeszcze teraz, po tylu latach, widok Kiley Harris sprawiał Graingerowi prawie fizyczny ból. Mięśnie jego klatki piersiowej stężały w napięciu, oddychał płytko i szybko. Całkowicie świadomie ukrył się przed kobietą, która zniszczyła jego życie tak samo, jak wieki temu mieszkańcy wiosek na wybrzeżu niszczyli statki, fałszywymi sygnałami sprowadzając je na mielizny, żeby potem wedrzeć się na ich pokład i dokładnie je splądrować.

Popijając z konieczności zamówione drugie piwo, Grainger wspominał ostatnie lato Kiley w Hawke's Cove. Obaj z Mackiem poszli ją przywitać, podekscytowani powrotem najbliższej przyjaciółki. W tamten słodko pachnący czerwcowy wieczór, idąc brzegiem morza i patrząc, jak znajdujący się w przedostatniej kwadrze księżyc rysuje srebrzystą ścieżkę na gładkiej powierzchni wody, Grainger pozwolił ogarnąć się dziwnemu uczuciu spokoju. W tamtej chwili był w pełni szczęśliwy i wdzięczny, że zdaje sobie z tego sprawę, chociaż wiedział także, że ten stan jest ulotny. Życie wydawało mu się po prostu wspaniałe. Jesienią Mack i Kiley mieli rozpocząć studia, a Grainger zamierzał wstąpić do wojska, ale tamtego wieczoru razem z najlepszym przyjacielem najzwyczajniej w świecie szedł na spotkanie najlepszej przyjaciółki.

Czasami cieszył się, że dane mu było przeżyć tę jedną czystą, wspaniałą chwilę, naznaczoną podskórną nostalgią, tęsknotą za życiem, które wkrótce miało się odmienić. Było to ostatnie lato ich młodości i wszyscy troje byli tego świadomi. Czasami Grainger żałował, że poznał smak takiego szczęścia i spokoju – bo gdyby go nie poznał, nie tęskniłby.

Grainger i Mack przystanęli u stóp schodów prowadzących na taras domu Kiley i spojrzeli w oświetlone okno jej sypialni.

Z wewnątrz dobiegała jakaś muzyka, ale do obu chłopców docierał tylko ostry rytm rocka. Okno przesłonił cień, który szybko przybrał kształt postaci Kiley, złocistej w świetle lampy, tańczącej w rytm ledwo dosłyszalnej z zewnątrz muzyki. W milczeniu przyglądali się, jak Kiley tańczy w swoim pokoju. Wysoko podnosiła ramiona i opuszczała je, kreśląc w powietrzu wdzięczne łuki, obracała się i kołysała, trochę jak baletnica, a trochę jak rockowa tancerka. Kiedy znalazła się tuż przed stojącą lampą, blask prześwietlił cieniutki materiał jej nocnej koszuli, ujawniając wszystkie cudowne zmiany, jakim w ciągu zimy uległa jej sylwetka.

Grainger poczuł ulgę, że ciemność ukryła zdumienie, które musiało odmalować się w jego oczach. Usłyszał, jak Mack z cichym gwizdnięciem wypuszcza powietrze z płuc. Później... Cóż, później wszystko zmieniło się, jak za dotknięciem czarodziejskiej różdżki.

Pilot wyraźnie się niecierpliwił. Wstał i wstrząsnął sierścią, a potem wyszedł spod stołu, czego nie wolno mu było robić bez pozwolenia i spojrzał na pana tak, jakby chciał mu powiedzieć, że już pora na spacer. Kiedy Grainger nie zareagował, wrócił do poprzedniej pozycji, ale wcześniej westchnął głośno i ciężko, z rozczarowaniem.

Mattie Lou co parę chwil podchodziła do stolika i proponowała Graingerowi coś do jedzenia, do picia albo przynajmniej deser. Zwykle Grainger zjadał posiłek, płacił i wychodził, co trwało najwyżej pół godziny, lecz teraz siedział w tawernie już półtorej godziny i zdawał sobie sprawę, że jego nietypowe zachowanie doprowadza Mattie Lou do szału. Kochała się w nim jeszcze w liceum i chociaż od tamtego czasu dwukrotnie wyszła za mąż i urodziła troje, czy może nawet czworo dzieci, nadal uwielbiała z nim flirtować.

– Jeszcze jedno piwo? – zapytała, unosząc jedną brew. – Czy może czekasz na coś innego?

– Nie, dziękuję – odparł spokojnie. – Zaraz będę się zbierał.

Grainger czekał, aż jego przeciwnicy znikną. Przypominało to grę, w którą bawili się z Mackiem jako mali chłopcy – kto dłużej wytrzyma pod wodą. Teraz także miał wrażenie, że brak mu tchu. Wiedział, że może podejść do ich stolika, najprawdopodobniej nawet powinien to zrobić, ale przecież pytanie: „Co się z tobą działo przez ostatnie osiemnaście lat i czyj jest ten dzieciak?" nie wchodziło w grę. Spotkanie po tylu latach w przypadkowych okolicznościach przekreśliłoby wszelkie szanse na szczerość.

Rozdział dziesiąty

Kelnerka z uśmiechem zapytała, czy ma wydać resztę z dwóch dwudziestodolarowych banknotów, które Kiley położyła na rachunku, opiewającym na trzydzieści dwa dolary.

– Nie, dziękuję – odparła Kiley.

– Zostawiłaś spory napiwek, mamo – odezwał się Will, kiedy kobieta odeszła.

– Jestem dziś wyjątkowo hojna.

– Świetnie! Mogę kupić sobie samochód?

– Nie aż tak hojna. Poza tym na uczelni samochód nie będzie ci potrzebny, prawda?

– Ale mógłbym sam dojechać na miejsce i nie musiałabyś mnie odwozić.

– Możesz sobie pomarzyć, kolego – Kiley zadrżała, przerażona na samą myśl, że jej syn mógłby sam odbyć tak długą podróż międzystanową autostradą, ściągając na siebie uwagę rozmaitych wariatów i bandytów, jakich pełne były przydrożne bary.

Wiedziała, że będzie musiała walczyć z nadmierną opiekuńczością, ale jednocześnie nie chciała już teraz przyzwyczajać się do świadomości, że Will musi radzić sobie sam. Nie chciała myśleć o końcu lata i wyobrażać sobie, że już wkrótce będzie wracała wieczorami do pustego domu. Doskonale zdawała sobie sprawę, że będzie rozpaczliwie tęskniła za synem i chodziła po domu, zastanawiając się, jak to się stało, że osiemnaście lat minęło tak szybko. Będzie jej brakowało nawet widoku sportowego sprzętu, porzuconego na podłodze w holu, i brudnych skarpetek, zwisających z materaca łóżka, nawet uczucia znużenia i zniecierpliwienia, z jakim zaganiała Willa do odrabiania lekcji...

Czas pędził przed siebie jak ekspresowy pociąg. Młodzi ludzie nie mieli o tym wszystkim pojęcia. Kiedyś Kiley myślała, że już zawsze będzie budziła się w środku nocy, aby wytrzeć synkowi zasmarkany nos i zmienić mu pieluchę, lecz teraz nie mogła oprzeć się wrażeniu, że tamte miesiące i lata minęły w mgnieniu oka. Miała wrażenie, że jeszcze niedawno Will był małym dzieckiem, tymczasem teraz górował nad nią wzrostem i żartobliwie krytykował za to, że dała kelnerce za duży napiwek...

Kiley czekała, aż Will zarzuci plecak na ramię. Drzwi baru otworzyły się i do środka wszedł krępy mężczyzna, głośno witając się ze znajomymi.

– Mattie Lou, skarbie, jak leci? – usiadł przy stoliku przy barze i potoczył wzrokiem po sali. – Hej, Grainger, szykujesz jakiś jacht na sierpniowe regaty?

Może tylko wydawało jej się, że w tawernie nagle zapadła cisza, a może ogłuszył ją własny oddech... Kiley spojrzała w stronę, gdzie skierowane było spojrzenie tęgiego mężczyzny i ujrzała patrzącego na nią z zaskoczeniem i chyba poczuciem winy Graingera Egana. Natychmiast zorientowała się, że od początku wiedział o ich obecności w „Osprey's Nest".

– Nie, Pete. Nie przygotowuję żadnego jachtu.

– Założę się, że coś znajdziesz, stary. Na pewno.

– Nieważne... – Grainger przeniósł wzrok na twarz Willa i znowu zerknął na Kiley.

Podniósł się, nadeptując na łapę leżącego pod stołem psa. Schylił się szybko, przepraszającym gestem poklepał Pilota po łbie i wyprostował się.

Kiley poczuła dłoń Willa na swoim nagim ramieniu.

– Mamo?

– Will, chciałabym ci kogoś przedstawić...

Wzięła syna za rękę, zupełnie jakby był małym chłopcem i podeszła do znieruchomiałego Graingera.

– Will, to jest Grainger Egan. Znaliśmy się wiele lat temu, kiedy byliśmy dziećmi. – Kiley nieświadomie mocno zacisnęła palce na dłoni syna. – Grainger, przedstawiam ci Willa Harrisa, mojego syna...

Will potrząsnął ręką Graingera, ale nie odezwał się. Grainger przytrzymał dłoń chłopca dłużej, niż zdaniem Kiley było to konieczne.

– Miło mi cię poznać, Will...

Czy znowu tylko jej się wydawało, czy w głosie Graingera naprawdę zabrzmiała nieco teatralna nuta? A może po prostu to nieoczekiwane spotkanie zaskoczyło go tak samo jak ją? Z trudem przełknęła ślinę, nie wiedząc, co powiedzieć mężczyźnie, którego zachowała w pamięci i wyobraźni jako młodzieńca. Budzące się w jej sercu uczucie paniki uciszyła przytomna myśl.

– Ojciec powiedział mi, że „Random" stoi w doku w twoim warsztacie. Chce sprzedać jacht.

– I dom, i jacht... Przykro mi to słyszeć. – Grainger uśmiechnął się lekko, zdumiony, że głos tak łatwo wydobywa się z jego gardła. – Zadzwoń do mnie, porozmawiamy o sprzedaży.

Kiley odetchnęła z ulgą, świadoma, że trafili na całkowicie bezpieczny temat.

– Dobrze, zadzwonię – powiedziała. – Dobranoc...

Odwróciła się i szybkim krokiem poszła w stronę drzwi. Will ruszył za matką, starając się ją dogonić.

Zdarzały się dość długie okresy, kiedy Kiley rzadko myślała o przeszłości. Dużo czasu poświęcała Willowi, pracy, przyjaciołom, świeższym wspomnieniom świąt Bożego Narodzenia i wakacji. Wypełniała życie rozmaitymi sprawami, walcząc z potrzebą powrotu do przeszłości.

Mało brakowało, a wyszłaby za mąż za bardzo sympatycznego człowieka, Ronalda, który kompletnie stracił dla niej głowę. Ronald był sporo starszy od Kiley, rozwiedziony, z dwojgiem nastoletnich dzieci. Mimo tego szczerze cieszyła go myśl, że zostanie ojcem trzeciego dziecka, Willa, wtedy trzyletniego malca. Kiley po długim zastanowieniu odrzuciła oświadczyny Ronalda, ponieważ po prostu go nie kochała.

Może gdyby Ronald pojawił się w jej życiu dziesięć lat później, przyjęłaby go bez wahań i wątpliwości, lecz wtedy była jeszcze dość młoda, aby marzyć o wielkim, namiętnym uczuciu... Chciała wierzyć, że odmówiła Ronaldowi ot, tak sobie, po prostu wbrew zdrowemu rozsądkowi, wcale nie z powodu młodzieńczego przekonania, że małżeństwo musi być oparte na miłości, a także słabo uzasadnionej nadziei, że pewnego dnia zapomni o gniewie i smutku, jakim naznaczona była jej przeszłość. I nigdy nie liczyła, że ona i Grainger spotkają się i wybaczą sobie nawzajem...

Teraz zobaczyła mężczyznę, którym stał się Grainger i przez ułamek sekundy poczuła smak tej niemożliwej do spełnienia nadziei.

Szli do samochodu w całkowitym milczeniu. Will zachowywał się tak, jakby przypadkowe spotkanie nie miało dla niego żadnego znaczenia, jakby nie obudziło w nim najmniejszego zainteresowania. Kiley wciąż miała w uszach swój zdyszany, ciężki oddech, a jej serce wciąż galopowało jak oszalałe. Co jeszcze mogła powiedzieć? Co jeszcze powinna była powiedzieć? Starała się stłumić niespokojnie krążące myśli i była zadowolona, że Will przerwał milczenie tylko raz, po to, aby zapytać, czy Grainger jest jednym z chłopców ze zdjęcia.

– Tak – odpowiedziała krótko.

Will nie odezwał się więcej. Włożył słuchawki na uszy i włączył nową płytę. Kiley odetchnęła z ulgą, lecz po chwili zaczęła się zastanawiać, dlaczego spotkanie z Graingerem w ogóle go nie zaciekawiło.

Wieczór był ciepły i powietrze wydawało się balsamicznie łagodne i pachnące w porównaniu z klimatyzowanym wnętrzem tawerny. Świeża bryza uwalniała ich ubrania i włosy od odoru papierosów, na ciemniejącym niebie nie było jeszcze ani jednej gwiazdy. Kiley słyszała niskie dźwięki instrumentów, dobiegające ze słuchawek Willa. Jej głowę wypełniła nagle muzyka, muzyka oraz słowa i opinie, także takie, których słuchała niechętnie. Muzyka, której słuchała jako młoda dziewczyna, także nie podobała się jej rodzicom, zwłaszcza piosenki Michaela Jacksona i jego zmysłowy taniec z chwytaniem się za krocze. W każde sobotnie popołudnie oglądała konkurs tańca disco w telewizji, a później wypróbowywała choreograficzne pomysły w swojej sypialni. Kilka lat chodziła na lekcje tańca baletowego, lecz na pewien czas disco, artystycznie podarte podkoszulki i getry uwiodły ją bez reszty.

Idąc ulicą obok całkowicie pochłoniętego hip-hopową muzyką syna, Kiley zastanawiała się, czy świat rzeczywiście się zmienia. Każde pokolenie miało swój styl: jive, acid rock, disco, break dance, hip-hop... Kolejne pokolenia rodziców wyrywały sobie włosy z głowy, wołając: „Co wyrośnie z tych dzieci?!". Oczywiście chłopcy otwarcie kpili z jej namiętności do disco. Mack często przybierał pozy Johna Travolty z „Gorączki sobotniej nocy".

– Jak ci się podobam, Kiley? – pytał z drwiącym błyskiem w oku.

– Jesteś idiotą! – parskała śmiechem i wykonywała kilka podpatrzonych w telewizji kroków.

Jej ukochanym filmem na długo pozostał „Flashdance" i z rozkoszą wyobrażała sobie, jak bez najmniejszego wysiłku wykonuje piękny wyskok, z gracją opada na podłogę i wiruje wokół własnej osi, a wszystko tylko po to, żeby rzucić chłopców na kolana.

Grainger i Mack przy każdej okazji czepiali się też jej starannie ułożonej fryzury. Och, jakże oni nie znosili tej sztywnej grzywki... Najchętniej wrzucali Kiley do wody w porcie albo polewali ją ogrodowym wężem. Pod koniec pierwszego tygodnia tamtych wakacji, kiedy w mieście panowała moda na utrwalane za pomocą lokówki fryzury, Kiley poddała się, pozwalając włosom opaść naturalną falą, i podpinała je tylko lub splatała w warkocz.

Takie obrazki z przeszłości podtrzymywały ją na duchu przez całe lata, na krótką chwilę dawały iluzję szczęśliwej, beztroskiej młodości. Kiley zadrżała. Od wody powiał nagle ostry wiatr i zrobiło jej się zimno. Dlaczego każdemu wspomnieniu towarzyszyło inne, zwykle znacznie mniej pogodne? Nakładały się na siebie jak cienie...

W porcie jachty i łodzie poruszały się leniwie, fały podzwaniały o aluminiowe maszty. Daleko na morzu reflektor żaglówki przesuwał się szybko, łódź zbliżała się do brzegu. Pamięć natychmiast podsunęła Kiley obraz ostatniego lata, jakie spędziła z chłopcami w Hawke's Cove. Było to lato żaglówki, lato „Blithe Spirit", „Szczęśliwego Ducha". I lato osiemnastych urodzin ich trojga...

* * *

Mack kupił żaglówkę, czterometrową łódkę typu Beetle Cat, bez masztu, bez środkowej części pokładu, oblepioną algami i skorupiakami, i z dużą dziurą w sterburcie tuż nad linią zanurzenia, co oczywiście było najgorsze. Dziura poważnie komplikowała sytuację i naturalnie bardzo utrudniała zadanie doprowadzenia żaglówki do przyzwoitego stanu.

– No, dobrze, nie przeczę, że naprawa będzie wymagała mnóstwa czasu – oznajmił Mack obronnym tonem, widząc miny, z jakimi Grainger i Kiley wpatrywali się w „niespodziankę", którą im obiecał, ustawioną na bloczkach na podwórku za domem MackKenziech. – Co z tego, mamy przecież przed sobą całe lato! Chciałbym zwodować ją przed sierpniowymi zawodami, ale z tym nie powinno być problemu...

– Módl się, żebyś zdążył zwodować ją przed końcem wakacji. – Kiley wsunęła ręce do kieszeni szortów. – Nie chciałabym psuć ci humoru, ale sam chyba przyznasz, że to złom.

Grainger obszedł żaglówkę dookoła, dotykając nierównej, chropowatej powierzchni porośniętej skorupiakami rufy i wkładając palce do dziury w burcie.

– Nie, wydaje mi się, że powinniśmy zdążyć na zawody – powiedział. – Nie będzie lekko, ale myślę, że nieźle się przy tym ubawimy.

– Cieszę się, że tak uważasz, bo naprawa będzie kosztowała majątek. – Mack oparł się o dziób żaglówki. – Całe szczęście, że kupiłem ją dosłownie za grosze...

– Och, a ja myślałam, że poprzedni właściciel zapłacił ci, żebyś ją tylko zabrał... – Kiley żartobliwie ukłuła go palcem w bok.

– Bardzo zabawne, Blithe! – Mack złapał palec i wbił go jej w brzuch.

– Cóż, warto spróbować, ostatecznie zwycięzcy regat dostają nagrody pieniężne. – Kiley dostrzegła uśmiech na twarzy Macka, który nie posiadał się z radości, że przyjaciele nie przekreślili jego wielkiego marzenia. – Może ta łódka sama zapłaci za siebie, kto wie...

– Zacznijmy od razu oszczędzać – zaproponował Grainger. – Jakoś sobie poradzimy. Znam sporo ludzi w porcie.

Grainger, który pracował jako młodzieżowy instruktor żeglarski, często załatwiał różne sprawy dla członków Klubu Jachtowego.

– Mój ojciec ma w piwnicy mnóstwo przydatnych rzeczy – przypomniała sobie Kiley. – Założę się, że znajdzie się tam z kilkanaście litrów farby do drewna i metalu...

Mack uwolnił Kiley z uścisku i dziewczyna wylądowała na ostrej trawie podwórka.

– Jak zamierzasz ją nazwać? – zapytała, rozcierając stłuczony pośladek.

Chłopak pochylił się i wyjął źdźbło trawy z jej włosów.

– Tak jak ciebie – odparł.

– Jak mnie?

– „Blithe Spirit", „Szczęśliwy Duch".

Kiley zaczerwieniła się, miło zaskoczona rzadkim komplementem. Parsknęła śmiechem i wyciągnęła się na trawie. Czy życie mogło być jeszcze lepsze? Nie, w żadnym razie...

Nigdy nie słyszała, żeby zmiana nazwy łodzi lub jachtu przynosiła pecha.

Rozdział jedenasty

Will obudził się, zanim zadzwonił budzik. Wrony krakały głośno wśród gałęzi potężnych dębów, rosnących wzdłuż tylnej granicy podwórka. Lekki deszcz delikatnie stukał w dach i Will, który spał w sypialni na piętrze, odgrodzony od nieba tylko belkowanym sufitem i dachem, dokładnie słyszał ciche uderzenia drobnych kropli. Przewrócił się na plecy, czując coś w rodzaju ulgi, że los zdecydował za niego. Matka nadal nie wiedziała o lekcjach żeglarstwa. Kiedy ani Grainger, ani on sam słowem nie wspomnieli w jej obecności, że już się znają, Will nie bardzo wiedział, jak przyznać się do tego faktu. Aby wytłumaczyć, dlaczego wstaje wcześniej niż zwykle, wymyślił dość wiarygodną historyjkę o tym, że chce zacząć biegać przed rozpoczęciem zajęć na uczelni, potem zaś być może podjąć treningi w zespole biegów przełajowych.

Leżał teraz w łóżku, wpatrzony w sufit, i myślał, że chyba jednak jest tchórzem. Czy miał dość odwagi, żeby poznać prawdę o swoim pochodzeniu? Fakty towarzyszące jego poczęciu mogły wprowadzić większy zamęt w jego umyśle niż kompletna niewiedza. Może powinien zaufać osądowi matki, która wolała zachować tę część jego życia w tajemnicy... Może rzeczywiście będzie lepiej, jeżeli nigdy nie dowie się, w jaki sposób powołano go do życia...

Przy tej pogodzie śmiało mógł przewrócić się na drugi bok i spać dalej... Nagle otworzył oczy. Grainger nie mówił, że będą odbywać lekcje tylko w piękne, bezchmurne dni. Will zrozumiał, że jednak powinien wstać. Nie chciał wkurzyć Graingera już na samym początku, oczywiście zakładając, że nie będzie to pierwsza i ostatnia lekcja. Żeglarz nie powinien bać się takiej drobnej mżawki, prawda? Tak czy inaczej, za godzinę na pewno się wypogodzi.

Za ścianą rozległ się przenikliwy dźwięk budzika matki. Will chwilę czekał, czy Kiley nie zapuka do drzwi jego pokoju, lecz w domu znowu zapanowała cisza. Najwyraźniej Kiley także usłyszała deszcz i doszła do wniosku, że Will wybierze się pobiegać trochę później. Opuścił nogi na podłogę, szarpnął szufladę i wyjął z niej kąpielówki i czystą koszulkę. Z zaskoczeniem zauważył, że po plecach przebiegają mu lekkie dreszcze podniecenia i strachu. Czuł się trochę tak, jak pierwszego dnia w nowej szkole. Na palcach zszedł do kuchni, mając nadzieję, że matka zostanie w łóżku. Ostatnio wyglądała na bardzo zmęczoną. Nie chciała o tym mówić, ale Will wiedział, że przygotowanie domu na sprzedaż dużo ją kosztowało. Na kuchennym stole codziennie pojawiały się różne drobiazgi, co wyraźnie wskazywało na to, że matka przyglądała się im i zastanawiała, czy je zostawić, czy sprzedać razem z domem. Czy miały dość duże znaczenie, aby dodać je do rosnącej kolekcji Przyszłego Rodzinnego Muzeum, czy były nieważne i mogły zostać w domu, czekając na nowych właścicieli? Tego ranka na środku niewielkiego stołu tkwił słoiczek z niebieskiego szkła. Zwyczajny słoik, chociaż niewątpliwie dość stary, taki, w jakim dawniej przechowywano maści i kremy. Will nie miał zielonego pojęcia, dlaczego matka przyniosła go do kuchni. Miał zbyt szeroką szyjkę, aby dało się wykorzystać go jako wazonik, a duże pęknięcie odbierało mu wartość finansową. Will przesunął słoik na bok i nasypał sobie płatków kukurydzianych do miseczki.

Do tej pory nie powiedział matce o zerwaniu z Lori. Czekał na odpowiedni moment. Poprzedniego wieczoru nagle przypomniała sobie, że odebrała list od Lori do niego. Zawsze szanowała jego prywatną korespondencję, nigdy nie otwierała adresowanych do syna listów, niezależnie od tego, co mówiły na ten temat poradniki dla rodziców, i nie zapytała go także i o ten list. Wziął go z jej ręki, starannie unikając jej wzroku. Wystarczyłoby jedno spojrzenie w jej oczy, aby przyszpilić go do ściany jak motyla i wyciągnąć z niego całą historię. Will pośpiesznie wepchnął zgiętą kopertę do jednej z obszernych kieszeni swoich bojówek i wymamrotał, że przeczyta list później.

Problem polegał na tym, że wciąż nie był gotowy powiedzieć jej o Lori. Zachowanie dziewczyny sprawiło mu ból, który nadal trwał, ale na dnie serca czaiło się rozdrażnienie krytycznym stosunkiem matki do Lori. Wyobrażał sobie, jak na wiadomość o zerwaniu Kiley krzywi się lekko i z satysfakcją mówi: „Cóż, nigdy jej nie lubiłam...". Nie chciał tego usłyszeć. Rzucił list na biurko, nie zamierzając otwierać koperty.

Wyszedł na ganek i wykonał kilka ćwiczeń rozciągających mięśnie. Deszcz spływał z dachu niczym spleciona z grubych kropli zasłona. Will pomyślał nagle, że może powinien zadzwonić do Graingera i odwołać spotkanie.

– Kiedy pada przed siódmą rano, to do południa zwykle pięknie się wypogadza. – Kiley pchnęła ekranowe drzwi i stanęła w progu, zakładając ramiona na piersi, jakby chciała odgrodzić się od wilgotnego powietrza. – Zaczekaj trochę, na pewno dobrze na tym wyjdziesz. Zrobię grzanki, co ty na to?

– Nie rozpuszczę się na deszczu, a jeżeli nie zabiorę się do roboty teraz, to chyba już nigdy... – Will poczuł żal, że nie może przyznać się matce, co naprawdę zamierza.

Potrzebował potwierdzenia, że Grainger naprawdę był kiedyś bliskim przyjacielem Kiley, nie, że łączyło ich coś *więcej* niż bliska przyjaźń. Nie był ślepy i tępy, natychmiast wyczuł napięcie, jakie pojawiło się między nimi dwojgiem w tawernie; zachowywali się wtedy jak przeciwnicy, którzy spotykają się na neutralnym gruncie. Schylił się, żeby zawiązać sznurowadło sportowego buta.

– Może uda mi się przegonić deszcz – dorzucił.

– Będę czekała na ciebie z gorącą wodą na herbatę.

– Dziękuję, ale lepiej wróć jeszcze do łóżka.

– Nie mogę. Przed południem przyjedzie ktoś z agencji nieruchomości.

Will wyprostował się i pod wpływem impulsu cmoknął matkę w policzek.

– Wszystko będzie dobrze – powiedział.

– Wiem – odwróciła się z westchnieniem. – Wiem...

Will zeskoczył z ganku, omijając schody, i lekkim truchtem ruszył przed siebie.

* * *

Deszcz nasilił się, kiedy Will zbiegał ze wzgórza do miasteczka. Było jeszcze wcześnie, więc minęło go tylko kilka samochodów, z których dwa opryskały go zebraną z boku drogi wodą. Mijając prowadzącą na plażę ścieżkę, pomyślał, że może warto byłoby na moment zanurzyć się w wodzie i obmyć z błota, ale był już trochę spóźniony. Mimo długich godzin spędzonych na treningach Will nigdy nie był szczególnie dobrym biegaczem. Wiedział, że od początku narzuca sobie zbyt duże tempo i nie potrafi uregulować oddechu, ani razu też nie udało mu się poczuć płynącego z wysiłku uniesienia, o jakim opowiadało mu wielu przełajowców. Will wolał celnie uderzać pałką w czasie meczu baseballa, niż rozkoszować się biegiem. W końcu jego płuca zażądały odpoczynku i chłopak zwolnił. Byłoby kompletnie bez sensu, gdyby dotarł do Graingera skrajnie wyczerpany. Uśmiechnął się, wyobrażając sobie, jak pada w ramiona Graingera, ostatnim tchem zadając mu pytanie, którego w innych okolicznościach nie byłby w stanie zadać: „Tata?". Uśmiech szybko zniknął z jego twarzy. Trudno uważać za dowód ojcostwa fotografię sprzed lat – w najlepszym razie mogła posłużyć za pretekst do zawarcia znajomości, i tyle. Will z niespodziewaną jasnością uświadomił sobie nagle, że jedyną osobą, od której może oczekiwać odpowiedzi jest jego matka. Mógł wskazać palcem zdjęcie i zapytać: „Który z nich jest moim ojcem?". Być może powinien zawrócić i... I co? Zapomnieć o spotkaniu z Graingerem?

Za późno. Był już prawie na miejscu. Półwysep Hawke's Cove, którego kształt wielu osobom kojarzył się z nosem Jimmy'ego Durante, usiany był przesmykami i mniejszymi zatoczkami; gdzieniegdzie stały tu spore budynki, lecz większość stanowiły niewielkie prywatne domy, podobne do tego, który Will miał przed sobą. Warsztat szkutniczy Graingera znajdował się po wewnętrznej stronie Maiden Cove, dość dużej i głębokiej zatoki ze stosunkowo łatwym dostępem do głównej drogi. Drogowskaz z napisem: „WARSZTAT SZKUTNICZY EGANA" stał tuż przy wysypanym żwirem podjeździe i Will wolnym krokiem pokonał resztę odległości.

Nie miał pojęcia, dlaczego minął budynek i poszedł dalej, w kierunku plaży – chyba chciał przyjrzeć się zatoce. Zobaczył niewielkie molo z przycumowaną drewnianą łodzią z wiosłami, w odległości kilku metrów od brzegu małą żaglówkę, a dalej cztery większe jednostki. Kołysały się w deszczu, poruszane wiatrem, z dziobami skierowanymi na południowy zachód, podobnie jak strzałka pogodynki umocowanej na dachu budynku. Na piasku leżał odwrócony dnem do góry gumowy ponton, spod którego wybiegała gruba lina, przywiązana do metalowego pierścienia, wbitego w granitowy blok w górnej części plaży. W zewnętrznej części warsztatu na naprawy czekały trzy duże jachty, Will dostrzegł także czwarty, którego wąski kadłub przykryty był niebieską folią, obwiązaną zzieleniałymi ze starości linami.

Przy tej pogodzie widoczność była marna – przeciwległy brzeg i wąskie ramiona zatoki kryły mgła i deszcz. Jedynym dźwiękiem był szum powoli uderzających o plażę fal. Will usłyszał dźwięczne bicie znajdującego się gdzieś w budynku dużego zegara i odruchowo spojrzał na swój zegarek. Siódma trzydzieści. Podszedł do bocznych drzwi i zapukał.

Minęła prawie minuta, nim w progu stanął Grainger. Obrzucił Willa zaskoczonym spojrzeniem, jakby wcale nie spodziewał się jego przybycia albo miał nadzieję, że coś przeszkodzi mu stawić się na spotkanie.

– Jesteś...

– Tak.

– Wejdź, strasznie pada. – Grainger zniknął na chwilę i zaraz wrócił, niosąc duży, puszysty ręcznik. – Wytrzyj się.

Will porządnie wytarł głowę i resztę ociekającego wodą ciała. Zawiązał sobie ręcznik w pasie i zrzucił przemoczone trampki. Rozejrzał się dookoła. Prawie całe pomieszczenie zajmował duży jacht, którego dziób i rufa niemal dotykały przesuwnych drzwi w przeciwległych ścianach budynku.

Nad głową miał strych. Jego podłogę wzmocniono belkami, z których zwieszały się pozwijane w ósemki liny. Pod ścianami stało z sześć par różnej długości wioseł, a między nimi drewniane i metalowe bloczki; wyżej, na półkach, ustawiono szklane boje i cumownicze chorągiewki.

W jednym rogu stał piecyk, a przed nim wygodny fotel, mały stolik do kawy, zarzucony czasopismami z fotografiami rozmaitych jachtów na okładkach, oraz trzynastocalowy telewizor na malowanym biureczku. Naprzeciwko oddzielony łamaną ladą kąt pomieszczenia zajmowały spory piec i lodówka.

Will wciągnął w nozdrza fascynującą mieszankę zapachów oleju, świeżych trocin i kawy, a także trochę mniej przyjemny cień spalin. Zobaczył ochronne gogle i maski, wiszące nad długim warsztatem, z ręcznymi i elektrycznymi narzędziami porozmieszczanymi na hakach lub zamkniętych półkach pod solidnym blatem. W imadle przytwierdzonym do jednego rogu blatu tkwiły dwa kawałki drewna.

– Mieszkasz tutaj?

– Tak.

Kudłaty kundel Graingera powoli wylazł spod ławy i przeciągnął się.

– Jak ma na imię? – Will schylił się, żeby poklepać obwąchującego go psa.

– Pilot.

– To jakaś rasa?

– Pies niepewnego pochodzenia. Jego matka była czystej krwi spanielką, o ojcu nikt nic nie wie...

Will pośpiesznie podniósł wzrok, niepewny, czy Grainger nie kpi sobie z niego. Wyprostował się, jeszcze raz wytarł włosy i podał ręcznik gospodarzowi. Pilot przestał się nim interesować i podszedł do swojej miski na wodę, gdzie z wyraźną przyjemnością zaspokoił pragnienie, rozchlapując krople na podłogę.

– Dlaczego nie przyjechałeś samochodem? – Grainger rzucił ręcznik na ławę. – Mogłeś zresztą zadzwonić i odwołać lekcję.

– Chciałem zacząć biegać – powiedział Will. Nagle przyszło mu do głowy, że jeżeli powtórzy to jeszcze kilka razy, może nawet sam uwierzy we własne słowa. – Zastanawiam się, czy nie trenować w drużynie biegów przełajowych w college'u. Poza tym nie chciałem odwoływać lekcji, bo nie byłem pewny, jak to przyjmiesz, biorąc pod uwagę...

96

– Biorąc pod uwagę okoliczności naszego spotkania?

– No, właśnie. Pomyślałem, że weźmiesz mnie za niepoważnego gościa, jeśli odwołam lekcję tylko dlatego, że pada. Tak czy inaczej, na pewno się wypogodzi...

– Nie dzisiaj. – Grainger podszedł do półki, wbudowanej w ścianę pod szeroką okrętową drabinką, prowadzącą na strych. – Nie ma sensu moknąć, więc na razie zajmij się stroną teoretyczną – podał Willowi dwie książki – nieduży album ze zdjęciami i szkicami łodzi i jachtów oraz krótki podręcznik żeglarstwa. – Przeczytaj je, a potem zastosujemy w praktyce to, czego się nauczysz – wskazał małą żaglówkę, widoczną przez dużą szybę w tylnych drzwiach budynku. – Na tym będziesz pływał.

– Co to za żaglówka?

– Beetle Cat.

– Dobra do nauki?

Grainger wzruszył ramionami.

– Tak, dla początkujących. – Uchwycił przesuwane drzwi i zamknął je do końca, zasłaniając Willowi widok na zatokę.

Will przykucnął, żeby włożyć kompletnie przemoczone, nieprzyjemnie nasiąknięte wodą trampki. Przywiózł ze sobą tylko jedną parę butów, więc teraz był skazany na klapki.

Grainger podał mu foliową torbę na książki.

– Odwiozę cię – rzucił, zdejmując z wieszaka nieprzemakalną żółtą kurtkę.

Pilot czekał już przy drzwiach, zabawnie drobiąc przednimi łapami w oczekiwaniu na spacer.

– Nie trzeba, nic mi nie będzie...

– Martwię się o książki.

– Och, no tak... – Will pogłaskał podnieconego psa po głowie. – Jest zadowolony, że wychodzi...

– Pilot zawsze jest zadowolony.

Pobiegli do pikapu Graingera, Pilot przodem.

– Mieszkam po drugiej stronie miasta, prawie...

– Wiem, gdzie mieszkasz. – Grainger zatrzasnął drzwi półciężarówki i przekręcił kluczyk w stacyjce.

– Gdzie jest jacht mojego dziadka? – zapytał Will, nie bardzo wiedząc, jak podtrzymać rozmowę.

– To ten. – Grainger wymierzył palec w zaparowane okno, wskazując wysoko uniesioną na szynach rufę.

– Naprawdę? Myślałem, że jest mniejszy...

– Na lądzie zawsze wydają się większe. – Grainger wyjechał na wstecznym z parkingu i zatrzymał samochód. – Dlaczego twoja matka nie wróciła tu wcześniej? – zagadnął niedbale, zupełnie jakby pytanie wymknęło mu się przypadkiem.

Will lekko wzruszył ramionami. Próbował usiąść trochę dalej od psa, który oparł się o niego całym ciężarem, jak o starego przyjaciela.

– Naprawdę nie wiem... Chyba ma to coś wspólnego z...

Z moim ojcem. Z moim ojcem, czyli może z tobą, kto wie...

– Z jakimiś komplikacjami rodzinnymi – dokończył.

Z piersi Graingera wyrwał się dziwny dźwięk, ni to chrząknięcie, ni to jęk bólu. Samochód ruszył. Ciszę przerywał tylko stłumiony świst wycieraczek i skomlenie Pilota, gdy mijali inne psy.

Kiedy Grainger skręcił w Seaview Avenue, Will postanowił pokonać onieśmielenie i skorzystać z nadarzającej się okazji.

– Przyjaźnił się pan z moją matką, prawda? – zacisnął dłoń na uchwycie nad drzwiami, jakby pędzili przed siebie z niebezpieczną prędkością.

– Tak.

Tylko tyle, nic więcej. Will poczuł ostre ukłucie rozczarowania.

– Dlaczego w restauracji nie powiedział jej pan, że już się poznaliśmy? – zapytał.

– Nie wiem. Prawdopodobnie z tego samego powodu co ty.

– To była głupia sytuacja...

– Więc ona nic nie wie o lekcjach? – Grainger uniósł brwi.

– Jeszcze nie.

Grainger umilkł, Will także nie odzywał się więcej. Gdy znaleźli się przed Klubem Jachtowym, Grainger wjechał na parking.

– Stąd szybko dojdziesz do domu – powiedział.

Will wysiadł, wetknął sobie foliową torbę pod pachę i podszedł do drzwiczek po stronie kierowcy.

– Dziękuję za podwiezienie, panie Egan.

– Wpadnij w piątek. W nocy powinno się przejaśnić, a na jutro zapowiadają poprawę pogody i lekki wiatr. Sprawdzimy, co zapamiętałeś z lektury – Grainger wrzucił wsteczny bieg. – Jeszcze coś, Will...

– Tak?

– Powiedz matce.

– Co mam jej powiedzieć? – przez chwilę Will sądził, że Grainger prosi go o przekazanie Kiley jakiejś wiadomości.

– O lekcjach.

Grainger wyjechał na drogę, wyrzucając spod opon chrzęszczący żwir.

Will został na parkingu, ściskając torbę z książkami i patrząc za oddalającą się półciężarówką, z której tylnego okna wystawał czarny nos Pilota. Westchnął ciężko. Ten małomówny mężczyzna dziwnie nie pasował do innych przyjaciół jego matki. Chyba niemożliwe, żeby kiedyś był jej chłopakiem, pomyślał. Kiley prawie zawsze umawiała się z bladymi, łysiejącymi, nieco zmęczonymi życiem biznesmenami, zwykle przedstawicielami firm farmaceutycznych. Nazywała ich „miłymi facetami". Wszyscy oni dużo gadali, najczęściej o pracy, ale także o sporcie i polityce. Matka mówiła, że lubi ich, ponieważ na randkach nie musi się zbytnio wysilać.

– Wystarczy trochę ich podkręcić, popchnąć we właściwym kierunku i włączają się jak telewizor – parsknęła śmiechem, opowiadając to przyjaciółce przy kawie, kompletnie nieświadoma, że Will słyszy jej zwierzenia. – Zaczynają opowiadać o sobie, a ja nie muszę nic robić. Potem żegnają się ze mną w poczuciu, że bardzo miło spędzili czas, natomiast ja cieszę się, że dla odmiany spędziłam wieczór poza domem i zjadłam dobrą kolacje, której nie musiałam przygotowywać... Całe szczęście, że nie szukam trwałego związku, bo po prostu nie mam dość energii na te wszystkie romantyczne zabiegi...

Will był wtedy zbyt młody, aby zrozumieć, że to głównie z jego powodu matka nie ma ochoty na trwały związek, teraz jednak był starszy, za parę tygodni miał opuścić dom i często zastanawiał się, co Kiley zrobi bez niego. Czy teraz wreszcie znajdzie w sobie dość energii?

Ruszył przed siebie poboczem drogi. Deszcz wciąż padał, lecz zrobiło się na tyle ciepło, że wilgotne powietrze zapachniało latem, a widoczność znacznie się poprawiła. Pod ociężałym od chmur niebem do portu zmierzała spora motorówka, na horyzoncie widać było dwa kutry, wypływające na połów. Nie ulegało wątpliwości, że nie zanosi się na plażową pogodę, ale Will pomyślał nagle, że w gruncie rzeczy jest całkiem przyjemnie. Postanowił, że spędzi resztę dnia na ganku, czytając pożyczone od Graingera książki, a w piątek wróci i zaskoczy instruktora swoją pilnością. Ostatecznie miał praktykę we wprawianiu nauczycieli w stan zadowolenia, a na zadowoleniu Graingera Egana zależało mu w sposób zupełnie wyjątkowy.

Rozdział dwunasty

Kiedy Will zniknął za zakrętem mokrej od deszczu drogi, Kiley długo jeszcze stała na ganku z założonymi na piersi rękoma, chroniąc się przed chłodem powietrza wilgotnego poranka. Przed oczami wciąż miała obraz Willa, zeskakującego ze schodów dokładnie tak samo, jak przed laty robili to Grainger i Mack. Rozpadało się na dobre, więc w końcu wyrwała się z zamyślenia i wróciła do kuchni. Szarawe światło łagodziło ostre kolory – żółte ściany wydawały się prawie kremowe, a drewniana podłoga, dawno temu pomalowana w duże niebieskie i czerwone kwadraty, nie kontrastowała z nimi tak mocno jak zwykle. Kiley włączyła światło i napełniła wodą pojemnik ekspresu do kawy.

Mały błękitny słoiczek stał z boku owalnego stołu. Przesunęła go na środek. Dziwne, że tyle lat przetrwał na półce w spiżarni... Dlaczego ktoś po prostu go nie wyrzucił, miał przecież wyszczerbioną krawędź i był zupełnie bezużyteczny... Jej rodzice najprawdopodobniej go nie zauważyli, musiał ukryć się za jakimś większym naczyniem. Nikt nie miał pojęcia, jak ważną rolę odegrał w jej życiu.

– To dla ciebie – Mack podał jej błękitny słoiczek z nieporządnie wetkniętym bukietem polnych stokrotek.

Wiotkie łodyżki kwiatków przycięte były tak krótko, że z zaimprowizowanego wazonu wystawały tylko kremowe główki.

Kiley siedziała na poręczy ganku, czekając na chłopców. Mack zjawił się pierwszy i podał jej bukiecik takim gestem, jakby była to książka lub połowa jego kanapki. *To dla ciebie...* Jego głos brzmiał szorstko i jednocześnie niepewnie. Kiley wzięła słoiczek i wtuliła twarz w kwiatki, wyobrażając sobie bukiet dumnych róż o długich łodygach.

– Dziękuję...

Nie była pewna, czy Mack nie stroi sobie z niej żartów. Powinna potraktować to poważnie, czy wręcz odwrotnie? Na wszelki wypadek pośpiesznie przywołała na twarz wyraz lekkiego rozbawienia.

– Co to za pomysł z tymi kwiatkami? – zapytała niedbale.

– Żaden pomysł, po prostu przechodziłem koło farmy Baileya i zobaczyłem, że cała łąka jest żółta od stokrotek. – Mack udał, że ziewa. – Pomyślałem, że może ci się spodobają, bo ostatecznie jesteś dziewczyną i tak dalej...

– Słusznie! – Kiley uśmiechnęła się z aprobatą.

Nagle ogarnęło ją poczucie dziwnego zadowolenia, podobne do ciepłej fali. Kiedy oboje usiedli na szerokiej balustradzie, postawiła błękitny słoiczek obok siebie. Czekali na Graingera, który lada chwila powinien dotrzeć tu po porannych zajęciach, które prowadził w Klubie Jachtowym.

– Nie mów nic Graingerowi, dobra? – mruknął Mack. – Pękłby ze śmiechu...

– W porządku. – Kiley poczuła ulgę, że kwiaty oddzielają ją od Macka jak symboliczna bariera.

Gdyby je przesunęła i wyciągnęła do niego rękę, wszystko zmieniłoby się w jednej chwili, była tego pewna. Milczeli, udając, że z zainteresowaniem wpatrują się w horyzont. Grainger podszedł do nich od tyłu i całkowicie ich zaskoczył.

Kiley nie mogła sobie przypomnieć, które z nich dwojga – ona czy Mack – strąciło słoiczek z kwiatkami z poręczy na kamienie. Krawędź pękła, kawałek niebieskiego szkiełka potoczył się na bok, a woda wylała się na ziemię.

Czubkiem wskazującego palca przejechała po wyszczerbionym brzegu błękitnego słoiczka. Miała niewycięte, szorstkie skórki wokół paznokcia, jak zwykle, i w zamyśleniu szarpnęła jedną z nich zębami. Niektóre kobiety z namaszczeniem pielęgnowały swoje dłonie, raz na tydzień chodziły do manikiurzystki i do wszystkich domowych prac wkładały gumowe rękawiczki, lecz Kiley zawsze uważała to za szczyt próżności. Wolała sama krótko przycinać paznokcie i używała takiego kremu, jaki akurat miała pod ręką.

Postawiła słoik na stole z rosnącą kolekcją przedmiotów o wartości sentymentalnej. Toby Reynolds miał wpaść przed południem, żeby zobaczyć, jak sobie radzi, i przyspieszyć proces porządkowania domu. Toby'emu zależało wyłącznie na dużej prowizji, jaką miał dostać za sprzedaż Hawke's Cove. Myślał tylko o tym, jak rzadko tego rodzaju posiadłości trafiają na rynek i w jaki sposób najlepiej wykorzystać ten fakt...

Zupełnie jakby przywołały go jej myśli, lexus Toby'ego z cichym szmerem opon zatrzymał się na podjeździe przed domem. Do tej pory Kiley rozmawiała z Tobym tylko telefonicznie i dopiero teraz uświadomiła sobie, jak nieprawdziwy i krzywdzący był obraz wiecznie spoconego mężczyzny w jasnoniebieskim garniturze, z nadwagą i zaczesanymi na czoło włosami, skrywającymi łysinę, który stworzyła w wyobraźni. Toby okazał się wysoki, szczupły, nienagannie ubrany w beżowe płócienne spodnie i koszulkę polo. Wyciągnął do niej zadbaną, bynajmniej niespoconą i pozbawioną obrączki dłoń, a ona natychmiast poczuła się nieswojo w swoich wytartych, obciętych do kolan dżinsach i t-shircie z poprzedniego dnia, które pośpiesznie wciągnęła, żeby zamienić parę słów z Willem.

– Bardzo mi miło, że wreszcie mam sposobność poznać panią osobiście...

– Jestem Kiley, proszę mówić mi po imieniu. – Gestem zaprosiła go do środka. – Co za okropny dzień!

Pomyślała, że ta ostatnia uwaga zabrzmiała trochę dwuznacznie, sama zresztą nie była do końca pewna, czy mówi tylko o pogodzie, czy też, podświadomie, również o wizycie Toby'ego, której celem było nieuniknione przedyskutowanie szczegółów sprzedaży domu.

– Od czego powinniśmy zacząć? – zapytała.

– Och, zdążyłem się już tu trochę rozejrzeć... Twoja matka przysłała mi klucz.

Kiley poczuła ulgę, że nie musi zabierać obcego człowieka w podróż sentymentalną, i jednocześnie złość na matkę, która dopuściła do tej inwazji.

– Doskonale... W takim razie chodźmy do kuchni, zaparzyłam świeżą kawę.

– Dziękuję, ale wypiłem już dzisiaj dwie.

Podczas gdy Toby wyliczał swoje niepokoje związane z domem Harrisów, Kiley nalała sobie kawy do kubka, bez pośpiechu dolewając mleko i wsypując łyżeczkę cukru. Była zadowolona, że przez chwilę nie musi na niego patrzeć.

– Dach może stwarzać pewne problemy. Trzeba mieć nadzieję, że, biorąc pod uwagę ogólną wartość rynkową domu, kupujący nie będą zbyt długo zastanawiać się, czy warto pokryć go nowym dachem. Całkiem możliwe, że po prostu zdejmą stary i dobudują drugie piętro, oczywiście w tym samym stylu. Większość nabywców nieruchomości w tej okolicy ma dość pieniędzy, aby kompletnie odnowić budynek albo wręcz rozebrać go i wybudować idealny ich zdaniem dom z idealnym widokiem...

– Rozebrać? Chcesz powiedzieć, że ktoś zburzy dom? – Kiley postawiła kubek na stole z takim rozmachem, że parę kropel kawy rozlało się na ceratowy obrus. Szybko chwyciła papierowy ręcznik i starła ciemne ślady. – O to ci chodzi?

– Wcale nie twierdzę, że kupiec to zrobi, mówię tylko, że czasami tak się dzieje...

– A ja mówię, że nie sprzedam domu nikomu, kto miałby takie zamiary. – Kiley usiadła.

– Mogłabyś stracić naprawdę dobrą ofertę.

– Masz ją na stole?

Toby pokręcił głową.

– Nie, ale w każdej chwili mogę ją dostać. Powinnaś być tego świadoma.

– Więc po co zmagam się z całym tym bałaganem, do diabła? – Kiley szerokim gestem ogarnęła kuchnię i znajdujący się za nią salon. – Po co tyle wysiłku, skoro koniec końców wszystko to może rozjechać spychacz?

– Słuchaj, chciałem tylko powiedzieć, że ktoś może być bardziej zainteresowany działką niż samym budynkiem...

– Czy dom nie stoi przypadkiem w strefie zabytkowej zabudowy?

Ogorzała twarz Toby'ego pociemniała jeszcze bardziej.

– Nie. Strefa zabytkowej zabudowy kończy się na Seaview Avenue, rozszerzenie jej na domy w tej okolicy jest dopiero w sferze planów, bo jak na razie nie udało się zgromadzić wymaganej dokumentacji. W gruncie rzeczy powinnaś się z tego cieszyć, bo oznacza to, że nabywcy mogą robić, co zechcą, naturalnie w granicach rozsądku, dzięki czemu cena posiadłości idzie w górę.

– Teraz ty mnie posłuchaj... – Kiley wyciągnęła rękę i dotknęła lekko owłosionego ramienia Toby'ego, pragnąc skupić na sobie całą jego uwagę. – Musisz mi obiecać, że nie sprzedasz domu nikomu, kto zamierzałby go zburzyć.

– Nie mogę tego zrobić. Jeżeli to twoje ostatnie słowo, powinnaś poszukać innego agenta – ramię Toby'ego nawet nie drgnęło.

– Może rzeczywiście to zrobię... – Kiley cofnęła rękę.

Toby wstał. Nogi krzesła ostro zgrzytnęły o drewnianą podłogę.

– Powiedz mi, dlaczego nagle zaczęło obchodzić cię, co stanie się z domem? Nie przyjeżdżałaś tu kilkanaście lat, prawda?

Kiley także podniosła się i oparła o tylne drzwi, lekko gładząc je dłonią.

– Kocham ten dom – powiedziała i uchyliła drzwi, jakby wypuszczała kota.

– Mówisz o uczuciach, a w tych sprawach nie wolno kierować się takimi względami. Sentymenty zawsze stają na drodze postępu... – Toby zawahał się na schodach. – Pomyśl o twoim synu. Im większą sumę dostaniemy za tę posiadłość, tym lepiej dla niego, nie sądzisz?

– Dlaczego nagle wspominasz o moim synu?

– Twoja matka powiedziała mi, dlaczego chce sprzedać dom. To świetne wykorzystanie wartości nieruchomości, doskonałe planowanie, idealny cel – wykształcenie twojego syna.

– Moja matka nie powinna była ci o tym mówić.

– Zawsze staram się dowiedzieć, dlaczego ludzie wystawiają swoje domy na sprzedaż, w ten sposób łatwiej mi jest im pomóc.

– Całkowicie altruistycznie, nie wątpię...

– Nie, nie zamierzam ukrywać, że żyję z prowizji. – Toby podszedł do samochodu, szarpnął drzwi i odwrócił się twarzą do Kiley. – Przemyśl sobie naszą rozmowę i na razie nie podejmuj żadnych kroków, dobrze? Zadzwoń do mnie.

Gdyby nie cienki ekran, trzaśnięcie kuchennymi drzwiami sprawiłoby Kiley dużo więcej satysfakcji.

Słysząc dzwonek telefonu, zgrzytnęła zębami. Bardzo żałowała, że nie przywiozła z sobą aparatu z automatyczną sekretarką. Może ulżyłoby jej, gdyby nie podniosła słuchawki? Jednak irytacja przygasła w jednej chwili, kiedy uświadomiła sobie, że pod ten numer dzwonić do niej mogą tylko rodzice, a przecież teraz musiała przekonać ich, aby zmienili agenta nieruchomości, najlepiej od razu.

– Kiley? Kiley Harris? – rozległo się w słuchawce. – Mówi Emily Fitzgibbons, z domu Claridge. Pamiętasz mnie?

Och, tak, Kiley doskonale pamiętała Emily Claridge oraz jej siostrę bliźniaczkę, Missy.

– Och, tak... Jakże mogłabym zapomnieć?

Kiley stała na ganku, z niezadowoleniem przygryzając wargi. Mack i Grainger wybierali się do Great Harbor w sprawie masztu, a ona była skazana na lunch w towarzystwie sióstr Claridge. Missy i Emily. Pani Claridge była najbliższą przyjaciółką jej matki w Hawke's Cove i obie rodziny często spędzały czas razem, lecz córki Claridge'ów oraz Kiley nigdy nie zdołały się zaprzyjaźnić. Tak czy inaczej, matka Kiley nie chciała nawet słuchać, kiedy dziewczyna usiłowała znaleźć jakiś pretekst, aby nie przyjąć zaproszenia.

Missy i Emily, zawsze wymieniane w tej kolejności, znane były w Hawke's Cove jako „Dwojaczki". Kiedy były małe, matka zawsze ubierała je identycznie, potem zaś bliźniaczki same zdecydowały, że będą kontynuować ten zwyczaj. Kiley podejrzewała, że czerpały poczucie bezpieczeństwa ze świadomości, iż obcy nie potrafią ich rozróżnić.

Bliźniaczki nie potrzebowały przyjaciół, ponieważ były dla siebie idealnymi towarzyszkami. Kiley, Missy i Emily traktowały się w uprzedzająco grzeczny sposób i bawiły się razem, gdy ich rodzice grali w brydża, ale nigdy nie rozmawiały o naprawdę ważnych sprawach, ograniczając się do wymiany uprzejmości i lekkich, nic nieznaczących uwag.

Kiley od lat wbrew sobie uczestniczyła w tych „lunchach dla dziewcząt", bo jej matka upierała się, że powinna mieć jakieś koleżanki w Hawke's Cove. Doskonale wiedziała, że nie potrzebuje „Dwojaczek", podobnie jak one nie potrzebują ani jej, ani nikogo innego. Kiley miała swoich chłopców i oni całkowicie jej wystarczali.

Tamtego dnia, podczas pracy nad przywróceniem „Blithe Spirit" do stanu świetności, poskarżyła się Mackowi i Graingerowi na swój los, zdzierając starą farbę z kadłuba papierem ściernym.

– Muszę iść na lunch z „Dwojaczkami" – mruknęła.

– Taką cenę płaci się za popularność wśród przedstawicielek własnej płci, moja droga...

– Zamknij się, Mack!

– No, dalej, zmuś mnie...

Szło im tak dobrze, że Kiley niechętnie myślała o oderwaniu się od żaglówki choćby na godzinę. Oczyścili już kadłub z grubych pokładów skorupiaków i alg i prawie całkowicie przygotowali go do malowania. Po wielu dyskusjach chłopcy postanowi załatać dziurę szklaną watą; najlepiej byłoby wymienić listwy, ale nie mieli dość doświadczenia, aby się na to zdecydować. Po wykonaniu podstawowych napraw wszyscy troje zamierzali zabrać się do malowania, lakierowania i polerowania drewna.

Mack i Grainger podrzucili ją do domu w drodze do Great Harbor, gdzie chcieli poszukać masztu. Kiley pomachała im na pożegnanie z taką miną, jakby szła na własną egzekucję.

Lydia czekała na nią w progu.

– Chcesz, żebym zawiozła cię do Claridge'ów? – zapytała.

– Nie, przejdę się.

– Umyj się i przebierz w coś trochę bardziej odpowiedniego niż to... – Matka Kiley pełnym dezaprobaty gestem wskazała zakurzone i postrzępione stare szorty córki.

Kiley włożyła czyste bermudy i świeżo wyprasowaną białą bluzkę i wyszła kuchennymi drzwiami, unikając taksującego spojrzenia matki, która właśnie rozmawiała przez telefon z ojcem. Postanowiła, że złoży bliźniaczkom bardzo krótką wizytę – zje kanapki, wypije szklankę lemoniady, połknie dwa ciasteczka i wystarczy. O piętnastej miała lekcję tenisa, więc wcześniej może uda jej się jeszcze popracować z pół godziny przy łodzi.

Droga biegnąca za domem Claridge'ów nie była jeszcze wyasfaltowana, co oznaczało, że jeździło nią niewiele samochodów i Kiley mogła spokojnie cieszyć się pięknym widokiem. Tamtego dnia niebo i morze przybrały prawie identyczny odcień wyblakłego błękitu. Podobnie jak wiele letnich domów w Hawke's Cove, także i rezydencja Claridge'ów miała nazwę – „Sans Souci", „Beztroska". Missy i Emily na wpół siedziały, na wpół leżały na rozstawionych na trawniku krytych płótnem składanych fotelach, ubrane w sukienki do tenisa, z rakietami porzuconymi na trawie. Kiley natychmiast przypomniała się reklama strojów Ralpha Laurena, zamieszczona w magazynie „New York Times" – barwna fotografia, przedstawiająca dziewczęta w lekkich, sportowych spodniach i bluzkach, prostych, lecz jednocześnie wyrafinowanie eleganckich. Na widok Kiley, wchodzącej przez furtkę w starannie przystrzyżonym żywopłocie, Dwojaczki pomachały do niej, identycznym gestem unosząc ręce.

Przy kanapkach z sałatką jajeczną bliźniaczki rozmawiały głównie o swoich własnych zainteresowaniach. Tego ranka rozegrały świetny mecz w deblu, odnosząc wielkie zwycięstwo nad rodzeństwem Eastlake. Czy Kiley słyszała już, że ojciec bliźniaczek zamierza kupić nowy jacht, tym razem trzynastometrowy? Robiony na specjalne zamówienie, rzecz jasna. Ich stary jacht nie był nawet w połowie tak szybki i zwrotny, jak będzie ten nowy. Tata chce nazwać go „Miss Emily", żartobliwie łącząc imiona obu córek, zabawny pomysł, prawda?

Missy i Emily mówiły na zmianę, zupełnie jak aktorki w teatralnym przedstawieniu. Najpierw jedna wyjawiła, że wybierają się na studia do Wellesley, potem druga opisała, jak trudno jest dokonać wyboru między Wellesley i Vassar. Kiedy już z rozbawieniem streściły swoją bohaterską debatę,

Missy w końcu zapytała Kiley, na jaką uczelnię się zdecydowała.

– Smith, w mojej rodzinie to tradycja – odparła Kiley.

Na Uniwersytecie Smitha studiowały jej matka i babka, lecz Kiley sama chętnie myślała o tej uczelni także i z tego powodu, że kładziono tam nacisk na kształcenie i wychowywanie silnych, samodzielnie myślących kobiet. Nie była jeszcze pewna, czy zdecyduje się na seminarium z historii sztuki czy z filozofii. Wszyscy znajomi zwykle zmieniali decyzje co do głównych seminariów po rozpoczęciu studiów, więc i Kiley postanowiła zaczekać i rozeznać się w zajęciach, zanim dokona ostatecznego wyboru.

– Nas także przyjęli do Smith, ale...

Druga bliźniaczka lekceważąco machnęła ręką.

– Wolałyśmy uczelnię położoną bliżej jakiegoś dużego miasta – uzupełniła.

– A gdzie będą studiować twoi dwaj przyjaciele? – zagadnęła Missy.

To pytanie zaskoczyło Kiley. Zwykle Dwojaczki nie zauważały istnienia Macka i Graingera, a już z pewnością nie traktowały ich jako interesującego tematu. Oczywiście znały obu chłopców z widzenia – Macka z Klubu Jachtowego, którego członkami jego rodzice zostali zaledwie parę lat wcześniej, kiedy na stałe zamieszkali w miasteczku, a Graingera ze szkółki żeglarskiej, lecz do tej pory ledwo ich dostrzegały, podobnie jak innych mieszkańców Cove.

Kiley ugryzła kanapkę.

– Mack idzie na Uniwersytet Rhode Island – powiedziała lekkim tonem, trochę nawet zadowolona, że bliźniaczki okazały zainteresowanie jej przyjaciółmi, ale jednocześnie dziwnie czujna, jakby musiała bronić Macka, który wybrał stanową uczelnię. – Zamierza zrobić dyplom z biologii morskiej, a to najlepsza szkoła, jeśli chodzi o ten kierunek...

– A ten drugi, Heathcliff?

Kiley powoli położyła nadgryzioną kanapkę na talerzyku.

– Masz na myśli Graingera? – nie zmieniła tonu, lecz teraz wyraźnie czuła niebezpieczeństwo. *Heathcliff*, dobre sobie... Romantyczny, wewnętrznie rozdarty bohater „Wichrowych wzgórz"... Bezczelna suka. – Grainger chce wstąpić do wojska i tam będzie się dalej uczył.

– Hmmm... Jest całkiem fajny, chociaż odrobinę szorstki i dziki, zupełnie inny niż Mack, typowy chłopak z dobrej rodziny.

– Może... – mruknęła Kiley. – Nie zastanawiałam się nad tym.

– Z którym chodzisz na randki, Kiley?

– Słucham?! Z żadnym, jesteśmy po prostu przyjaciółmi! – Fala gorąca oblała jej policzki.

Co za idiotyczny pomysł!

– Jeżeli na żadnym ci specjalnie nie zależy, to może przedstawiłabyś nas im na następnej potańcówce w Klubie Jachtowym, co ty na to?

– Jasne! Czemu nie?

Kiley popatrzyła najpierw na jedną bliźniaczkę, potem na drugą, starając się zorientować, czy nie mrugają do siebie pod osłoną identycznych ciemnych okularów firmy Ray-Ban. Poczuła ostre ukłucie podejrzliwości, która zaraz ustąpiła miejsca wątpliwościom. Niby dlaczego Missy i Emily nie mogły chcieć poznać jej przyjaciół? Dwojaczki same powiedziały przecież, że Mack i Grainger są fajni, i miały rację. Kiley nie miała co do chłopców żadnych romantycznych planów, więc w zasadzie wszystko było w porządku, nie miała powodu, żeby podejrzewać coś złego, ale mimo to nie potrafiła oprzeć się dziwnemu wrażeniu, że coś jest nie tak. Bliźniaczki były produktem prywatnych szkół i uprzywilejowanego stylu życia. Utrzymywały z nią stosunki tylko dlatego, że jej rodzina należała do Klubu Jachtowego od 1935 roku. Ich rodzice uważali, że jej rodzice zasługują na drobne uprzejmości, ponieważ pan Harris był wziętym prawnikiem w zamożnej dzielnicy, a jego żona pochodziła z dobrej, starej bostońskiej rodziny. Sama Kiley miała odpowiedni wygląd, ładną cerę, proste zęby i potężny backhand, więc warto było wciągnąć ją na listę znajomych.

Tylko czy... Tylko czy przypadkiem w tonie Missy i Emily nie brzmiała sugestia, że znajomość z Mackiem i Graingerem oznacza zejście o parę szczebli w dół w akceptowanej przez nie hierarchii społecznej? Nie, oczywiście z Graingerem wszystko było w porządku, nie był ani szorstki, ani dziki, ani niebezpieczny, ale eleganccy właściciele letnich domów w Cove zawsze patrzyli z góry na stałych mieszkańców miasteczka. Rodzice Macka byli tolerowani, częściowo dlatego, że kiedyś sami przyjeżdżali tu tylko na lato, a częściowo z powodu zawodowej pozycji doktora MacKenzie, lecz Grainger nie zasługiwał na akceptację, Kiley często słyszała nutę lekkiej wzgardy w głosie własnej matki, gdy rozmawiała z nią o chłopcach. Miała w szkole koleżanki, które lubiły umawiać się z chłopakami z gorszych rodzin i wręcz uwielbiały rzucać wyzwanie swoim konwencjonalnym rodzicom, budząc przerażenie w ich sercach.

Z zaskoczeniem dostrzegła ożywienie na identycznych twarzach bliźniaczek. Ożywienie i coś jeszcze... Może ciekawość?

Kiley stłumiła niepokój. Skąd wzięły się w niej te głupie podejrzenia, przecież w Klubie od lat było więcej młodych kobiet niż mężczyzn, więc chyba zrozumiałe, że każdy chłopak jest tam chętnie widziany, no, prawie każdy... Ze wszystkich sił starała się pokonać lęk, który szeptał jej do ucha, że nie powinna dzielić się przyjaciółmi z takimi dziewczętami jak Missy i Emily.

Oczywiście Mack i Grainger pękną ze śmiechu na wieść, że Dwojaczki chcą umówić się z nimi na randkę. Wszyscy troje będą mieli niezłą zabawę...

– Podam im wasz numer telefonu – Kiley wypiła ostatni łyk lemoniady i ostentacyjnie zerknęła na zegarek. – Za chwilę mam lekcję tenisa. Dzięki za lunch i do zobaczenia w Klubie...

– Będziesz w piątek na tańcach? – Dwojaczki podniosły się, przybierając identyczną pozę.

– Tak, chyba tak... – Kiley miała wielką ochotę jak najszybciej rozstać się z bliźniaczkami.

– A oni?

Powiedziały to z emfazą, starannie podkreślając słowo *oni*. Mogła udać, że nie wie, o kogo im chodzi, ale to tylko niepotrzebnie przedłużyłoby rozmowę.

– Nie wiem, może tak... Nie jestem ich opiekunką.

Zamknęła za sobą furtkę, skręciła w lewo i zawróciła w kierunku domu MacKenziech. Chciało jej się śmiać – jak mogły sądzić, że ona chodzi z którymś z chłopców? Ta myśl może i byłaby potwornie śmieszna, gdyby nie to, że na dobre zagnieździła się w jej podświadomości, rozpoczynając samodzielne życie. Kiley nie była w stanie sobie wyobrazić, jak bardzo musiałyby zmienić się jej stosunki z chłopcami, żeby coś takiego w ogóle mogło się zdarzyć... Ponieważ nie miała rodzeństwa, wierzyła, że Mack i Grainger wypełniają tę lukę w jej egzystencji i zawsze myślała o nich tak, jak myśli się o bliskich kuzynach.

Kiley potknęła się na pękniętym chodniku. Szybko odzyskała równowagę i nagle pomyślała o kwiatach w niebieskim słoiczku, które dostała od Macka. Miała dziwne wrażenie, że dzień stracił normalny, spokojny rytm. Potarła palcami ramiona, próbując uwolnić się od uczucia, że idzie wśród oplatających ją coraz ciaśniej pajęczych nici. Gdyby zaczęła umawiać się z jednym z chłopców, wszystko uległoby zmianie... Cudowna, swobodna przyjaźń zostałaby obarczona wymaganiami i oczekiwaniami typowymi dla romantycznego związku. Tak czy inaczej, Kiley była pewna, że chłopcy nigdy nie myśleli o niej w ten sposób.

Jak mogłaby wybierać między nimi?

Pchnęła furtkę prowadzącą na dziedziniec przed domem Macka. Chłopcy nie wrócili jeszcze z Great Harbor. Buntownicza pamięć podsunęła jej wspomnienie ubiegłego piątku, kiedy podczas wieczornej kąpieli w morzu dłoń któregoś z nich przypadkiem musnęła jej osłoniętą skąpym kostiumem bikini pierś. Przypadkiem, tak, na pewno przypadkiem... Nie mieściło jej się w głowie, że Grainger lub Mack świadomie pozwoliliby sobie na coś takiego. Niemożliwe, żeby nagle dostrzegli w niej nie kumpelkę, lecz dziewczynę, po prostu niemożliwe, zresztą ona także nie potrafiłaby patrzeć na nich w taki sposób...

Kiley sięgnęła po hebel z umocowanym kawałkiem papieru ściernego, nie zwracając uwagi na swoją świeżą białą bluzkę. Niech Dwojaczki próbują szczęścia, jeżeli mają na to ochotę... Skrzywiła się niechętnie, nieoczekiwanie ukłuta zazdrością. Oczami wyobraźni zobaczyła ich czworo, Macka, Graingera i Dwojaczki, trzymających się za ręce, i samą siebie, stojącą z boku, nikomu niepotrzebną. A jeżeli naprawdę będzie musiała podzielić się nimi w to ostatnie naprawdę wspólne lato? Chyba tego nie zniesie...

Głos Emily Claridge przywołał Kiley do rzeczywistości.

– Dzwonię, żeby przypomnieć ci o pikniku 4 lipca, w Dzień Niepodległości. Nie do wiary, ale niektóre rzeczy naprawdę nigdy się nie zmieniają i piknik niewątpliwie do nich należy... – ćwierkała Emily, dając Kiley trochę czasu na zebranie myśli. – Krótko mówiąc, mamy nadzieję, że przyniesiesz słynną ziemniaczaną sałatkę Harrisów...

– Nie planowałam... Tak, oczywiście, jasne, że zrobię sałatkę... Na ile osób?

– Prosiliśmy wszystkich gości, żeby przygotowali coś na dwanaście osób.

– Świetnie. Nie ma problemu.

– Co tam u ciebie, Kiley?

Drgnęła nerwowo. Nie miała pojęcia, jak odpowiedzieć na pytanie Emily.

– Dobrze, wszystko w porządku. A u was?

– Och, właśnie mam drugi telefon... Pogadamy sobie na pikniku, dobrze? W tym samym miejscu co zwykle, o tej samej porze, chyba że miałabyś ochotę wpaść wcześniej na drinka... – Głos Emily ucichł, zostawiając po sobie lekki szum w słuchawce.

Kiley wzniosła oczy do nieba, dziękując losowi za drugi telefon, który Emily koniecznie musiała odebrać.

Ledwo zdążyła wejść do kuchni, gdy ciszę znowu rozdarł dzwonek. Była pewna, że to jej matka, lecz natychmiast rozpoznała głos Sandy z biura.

– Kiley, jak dobrze, że cię złapałam!

– Co się stało?

– Och, mój Boże, chodzi o doktora... – Sandy wydmuchała nos. – Doktor John nie żyje...

Kiley wyprostowała się na malutkim krzesełku przy telefonie.

– Co takiego?! – zawołała z niedowierzaniem.

Doktor John Finnergan, dla znajomych, przyjaciół i współpracowników po prostu Doc John, był sprawnym, zdrowym i tryskającym energią sześćdziesięcioparolatkiem. Kiley po prostu nie była w stanie uwierzyć w słowa Sandy.

– Wczoraj wieczorem wracał ze szpitala do domu... – Sandy westchnęła głęboko, starając się opanować. – Jego samochód staranował jakiś facet, który przejechał przez skrzyżowanie na czerwonym świetle...

– Dobry Boże... – Kiley z trudem przełknęła ślinę. – Jutro będę w domu...

– Nie, nie rób tego – przerwała jej Sandy. – Nie powinnaś zmieniać swoich planów. Żona Doca mówi, że pogrzebu na razie nie będzie, dopiero za kilka tygodni zawiadomi nas, gdzie i kiedy odbędzie się nabożeństwo żałobne... – Kobieta rozpłakała się. – Dzwonię, żeby ci powiedzieć, że... Że zamykamy biuro i gabinet. Na dobre.

– Kto tak zdecydował?

– Doc John zrobił w testamencie zapis, że na wypadek jego śmierci naszych pacjentów ma przejąć doktor Ruiz...

Elmer Ruiz, lekarz rodzinny przyjmujący w tym samym budynku co Doc John. Miał własny personel i naprawdę nie było szans, aby potrzebna mu była asystentka, recepcjonistka czy dodatkowe pielęgniarki. Kiley bezradnie pokręciła głową.

– Sandy, wszystko będzie w porządku, nie panikuj. Wrócę i porozmawiam z doktorem Ruizem.

– Nie rób tego, skarbie, bo to i tak niczego nie zmieni...

– Tak czy inaczej, zadzwonię do niego – powiedziała Kiley.

Przynajmniej tyle mogła zrobić. Już dawno znajomi ostrzegali ją, że praca dla jednego lekarza jest ryzykowna, natomiast w przychodni prowadzonej przez kilku zagrożenie likwidacją praktycznie nie istnieje. Kiley wydawało się niemożliwe, aby Doc John nie wziął pod uwagę swoich pracowników. Ona i Sandy pracowały z nim od dziesięciu lat, a pielęgniarka, Fiona, od ośmiu.

– Porozmawiamy jeszcze jutro, Sandy, dobrze? Na razie spróbuj się tak bardzo nie denerwować...

– Dobrze, postaram się... Zadzwonię do ciebie jutro.

Szok minął i jego miejsce zajął smutek. John był dobrym człowiekiem i świetnym lekarzem, który zawsze starał się wczuć w sytuację pacjenta. Kiley wiedziała, że będzie jej go boleśnie brakowało. Wszystko to było takie niesprawiedliwe...

Kilka minut siedziała bez ruchu, potem sięgnęła po słuchawkę i wybrała numer pani Finnergan, żony Doca Johna.

Rozdział trzynasty

Grainger gwałtownie dodał gazu, starając się jak najszybciej zostawić za sobą Klub Jachtowy i Willa. Nie chciał wiedzieć, czy Will bierze pod uwagę możliwość, że właśnie on jest jego ojcem. Było oczywiste, że chłopak zdaje sobie sprawę, iż jego matka i Grainger znają się znacznie lepiej, niż wskazywałoby na to krótkie „tak". Grainger denerwował się, czując na swojej twarzy otwarte spojrzenie Willa, może także dlatego, że sam w twarzy chłopca widział jedynie cechy Kiley – nie swoje własne i nie Macka. Mimo to wciąż szukał ich wzrokiem.

Pilot odwrócił się na siedzeniu, żeby spojrzeć na Graingera, potem zaś przytknął zaokrąglony nos do szyby, jakby chciał powiedzieć panu, że czuje się oszukany, ponieważ nie poszli na spacer. Jako półkrwi spaniel, Pilot uwielbiał deszcz, lecz dziedzictwo po nieznanym ojcu sprawiło, że jego zmoczona sierść zwyczajnie śmierdziała.

Po powrocie do warsztatu Grainger przypomniał sobie, że czeka na niego milion niezałatwionych spraw. Lipcowe terminy cisnęły go coraz bardziej – obiecał zmienić olinowanie jachtu Murrayów i naprawić pięciometrową łódź Worthów, uszkodzoną przez jedno z dzieci, które mocno uderzyło burtą o molo. Było zbyt wilgotno, aby malować, postanowił więc zająć się wyginaniem desek na nadburciu „Miss Emily".

Pan Claridge był przez pewien czas „admirałem" Klubu Jachtowego, dopóki jakiś dawno zapomniany drobny skandal nie pozbawił go tej zaszczytnej pozycji. Teraz wracał do Cove co roku w sierpniu, kiedy do miasteczka przyjeżdżały także jego córki wraz ze swoimi wyśnionymi mężami.

W ostatnich latach starszy pan rzadko pływał na „Miss Emily"; nie miał już siły na samodzielne obsługiwanie dwumasztowego jachtu, a mężowie bliźniaczek okazali się marnymi żeglarzami i nie zdradzali większego zainteresowania tym sportem. Pomimo to pan Claridge bardzo dbał o jacht i był stałym klientem warsztatu Graingera, który miał nadzieję, że z czasem namówi obecnego właściciela na sprzedaż praktycznie niewykorzystywanej „Miss Emily".

Grainger każdego lata wpadał w miasteczku na którąś z bliźniaczek, ale zawsze rozmawiał z nimi wyłącznie o jachcie, zupełnie jakby ich wspólna przeszłość została całkowicie zapomniana. Pracował nad jachtem od prawie dwóch miesięcy, nie myśląc ani o Missy, ani o Emily, lecz tego dnia nagle przypomniał sobie, jak dawniej je nazywano. Dwojaczki. Przypomniał sobie także, jak Kiley powiedziała mu, żeby zadzwonił do bliźniaczek.

– Chcą, żebyś do nich zadzwonił. – Kiley wyciągnęła ku niemu ściśniętą między dwoma palcami karteczkę nad kuchennym stołem, przy którym właśnie grali w scrabble. Mack poszedł do łazienki, więc byli w kuchni sami.

Grainger popatrzył na kartkę, niepewny, co to ma znaczyć. Znał bliźniaczki, oczywiście, i to na tyle dobrze, aby wiedzieć, że nigdy nie mógłby należeć do kręgu ich bliskich znajomych, zresztą one także nie były w jego typie. Kiley siedziała naprzeciwko, nie spuszczając z niego trochę wyzywającego błękitnego spojrzenia i jedną ręką niedbale poprawiając włosy na ramieniu.

– Uważasz, że powinienem to zrobić? – zapytał lekko.

Położyła kartkę na ostatnim wyrazie, jaki ułożył (STOK – wykorzystał szansę i wyprzedził Kiley o sześć punktów).

– Rób, co chcesz – odparła.

– Może zadzwonię. – Grainger bardzo chciał usłyszeć jej cichy, sarkastyczny śmiech.

– Może powinieneś – z uporem wpatrywała się w kwadraciki z literami. – GRYWACZ... Istnieje taki wyraz?

– Nie.

– Sprawdź.

– Nie ma takiego słowa, Kiley.

Był na nią zły. Nie dlatego, że często upierała się przy wymyślonych, nieistniejących słowach, ale dlatego, że tak obojętnie dawała mu całkowitą wolność. Przecież oni troje, Kiley, Mack i Grainger, zawsze razem stawiali czoło wszystkim problemom i całemu światu... Łączyła ich obietnica wiecznej przyjaźni, obietnica, której nigdy nie wypowiedzieli na głos, ale którą czuli i nosili w sercu.

Tego lata miała ona szczególne znaczenie – wszyscy troje dobrze wiedzieli, że jeżeli nawet Grainger dostanie w wojsku urlop, to na pewno będzie on krótki i raczej nie przypadnie na wakacyjne miesiące. Długie letnie dni, wypełnione pływaniem, graniem w scrabble i remontowaniem „Blithe Spirit" dobiegały końca. Grainger codziennie słyszał kroki nadchodzących zmian, czasami miał wrażenie, że wyczuwa w powietrzu dziwne drgania, zapowiadające burzę i deszcz. Zdawał sobie sprawę, że może upłynąć parę lat, zanim znowu spotkają się tu latem, wszyscy troje, i że najprawdopodobniej będą wtedy zupełnie innymi ludźmi.

I właśnie w tej sytuacji Kiley potraktowała ich wspólny czas, te dni, które jeszcze im pozostały, jak coś nieistotnego. Jej niedbały ton zabolał Graingera, który od początku lata udawał, że rzeczywiście nic się nie dzieje, że wszystko jest jak zwykle, i wierzył, że przyjaciele towarzyszą mu w tej dziwnej grze.

Może sprawiły to długie noce fizycznej frustracji, podczas których marzył i śnił o Kiley, i jeszcze bardziej frustrujące dni, w czasie których wmawiał sobie, że zależy mu na niej wyłącznie tak jak bratu czy bliskiemu przyjacielowi... Niezależnie od tego, co doprowadziło go do tego stanu, był teraz wściekły na Kiley. Przez całe lato podtrzymywał w sobie wiarę, że ich trójka jest ważniejsza od jego własnego szczęścia, że ich przyjaźń jest święta i wynagradza wszystko, a teraz...

Mack wrócił do kuchni i z rozmachem usiadł na krześle, uderzając kolanem w nogę stołu. Wszyscy troje zaczęli pośpiesznie poprawiać ułożone na planszy wyrazy, lecz zapał do gry zniknął. Grainger wstał, gotowy wracać do domu. Zanim odwrócił się od stołu, chwycił kartkę z zapisanym numerem telefonu i wetknął ją do kieszeni spodni.

Kiley spojrzała na Macka. Grainger zrozumiał nagle, że wcześniej rozmawiała o bliźniaczkach z Mackiem, który odrzucił ich propozycję. Cóż, najwyraźniej Mack nie potraktował tego jako wyzwania, dla niego był to zwykły żart, dowcip. Oto najlepszy przykład, jak bardzo się różnili – tam, gdzie Mack dostrzegał jasne barwy, Grainger widział ciemność. Ale Mack nie był zakochany w Kiley...

Grainger szybkim krokiem szedł w kierunku miasteczka. Wiedział, że teraz nie może wrócić do domu Macka, bo przyjaciel zjawi się tam zaraz po nim i będzie się dopytywał, co się stało. Będzie nudził i męczył tak długo, aż w końcu Grainger wymyśli taki powód swojego zachowania, który Mack zaakceptuje. Nie miał siły ani ochoty na wymyślanie mniej lub bardziej wiarygodnych historyjek. Zacisnął pięść i uderzył nią powietrze. Może powinien po prostu wyznać tamtym dwojgu, co czuje... Nie, to niemożliwe. Nie umiałby powiedzieć im, co się z nim stało tamtego wieczoru, kiedy ujrzał tańczącą przy oknie swego pokoju Kiley, nie potrafiłby mówić o miłości. Nie teraz, nie w czasie tego kruchego, szybko mijającego lata. Nie byłby w stanie zrujnować ich idealnej przyjaźni, odsłaniając swoje starannie skrywane pragnienia, zwłaszcza jeżeli Kiley nie podzielała jego uczuć.

Nagle, pod wpływem niezrozumiałego impulsu, postanowił pojechać do Great Harbor i zobaczyć się z ojcem. Grainger mieszkał na stałe u MacKenziech od dnia, kiedy pani MacKenzie wręczyła Rolliemu Eganowi dokumenty, z których wynikało, że stała się opiekunką prawną chłopca. Wcześniej łagodnie wyjaśniła Graingerowi, że teraz nic mu już nie grozi.

Uwolniony od choćby najlżejszego poczucia odpowiedzialności za syna, Rollie Egan przewiózł swoje rzeczy do Motelu Seasaw w Great Harbor i wynajął tam pokój, w którym mieszkał, kiedy nie wypływał w morze. Właśnie tam jechał Grainger, ogarnięty nagłym pragnieniem uświadomienia sobie, kim jest.

Miał szczęście, bo do Great Harbor podwiózł go Joe Green, który nigdy nie zadawał młodym ludziom głupich pytań. W czasie jazdy rozmawiali głównie o sukcesach Graingera w baseballu.

– Dokąd wybierasz się jesienią? – zapytał w końcu Joe Green.

– Do wojska.

Mężczyzna westchnął ciężko.

– Muszę przyznać, że przykro mi to słyszeć...

Grainger przypomniał sobie, że pan Green stracił w Wietnamie syna, który na ochotnika zgłosił się do wojska wbrew życzeniom ojca.

– Inaczej nie byłoby mnie stać na college – wyjaśnił pośpiesznie.

– Stypendium nie pokryłoby kosztów studiów?

– To bardziej skomplikowane, niż się wydaje... – Grainger nie potrafił ubrać w słowa swojej potrzeby samodzielności, którą w pewnej mierze zaspokajała służba i dalsza nauka w wojsku.

Joe Green zatrzymał ciężarówkę z boku jednopasmowego, biegnącego nad podmokłymi łąkami mostku, łączącego Hawke's Cove z Great Harbor.

– Dziękuję za podwiezienie.

Joe oparł łokieć o szybę.

– Pozdrów ode mnie ojca.

– Dobrze.

Rollie służył w oddziale komandosów. W Wietnamie został ranny i wrócił do kraju z medalem za odwagę. Matka Graingera odwiedzała swojego brata w wojskowym szpitalu, gdzie powoli wracał do siebie Rollie Egan. Grainger nie wiedział nic więcej o ich krótkich zalotach, których rezultatem było jego poczęcie i błędna decyzja matki, która postanowiła nakłonić Rolliego, aby się z nią ożenił. Grainger często zastanawiał się, czy kiedykolwiek przyszło jej do głowy, że ten bezradny, wymagający opieki ranny, który uwiódł ją w szpitalnym łóżku, może okazać się zgorzkniałym, złym i niebezpiecznym człowiekiem. Grainger nigdy nie winił matki za to, że odeszła, nie mógł tylko zrozumieć, dlaczego odeszła bez niego.

Ponieważ nie udało mu się złapać następnej okazji, pozostałą część drogi pokonał pieszo. Był już na parkingu przed Motelem Seasaw, kiedy zobaczył wychodzącego ze swego pokoju ojca. Miał ochotę splunąć, jak zwykle na widok Rolliego. Nie potrafił wytłumaczyć sobie, dlaczego właściwie chciał się z nim zobaczyć, pamiętał tylko, że pragnął przypomnieć sobie, kim jest i skąd się wziął.

Policzki Rolliego Egana pokryte były trzydniowym zarostem, a jego chłodne, bystre oczy wpatrywały się w Graingera z takim wyrazem, jakby miał przed sobą obcego człowieka, którego z góry należy podejrzewać o najgorsze. Rollie był ubrany w wytarte dżinsy, kalosze i niechlujnie wetkniętą za pasek od spodni flanelową koszulę, chociaż lipcowy dzień był bardzo ciepły. Do paska przytroczoną miał skórzaną pochwę na nóż do oprawiania ryb, w ręce trzymał sportową torbę. Grainger od razu zorientował się, że ojciec znowu wypływa w morze.

– Po co przyjechałeś? Wysłałem ci pieniądze.

– Nie wiem. Chyba drzemie we mnie synowskie przywiązanie...

– Synowskie przywiązanie, co? Wielkie słowa, chłopcze. Wygląda na to, że nabrałeś ogłady, odkąd mieszkasz z synalkiem doktora i tej jego żony z ładną dupcią...

Grainger nigdy nie podniósł na nikogo ręki w gniewie, lecz teraz ogarnęło go przemożne pragnienie, aby to zrobić. To pragnienie przypomniało mu także o łączących go ze stojącym przed nim mężczyzną więziach.

– Chciałem dowiedzieć się, co się z tobą dzieje.

– Znowu wypływam. – Rollie powoli ruszył w kierunku syna.

Grainger zmrużył oczy. Popołudniowe słońce wydało mu się nagle boleśnie jasne.

– Kiedy wyjeżdżasz na szkolenie?

– Piętnastego września.

Rollie stał tuż obok i Grainger czuł jego cuchnący sfermentowanym piwem oddech. Od dawna nie stali tak blisko siebie i teraz Grainger z zaskoczeniem stwierdził, że jest wyższy od ojca. Rollie cofnął się o krok, jakby on także dostrzegł tę zdumiewającą zmianę.

– Dobry wybór, chłopcze. Wojsko zrobi z ciebie mężczyznę, zetrze tę gównianą pozłotę, którą dało ci życie u MacKenziech... Synowskie przywiązanie, też mi coś...

Ostatnie słowa zabrzmiały tak, jakby Rollie miał ochotę je wypluć.

– Nie mam żadnego dowodu, że jesteś moim synem – rzucił po chwili. – Kto tam wie, z kim pieprzyła się twoja matka...

Grainger stał nieruchomo na zalanym słońcem parkingu i patrzył za odchodzącym ojcem. Potem odwrócił się i ruszył w drogę powrotną do Hawke's Cove. Poczułby ulgę, gdyby dowiedział się, że faktycznie nie jest synem Rolliego, że nie nosi w sobie genetycznej skłonności do przemocy. Jeżeli Rollie miał powody, aby podejrzewać żonę o niewierność, to sposób, w jaki ją traktował, był logiczną wypadkową jego cech i okoliczności, w jakich oboje się znaleźli. Ale jeśli Grainger naprawdę nie był synem Rolliego, to dlaczego matka nie zabrała go ze sobą? Czy to możliwe, że tak mało go kochała?

Od natłoku myśli Graingerowi aż kręciło się w głowie. W końcu zszedł do przydrożnego rowu i zwymiotował.

Nie zdawał sobie sprawy, jak blisko powierzchni czaiły się jego wspomnienia, jak krucha i cienka była warstwa przykrywających je lat. Dwa lata w wojsku, potem studia na wydziale żeglugi morskiej Uniwersytetu Maine i dwanaście lat w marynarce handlowej. Podróże, długie miesiące na morzu i nawet dwa romanse. A wszystko to przykrywało jego przeszłość tak, jak nieumocowana płócienna płachta przykrywa ułożone na pokładzie towary – wystarczy silniejszy powiew wiatru i już jej nie ma. Odkąd usłyszał o powrocie Kiley do Hawke's Cove, tkwiące w pamięci nasionka zaczęły kiełkować i wzrastać, podnosząc się ku słońcu. Będzie musiał wyrwać je z korzeniami, zanim w pełni rozkwitną.

Zatrzymał się na parkingu przed kawiarnią „U Lindy". Lexus Toby'ego Reynoldsa stał na zwykłym miejscu, na środku białej linii, okrakiem, żeby zapobiec otarciom. Drzemiący w głębi umysłu Graingera diablik zawsze kusił go, aby zaparkować półciężarówkę jak najbliżej drzwi lexusa od strony kierowcy, ale jak na razie Grainger nigdy mu nie uległ, być może dlatego, że jego wóz nie był aż tak stary, żeby wdawać się w milczącą wymianę otarć i wgięć.

Kiedy Grainger wysiadł, Pilot natychmiast przelazł na fotel kierowcy i oparł pysk o kierownicę. Pies pilnował samochodu, nie odrywając oczu od drzwi kawiarni, za którymi zniknął jego pan.

Grainger usiadł obok Toby'ego i skinął głową nastoletniej kelnerce, która po chwili postawiła przed nim kubek czarnej kawy i garść opakowań śmietanki w proszku w miseczce. Sięgnął po leżący na ladzie egzemplarz „The Boston Globe" i przebiegł wzrokiem pierwszą stronę. Drużyna Red Sox dobrze sobie radziła, więc może jednak dzień okaże się lepszy, niż sądził.

– Dzień dobry.

– Dzień dobry, Toby.

Ich codzienna poranna rozmowa.

– Oglądałeś mecz wczoraj wieczorem? – Toby podsunął Graingerowi strony z kolumnami sportowymi.

– Tak, był niezły – Grainger wsypał do kubka dwie śmietanki. – Miło, że wygrali.

– Ta cała Kiley Harris to niezły numer! – Toby, w typowy dla siebie sposób, bez wahania ubrał w słowa myśl, która akurat go dręczyła.

Grainger chciał tylko przejrzeć gazetę i spokojnie wypić trzecią kawę tego dnia, a potem zabrać się do roboty przy „Miss Emily". Powoli zamieszał kawę i postanowił nie reagować. Któż lepiej od niego mógł wiedzieć, że Kiley Harris to naprawdę „niezły numer"...

– Gadała ze mną tak, jakby zależało jej, żebym nie sprzedał tego cholernego domu! Nie chce, żeby cokolwiek się tam zmieniło, ale też nie chce przyjeżdżać do Hawke's Cove! I bądź tu mądry, człowieku...

– Nie mogę ci nic poradzić. – Grainger dalej mieszał kawę, chociaż dwie śmietanki już dawno się rozpuściły i nadały jej jasnobrązowy kolor.

– Nie powinienem rozmawiać o klientach... – Toby zaszeleścił pierwszą stroną gazety.

– To prawda, nie powinieneś.

– ...ale najwyraźniej wymyśliła sobie, że to ona decyduje o sprzedaży. Dom należy przecież do jej rodziców, cholera jasna, ona ma go tylko uporządkować! Zagroziła mi, że zmieni agenta, wyobrażasz sobie? Zupełnie jakby miała gdzieś, że nikt inny nie wywalczy dla nich tak dobrej ceny! Myślisz, że może wpłynąć na decyzję swoich starych? – Toby rozgadał się na całego. – Poza tym musi się przecież liczyć z kosztami studiów syna, prawda?

Grainger rzucił dwa dolarowe banknoty na kontuar i wstał, zostawiając niewypitą kawę.

Toby nie odrywał oczu od gazety.

– Podobno kiedyś chodziłeś z nią... – wymamrotał.

– Nie. Nigdy ze sobą nie chodziliśmy.

To, co ich łączyło, nie miało nic wspólnego z tak zwanym „chodzeniem".

Grainger zatrzasnął za sobą drzwi kawiarni i wskoczył do półciężarówki. Z trudem przełknął ślinę. Gardło miał obolałe od słów, które powstrzymał w ostatniej chwili. Zamknij się, Toby, chciał powiedzieć. Nie wymawiaj przy mnie imienia tej kobiety, nigdy więcej. Nie przeżyliśmy żadnego młodzieńczego zauroczenia, nic z tych rzeczy i nie znam osoby, którą ona się stała. Nic o niej nie wiem, nic.

Postanowił, że dopóki Kiley nie wyjedzie z Hawke's Cove albo Toby nie sprzeda tego przeklętego domu, nie wpadnie na kawę do Lindy.

Gdyby nie miał tyle zleceń i zobowiązań, mógłby wrzucić worek z namiotem i plecak do samochodu, wyjechać i wrócić dopiero pod koniec sierpnia.

Musiał jednak zostać, także i dlatego, że obiecał dać Willowi kilka lekcji i nie zamierzał łamać danego słowa. Długo o tym myślał i doszedł do wniosku, że nie chce pozbawiać siebie i chłopca szansy bliższego poznania się. Nawet jeżeli nie jest ojcem Willa, może przecież zrobić dla niego coś, co w innych okolicznościach zrobiłby jego ojciec. Pokazać mu, jak wspaniałą rzeczą jest żeglowanie, wychować go na żeglarza. A jeżeli jest jego ojcem... Cóż, niewątpliwie byłoby lepiej, gdyby jednak tak nie było, biorąc pod uwagę jego uczucia w stosunku do matki Willa. Grainger chciał myśleć o Willu jako o synu Macka. Tak, właśnie tego chciał.

Rozdział czternasty

Will trzasnął drzwiami i wbiegł na górę, do swojego pokoju. Kiley usłyszała przytłumiony łomot rzuconych na podłogę trampek i pisk starego kranu w kabinie prysznicowej. Zapaliła gaz pod czajnikiem i wróciła do telefonu. Rozmowa z panią Finnergan bardzo ją przygnębiła. Doc Finnergan i jego żona dzień wcześniej wpłacili zaliczkę na rejs, którym zamierzali uczcić czterdziestą rocznicę ślubu. Doktor powiedział żonie, że niedługo wróci, żeby spokojnie położyła się spać i pocałował ją na dobranoc. Najgorsze było to, że pacjentowi, do którego został wezwany, właściwie nic nie dolegało; Doc John wcale nie musiał do niego jechać. Kiley i pani Finnergan szlochały, pełne bezradnej rozpaczy. Zanim Kiley odłożyła słuchawkę, wdowa zapewniła ją, że nie ma potrzeby, aby wcześniej wracała z wakacji, bo nabożeństwo żałobne odbędzie się najwcześniej za dwa tygodnie. Kiley zrozumiała, że rzeczywiście nie ma powodu, aby skracała pobyt w Hawke's Cove. Nie miała się do czego śpieszyć.

Później dwa razy próbowała dodzwonić się do matki. Musiała powiedzieć jej o Docu Johnie, chciała jednak także porozmawiać z nią o zatrudnieniu innego agenta. Toby, ze swoim wypaczonym poczuciem wartości, nie powinien reprezentować ani jej rodziców, ani domu, który był im tak bliski. Kiley wiedziała, że powinni nie tyle sprzedać dom, co znaleźć dla niego nową rodzinę. Nie sprzedaje się tak po prostu miejsca, które kochały trzy pokolenia rodziny, nie, cztery, licząc Willa, miejsca pełnego wspomnień i oddychającego miłością; trzeba poszukać ludzi, którzy także obdarzą je uczuciem i napełnią własnymi wspomnieniami, tworzącymi harmonijną całość z wcześniejszymi.

Telefon rodziców Kiley był ciągle zajęty.

Will zszedł już na dół i właśnie robił sobie w kuchni herbatę, więc porozmawiała z nim chwilę, czując, że musi złapać oddech, zanim powie mu, co się stało.

– Dobrze ci się biegało? Długo cię nie było, myślałam, że wrócisz dużo wcześniej. Może w przyszłym roku wystartujesz w Bostońskim Maratonie...

Wyjęła kubek z szafki i wrzuciła do niego torebkę herbaty earl grey.

– Wszystko w porządku. Ktoś podrzucił mnie prawie pod dom, więc nie jestem bardzo zmęczony.

– Lepiej tego nie rób, mówiłam ci, co sądzę o autostopie... Nawet tutaj nie powinieneś wsiadać do samochodu zupełnie obcego człowieka...

I na tym zakończymy beztroską rozmowę, pomyślała.

– Niezupełnie obcego... – Will sięgnął po pudełko cytrynowej herbaty i Kiley zobaczyła, jak mokre włosy na czubku jego głowy układają się w wicherek, który zawsze budził jej wzruszenie, a jego irytację. – Podwiózł mnie Grainger Egan.

Kiley podała mu pudełko i zalała wrzątkiem torebkę w swoim kubku, patrząc, jak papierowe opakowanie wypełnia się powietrzem.

– W jaki sposób na niego wpadłeś? – dźgnęła torebkę łyżeczką i zatopiła ją.

– Nie wpadłem na niego. Będzie mi dawał lekcje żeglarstwa.

Usiadła przy stole. Objęła zimnymi dłońmi gorący kubek i utkwiła wzrok w ciemnej herbacie.

– Jak to się stało?

– Zapytałem go, czy nie mógłby mnie trochę poduczyć...

– Kiedy?

– Chyba dwa dni temu. – Will otworzył szufladę ze sztućcami, zagrzechotał łyżeczkami. – Zanim zapytałem ciebie.

Kiley uparcie wpatrywała się w kubek.

– Zanim cię przedstawiłam?

Nie odpowiedział, pozornie bardzo zajęty parzeniem herbaty. Kiley uderzyła o blat otwartymi dłońmi.

– Willu Harrisie, co jeszcze przede mną ukrywasz? Najpierw dowiaduję się, że palisz marihuanę, a teraz za moimi plecami organizujesz sobie lekcje... Masz jeszcze jakieś sekrety?

– Zaraz, spokojnie, przecież nigdy cię nie okłamałem! Powiedziałem ci, że palę, nigdy się tego nie wypierałem. I przed chwilą powiedziałem, że zamierzam wziąć kilka lekcji żeglarstwa. Robię tylko to, co ty robiłaś przez całe swoje życie...

– Słucham?

– Nie mówię całej prawdy.

– Jak śmiesz! – Kiley mocniej oparła dłonie o stół, żeby nie zobaczył, jak drżą; próbowała wyobrazić sobie, w jakich okolicznościach Will poznał Graingera. Ich zgodne milczenie tamtego wieczoru było oczywistym dowodem tego, co się stało – Grainger musiał zainicjować tę znajomość i poprosić Willa, żeby zachował ją w tajemnicy. – Jak on śmie!

– O co ci chodzi? Jak Grainger śmie dawać mi lekcje? Przecież to jego zawód!

– Wiem, nie o tym mówię! Jak śmie namawiać cię, żebyś trzymał to przede mną w tajemnicy!

– Grainger namawiał mnie, żebym ci o wszystkim powiedział. Wydaje mi się, że cała ta sytuacja przeszkadza mu tak samo jak tobie. – Will usiadł obok niej przy stole. – Dlaczego oboje zachowujecie się tak dziwacznie? Dlaczego nie chcecie po prostu przyznać, że łączyła was bliska przyjaźń, może nawet coś więcej? Co się stało?

Nie da się wrócić do miejsca, gdzie potęga wspomnień jest tak wielka, i przetrwać. Gniew, który czuła Kiley, rozwiał się, ustąpił rezygnacji. Spojrzała Willowi prosto w oczy.

– Dawno temu byliśmy przyjaciółmi. To wszystko. Teraz daj mi spokój.

Tamtego popołudnia, kiedy Kiley niby żartem dała Graingerowi kartkę z numerem telefonu bliźniaczek, wszystko zaczęło się zmieniać. Spodziewała się, że Grainger zareaguje na jej sugestię wybuchem śmiechu, podobnie jak Mack, tymczasem on z zasępioną twarzą wypadł z kuchni, chyba naprawdę zraniony i wściekły.

Kiley zmarszczyła brwi. Przecież to był tylko żart, na miłość boską... Co się stało, że nagle zrobił się taki wrażliwy?

Zgarnęła drewniane kwadraciki z literami z planszy do

fioletowego pudełka, nie licząc punktów za ostatni wyraz Graingera.

– Co się z nim dzieje? – odezwała się.

Mack wzruszył ramionami i schylił się, żeby pozbierać kwadraciki, które spadły na podłogę.

– Nie wiem.

– Nie wydaje ci się, że tego lata w ogóle jest jakiś inny?

Mack wrzucił kwadraciki do pudełka i wyjął wieczko z ręki Kiley.

– Myślę, że wszyscy mamy ten sam problem.

– To znaczy?

– Dobrze wiemy, że kiedy to lato minie, nic już nie będzie takie samo jak wcześniej.

Kiley poczuła żal, że nie może z przekonaniem zaprzeczyć jego słowom, lecz ona także coraz częściej miała wrażenie, iż jakiś etap ich życia dobiega końca. Czasami musiała walczyć z pragnieniem wygłaszania sentymentalnych uwag w rodzaju: „Robimy to ostatni raz" lub „Już nigdy nie będziemy się w to bawić". Wzięła głęboki oddech, bojąc się powiedzieć na głos, że ich sielankowe dzieciństwo umiera, kończy się.

– W takim razie musimy się postarać, żeby to lato było najlepsze, najcudowniejsze ze wszystkich...

– Robię, co mogę, Kiley. Naprawdę się staram.

– Wiem.

Stanęła za krzesłem Macka i jak zwykle zupełnie instynktownie zarzuciła mu ramiona na szyję. Szybki przyjacielski uścisk, nic więcej. Tyle, że tym razem jej dłonie dotknęły jego piersi, a miękki policzek spoczął na opalonej szyi. Mack wstał szybko i odwrócił się. Objął ją tak ostrożnie i delikatnie, jakby bał się, że ucieknie. Nie pocałowali się, ale sam fakt, że przyciągnął ją do siebie, miał wystarczająco duże znaczenie. Wszystko to trwało trochę dłużej niż krótką chwilę i Kiley pozwoliła sobie cieszyć się jego fizyczną bliskością. Potem odsunęli się od siebie z poczuciem winy, jakby spodziewali się, że Grainger nagle stanie w drzwiach kuchni – oboje podświadomie zdawali sobie sprawę, że byłby nieprzyjemnie zaskoczony, więcej, głęboko wstrząśnięty, iż przekroczyli niemożliwą do określenia słowami granicę, że popełnili prawie kazirodczy akt, tworząc głębokie pęknięcie w zbroi, która chroniła ich przyjaźń. Do chwili wyjścia Macka milczeli i starali się udawać, że nic się nie stało.

W wystawionej na działanie słońca sypialni Kiley panował prawdziwie lipcowy upał. Pod jej łóżkiem stało pudełko po butach, pełne zrobionych w ostatnich latach zdjęć. Wiele ujęć było zupełnie przypadkowych, jak na przykład fotografie upamiętniające jakieś przyjęcia, miejsca, które podobały się Kiley, lub Mortiego, kiedy był jeszcze szczeniakiem. Kiley rozłożyła je na łóżku i wybrała pięć. Te zdjęcia tworzyły zapis jej dzieciństwa, dziesięciu lat z Mackiem i Graingerem.

Wydawało jej się bardzo ważne, żeby nie tracić z oczu faktu, że chłopcy byli nie tylko jej najlepszymi przyjaciółmi, ale także swoimi nawzajem. Pomyślała, że to, co ona czuje do nich, nigdy nie mogłoby zmienić się w romantyczne uczucie. Byli przecież jej przyjaciółmi, kumplami, towarzyszami. Chłopcami, z którymi się przyjaźniła, nie chłopakami, z którymi mogłaby umawiać się na randki. Poza tym jak mogłaby wybierać między nimi? Uwielbiała Macka za jego poczucie humoru i lojalność, Graingera za dobroć i inteligencję. Nie chciała kochać ich w żaden inny sposób...

Byli dwiema połówkami jej całości.

Gdyby mocniej przywiązała się do jednego z nich, przyjaźń ich trojga pękłaby. Zapisując imiona i daty na odwrocie zdjęć, zaczęła łudzić się nadzieją, że może to tylko Mack, ze swoimi kwiatkami i uściskami, myślał teraz o niej w inny, romantyczny sposób.

Wyciągnęła szufladę i poszukała pinezek. A jeżeli chłopcy omówili to między sobą, cały ten dziewczęco-chłopięcy idiotyzm, i zdecydowali, który z nich po nią sięgnie? Czy Grainger zostawił ją samą z Mackiem właśnie dlatego? Natychmiast odrzuciła ten pomysł. Ale czy Grainger zachowywał się dzisiaj normalnie? Skądże. Czy iskrzyło między nimi napięcie, ponieważ byli dwoma młodymi mężczyznami, którzy walczą o jedną dziewczynę? Jaką wartość miała ich przyjaźń, jeżeli to ona, Kiley, naraziła pozornie silną więź na szwank, być może podświadomie zachęcając ich do rywalizacji?

Pozbierała zdjęcia i włożyła je z powrotem do pudełka.

Problem polegał na tym, że napięcie czaiło się w niej samej. Pulsowało w niej oczekiwanie. Pokusy. Czy przyjaźń byłaby słodsza, wspanialsza, gdyby uczyniła któregoś z nich więcej niż tylko przyjacielem? Kolanem strąciła pudełko z brzegu łóżka. Nie! Nie. Nie. Nic nie powinno się zmienić. Nie teraz, nie w chwili, gdy życie ich trojga i tak miało ulec poważnym przemianom.

Kiley popatrzyła na wybrane zdjęcia spod zmarszczonych brwi. Muszą dbać, aby przyjaźń pozostała czysta i prosta, bo inaczej po prostu ją stracą.

W myśli przeklęła Dwojaczki, które podsunęły jej ten głupi pomysł, chociaż w gruncie rzeczy ich wina była niewielka – otworzyły tylko puszkę Pandory, wypuściły z ukrycia już kłębiące się pod przykrywką, na wpół uformowane myśli. Myśli, które rodziły się w niej od dnia przyjazdu do Hawke's Cove. Tak, przebudzenie nastąpiło w momencie, gdy pierwszy raz tego lata spojrzała na swoich przyjaciół, nagle już nie chłopców, lecz mężczyzn. Ich opalenizna wskazywała, że przez całą zimę i wiosnę uprawiali sporty i dużo przebywali na świeżym powietrzu, byli wysocy i szczupli, nie chudzi i trochę niezgrabni, jak jeszcze przed rokiem. Zmieniły się nawet ich głosy, tracąc zdradliwie załamujące się nuty i zyskując męską głębię. Pachnieli solą, powietrzem i wilgotną, żyzną ziemią.

Kiley zaczęła przypinać pięć wybranych fotografii do ściany. Całe szczęście, że nie miała w Hawke's Cove żadnej przyjaciółki, która mogłaby zapytać: „Którego z nich byś wybrała, gdybyś naprawdę musiała to zrobić?".

Pociągnęła łyk zimnej herbaty.

– Dostałam dziś rano złą wiadomość.

Will podniósł się, żeby wyrzucić fusy z kubka do kosza na śmieci.

– Co się stało? – zapytał.

Powiedziała mu.

Will znał Doca Johna całe swoje życie. Ostatnio pediatra robił mu badania ogólne, potrzebne do dokumentów do college'u i żartował sobie, że Will jest już na tyle dorosły, żeby przestać chodzić do pediatry.

– Och, mamo... To straszne! Tak mi przykro... – Szybko uścisnął Kiley. – Trzymasz się jakoś?

– Jest mi bardzo smutno i, szczerze mówiąc, trochę się boję, bo okazało się, że nie mam już pracy...

– Więc jeszcze i to... – Will w zamyśleniu pokręcił głową. – Cios za ciosem, naprawdę... Spróbuj spojrzeć na sytuację z jaśniejszej strony – może znajdziesz pracę w jakimś szpitalu, zmienisz tempo, zajmiesz się czymś ekscytującym...

– Dziękuję, Willu Harrisie, domorosły filozofie... – uśmiechnęła się lekko. – Na razie nie stać mnie na logiczne myślenie, dzieje się wszystko naraz, i to dużo za szybko...

– Czy to znaczy, że możemy zostać w Hawke's Cove trochę dłużej? No, bo skoro nie masz już pracy, do której musisz wracać, to... Właściwie dlaczego nie?

– Głównie dlatego, że chyba od razu powinnam zacząć szukać nowego zajęcia. Krótko mówiąc, trzymajmy się Planu A.

Will miał rację, to lato naprawdę nie szczędziło jej ciosów. Najpierw jego aresztowanie, potem sprzedaż domu, wreszcie śmierć szefa i przyjaciela, i niespodziewana utrata pracy. Na dodatek Grainger Egan powrócił do jej życia i jego obecność rzuciła na nią mroczny cień.

Do sierpniowych regat zostały tylko dwa tygodnie i wyglądało na to, że „Blithe Spirit" nie jest nawet w połowie gotowa, żeby w nich wystartować, kiedy nagle wszystko zaczęło się świetnie układać, zupełnie jak dobrze dopasowane kawałki trudnej układanki. Lśniąca biała farba nad linią zanurzenia prawie idealnie ukryła kilka warstw szklanego włókna, którego nierówności odrobinę szpeciły gładkie burty łodzi. Poniżej linii wody Kiley i chłopcy pomalowali kadłub na niebiesko, a nazwę starannie wypisali czarno-złotymi literami z boku białego dziobu.

Spuścili ją na wodę pierwszego sierpnia. Ojciec Macka przyjaźnił się z pracownikiem stoczni w Great Harbor, dzięki czemu udało im się załatwić przewiezienie łodzi przyczepą do doku, z którego wodowano fabryczne jednostki. Kiley obiecała, że przez trzy wieczory będzie opiekowała się trójką dzieci przyjaciela ojca Macka, Mack dorzucił do ceny za transport „Blithe Spirit" koszenie trawnika, a Grainger zgodził się pomóc w zmianie olinowania podobnej łodzi. Razem z dwoma przyjaciółmi Kiley z otwartymi ustami patrzyła, jak ich wypieszczona łódź powoli zjeżdża z pochylni. Natychmiast zaczęła nabierać wody. Deski były tak suche po kilku latach na dworze, że nawet mimo wielokrotnego pokrywania warstwami oleju „Blithe Spirit" chłonęła wodę jak gąbka, więc natychmiast chwycili za czerpaki.

Dopiero po dwóch dniach kadłub uszczelnił się, a w tym czasie cała trójka dokładała wszelkich starań, aby łódź nie zatonęła. Siedzieli na drewnianej ławce nad kabiną i przyciętymi do połowy plastikowymi butelkami po wybielaczu wylewali wodę za burtę. Trzy pary bosych stóp dotykały się lekko, opalone palce ocierały się o siebie.

Bez przerwy oblewali się wodą, za każdym razem wybuchając śmiechem, ciesząc się, że udało im się to, co niemożliwe. Z twarzy Macka ani na moment nie znikał szeroki uśmiech, co najlepiej świadczyło o jego wielkiej radości.

– Chyba tak to właśnie jest, kiedy urodzi się dziecko. – Kiley pogładziła rumpel z taką czułością, jakby było to miłe zwierzątko. – Mnóstwo ciężkiej pracy, ogromny wysiłek, ale jaki efekt...

– Pracy pełnej miłości. – Grainger spojrzał na nią spod dłoni, którą osłaniał oczy przed słońcem.

– Wylewajcie wodę za burtę, bo pełna miłości praca zakończy się fiaskiem. – Mack uderzył bosymi stopami o pokład, rozpryskując słone krople.

Kiley przewiozła ich na brzeg w pontonie swojego ojca. Grainger niedługo zaczynał popołudniowe zajęcia z dziećmi w szkółce żeglarskiej i ledwo łódka dotknęła piasku, pognał do Klubu Jachtowego, Mack pomógł Kiley przywiązać łódź do mola.

– Masz ochotę popływać? – zapytał.

– Jasne – odparła. – Najlepiej zostańmy tutaj.

Chodziło jej o to, że z tej części plaży mogli widzieć Graingera i trochę podrażnić się z nim na odległość. Tego popołudnia sama była dziwnie poirytowana.

– Myślałem o Bailey Cove...

Rzadko chodzili na tamtą plażę, małą i trudno dostępną. Kiley miała odmowę na końcu języka, ale w ostatniej chwili się powstrzymała. Doszła do wniosku, że miło będzie wykąpać się w innym niż zwykle miejscu i przeżyć nową przygodę.

– Dobry pomysł, dlaczego nie?

Mack rzucił Kiley uśmiech, który mówił, że oboje wezmą udział w czymś, czego ona nawet nie podejrzewała. Od swojej rozmowy z Dwojaczkami dziewczyna z pewnym niepokojem myślała o tym, że miałaby zostać sam na sam z którymś z chłopców; swobodnie czuła się tylko wtedy, kiedy byli wszyscy razem, we troje. Osobno Mack lub Grainger nie byli już w jej oczach tylko najlepszymi przyjaciółmi, z którymi spędziła sporą część dzieciństwa, ale przede wszystkim chłopcami, istotami odmiennej płci.

Teraz celowo otrząsnęła się z dziwnych obaw.

– W porządku, idziemy nad Bailey Cove! – powiedziała zdecydowanym tonem.

Podobnie jak wiele starych wiejskich dróg, Bailey's Farm Road odbijała od głównej szosy i biegła prosto w stronę morza. Ogólnie dostępna ścieżka prowadziła od drogi przez las i łąkę, przez jeszcze jeden zagajnik i dalej szczytami wysokich wydm. Po zachodniej stronie półwyspu zdarzały się czasami duże fale, lecz tego popołudnia morze było płaskie jak blat stołu i prawie turkusowe. Ocean wydawał się pieścić piasek lekkimi muśnięciami fal, całkowicie bezpieczny.

Kiley ściągnęła przez głowę biały t-shirt i dżinsowe szorty, rzuciła je na piasek i pobiegła do wody. Tylko na moment zawahała się, nim zanurkowała. Woda po tej stronie była zawsze zauważalnie zimniejsza niż gdzie indziej, więc po chwili dziewczyna wynurzyła się, parskając i z trudem chwytając powietrze. Potem popłynęła w kierunku potężnych skał, które wyłaniały się z wody w czasie odpływu. Gdy dotarła do tych pamiątek wędrówki lodowca sprzed milionów lat, pozwoliła, aby łagodnie rozkołysane fale popchnęły ją do zatoczek między skupiskami kamieni. Właśnie wtedy, kiedy była pewna, że jest zupełnie bezpieczna, pojedyncza wysoka fala przykryła ją całą, napełniając jej usta słoną wodą.

– Uważaj, żeby nie złapał cię denny prąd. – Mack był już obok niej, między trzema przysadzistymi skałami, wznoszącymi się nad nimi niczym uśpieni strażnicy.

W miejscu, gdzie Kiley usiadła na płyciźnie, woda wydawała się nieco cieplejsza i lizała dziewczynę niskimi falami, podobna do rozradowanego psa.

Mack przysiadł obok, patrząc na opartą o skałę Kiley. Poczuła, jak ich biodra ocierają się o siebie, gdy woda zbliżała ich do siebie i odsuwała. Nagle jego ręka przykryła jej dłoń, palce splotły się mocno. Oboje wiedzieli, że tego gestu w żadnym razie nie można uznać za przypadkowy i zwyczajny.

– Kiley?

– Mack?

– Mogę cię pocałować? – jego głos był niski, trochę zachrypnięty i niepewny, jakby bał się, że już wszystko zepsuł; jakby zdawał sobie sprawę, tak jak ona, że te słowa zmienią naprawdę wszystko, lecz mimo to rzucał wyzwanie teraźniejszości i przyszłości.

Fala oderwała ich od siebie i znowu zbliżyła. Kiley szukała odpowiedzi w swoim sercu. Jeżeli się pocałują, tylko pocałują, to czy może stać się coś złego? Od razu dowiedzą się, czy są sobie przeznaczeni, czy nie. Jeśli pocałunek okaże się niewypałem, zawsze mogą przecież udawać, że w ogóle nic się nie zdarzyło, tak jak wcześniej z uściskiem... Po prostu zaspokoją ciekawość, jak dzieci, które bawią się w doktora... Więcej, raz na zawsze przegnają demona niepewności...

Wahała się ułamek sekundy za długo. Mack oparł rękę o skałę, odsunął się.

– Przepraszam, to było głupie pytanie...

– Tak... – Kiley szybko dotknęła jego dłoni. – To znaczy, chcę, żebyś mnie pocałował, tak...

Mack pokonał następną falę i położył dłonie na skale nad jej głową. Delikatnie, ostrożnie przycisnął zimne od wody wargi do jej warg. Usta Kiley instynktownie zmiękły w odpowiedzi. Zaskoczyło ją, że oboje tak idealnie do siebie pasują.

Dotyk warg Macka zniweczył dręczący ją niepokój. W jednej chwili stało się oczywiste, że kocha właśnie jego i że to uczucie jest mocniejsze niż przyjaźń. Ich wargi rozgrzały się i zapomnieli o tym, że woda jest lodowata.

Rozdzieliła ich wysoka fala, więc bez słowa, w milczącym porozumieniu, popłynęli do brzegu. Wyszli z wody, trzymając się za ręce, już spragnieni dotyku i pieszczot, które związałyby ich ze sobą na zawsze. Wszystko wydawało się tworzyć sensowną całość, ich serca biły pragnieniem fizycznej bliskości. Położyli się na plażowym ręczniku Kiley, biodro przy biodrze, ze splecionymi nogami. Całowali się żarłocznie, nie mogąc się sobą nasycić. Na plaży nie było świadków tej wielkiej transformacji, nikogo, kto by ich obserwował.

Mack cofnął się pierwszy. Kiley odetchnęła z ulgą. Na razie wystarczał jej sam dotyk, gdyby posunęli się dalej, czułaby, że zrobili za dużo.

Mack usiadł i spojrzał na nią nowymi oczami.

– Niesamowite... – powiedział cicho.

Kiley podniosła się i strzepnęła z ramion ziarnka piasku. Potem zadała pytanie, którego nie można było uniknąć.

– Co na to Grainger?

Mack, już zarumieniony, zaczerwienił się jeszcze mocniej.

– Nic nie wie – odparł.

– Nie rozmawiałeś z nim?

– Co miałem mu powiedzieć? Nie byłem pewny, czy mam... Czy mam dość odwagi, aby w końcu zrobić to, o czym myślałem od ubiegłego lata... Grainger nic o tym nie wie. Nie wie, że cię pragnąłem... Że miałem nadzieję, że ty także...

– Musimy mu powiedzieć.

Kiley dostrzegła niepokój Macka i zrozumiała, że stało się to, czego się obawiała – wszystko się zmieniło. Równowaga ich przyjaźni uległa zachwianiu i teraz Mack i Kiley siedzieli na jednej szali, a Grainger na drugiej. Sam.

Rozdział piętnasty

Od dnia swojego powrotu do Hawke's Cove Grainger zawsze z przyjemnością czekał na piknik z okazji Dnia Niepodległości. Tego roku przypadała setna rocznica założenia miasteczka i przygotowania do święta trwały już od paru dni. Trochę wcześniej Grainger pomógł wykopać doły, w których miało się piec mięso, kukurydza i homary. W ostatnich latach przecięte na pół metalowe beczki, których używano jako grillów, ustąpiły miejsca przemysłowym grillom gazowym, lecz jedzenie nadal było smaczne i warte opłaty za wstęp w wysokości dziesięciu dolarów. Wszyscy przynosili sałatki i desery. Dobry zespół miał grać popularne przeboje, organizatorzy jak zwykle zapowiadali też gry i zabawy, łagodną rywalizację w wyścigu plastikowych żaglóweczek, ognisko, a po zapadnięciu ciemności pokaz sztucznych ogni.

Graingerowi nie przeszkadzało nawet, że tego dnia zawsze wracały do niego wspomnienia innych lipcowych pikników, na których bawili się we troje – nigdy nie mógłby zapomnieć, jak przeciągali linę o zmierzchu, jedli soczystego arbuza i pluli w siebie pestkami czy grali w jednym zespole podczas meczów siatkówki i koszykówki. Na tle typowych dla tego dnia zajęć te obrazy nie stanowiły żadnego zagrożenia. Starzy przyjaciele, nowi przyjaciele, klienci, sąsiedzi – wszyscy spotykali się na pikniku, świętowali aż do przesady i co roku przyznawali, że znakomicie się bawili.

Tyle, że ten piknik mógł być inny. Tego lata do Hawke's Cove przyjechała Kiley. I Will. Na pewno nie zabraknie ich wśród gości.

– Chodź, Pilot. – Grainger przytrzymał drzwi pikapu. – Zabawimy się trochę...

Pilot przekrzywił głowę w zdumieniu rodem prosto z komiksu. Właśnie ta jego poza sprawiła, że Grainger wyciągnął go z kosza pełnego podobnych szczeniaków. Pilot zawsze wyglądał tak, jakby podejrzewał, że wszystko, co mówi Grainger, zabarwione jest ukrytą ironią. Kiedy weszli na teren Klubu, mięso piekło się już na grillu, a inne potrawy w szybkowarach. Zapach hamburgerów i parującej słonej wody przesycał powietrze. Mecz minibaseballu był już w toku i Charlie Worth krzyknął do Graingera, żeby wybrał sobie rękawicę i przygotował się do gry. Pilot poszedł dalej, spragniony towarzystwa innych psów i okazji do małej szarpaniny o resztki.

Grainger stanął na miejscu i uderzył pięścią w rękawicę. Ta część pikniku zawsze sprawiała mu największą przyjemność – spotkanie graczy w różnym wieku i formie, różnego wzrostu i siły, miejscowych i przyjezdnych, było naprawdę wielką frajdą. Molly Frick, kapitan szkolnego zespołu dziewcząt, rzucała piłkę, a łapał Fred Crockett, siedemdziesięciolatek, właściciel największego jachtu w porcie. Grainger rozejrzał się dookoła. Nie było źle – w jego drużynie znalazło się sporo dobrych graczy i wszystko wskazywało na to, że być może solidnie przyłożą przeciwnikom. Kiedy pałkarz przyjął pozycję, Grainger uśmiechnął się lekko. Tamci też mieli kilku niezłych zawodników. Will Harris właśnie rozluźniał się na swojej pozycji, wykonując próbne wymachy ramionami. Sposób, w jaki poruszał się i trzymał pałkę wyraźnie mówił Graingerowi, że chłopak grał już trochę w baseball. Teraz jednym szybkim ruchem posłał piłkę daleko w bok, poza boisko.

Kiedy przebiegał obok, Grainger uśmiechnął się do niego.
– Nieźle – zażartował. – Dużo grałeś?
– Niedużo, byłem tylko kapitanem. – Will zawrócił lekkim truchtem. – Zespołu, który wygrał stanowe mistrzostwa...

Grainger stanął na swojej pozycji. On także był kiedyś kapitanem zwycięskiego zespołu, ale to przecież nic nieznaczący zbieg okoliczności. Znowu uderzył pięścią w rękawicę.

Zaraz potem przyszedł czas na rzuty i drużyna Graingera ustawiła się na boisku. Grainger wziął kubek z piwem, który podał mu ktoś z zespołu, i usiadł na ławce, żeby przyglądać się grze. Piwo było chyba za zimne, bo mięśnie jego klatki piersiowej skurczyły się gwałtownie. Kiley miała baseballówkę nasuniętą nisko na czoło i zgięta w pół, z piłką za plecami, czekała na sygnały od łapiącego, którym okazał się Will. Grainger naciągnął własną czapkę tuż nad brwi i patrzył, jak jej plecy wyginają się ku górze płynnym, pełnym gracji ruchem. Odbijający gwizdnął. Will poderwał się i rzucił piłkę prosto w rękawicę Kiley. Chwyciła ją od niechcenia, w tak naturalny sposób, jakby robiła to codziennie. Grainger powoli sączył piwo. To on nauczył ją rzucać i łapać, odmawiając jej jakiejkolwiek taryfy ulgowej ze względu na płeć. „Musisz brać zamach całym ramieniem, Kiley". Mieli wtedy dwanaście, najwyżej trzynaście lat. Chwycił jej ramię i bark i przygiął ją do właściwej pozycji. Najwyraźniej miała sporo okazji, żeby trenować razem z Willem, bo grali tak, jakby tworzyli dwuosobowy zespół.

Zamyślił się głęboko i drgnął nerwowo, kiedy Harvey Clark trącił go w ramię.

– Twoja kolej, Egan.

Grainger Egan podniósł pałkę i stanął naprzeciwko Kiley Harris, po drugiej stronie niewielkiego boiska. Spojrzała na niego, potem zaś położyła piłkę na ziemi i ściągnęła rękawicę. Zdjęła czapkę, podniosła włosy do góry, skręcając je w węzeł i dopiero wtedy unieruchomiła je czapką. Wychyliła się w jego stronę, potrząsnęła głową w kierunku Willa i rzuciła mu szybką piłkę. Grainger odbił ją z całej siły i posłał na aut. Usłyszał cichy śmiech Willa i uśmiechnął się. Kiley odpowiedziała uśmiechem i wykonała następny błyskawiczny rzut. Grainger, który znowu wybił na aut, przestał się uśmiechać.

Kiley uniosła ramię i wtedy Grainger przypomniał sobie, że chociaż jego przeciwniczka świetnie radzi sobie z szybkimi i prostymi piłkami, podkręcane rzuty wychodzą jej znacznie gorzej. Gdy rzuciła piłkę, błyskawicznie przesunął się do przodu. W uszach zabrzmiał mu ostry brzęk aluminium, zderzającego się ze skórzaną powłoką piłki, i w tej samej chwili pognał w kierunku pierwszej bazy.

* * *

Kiedy okazało się, że zapiekanka z małżami jest gotowa, niedokończony mecz został przerwany przy remisowym wyniku, sześć do sześciu, i wszyscy ruszyli w stronę baru. Grainger uznał, że nie będzie nic nienaturalnego czy dziwnego w tym, jeżeli stanie w kolejce za Kiley.

– Widzę, że wciąż wykorzystujesz w grze siłę całego ramienia.

– A ty wciąż wybijasz szybkie rzuty na aut. – Kiley podała mu papierowy talerzyk.

Grainger wręczył jej zawinięty w serwetkę komplet plastikowych sztućców.

– Najwyraźniej Will grał w baseball w szkole średniej – zauważył.

– Tak. Ma nadzieję, że znajdzie się dla niego miejsce także w drużynie uniwersyteckiej.

– Używasz mojego imienia nadaremno? – Will wcisnął się do kolejki przed matką.

– Tak się tylko przechwalam...

Grainger podał Willowi pakiecik ze sztućcami.

– Słyszałem, że jesienią zaczynasz naukę w Cornell – powiedział.

Will skinął głową, nie otwierając pełnych ciasta ust.

– Gratuluję – dorzucił Grainger.

– Will, podaj mi ciastko!

Zanim Will zdążył wyciągnąć rękę, Grainger położył domowe ciasteczko na talerzu Kiley. W tej samej chwili dziwny spokój rozluźnił jego mięśnie wokół serca, dokładnie w tym miejscu, które przed godziną wydawało się twarde jak kamień. Przynajmniej przez chwilę mógł udawać, że nie ma między nimi żadnego napięcia. Pomyślał, że może uda im się pozostawić za sobą to, co się zdarzyło w przeszłości. Może zdołają to zrobić, jeżeli będą mieli trochę czasu, aby znowu zacząć patrzeć na siebie jak dawniej...

– Mogę usiąść tam dalej? – Will ruchem głowy wskazał grupkę młodych ludzi, skupionych w luźnym kręgu.

Kiedy zostali sami, bez buforu, jakim była obecność Willa, Grainger spojrzał na Kiley, starając się zorientować, na co jego towarzyszka ma ochotę. W pobliżu znajdował się wolny stolik.

– Kiley Harris, czy to naprawdę ty? – przez trawnik dużymi krokami zmierzał ku nim Conor MacKenzie. – Tak się cieszę, że cię widzę! – zawołał, chwytając Kiley w ramiona. – Świetnie wyglądasz!

Ich sztywne powitanie w barze „Osprey's Nest" powinno być tak serdeczne jak to, którego był teraz świadkiem. Grainger szybko odwrócił wzrok. Ulotna jak piórko nadzieja, że uda im się znowu nawiązać kontakt, zniknęła w jednej sekundzie. Zostawił Kiley w objęciach brata Macka i zajął jedyne wolne miejsce przy zatłoczonym stole. Jak mógł być taki głupi...

Odrywając szczypce homara, przyrzekł sobie, że nigdy więcej nie narazi swojego serca na niebezpieczeństwo.

Mack i Kiley przez jakiś czas utrzymywali swój romans w tajemnicy, myśląc, że zdołają ukryć zmianę przed osobą, która znała ich jak nikt inny, lecz Grainger domyślił się wszystkiego pierwszego popołudnia. Spojrzał na Kiley i od razu wiedział, że ich życie już nigdy nie będzie takie jak parę godzin wcześniej. Może wyczytał to z jej niegasnącego uśmiechu, może z tego, że wykorzystywała każdą okazję, aby znaleźć się blisko Macka, a może z częstszych niż dotąd żartów Macka, rzucanych pod jej adresem.

Stali obok doku w stoczni Great Harbor, przyglądając się, jak przyjaciel ojca Macka ustawia maszt na pokładzie łodzi. Wcześniej cała trójka przeniosła maszt do doku i ostrożnie ułożyła go na deskach. Mack powiedział coś do Kiley, a ona zachichotała, o mało nie wypuszczając z rąk ciężkiego drewnianego pala.

Grainger odwrócił się i w malującym się na ich twarzach poczuciu winy znalazł potwierdzenie swoich podejrzeń. Wiedział, że powinien cieszyć się z ich szczęścia, ale ich odejście nie mogło być dla niego łatwe do przyjęcia, chociaż wciąż powtarzał sobie, że Mack i Kiley pod każdym względem doskonale do siebie pasują. Pochodzili z podobnych rodzin, lubili te same rzeczy. Oboje jasno określili sobie cel, do którego zmierzali, i nie mieli cienia wątpliwości, z jakich korzeni wyrośli.

Gdyby byli uczestnikami „Randki w ciemno" czy jakiegoś innego programu tego rodzaju, Kiley na pewno wybrałaby Macka właśnie z tych powodów.

Ale co by było, gdyby to on pierwszy powiedział jej, że ją kocha? Tłumiona namiętność, którą torturował się każdej nocy była bardzo głęboka, głębsza niż uczucie, jakim mógł obdarzyć ją Mack. Mimo to Grainger wiedział, że ponieważ cenił sobie ich przyjaźń ponad własne szczęście, ponieważ kochał Macka jak brata, nigdy nie wyznałby Kiley, co do niej czuje, i nie naraził na szwank tego, co mieli, na rzecz tego, czego sam pragnął. Mack najwyraźniej nie miał podobnych zahamowań.

Kiedy maszt znalazł się już na właściwym miejscu, Grainger został w stoczni sam, żeby go umocować, ponieważ Mack pracował na popołudniową zmianę w kawiarni „U Lindy".

– Chcesz, żebym ci pomogła? – Kiley wciąż stała na molo.

Był odpływ, więc patrzyła na przytrzymującego maszt Graingera z góry. Podniósł wzrok i wyczytał w jej oczach wielki niepokój – bała się, że będzie musiała go zranić, miała to wypisane na twarzy, podobnie jak pragnienie, żeby mimo wszystko nadal pozostali przyjaciółmi.

Akurat tego nic nie może zmienić, pomyślał Grainger. Musi tylko postarać się, aby jego uczucie do niej było zupełnie platoniczne, udawać, że jego miłość jest całkowicie nieszkodliwa. Miał nadzieję, że okaże się to nie tak trudne, jak w tej chwili przypuszczał – ostatecznie udawał już od początku lata.

Chwilę zastanawiał się, co by się stało, gdyby teraz powiedział Kiley, co do niej czuje.

– Naprawdę, Grainger, chętnie zostanę i pomogę ci...

– Nie, wracaj do domu z Mackiem. Zobaczymy się wieczorem w klubie. – Odwrócił się szybko, żeby nie dostrzegła emocji, które zagrażały jego opanowaniu.

Było już późno, kiedy Kiley dotarła do bramy Klubu Jachtowego. Chłopcy tkwili w sali tanecznej, pod ścianą, z puszkami napojów w ręku. Stali obok siebie, ale nie rozmawiali. Grainger przyszedł sam, chociaż wcale nie miał ochoty ruszać się z domu. Obaj z Mackiem obserwowali nadchodzącą wyasfaltowaną ścieżką Kiley, której podeszwy cicho zgrzytały na miejscami pokrywającym nawierzchnię piasku. Ubrana w białą sukienkę, z granatowym rozpinanym swetrem zawiązanym w pasie, Kiley wyglądała pięknie, w oczach Graingera pięknej niż kiedykolwiek. Mack odepchnął się od ściany, żeby ją przywitać, a Grainger przeszedł do następnej sali.

Don Henley śpiewał właśnie o lecie. Kilka par tańczyło już w rytm płynącej z głośników piosenki, a większość gości i tutaj stało pod ścianami; nikt nie siedział w lekko zakurzonych fotelach ze sztucznego bambusa. Grainger z roztargnieniem zastanawiał się, dlaczego w Klubie Jachtowym wciąż organizowano te tak zwane „wieczorki" dla młodzieży, skoro nikt nie sprawiał wrażenia zadowolonego z zaproszenia. Młodzi ludzie woleli własne mroczne rozrywki i Grainger dobrze wiedział, że niektórzy uczniowie szkoły średniej przemycają w puszkach po coli skradzione rodzicom porcje rumu lub burbona, podczas gdy inni starali się skorzystać z pustych przebieralni. Każda rodzina miała tu swoją zamykaną na klucz garderobę, a zdeterminowani nastolatkowie byli w stanie otworzyć każdy zamek. Pomieszczenia były bardzo ciasne, ponieważ w każdym stała ławka i wieszak, lecz młodzi ludzie mimo to potrafili zmieścić się tam we dwoje.

Grainger przeglądał longplaye w takim skupieniu, jakby nic na świecie nie interesowało go bardziej. Kątem oka zauważył Macka i Kiley, którzy wyszli na prawie pusty parkiet i zaczęli poruszać się w rytm nowego utworu. Nagle Kiley przystanęła i szepnęła coś Mackowi do ucha. Oboje spojrzeli na Graingera, lecz on wciąż udawał ogromne zainteresowanie płytami.

– Chodźmy na plażę. – Kiley podeszła do Graingera.
Chłopak wzruszył ramionami.
– Idźcie sami – rzucił. – Nie jestem w nastroju.
Mack stanął z drugiej strony.
– Musisz pójść z nami, człowieku. Nie pozwolimy ci odmówić.

– Nie pozwolicie, co? Odkąd to jesteście...

– Grainger, proszę cię... – Kiley lekko dotknęła jego rękawa. – Musimy porozmawiać.

Nagle pożałował, że ma na sobie koszulę, z której wyrósł Conor MacKenzie i stary krawat, ciasno zawiązany pod szyją. Delikatnie zdjął dłoń Kiley ze swego ramienia, przytrzymał ją chwilę i puścił.

– W porządku – powiedział.

Unikając wzroku mało czujnych dorosłych opiekunów imprezy, wymknęli się na tylny korytarz i otworzyli niezabezpieczone drzwi. Był sierpień, więc światło odchodzącego dnia rozjaśniało jeszcze niebo tylko po zachodniej stronie. Skrawek księżyca wisiał nad morzem, a rozsiane na czarnym niebie gwiazdy tworzyły pozornie przypadkowe układy. Wiatr był rześki, prawie chłodny i fały głośno podzwaniały o maszty w zatłoczonym letnim porcie. Przed nimi fale uderzały o plażę, niewidoczne, lecz słyszalne.

Nagle wszystkim trojgu wydało się szalenie ważne, aby przynajmniej przez chwilę udawać, że przyszli tu tylko popływać, jak zwykle. Kiley rzuciła sweter na piasek, zdjęła sukienkę bez rękawów i zadrżała na zimnym wietrze. Kiedy podeszła na sam brzeg morza, żaden z chłopców nie przyłączył się do niej. W milczeniu siedzieli obok siebie na wilgotnym piasku. Grainger nie miał do powiedzenia nic, co nie świadczyłoby o jego zazdrości.

– Kiley! – zawołał Mack, gestem zachęcając ją, aby usiadła z nimi.

Z tej odległości dziewczyna widziała tylko ich białe koszule i swoją sukienkę, porzuconą między nimi na wyziębionym piasku.

– Grainger, Mack i ja mamy ci coś do powiedzenia. Mack i ja...

– Daruj sobie, Blithe, chyba tylko ślepy nie zorientowałby się, co się dzieje. – Grainger podniósł się i szarpnął węzeł krawata. – Życzę wam wszystkiego najlepszego – dodał, starając się dopasować ton głosu do słów.

– Na pewno nie masz nic przeciwko temu? – Mack także wstał i stanął z drugiej strony przyjaciela.

Grainger położył jedną rękę na ramieniu Macka, drugą na Kiley.

– Co niby miałbym mieć przeciwko temu? – przyciągnął ich do siebie, zwracając twarz ku Kiley.

Głęboko odetchnął jej zapachem, lekką, orzeźwiającą mieszanką aromatu cytryny i talku, i zaraz ich puścił. Bez słowa odwrócił się i poszedł do Klubu, mając nadzieję, że jego zachowanie wprowadziło ich w błąd.

Kiedy znalazł się w środku, chwycił jedną z Dwojaczek za rękę i wyprowadził ją na parkiet. Ponad jej głową ujrzał wchodzących do sali Macka i Kiley. Trzymali się za ręce. Grainger odkrył, że nie może oderwać od nich wzroku. Obserwował ich, gdy zaczęli tańczyć. Mack podskakiwał trochę jak automat, lecz Kiley umiała korzystać z muzyki, wyginała plecy i pełnym wdzięku ruchem podnosiła ramiona nad głową. Po chwili Conor MacKenzie oderwał się od swojej grupy i podszedł do nich. Żartobliwie szturchnął brata w bok i cmoknął Kiley w policzek. Grainger szybko odwrócił swoją partnerkę, żeby nie patrzeć na nich dłużej.

Pod koniec piosenki wyszedł z klubu na plażę. Bryza była teraz mocniejsza i ciszę wciąż zakłócały rozdzwonione fały. Grainger ruszył biegiem przed siebie, zrzucając po drodze ubranie. Pływał w zimnej wodzie tak długo, aż jego serce przestało boleśnie galopować. Od tej nocy zaczął coraz częściej nocować w pokoju, który jego ojciec wynajmował w motelu.

Następnego ranka wiatr osłabł do sześciu węzłów, wrócili więc do stoczni i przepłynęli na „Blithe Spirit" do portu w Hawke's Cove, gdzie miała cumować na stałe. Grainger czekał na nich na molo, kiedy ramię w ramię zeszli po trapie. W jednej ręce trzymał granatowy kardigan Kiley.

– Gdzie go znalazłeś? – zapytała.

– Na plaży. – Podał jej starannie złożony sweter. – Leżał na samym brzegu, prawie w wodzie.

– Strasznie się cieszę, bo to mój ulubiony... – Kiley zawiązała sobie rękawy w pasie. – Bardzo ci dziękuję...

Grainger odwrócił głowę i utkwił szaroniebieskie oczy w żaglówce.

– Powinnaś lepiej pilnować swoich ulubionych rzeczy – powiedział.

Ochrzcili „Blithe Spirit" szklaną butelką coca-coli, która okazała się zaskakująco trudna do kupienia.

– Niech ci się wiedzie, „Blithe Spirit"! – zawołali chórem.

Kiley z rozmachem uderzyła butelką o dziób. Gdy nie pękła, Grainger wyjął butelkę z ręki dziewczyny, uklęknął na pomoście i pchnął ją przed siebie jak piłkę w meczu baseballu. Szkło roztrzaskało się na drobne kawałki, a słodki brunatny płyn pociekł po białym dziobie. Chwilę patrzyli na to z przerażeniem, potem zaś Mack pośpiesznie chwycił gumowy wąż i spłukał kadłub czystą wodą.

Grainger podał Kiley i Mackowi kamizelki ratunkowe, zupełnie jakby byli jego uczniami, i wszedł na pokład ostatni. Zwolnił cumy i usiadł za sterem, natomiast Mack rozłożył żagiel.

Jako najbardziej doświadczony żeglarz z całej trójki, Grainger wydawał polecenia, trzymając rumpel i raz po raz zerkając na wskaźniki. Mack, który dysponował najmniejszym doświadczeniem, operował żaglem. Wiatr łagodnie odepchnął ich od doku, bez trudu przepłynęli między innymi żaglówkami i jachtami i skierowali się ku wyjściu z portu.

Grainger czuł się tak, jakby stąpał po polu minowym. Mack i Kiley trzymali się na odległość, a żagiel skutecznie uniemożliwiał im kontakt wzrokowy. Grainger uparcie patrzył przed siebie, lecz ze swojego miejsca świetnie widział tamtych dwoje. Kiedy tylko Mack ustawił żagiel, który po wyjściu z portu wydął wiatr, Mack usiadł obok Kiley na wyższym pokładzie. Ich kolana dotykały się, lecz dłonie spoczywały na deskach.

Grainger rozmawiał z nimi tylko o łodzi. Wszyscy troje byli dumni, że udało im się uratować „Blithe Spirit" i tak szybko doprowadzić ją do dobrego stanu, w dodatku za tak niewielkie pieniądze, zwycięstwo nie przyniosło im jednak prawdziwej satysfakcji, ponieważ nie mogli pogodzić się ze zmianą, jaka dotknęła ich przyjaźń. Gdyby wszystko było między nimi jak dawniej, nie posiadaliby się z radości, lecz teraz rozmawiali ze sobą wyłącznie o „Blithe Spirit", zupełnie jakby żaglówka była ich wspólnym dzieckiem i jedyną łączącą ich sprawą.

Grainger pomyślał, że może byłoby łatwiej, gdyby wpadł w furię i pokłócił się z nimi, ale nie zrobił tego, a podtrzymywanie uprzejmej neutralności doprowadzało go powoli do szału. Miał ochotę zerwać się z miejsca i nawrzeszczeć na nich, nie wiedział tylko, jakich słów użyć, aby opisać chociaż drobną część miotających nim uczuć.

Okrążyli już prawie cypel, kiedy Kiley wreszcie zdecydowała się zadać Graingerowi pytanie.

– Jak tam randka z Dwojaczką? Którą wybrałeś?

Grainger lekko przesunął rumpel.

– Emily.

– Dobrze się bawiłeś?

– Potańczyliśmy trochę, i tyle. Jest całkiem miła.

– Umówisz się z nią jeszcze?

– Dlaczego pytasz? Chciałabyś się podłączyć?

Kiley starła krople wody z lakierowanej poręczy.

– Może... Jasne!

Mack przeciągnął się i niby od niechcenia położył rękę na nagim kolanie dziewczyny. Jego palce lekko ścisnęły skórę.

Czy był to gest świeżo nabytej zaborczości? Przecież nigdy nie dali sobie najmniejszego powodu do nieufności... Grainger utkwił wzrok w horyzoncie, starając się nie patrzeć na dowody poufałości Macka wobec Kiley, świadomy, że on nie może już traktować jej z dawną swobodą.

– Uwaga, robimy zwrot. – Grainger podniósł się i podparł rumpel kolanem, nie wypuszczając z ręki liny żagla.

– Pozwól, że ja się tym zajmę. – Mack przeskoczył nad kolanami Kiley i stanął u boku przyjaciela.

Grainger wzruszył ramionami i podał linę Mackowi, który za szybko ją poluzował. Bum zatoczył szeroki łuk i Kiley schyliła się gwałtownie, o mały włos nie zderzając się głową z Graingerem. Mack odzyskał panowanie nad żaglem, mocno chwycił rumpel i wyrównał kurs.

– Dawno nie stałem za sterem. – Rzucił Kiley niepewne spojrzenie, lecz ona uśmiechnęła się w odpowiedzi, jakby uważała, że jego błąd był nieistotną i czarującą pomyłką.

Grainger z irytacją zabębnił palcami po krawędzi burty i nie odezwał się ani słowem. Na szczęście wiatr był łagodny, lecz na wzburzonych falach beztroska Macka mogła okazać się katastrofalna w skutkach, o czym zresztą wszyscy troje doskonale wiedzieli.

Dziewiczy rejs przebiegł spokojnie i bez nieprzewidzianych wydarzeń – w ciągu godziny opłynęli cypel półwyspu. U szczytu cypla musieli zmienić kurs i Mack w milczeniu oddał ster Graingerowi, który szybko i sprawnie wykonał manewr, umiejętnie radząc sobie z rumplem i żaglem, nonszalancko uchylając głowę przed bomem. Grainger miał nadzieję, że Kiley zauważyła to i dokonała odpowiedniego porównania.

Kiley przeszła na rufę, aby wyciągnąć balast, Grainger ustawił żagiel we właściwym momencie i łódź gładko pomknęła w kierunku pomostu. Kiley za pierwszym razem celnie rzuciła cumy. Długo porządkowali rzeczy na pokładzie, upewniając się, czy wszystkie liny zostały zwinięte jak należy, a żagiel prawidłowo umocowany do bomu, żeby następnym razem łatwo było go podnieść. Troskliwie wytarli lakier ze słonej wody, wsunęli dulkę pod bom i jeszcze raz sprawdzili, czy zostawiają wszystko w idealnym porządku.

Kiley usiadła przy wiosłach i przewiozła przyjaciół na brzeg. Siedzieli naprzeciwko niej, tuż obok siebie, ale wyglądali tak, jakby w tej chwili chcieli znaleźć się jak najdalej od siebie. Mack patrzył w jedną stronę, Grainger w drugą. Grainger starał się nawet nie spoglądać na Kiley, ponieważ bał się, że dziewczyna dostrzeże rozpacz i niepokój w jego oczach. Za nimi „Blithe Spirit" kołysała się na wietrze, spętana cumami. Nagle Grainger uświadomił sobie, że musi rozstać się z przyjaciółmi, bo nie jest w stanie dłużej udawać, że wszystko jest jak dawniej.

Nawet sos na świeżutkim maśle nie mógł poprawić smaku homara. Ze swego miejsca Grainger widział Willa, śmiejącego się z jakiegoś żartu razem z nowymi przyjaciółmi, a także Kiley, nadal pogrążoną w rozmowie z Conorem. Niech i tak będzie, pomyślał. Conor był przecież bardziej w typie Kiley, podobnie jak kiedyś Mack. Conor był lekarzem, a Will powiedział, że Kiley pracuje jako asystentka lekarza i pielęgniarka, stanowiliby więc idealnie dopasowaną parę. W ostatnich latach Conor tylko od czasu do czasu przypominał Graingerowi Macka, lecz Kiley z pewnością widziała cień rysów ukochanego w twarzy jego starszego brata.

Pilot ciężko klapnął na ziemię u stóp Graingera, przejedzony resztkami. Za kilka minut miał rozpocząć się pokaz sztucznych ogni, ognisko już płonęło, ale Grainger nagle odkrył, że zupełnie stracił ochotę do dalszej zabawy.

– Wracajmy do domu, stary – rzucił cicho.

Pilot przekrzywił głowę i posłusznie dźwignął się na nogi.

Rozdział szesnasty

– Podobno twoi rodzice sprzedają dom. – Conor postawił talerz na blacie wolnego stolika.

Kiley obejrzała się, ale Graingera już nie było w pobliżu. Zauważyła, że siedział ze sporą grupą przy odległym stole. Postawiła swój talerz obok talerza Conora.

– Nie dają sobie rady z jego utrzymaniem – powiedziała.

– A ty nie chcesz go dla siebie?

– Nie, nie mogę się nim zająć. – Kiley zastanawiała się, czy wszyscy dawni znajomi będą zadawać jej to samo pytanie. Powinna jak najszybciej wymyślić jakąś całkowicie jasną odpowiedź, aby położyć kres ich ciekawości. – Sęk w tym, że nie stać mnie na ten dom, nawet gdyby rodzice zdecydowali się mi go podarować, a na dodatek zupełnie niespodziewanie straciłam pracę...

Taki opis sytuacji miał bardzo niewiele wspólnego ze śmiercią Doktora Johna.

– Mój szef zginął w wypadku i teraz jego pacjentów przejmie inny lekarz, który dysponuje pełnym personelem – dodała.

Cóż, kiedyś musiała to wreszcie powiedzieć na głos, chociaż nie przyszło jej to bez trudu...

– Jesteś pielęgniarką?

– Tak. Pracowałam w gabinecie pediatrycznym.

– Och, świetnie... – w głosie Conora zabrzmiała nutka pobłażania, typowa dla tak wielu lekarzy.

Pielęgniarka to tylko pielęgniarka, ale ostatecznie mamy ze sobą coś wspólnego, mówił ten ton.

– Słyszałam, że ty poszedłeś w ślady ojca...

– Niezupełnie. Nie jestem lekarzem rodzinnym, lecz gastroenterologiem w poradni złożonej z sześciu specjalistów. –

Conor sprawnym ruchem przeciął krtań homara. – Pracuję w Great Harbor.

Kiley słuchała, jak Conor opowiada o swojej praktyce i trudnościach związanych z lokalizacją przychodni, która znajdowała się ponad pół godziny drogi od szpitala, a także o dwóch kolegach, noszących się z zamiarem otworzenia własnych gabinetów, co mogło zagrozić spokojnej egzystencji poradni. Zaczęła się rozluźniać, zadowolona, że rozmowa nie dotyczy jej bezpośrednio. Wcześniej, kiedy Conor podszedł do niej, wpadła w prawdziwą panikę. Co by było, gdyby Will nagle zapragnął zamienić z nią parę słów? Co by wtedy zrobiła? Jak przedstawiłaby go Conorowi? Czy na twarzy starszego brata Macka pojawiłby się wyraz zaskoczenia, a zaraz potem zastanowienia? Czy od razu rozpocząłby umysłową gimnastykę, próbując dopasować fakt istnienia Willa do tego, co wiedział o Kiley i odgadnąć datę jego narodzin? Kiley była pewna, że Grainger tak właśnie zrobił.

Conor przerwał swoją opowieść.

– Więc co zamierzasz zrobić? Gdzie będziesz szukać nowej pracy?

– Sądzę, że spróbuję rozesłać swoje CV do szpitali. – Kiley pociągnęła łyk ponczu.

– Po tylu latach w niewielkim gabinecie praca w szpitalu może okazać się trudniejsza, niż sądzisz.

– Chętnie zmierzyłabym się z nowym wyzwaniem, jeśli mam być szczera.

– Chcesz, żebym zapytał, czy nie szukają kogoś w naszym szpitalu? Mamy mały oddział pediatryczny, ale niewykluczone, że coś by się znalazło...

– Wolałabym uniknąć przeprowadzki, lecz bardzo ci dziękuję – uśmiechnęła się lekko.

– Och, dajże spokój! Co cię tam trzyma?

– Rodzice, różne zobowiązania...

– Mąż?

– Nie – odparła spokojnie, lecz z nagle rozbudzoną czujnością. – A co z tobą? Jesteś żonaty?

– Byłem. – Conor skrzywił się wymownie. – Nasz związek nie przetrwał nawet studiów...

– Przykro mi.

– Niepotrzebnie. – Odsunął na bok puste skorupy homara i sięgnął po kolbę kukurydzy. – Moi rodzice na pewno bardzo ucieszyliby się na twój widok. Są tam, widzisz? Skończ swoją porcję i podejdźmy do nich, co ty na to?

Kiley podążyła wzrokiem za jego dłonią i zobaczyła grupę starszych mieszkańców Zatoki, siedzących na ogrodowych krzesłach z aluminium i plastikowej siatki. Poznała doktora MacKenzie tylko po jego charakterystycznym stroju, złożonym z koszuli w kratę i spodni khaki. Pani MacKenzie mocno przybrała na wadze, a jej dawniej kasztanowe, lśniące włosy były teraz szpakowate i skłębione w masę drobnych loczków, na pewno dzięki trwałej ondulacji. Kiley nie widziała ich od tamtego lata, ale z porażającą wyrazistością pamiętała ostatnie spotkanie z rodzicami Macka.

– Może innym razem, Conor. Muszę już wracać do domu.

– Dlaczego? Pokaz sztucznych ogni jeszcze się nawet nie zaczął! Nie możesz wyjść tak nagle, jest jeszcze bardzo wcześnie!

Kiley wzięła do ręki herbatnik i zerknęła w stronę stołu Graingera. Nie było go tam. Rozejrzała się dookoła, starannie udając, że nie szuka nikogo konkretnego. Było już ciemno i nie miała szans odszukać wzrokiem ani Graingera, ani Willa. Nagle na niebie eksplodowała pierwsza świetlista chryzantema, fioletowa i biała, i Kiley dostrzegła Graingera, który zmierzał w stronę furgonetki. Tuż za nim biegł ten kundel o szorstkiej sierści.

– Teraz po prostu musisz zostać na cały pokaz, sama widzisz. – Conor podniósł się, w jednej ręce trzymając tekturowy talerz, a drugą wyciągając do niej. – Chodź, zobaczysz, jaką im sprawisz przyjemność...

Ktoś z hukiem odpalił drugi fajerwerk. Kiley podskoczyła nerwowo. W błysku światła dostrzegła Willa, siedzącego na kocu w otoczeniu chłopców i dziewcząt. Wpatrywał się w niebo, z wargami rozchylonymi w wyrazie beztroskiej radości i zachwytu. – Nie ulegało wątpliwości, że naprawdę dobrze się bawi.

– Kiley, spotkanie z tobą bardzo ich ucieszy, sama zobaczysz...

Czy Conor sądził, że jeżeli powtórzy to jeszcze kilka razy, zmusi ją do kapitulacji? Na moment zamknęła oczy.

– Bardzo bym chciała, Mack, ale nie mogę. – Ledwo wypowiedziała te słowa, a już poczuła, jak na jej policzki wypełza gorący rumieniec. – Och, Conor, przepraszam...

Przez jego oświetloną następnym zielono-czerwonym błyskiem twarz przemknął uśmiech.

– To ja przepraszam. Nie powinienem był tak naciskać. Innym razem, obiecujesz?

– Obiecuję.

– W porządku. I popytam w szpitalu, czy kogoś potrzebują.

– Nie musisz, naprawdę...

Conor wrzucił talerz do wielkiego kosza na śmieci.

– Ale chcę, więc nie ma o czym mówić – powiedział.

– Kim są twoi nowi znajomi? – zapytała Kiley.

Ruch na drodze z plaży był dość duży, więc prowadziła ostrożnie.

– Kilkoro z nich grało z nami wcześniej w piłkę. Molly, Andrew, Catherine i jeszcze kilkoro innych.

– Mieszkają tu przez cały rok, czy przyjeżdżają tylko na lato?

– Chyba tu mieszkają, bo znają się ze szkoły.

– O czym rozmawialiście?

– Och, sam nie wiem... O niczym konkretnym. – Will wybijał palcami jakiś szybki rytm na desce rozdzielczej. – A ty o czym rozmawiałaś?

– Z kim?

Po pożegnaniu z Conorem kręciła się trochę w tłumie i rozmawiała z kilkoma dawnymi znajomymi.

– Z tym facetem, z którym spędziłaś najwięcej czasu.

– O seksie i prochach, rzecz jasna. – Kiley zatrzymała samochód na podjeździe przed domem. – Sam wiesz, że to nic trudnego...

– Mamo! – Will z udawaną bezradnością klepnął się dłonią w czoło. – Rozmowa to rozmowa! O czym można gadać z ludźmi, których dopiero się poznało? O niczym poważnym, to chyba jasne.

O niczym poważnym... Musiała porozmawiać z Willem i to na bardzo poważny temat. Czuła, że jeżeli nie powie mu sama, wcześniej czy później zrobi to ktoś inny. Było to realne niebezpieczeństwo, które najlepiej odzwierciedlało pragnienie Conora, aby doprowadzić do jej spotkania z jego rodzicami. To zagrożenie podnosiło łeb za każdym razem, kiedy ktoś, kto pamiętał ją z dawnych lat, widział ją razem z Willem, a fakt, że Will postanowił wziąć kilka lekcji żeglarstwa, jeszcze je nasilał. Nie chodziło o to, że ludzie nie wiedzieli o Willu – wszyscy przyjaciele i znajomi rodziców Kiley zdawali sobie sprawę, że Harrisowie mają wnuka. Początkowo rodzice Kiley oświadczyli, że dziecko i jego matka nie będą mile widziani w Hawke's Cove, taka była ich pierwsza reakcja na wiadomość o niepożądanej ciąży córki oraz anonimowym kochanku, lecz malutki Will bardzo szybko podbił ich serca, zasługując na miano doskonałego wnuka. Kiedy trochę podrósł, zaczęli proponować, aby spędził z nimi lato w letnim domu. Nie byli w stanie nie opowiadać znajomym o inteligentnym, czarującym, przystojnym Willu, ale nigdy nie uważali za konieczne, aby zwierzać się komukolwiek ze swoich przeżyć, związanych z jego przyjściem na świat, dlatego przyjaciele z Hawke's Cove przyjęli, że wnuk Harrisów jest owocem jakiegoś nieudanego związku Kiley z okresu studiów. Kiley miała więc podstawy przypuszczać, że MacKenzie wiedzą o Willu, chociaż nie mają pojęcia, kim tak naprawdę jest, a ona z całą pewnością nie zamierzała zmieniać tego stanu rzeczy. Nie miała jednak cienia wątpliwości, że nie wolno jej unikać szczerej rozmowy z Willem.

– Jesteś zmęczony? – zapytała, gdy byli już na prowadzących na ganek schodach.

– Nie, nadal jestem trochę podkręcony po tych fajerwerkach.

– Muszę ci coś powiedzieć – Kiley usiadła i poklepała poręcz drugiego fotela na biegunach.

– Wiem... – Will zajął wskazane miejsce.

Kiley wzięła głęboki oddech.

– Kiedyś, dawno temu, kochałam dwóch chłopców...

– Macka i Graingera – w głosie Willa brzmiała nuta pewności, nie pytania.
– Tak.

Przewiozła ich na brzeg w całkowitym milczeniu. Chłopcy nie odzywali się ani do siebie nawzajem, ani do niej. Wszystko wskazywało na to, że znaleźli się w patowej sytuacji. Dziób pontonu zarył o piasek, cała trójka wyskoczyła na plażę i chłopcy wyciągnęli łódkę dalej na brzeg. Potem Grainger odwrócił się, wciąż bez słowa, i odszedł. Kiley pobiegła za nim. Kiedy dotknęła jego nagich pleców, przystanął.
– Muszę iść do pracy.
– Wiem... Chciałam tylko powiedzieć, że...
Jakimi słowami miała wyrazić to, co czuła?
Grainger łagodnie pogładził jej długie, jasne włosy, dotknął jej policzka gestem przypominającym błogosławieństwo i uśmiechnął się z czułością. Serce Kiley skurczyło się gwałtownie, porażone poczuciem straty.
– Niewiele można powiedzieć, więc lepiej nie próbuj...
– Wrócisz do domu na kolację, Grainger? – Mack stanął za plecami Kiley.
Grainger znowu uśmiechnął się dziwnie, jakby z lekką pobłażliwością, przez co nagle wydał się Kiley bardziej dojrzały od niej i Macka. Wcześniej nigdy tego nie zauważyła, chociaż właściwie od początku był przywódcą ich małej grupki i prawdziwym autorytetem. Teraz patrzył na nich tak, jakby to wszystko należało do przeszłości.
– Nie, Mack. Powiedziałem twojej mamie, że do wyjazdu będę mieszkał w Great Harbor.
– Dlaczego?!
Grainger odwrócił się.
– A co z regatami? – głos Macka był nieco zachrypnięty i pełen napięcia. – Musisz nam pomóc z „Blithe Spirit"...
– Wcale nie muszę – odparł Grainger. – „Blithe" to twoja łódź, dobrze o tym wiesz, Mack.
I tak ich zostawił – Kiley bezradnie powstrzymującą łzy, Macka z podbródkiem opartym o czubek jej głowy.

– Dlaczego nie może po prostu przyjąć do wiadomości, że jesteśmy parą? – wykrztusiła. – Dlaczego nie chce cieszyć się naszym szczęściem?

– Ponieważ on też cię kocha – oświadczył Mack bez cienia zdumienia czy zazdrości.

Kiley pomyślała, że może bierze się to stąd, iż Mack kocha Graingera jak brata, lecz ją darzy silniejszym, głębszym uczuciem, miłością mężczyzny do kobiety. Najwyraźniej nie miał Graingerowi za złe jego uczucia, ale nie zamierzał też mu współczuć.

Teoretycznie teraz, gdy Grainger odszedł i nie przypominał im już o żałosnym pęknięciu w strukturze ich przyjaźni, powinno im być łatwiej, ale wcale tak nie było. Ich związek był jeszcze zbyt świeży i chwiejny, i wszystko wskazywało na to, że Kiley i Mack będą musieli określić się w nim zupełnie od nowa.

Kiley codziennie wynajdywała jakiś pretekst, żeby zadzwonić do Graingera, zawsze gotowa odłożyć słuchawkę, gdyby usłyszała w niej głos jego ojca. Gdy odpowiadał Grainger, wszystkie jej mięśnie napinały się boleśnie.

– Wybieramy się do kina – rzucała niby od niechcenia. – Pójdziesz z nami?

– Nie.

– Wpadniesz na tańce w piątek?

– Nie.

– Zapomniałeś, że istnieje takie słowo jak „tak"?

– Nie. Kiley, nie przejmuj się mną. Macie jeszcze tylko kilka dni, byłbym wam teraz tak potrzebny jak piąte koło u wozu...

– Nigdy nie będziesz piątym kołem u wozu!

W końcu odłożyła słuchawkę i z ciężkim westchnieniem oparła się o pierś Macka.

– On nas nienawidzi...

– Moglibyśmy nie rozmawiać wyłącznie o Graingerze? Zafundujmy sobie jeden dzień bez niego, co ty na to? Grainger wcześniej czy później przyjdzie do siebie, więc naprawdę przestań się nim tak przejmować...

W podświadomości Macka zaszło coś pierwotnego, prymitywnego – niby nadal pragnął przyjaźni Graingera, ale był także gotowy poświęcić ją dla Kiley. Chłopięca przyjaźń nagle stała się w jego oczach mniej ważna niż fakt posiadania dziewczyny, na której mu zależało. Kiley powinna uznać to za rodzaj komplementu czy pochlebstwa, lecz jej odczucia były zupełnie inne. Stanęła między dwoma przyjaciółmi, rozdzieliła ich, sprawiła, że w ciągu niecałych dwóch tygodni odwrócili się od siebie, gdy tymczasem uczucie łączące ją i Macka mogło przecież nie wytrzymać próby zimowego rozstania. Zniszczyli to, co mieli najlepszego, a wszystko to dla przelotnej przyjemności...

Teraz nie pozwoliła Mackowi nawet się dotknąć. Wściekła na niego za to, że uległ swoim pragnieniom, a jeszcze bardziej na siebie, że pozwoliła czy może nawet pomogła mu zrobić ten krok, odepchnęła go zdecydowanie i poszła do domu. Zgodnie ze swoimi obawami odkryła, że miłość do jednego przyjaciela bynajmniej nie umniejszyła miłości do drugiego.

Kiedy Mack przyszedł po Kiley wieczorem, z dworskim ukłonem podał jej czerwoną różę.

– Wybaczysz mi? – zapytał.

– Co mam ci wybaczyć?

– Że zachowałem się jak ostatni idiota w sprawie Graingera. Ja także bardzo się o niego martwię, chyba o tym wiesz, ale myślę, że musimy starać się żyć normalnie. Oczywiście możemy nadal próbować skłonić go, żeby zaakceptował nasz związek, lecz powinniśmy starać się jak najwięcej czasu spędzać razem i cieszyć się sobą, bo naprawdę mamy niewiele czasu...

Mack miał rację. Powinni skoncentrować się na sobie, na tym, co wybrali. Kiley nagle uświadomiła sobie, że wkrótce się rozstaną, przynajmniej na parę miesięcy, i postanowiła nie marnować więcej czasu na kłótnie.

– Wiem... – przyznała z westchnieniem. – Po prostu nie mogę znieść myśli, że on jest ciągle sam...

Mack zaczął całować jej szyję.

– Obiecaj mi, że dziś wieczorem nie wspomnisz znowu o Graingerze... – szepnął, muskając delikatnym pocałunkiem jej wargi. – Kiedy o nim mówisz, wydaje mi się, że zastanawiasz się, czy nie popełniłaś błędu i postawiłaś na niewłaściwego faceta...

– Nie, to nieprawda... – Kiley usłyszała, jak nieprzekonywająco zabrzmiały jej słowa i pośpiesznie odpowiedziała pocałunkiem na pocałunek.

Siedzieli w samochodzie jego ojca, rozdzieleni drążkiem zmiany biegów. Mack przywiózł Kiley na plażę i zaparkował z boku wąskiej drogi. Po chwili wysiedli i ruszyli przed siebie piaszczystą ścieżką przez mały lasek i łąkę. Nad ich głowami jasno świecił księżyc. Mack niósł indiański koc i koszyk. Ktoś mógłby pomyśleć, że wybrali się na wieczorny piknik i Kiley była trochę zaskoczona tym romantycznym gestem.

Chłopak rozłożył koc na piasku u stóp wydm, zaś Kiley zdjęła dżinsy i koszulkę i w samym bikini pobiegła do morza, które w nocy wydawało się czarne jak smoła. Słyszała, jak za jej plecami stopy Macka mocno uderzają o ubity, twardy piasek. Kiedy jego ramiona chwyciły ją i rzuciły prosto w zimne fale, krzyknęła głośno. Mack pośpiesznie zasłonił jej usta dłonią.

– Ciiii... – powiedział ze śmiechem. – Zaraz wszyscy dowiedzą się, że tu jesteśmy...

Kiley zachichotała, łaskocząc zębami jego skórę.

– Wszyscy, czyli kto?

– Przemytnicy, rozbitkowie, inni kochankowie...

– Kochankowie?

Pocałował ją znowu, jego usta miały smak owocowych dropsów. Wciąż trzymał Kiley w ramionach, ale teraz jego dotyk był inny niż wtedy, gdy dawniej żartobliwie podnosił ją wysoko, wchodząc do wody i rzucając ją w fale z głośnym pluskiem. Objęła go mocno nogami w pasie, pozwalając, aby słona woda podtrzymywała ją na swej powierzchni. Całowali się, mocno przytuleni do siebie. Kiley uświadomiła sobie, że Mack nie włożył kąpielówek. Jego palce bez trudu rozplątały trzy wąskie sznureczki, na których trzymał się jej kostium. Czuła na skórze jego wargi i język, a fale unosiły ją, popychając w jego ramiona lub lekko oddalając od niego. Gdy dotknęła jego twardego, nabrzmiałego członka, wydawało jej się, że niczego nie pragnie bardziej niż tego, aby w nią wszedł, natychmiast, od razu, w tej wodzie, gdzie słony smak morza mieszał się z solą jego ciała i solą jej łez rozkoszy i szczęścia. Kochankowie, pomyślała w rozmarzeniu. Tak, jesteśmy kochankami, właśnie tym jesteśmy dla siebie nawzajem... Akt miłości zbliżył ich do siebie jeszcze bardziej.

W dzień regat świt zabarwił niebo szaroróżowym odcieniem, zapowiadając burzę na wieczór lub następny ranek. Kiley i Mack w milczeniu dopłynęli do „Blithe Spirit". Kiedy Mack próbował pocałować ją na powitanie, dziewczyna odwróciła głowę, przestraszona, że wszyscy dowiedzą się o nowych, intymnych więzach, które połączyły ich parę godzin wcześniej. Zresztą nie, nie wszyscy – w gruncie rzeczy chodziło jej tylko o Graingera, który kręcił się na pokładzie „Gemini" razem z Dwojaczkami. Kiley złożyła wiosła, a Mack uchwycił się rufy łodzi i przyciągnął ponton jak najbliżej do jej burty. Potem pomógł Kiley przejść na pokład „Blithe Spirit", lecz dziewczyna przyjęła jego dłoń tylko na tę krótką chwilę.

Oboje zachowywali się wobec siebie nieśmiało i ostrożnie. Kiley nie spała prawie całą noc, zmagając się z wyrzutami sumienia, nie z powodu seksu, ale gorzkiego, wstrętnego posmaku świadomości, że być może popełniła błąd. Za wszelką cenę starała się przekonać samą siebie, że Mack jest tym jedynym i że to, co zrobili, było naturalną konsekwencją długiego, nawet jeżeli nietypowego okresu zalotów, ale tak naprawdę gnębiły ją myśli o Graingerze. Poprosiła Macka, aby nic nie mówił przyjacielowi.

– Za kogo ty mnie masz? – oburzył się. – Za faceta, który opowiada innym o tym, co przeżył z dziewczyną?

– Wiem, że jesteś jego najbliższym przyjacielem, a przyjaciele mają zwyczaj o wszystkim sobie mówić – odparła poważnie. – Dlatego chcę, żebyś mi to obiecał...

– Słowo honoru. – Mack rzucił jej nieco rozczarowane spojrzenie.

Grainger stał przy sterze „Gemini". Pomachał do nich i Kiley odpowiedziała w ten sam sposób, zadowolona, że dzieli ich spora odległość. Grainger od razu zorientował się, że Kiley i Macka połączyło głębokie uczucie, więc teraz pewnie także natychmiast odgadłby, że ich związek przestał być platoniczny.

Mack wszedł do kabiny, na moment zasłaniając jej Graingera.

– Gotowa?

– Jasne!

Kiley podniosła żagiel, wiatr wypełnił go w jednej chwili i odpłynęli w kierunku linii startowej. Gdy oddalali się od innych łodzi i jachtów, odwróciła się, aby jeszcze raz spojrzeć na „Gemini". Grainger siedział na pokładzie, niedbale obejmując ramieniem jedną z bliźniaczek. Z tej odległości Kiley nie umiała ocenić, czy rzeczywiście ją obejmuje, czy tylko oparł rękę na krawędzi burty za jej plecami.

Mack parsknął cichym śmieszkiem.

– Wygląda na to, że całkiem nieźle radzi sobie z Dwojaczkami – zauważył. – Kto wie, może stworzą udany trójkąt...

– Obrzydliwy pomysł! – Kiley sama nie wiedziała, skąd wzięło się to dziwne, nieznane dotąd uczucie w jej sercu, uczucie, którego nie potrafiła nawet nazwać.

Mack podniósł ku sobie jej podbródek, zupełnie jakby była nadąsanym dzieckiem.

– Głowa do góry, nie martw się – powiedział. – Zostawimy ich daleko w tyle...

– Nieprawda! – rzuciła ostro i natychmiast zdała sobie sprawę, że Mack niczym nie zasłużył na jej zły humor. – Nie jesteśmy tak dobrymi żeglarzami jak oni...

Mack w milczeniu doprowadził ich małą łódź do miejsca, gdzie inne jednostki tej klasy krążyły już w kółko w oczekiwaniu na sygnał startu, niczym szacujący się wzrokiem przed starciem przeciwnicy.

– Myślę, że chyba trochę żałujesz tego, co stało się wczoraj w nocy – odezwał się w końcu.

Kiley potrząsnęła głową.

– Nie, naprawdę – powiedziała, wyciągając do niego rękę. – Jestem tylko zmęczona, to wszystko...

Mack lekko ścisnął jej palce i uniósł je do swoich ust.

– Kocham cię, Kiley.

– Ja też cię kocham...

Wiedziała jednak, że dla niej te słowa mają inne znaczenie niż dla niego. Mack był dobry, miły i zabawny, ale... Ale nie był Graingerem. Pośpiesznie odwróciła głowę, aby nie wyczytał z jej twarzy jasno wypisanej tam prawdy.

Następnego dnia pojechała do motelu Seasaw, jednopiętrowego betonowego budynku z jaskrawoniebieskimi plastikowymi okiennicami i ustawionymi pod drzwiami każdego pokoju donicami geranium, z których tu i ówdzie sterczały niedopałki. Z basenu za budynkiem dobiegały krzyki dzieci i plusk wody. Na parkingu stało mnóstwo samochodów z tablicami rejestracyjnymi z innych stanów i Kiley z trudem znalazła wolne miejsce. Nie znała numeru pokoju Graingera i wchodząc do cuchnącego papierosowym dymem pokoju administracji motelu obawiała się, że w każdej chwili może natknąć się na jego ojca.

Pani MacKenzie poprosiła ją, aby oddała Graingerowi zaadresowany do niego równym charakterem pisma list z pieczątką urzędu pocztowego w Bostonie.

– Zawieziesz mu go? – zapytała. – Mack wróci z pracy dopiero koło czwartej, a to może być coś pilnego...

Kiley nie mogła oprzeć się wrażeniu, że kieruje nią ręka Boga. W sobotę, po zakończeniu regat, pogratulowała Graingerowi i bliźniaczkom trzeciego miejsca w ogólnej klasyfikacji i szybko odeszła, ale dalsze unikanie rozmowy nie miało przecież sensu. Musiała zobaczyć się z Graingerem, porozmawiać z nim, wyjaśnić sytuację. Nie umiała znaleźć odpowiedniego pretekstu, aż tu nagle, ni stąd, ni zowąd, pani MacKenzie wysłała ją do Graingera... Kiley była bardzo zdenerwowana. Co będzie, jeżeli Grainger wpadnie w złość na sam jej widok? Nie byłoby w tym nic dziwnego, bo przecież wyraźnie unikał wszelkich kontaktów...

Nie. Niezależnie od okoliczności, Grainger nadal jest jej przyjacielem, a poza tym Kiley ma przecież list dla niego...

Zapytała recepcjonistkę, w którym pokoju mieszkają Eganowie, po czym wewnętrznie przygotowała się na spotkanie z ojcem Graingera i nim samym. Siedząca za biurkiem dziewczyna była mniej więcej w wieku Kiley. Zaciągnęła się papierosem i otworzyła książkę meldunkową.

– Pokój 101, pierwszy po lewej.

– Pan Egan jest u siebie, czy wyszedł? – zagadnęła Kiley.

Recepcjonistka zgasiła niedopałek w popielniczce i na chwilę znieruchomiała, jakby poważnie zastanawiała się nad tym pytaniem.

– Nie mam pojęcia – odparła w końcu.

– Dziękuję...

Kiley ruszyła we wskazanym kierunku, mocno ściskając w ręku kopertę. Nie wiedziała, co powie Graingerowi, jeżeli go zastanie i jeżeli w ogóle będzie chciał z nią rozmawiać. Nigdy wcześniej nie brakowało jej słów w obecności przyjaciół, może dlatego, że przez wszystkie te lata nie rozmawiali o poważnych sprawach. Zawsze drażnili się ze sobą, żartowali, plotkowali, nigdy jednak nie próbowali wyjaśnić sobie, jakiego rodzaju uczucia ich łączą. Nigdy też nie powiedzieli sobie, że czują do siebie miłość. W tamtych dniach, które teraz wydawały jej się tak odległe, Kiley była swobodna i zadowolona tylko wtedy, gdy towarzyszyli jej obaj chłopcy. Oczekiwanie na któregoś z nich było tylko chwilową niedogodnością, po której wszystko znowu wracało do normy. Teraz jednak równowaga została zachwiana, zupełnie jakby ciężar Kiley przeważył jeden koniec łodzi, grożąc jej natychmiastowym pójściem na dno. Doskonale zdawała sobie także sprawę, że powinna unosić się nad ziemią z radości, jaką daje pierwsza miłość, nie kroczyć ciężko, z pochyloną głową i sercem pełnym wyrzutów.

Stała na cementowej kładce, z kopertą w ręku, wpatrzona w numer nad framugą z dykty, kiedy drzwi otworzyły się nagle. Przez chwilę myślała, że Grainger czekał na nią, wiedział, że przyjdzie...

– Co tutaj robisz? – w jego głosie brzmiała ostra nuta nieprzyjemnego zaskoczenia.

Bez słowa podała mu list.

Przyjął go, nie odrywając oczu od jej twarzy. Kiley zarumieniła się, bo przyszło jej do głowy, że może Grainger potrafi wyczytać z jej twarzy, co zrobili z Mackiem.

– Wejdź... – powiedział.

– Ale twój ojciec...

– Wypłynął w morze. Jestem sam.

W pokoju panował porządek. Grainger wyłączył telewizor i zebrał opakowania po jakimś daniu na wynos, leżące na małym okrągłym stoliku pod oknem. Na pewno właśnie jadł, kiedy przez rozsunięte zasłony zobaczył zbliżającą się Kiley. Wrzucił serwetki i torebki do kosza na śmieci i wskazał jej krzesło, chyba jedyne w tym pokoju, a sam usiadł naprzeciwko niej na jednym z dwóch szerokich łóżek.

– Dlaczego przyszłaś?

– Pani MacKenzie chciała, żebyś od razu dostał ten list, a Mack jest teraz w pracy, więc... Więc przywiozłam ci go...

Grainger patrzył na zwyczajną białą kopertę ze swoim nazwiskiem z taką uwagą, jakby próbował odczytać zapisany równymi literami kod. Kiley pochyliła się ku niemu, zaciekawiona jego skupieniem. W miejscu, gdzie powinien znajdować się adres nadawcy, ujrzała tylko kilka czarnych kresek, którymi ktoś starannie zamazał pieczątkę.

– Otwórz... – odezwała się.

– Później.

– Dlaczego nie od razu?

– Po prostu wolałbym przeczytać to w samotności, w porządku?

W jego głosie nie było niechęci czy irytacji, lecz Kiley nagle poczuła się kompletnie wykluczona z jego życia.

– Jasne, przeczytaj w spokoju... – Zerwała się i otworzyła drzwi.

Nie powinna była tu przyjeżdżać, to był zły pomysł...

– Kiley!

Odwróciła się i na moment zamknęła oczy.

– Poprosiłbym cię, żebyś została dłużej, ale byłoby to nie fair w stosunku do Macka, no i do ciebie także...

Nadal wpatrywał się w kopertę, lecz Kiley usłyszała brzmiącą w jego głosie nutę tęsknoty za ich dawną przyjaźnią, tej samej, która dręczyła i ją. Nie, to było jednak coś innego... Otworzyła oczy.

– Grainger?

– Teraz wszystko jest inaczej. Wybrałaś Macka, pasujecie do siebie... Cieszę się waszym szczęściem, naprawdę...

Kiedy zamknęła drzwi, ciche kliknięcie zamka zabrzmiało w jej uszach jak gong, zwiastujący koniec jakiejś sytuacji. Coś się skończyło i jej serce znowu było otwarte. Grainger ją kochał, a ona była zbyt ślepa, aby to zauważyć. Nie, nie tyle zbyt ślepa, co zbyt niepewna siebie, zbyt niedowierzająca...

– Dlaczego nie powiedziałeś nic wcześniej? – wyszeptała.

– Czy to by coś zmieniło? Nigdy nie miałem najmniejszej szansy...

Odsunęła się od drzwi.

– To by zmieniło wszystko, wszystko... – wyciągnęła rękę, pokonując dzielącą ich odległość i delikatnie dotknęła jego twarzy. – Wszystko, wierz mi...

Cofnął się gwałtownie, zupełnie jakby jej dotyk go sparzył.

– Mack jest moim najlepszym przyjacielem.

– On czuje do ciebie to samo.

– Przyjaźniłaś się z nami oboma...

– Żałuję, że Mack przemówił pierwszy – powiedziała. – Gdyby tego nie zrobił...

– Ale musiał. Nie da się nosić w sobie takiego uczucia i milczeć, nie można tego zdławić. Gdyby tylko uprzedził mnie, co zamierza, spróbowałbym...

– Co spróbowałbyś zrobić?

– Zrezygnować z moich marzeń.

– Dla Macka? A co z tobą?

– Nie rozumiesz tego... Jego rodzice uratowali mnie, dali mi szansę na nowy start. Odpłaciłbym im niewdzięcznością, gdybym odebrał mu jego marzenia, nie mógłbym nazwać siebie jego przyjacielem...

– A możesz nazwać się moim przyjacielem?! – wybuchnęła. – Gdzie w tym wszystkim jest miejsce dla moich uczuć?! Sami zdecydowaliście, który z was mnie dostanie?!

– Nie, nieprawda, nie planowaliśmy tego...

– Nigdy nie chciałam wybierać między wami!

– Więc dlaczego wybrałaś?

– Nie miałam pojęcia, co czujesz! Gdybym wiedziała...

Grainger podszedł do okna, zawrócił i ujął jej dłoń.

– Którego z nas byś wybrała, gdyby Mack milczał i ja także?

Stał przed nią, a snujące się po pokoju cienie w jakiś sposób powiększyły go, czyniąc z niego prototyp mężczyzny, którym dopiero miał się stać. Kiley wdychała jego zapach, zapach potu po ciężkiej, uczciwej pracy zmieszany z mocnym, ciężkim aromatem podniecenia. Byli blisko siebie, na wyciągnięcie ręki, zbyt blisko... Bez trudu znalazła schronienie w jego ramionach, świadoma, że na chwilę zawinęła do bezpiecznego portu. Łzy popłynęły jej po policzkach, ale nawet nie próbowała ich otrzeć.

Wszystko nagle stało się zupełnie jasne. To, co czuła do Macka, było dziecinne i nietrwałe, stanowiło marny cień uczuć, jakie zalewały ją, gdy Grainger przytulał policzek do jej włosów, a jego ciepły oddech owiewał jej czoło. Podniosła głowę i rozchyliła wargi z nadzieją, że natrafi na jego usta.

– Ciebie, Grainger. Wybrałabym ciebie.

Jego pocałunek, smak jego języka i jej własnych łez sprawiły, że nie mogła oprzeć się wrażeniu, iż zapada się w jakąś bezkresną głębię, jakby ocean nagle otworzył się i pociągnął ją w dół, nie w przerażający, lecz dziwnie słodki sposób, dając jej możliwość oddychania pod wodą. Tonę w nim, pomyślała bezradnie. Tonę i nie mam zamiaru z tym walczyć.

Rozdział siedemnasty

Will uważnie obserwował twarz matki. Miał bardzo dziwne uczucie, że im głębiej Kiley wchodzi w przeszłość, aby opowiedzieć mu swoją i jego historię, tym wyraźniej rysuje się przed nim twarz dziewczyny, jaką kiedyś była. Jej zwrócone ku tamtym dniom oczy błyszczały jaśniej, w kącikach jej ust pojawiły się urocze dołeczki. Will widział teraz tamtą Kiley i jej wspomnienie uświadomiło mu, że jego matka z pięknej dziewczyny stała się piękną kobietą. Ogarnęła go duma, że jest tak atrakcyjna, duma, której towarzyszył trudny do określenia niepokój.

Kiedy opowiadana przez nią historia osiągnęła najważniejszy moment, Kiley zaczęła mówić wolniej i ciszej. Dołeczki w kącikach jej ust zniknęły, oczy przyćmiło cierpienie. Mogło się wydawać, że sama ze zdziwieniem patrzy na przywoływane z pamięci obrazy. Will uświadomił sobie nagle, że matka chyba zapomniała, komu opowiada tę historię, a on sam zapomniał, że ma ona z nim bezpośredni związek.

Była to trudna, skomplikowana opowieść. Will odbierał ją w wersji złagodzonej, jak coś w rodzaju legendy, której bohaterami było troje bardzo młodych, nieznanych mu ludzi. Próbował zrozumieć powiedzenie, że w każdej miłosnej historii jest ktoś, kto kocha i ktoś, kto jest kochany. Wiedział, jaką rolę odegrał w swoim związku z Lori, bo było to dla niego oczywiste. Kiley była ukochaną i Macka, i Graingera – wierzyła, że obaj darzyli ją równie mocnym uczuciem. Ona także kochała ich obu, prawie tak samo. Co takiego powiedziała przed chwilą? Że obaj byli dwoma połówkami należącej do niej całości...

W tym coraz dziwniejszym równaniu istniał jednak i trzeci czynnik – miłość, która łączyła Graingera i Macka. Byli dla siebie braćmi, najlepszymi przyjaciółmi. Will nigdy nie zaznał takiej przyjaźni, zdawał sobie jednak sprawę, że zdrada może zniszczyć tę więź na całe lata czy nawet dekady.

Ciszę zakłócało teraz tylko ciche postukiwanie biegunów foteli. Will czekał na zakończenie historii, lecz w końcu zrozumiał, że Kiley nic więcej mu już nie powie.

– Mamo? – odezwał się cicho, jakby budził ją z głębokiego snu.

Z trudem otrząsnęła się z zamyślenia.

– Tak, kochanie?

– Jak to się skończyło? Co stało się z Mackiem, kiedy odeszłaś? Jak przyjął wiadomość, że związałaś się z Graingerem?

Spuściła oczy, lecz Will zdążył dostrzec lśniące w nich łzy. Jej wargi zadrżały, więc przygryzła je lekko.

– Fatalnie...

– Co się stało?

Podniosła się z fotela, wprawiając go w szybki, nierówny ruch.

– Nie umiem ci tego powiedzieć... Myślałam, że mogę, ale nie, jednak nie...

– Muszę wiedzieć, nie możesz tego przede mną ukrywać! – Will poczuł się oszukany i ze wszystkich sił próbował stłumić brzmiące w jego głosie rozdrażnienie. – Daj spokój, mamo, tyle mi już powiedziałaś... Jak to się skończyło?

Wyciągnęła rękę, żeby unieruchomić rozkołysany fotel. Spojrzała na syna, potem przeniosła wzrok na rozciągające się za nim morze, wyraźnie ciemniejsze od nieba, i ostrą linię horyzontu.

– Widzisz, kochanie, mój błąd nie polegał na tym, że wybrałam Macka czy Graingera, ale na tym, że w ogóle dokonałam wyboru. Powinnam była powiedzieć wtedy Graingerowi, że nigdy nie zdecydowałabym się wybierać...

– Więc naprawdę nie wiesz, który z nich jest moim ojcem...

Uśmiechnęła się do niego, znowu ukazując dołeczki w kącikach ust.

– Twój ojciec był miłością mojego życia.

Podobnie jak królicza norka z „Alicji w krainie czarów", wejście do przeszłości matki Willa zniknęło bez śladu.

* * *

Następnego dnia po śniadaniu Will próbował skoncentrować się na książkach, które pożyczył mu Grainger. Leżąc na wąskim łóżku, przerzucał kartki ilustrowanych podręczników, mamrocząc pod nosem wyjaśnienia zwrotów ze słowniczka. *Dawać żagiel na wiatr, grotżagiel, klinować, zwijać żagiel, wanta, przygotować takielunek, otaklować, poler, blok,* itd...

Każde słowo przywoływało obraz trojga przyjaciół na łodzi i napięcia, iskrzącego między nimi jak zły, trujący powietrzny prąd.

Każda instrukcja z podręcznika była bardzo dokładna, wręcz drobiazgowa: przesuń rumpel w tym kierunku, żeby zwrócić łódź w przeciwnym... Nawet wskazówki dotyczące wyjścia z doku wydawały się nienaturalnie skomplikowane. Will skarcił się ostro. Zamierzał przecież zrobić dyplom z architektury, powinien więc poradzić sobie nawet z najbardziej technicznym językiem.

A jednak nie mógł. Nie potrafił skupić się na podręczniku, bo w głowie wciąż wirowały mu fragmenty opowiedzianej przez matkę historii. Powtarzał sobie, że Kiley kochała tych dwóch chłopców, a on sam z pewnością nie był owocem gwałtu, nie potrafił jednak do końca stłumić pulsującego w nim gniewu.

Płocha... Tak jest, nie było na to innego określenia, jego matka była płocha, płocha i okrutna. Nic dziwnego, że tamci dwaj młodzi ludzie, teraz mężczyźni, nie chcieli mieć z nią nic wspólnego. Nie tylko zresztą z nią, ale także i z nim...

Will rzucił książki na podłogę i zszedł na dół. Matki nie było w domu, ale samochód stał na podjeździe, więc Will bez wahania sięgnął po kluczyki. Postanowił pojechać do Great Harbor i spróbować pozbyć się ponurego nastroju. Napisał na odwrocie jakiejś koperty, że nie wie, o której wróci, i wyszedł z domu, zatrzaskując za sobą drzwi z uczuciem frustracji i złości.

Ruszył trochę za szybko. Spod opon trysnęły fontanny piasku, co przypomniało mu, jak szybko odjechał Grainger po ich ostatnim spotkaniu. Grainger na pewno wie, jak zakończyła się ta smętna historia, pomyślał. Zdarzyło się coś złego,

Will nie miał co do tego cienia wątpliwości. Gdyby Mack po prostu się wściekł i w gniewie powiedział parę okropnych rzeczy, matka nie ukrywałaby tego przed nim, lecz wyraz jej oczu świadczył, że nie chodziło o taki drobiazg.

Jeszcze poprzedniego dnia Will był głęboko przekonany, że wystarczy mu, jeżeli dowie się, kto jest jego ojcem, ale teraz nad każdą możliwą odpowiedzią wisiał cień następnego pytania.

W Great Harbor znalazł wszystko to, czego na próżno szukałby w Hawke's Cove – sklepy, kina, kluby, nawet centrum handlowe z kawiarniami i barami. Great Harbor okazało się prawdziwym miastem, w niczym niepodobnym do Hawke's Cove z jego staroświeckimi, dusznymi sklepami spożyczymi i zwyczajną kafejką zamiast kawiarni Starbucks. Will zostawił samochód na parkingu przed centrum handlowym i wszedł do kawiarni. Zamówił cafe latte i usiadł przy oknie, powoli sącząc kawę, lecz w ogóle nie czuł jej smaku. Nagle jego spojrzenie zatrzymało się na intensywnie błękitnych okiennicach motelu po drugiej stronie ulicy. Po plecach przebiegł mu dreszcz podniecenia. To był motel, w którym... Myśl powstała w jego głowie, zanim zdążył przełknąć kawę. Motel, w którym być może został poczęty... W ciemności, przy dźwięku cichego stukania biegunów foteli o deski tarasu, można było odnieść wrażenie, że historia matki opowiada o fikcyjnych postaciach, lecz teraz widok niebieskich okiennic uświadomił mu, że to, o czym mówiła Kiley, zdarzyło się naprawdę.

– Hej, uwaga... – Za swoimi plecami usłyszał dziewczęcy głos.

Obejrzał się i zobaczył jedną z dziewczyn, które spotkał poprzedniego wieczoru na pikniku. Odsunęła się właśnie na bok, aby uniknąć zderzenia z potężnie zbudowanym mężczyzną, który w obu rękach trzymał tacę z kilkoma kubkami kawy. Kiedy zachwiała się i oparła o stół Willa, ten chwycił jej kubek, który już zsuwał się z małej tacki.

– Dziękuję... – Uśmiechnęła się lekko.

Will postawił kubek na tacy, którą dziewczyna wyciągnęła w jego kierunku, a potem rozejrzała się po sali, szukając wolnego stolika.

– Prawie skończyłem, możesz usiąść tutaj. – Will wskazał jedno z krzeseł przy swoim stole.

Jeszcze raz potoczyła wzrokiem dookoła i usiadła.

– Dzięki – powiedziała. – O tej porze zawsze panuje tu potworny tłok...

– Właśnie widzę... – Will nie był pewny, czy powinien próbować nawiązać rozmowę.

Być może dziewczyna, podobnie jak on, wstąpiła tu, żeby uciec od czegoś albo coś przemyśleć.

Obrzuciła go uważnym spojrzeniem.

– Chyba gdzieś się spotkaliśmy, prawda? – zagadnęła.

– Wczoraj wieczorem siedziałem obok ciebie na pokazie ogni sztucznych.

– Will, tak?

– Catherine?

– Catherine Ames. – Rozkroiła obwarzanek i posmarowała go kremowym serkiem, starając się, aby na obu połówkach znalazło się tyle samo twarożku. – Pracuję w sklepie T.J. Maxx. Zatrudnili mnie na całe wakacje, ale na szczęście mam parę wolnych weekendów...

– Mieszkasz tu?

– Mhmm... – Pociągnęła łyk kawy z wysokiego kubka. – W Hawke's Cove.

– Ja też. To znaczy, przyjechałem tu na jakieś dwa tygodnie, może trochę dłużej.

– Letnik?

– Nie... Chociaż może i tak, w pewnym sensie. Jestem w Hawke's Cove pierwszy raz, chociaż moja rodzina ma tu dom od kilkudziesięciu lat.

– Gdzie?

– Przy Overlook Bluff Road.

– Tam mieszkają sami bogaci ludzie. Jesteś bogaty?

– Nie, nie jesteśmy bogaci, to znaczy moja mama i ja... – Will dopił stygnącą kawę i pomyślał, że może powinien już pójść.

W tej chwili nie miał ochoty rozmawiać o swojej rodzinie, wiedział jednak, że chwila oderwania od dręczących go myśli dobrze mu zrobi.

– My mieszkamy w nowym domu, nowym według standardów Hawke's Cove, w każdym razie... – uśmiechnęła się. – Ma dopiero piętnaście lat. Wprowadziliśmy się do niego, kiedy miałam trzy lata. To przy Bailey's Farm Road.

Will drgnął, słysząc nazwę ulicy.

– Gdzieś niedaleko Bailey's Beach? – zapytał.

– Tak. Niewiele osób zna tę plażę. Chodzisz tam popływać?

Will lekko zmarszczył brwi. Nie, nie chodzę tam popływać, ale niewykluczone, że właśnie tam zostałem poczęty, pomyślał.

– Słyszałem o niej – odparł.

Dobry Boże, jego matka spała z dwoma facetami... Zrobiło mu się niedobrze i nie usłyszał wszystkiego, co powiedziała Catherine.

– To najwspanialsze miejsce w całym Hawke's Cove, bo nigdy nie ma tam tłumów. Zabiorę cię tam kiedyś.

Poprzedniego wieczoru wydała mu się dość ładna, lecz dopiero teraz przyjrzał się jej uważniej. Jej krótkie ciemne włosy miały rudawy połysk, nos miała zgrabny i mały, idealnie pasujący do drobnej twarzy, z malutkim różowym kolczykiem w prawym skrzydełku. Willowi nie podobała się moda na kolczykowanie nosa i warg, ale kolczyk Catherine wyglądał naprawdę ładnie. Gęste ciemne brwi podkreślały głęboki brąz jej oczu, które teraz mierzyły go badawczym spojrzeniem. Will pomyślał, że chciałby wiedzieć, co o nim myśli.

– Kiedy wracasz do pracy? – zagadnął.

– Muszę być w sklepie za... – Szybko zerknęła na zegarek. – Dokładnie za minutę.

– Spotykasz się z kimś? – Will poczuł, jak wzbiera w nim niezwykła odwaga.

– Nie. Dlaczego pytasz? – Catherine wstała i sięgnęła po swoją tacę.

– Może chciałabyś gdzieś się ze mną wybrać?

– Kiedy?

– Dzisiaj wieczorem? Jutro?

– Jutro mam wolne.

– Rano mam coś do załatwienia. – Will w ostatniej chwili

przypomniał sobie o lekcji z Graingerem. – Ale później...

– Po lunchu?

– O drugiej, powiedzmy.

– Jeżeli będzie ładnie, możemy pójść na plażę – rzuciła lekko.

– Moglibyśmy pojechać na Bailey's Beach?

Uśmiechnęła się tak wyrozumiale, jakby od początku wiedziała, że właśnie to zaproponuje. Jakby już całkiem nieźle go znała.

– Mieszkam pod numerem piętnastym przy Bailey's Farm Beach.

– Świetnie...

Rozdział osiemnasty

Kiley powoli zeszła ze wzgórza do miasteczka. Pomyślała, że może zajrzy do portu i popatrzy na jachty, które zatrzymywały się tam na krótko w czasie długich podróży, albo wstąpi do małej biblioteki i wybierze sobie jakiś dobry kryminał.

Nadal była jeszcze wzburzona po rozmowie z Willem. Męczyło ją poczucie, że wybieliła swoją historię. Podała fakty, lecz upływ czasu i odległość pozbawiły je pełnej wymowy. W nocy nie mogła ułożyć się na zbyt miękkim łóżku, sen nie chciał nadejść. Może zresztą właśnie tak było lepiej – rozmyślanie o przeszłości powstrzymało ją od zastanawiania się nad najbliższą przyszłością. Raz po raz przywoływała z pamięci obrazy z ostatnich trzech spotkań z Graingerem, straszne, nieodwołalnie wypowiedziane słowa, przerażające zakończenie tamtej sierpniowej nocy, ostatniej nocy ich dzieciństwa, sztywne, pełne zaskoczenia przywitanie w barze Osprey's Nest i w końcu ulotną, krótką radość, jaką czuła w czasie meczu, a potem jego niespodziewane odejście, zupełnie jakby nagle przypomniał sobie, że czuje do niej tylko nienawiść. Czego właściwie chciał od niej Grainger Egan?

Była już prawie na Main Street, kiedy postanowiła, że wstąpi na domowe lody do kawiarni „U Lindy", ale kiedy wyszła zza rogu, gwałtownie przystanęła. Na Main Street stała zaparkowana furgonetka Graingera, a jego pies siedział na miejscu pasażera, ze wzrokiem utkwionym w drzwi kawiarni. Kiley drgnęła, kiedy drzwi otworzyły się nagle, pchnięte ręką Graingera. Mężczyzna podszedł do samochodu, poklepał psa po łbie, podał mu coś z papierowej torby, przesunął zwierzę biodrem bardziej na bok i wsiadł do środka.

Kiley stała nieruchomo na chodniku, niewidoczna dla Graingera. Ostatnio myślała o nim praktycznie bez przerwy, a teraz po raz pierwszy dostrzegła, jak bardzo się zmienił. Grainger, jakiego pamiętała, był szczupłym chłopcem o węźlastych mięśniach i wąskiej klatce piersiowej, tymczasem mężczyzna, na którego patrzyła, miał szerokie bary, opalone, imponująco umięśnione ramiona, wystające spod krótkich rękawów pochlapanego farbą t-shirtu, potężny tors i szczupłe biodra. W ostrym lipcowym słońcu dostrzegła wyraźnie, że jego ściemniałe włosy na skroniach rozjaśnione były drobnymi nitkami siwizny, a twarz znaczyły zmarszczki od wiatru i słońca. Grainger był dorosłym mężczyzną.

Przystojnym, dojrzałym mężczyzną, który miał własne życie... Wszystkie rozmowy, które na przestrzeni ostatnich kilkunastu lat toczyła z nim w wyobraźni, nie przygotowały ją na rzeczywisty kontakt z Graingerem, który do tej pory wciąż był dla niej osiemnastoletnim chłopcem. Tamten Grainger kochał się z nią, a potem ją porzucił, i to tamtego ciągle od nowa przepraszała za to, co zrobiła. I tamten Grainger zawsze przyjmował jej przeprosiny. Musiała trzymać go w zamknięciu, w tym magicznym pudełku, gdzie mógł na zawsze pozostać tamtym chłopcem. Teraz miała jednak przed sobą mężczyznę, którym stał się Grainger z przeszłości, i wiedziała, że to właśnie jego musi poznać.

Odwróciła się na pięcie i odeszła. Nie słyszała przemykających wąską ulicą samochodów, ponieważ wszystkie odgłosy miasteczka nagle ucichły, przytłumione szybkimi uderzeniami jej tętna. Zrobiła kilka kroków i myślała, że jest już bezpieczna, lecz Grainger zawrócił i nagle jego samochód znalazł się tuż obok niej. Patrzył przed siebie, na zaparkowany z prawej strony samochód, lecz nagle, jakby pod wpływem instynktu, spojrzał w bok i zobaczył Kiley. Oboje znieruchomieli na moment, świadomi tylko siebie nawzajem. Potem Grainger poruszył się, przywołany do rzeczywistości klaksonem jadącego za nim wozu. Skinął jej głową, ale nie uśmiechnął się. Kiley odrobinę za późno podniosła rękę w geście powitania.

Wtedy dotarło do niej, że nie chce spotykać Graingera w ten sposób, zupełnie przypadkowo i przelotnie. Ostatecznie łączyło ich istnienie Willa. Niezależnie od tego, kto był jego ojcem, Will istniał i Grainger musiał jakoś poradzić sobie z tą świadomością. Największa tajemnica tamtych dni została ujawiniona i Kiley chciała widedzieć, co Grainger o tym myśli.

Przypomniała sobie prośbę ojca, aby zajęła się jachtem, i słowa Graingera: „Zadzwoń do mnie". Zadzwoni do niego, oczywiście. Dosyć tego skradania się na palcach, teraz miała powód, żeby zobaczyć się z Graingerem. Może wtedy uda im się przynajmniej zacząć opatrywać rany, jakie zadali sobie w przeszłości.

Kiedy wróciła do domu, Willa nie było. Czarny aparat telefoniczny tkwił spokojnie na blacie, jakby czekał, żeby podniosła słuchawkę i zadzwoniła do Graingera. Przez całą drogę zastanawiała się, co mu powie, i doszła do wniosku, że na początek ograniczy się do spraw ściśle zawodowych.

W książce telefonicznej znalazła atrakcyjną reklamę firmy Graingera – ładnie naszkicowaną sylwetkę szkunera. Wpatrywała się w nią uważnie, słuchając, jak telefon po drugiej stronie linii dzwoni i dzwoni. W końcu odezwał się głos nagrany na automatycznej sekretarce.

– Tu warsztat szkutniczy Egana, proszę zostawić wiadomość po sygnale...

Co można powiedzieć o człowieku na podstawie informacji na jego automatycznej sekretarce?

– Tu Kiley, dzwonię w sprawie jachtu, w sprawie „Random"...

Zostawiła numer telefonu i przerwała połączenie, boleśnie świadoma, że serce wali jej jak szalone. Gdy rozległ się ostry dzwonek, podskoczyła nerwowo i drżącą ręką chwyciła słuchawkę, spodziewając się, że usłyszy głos Graingera.

– Kiley? Cześć, mówi Conor.

Usiadła na taborecie i przeczesała palcami włosy, unosząc je do góry na karku, gdzie po skórze powoli ściekała jej strużka potu.

– Witaj, Conor...

– Słuchaj, wiem, że dzwonię trochę późno, ale może miałabyś ochotę zjeść dzisiaj ze mną kolację? – Chyba wyczuł jej wahanie, bo szybko mówił dalej. – Oczywiście jeżeli nie masz żadnych ciekawszych zajęć... Pomyślałem, że moglibyśmy wybrać się do restauracji „U Anthony'ego" w Great Harbor, byłaś tam kiedyś?

– Nie, ale...

– Niepotrzebnie tak się tym wszystkim przejmujesz. Wiem, że mamy sobie sporo do powiedzenia i chyba powinniśmy jak najszybciej omówić te sprawy...

Dlaczego Grainger jej tego nie powiedział? Dlaczego ona sama nie zdobyła się na odwagę? Conor zawsze znajdował się gdzieś na peryferiach jej świata – prowadził dorosłe życie studenta, podczas gdy oni troje byli nastolatkami. Rezydował na Olimpie i tylko od czasu do czasu łaskawie dostrzegał ich istnienie, nieco rozbawiony pełnymi zachwytu i szacunku spojrzeniami. Kiedy Kiley związała się z Mackiem, Conor pogratulował obojgu i powiedział Mackowi, że powinien uważać się za szczęściarza, a jej, aby nie wahała się poskarżyć mu na Macka, gdyby kiedykolwiek źle się zachował. Conor nie miał pojęcia, jak skomplikowane i bolesne są „sprawy", które powinni omówić...

– W porządku, ale nie przyjeżdżaj po mnie – odezwała się w końcu. – Mam coś do załatwienia w Great Harbor, więc spotkamy się na miejscu.

Chciała powiedzieć Conorowi o Willu, zanim przedstawi mu swojego syna, przygotować go na spotkanie z chłopcem, który mógł przecież być jego bratankiem.

– Widziałam go dzisiaj... – Kiley nie podniosła wzroku znad talerza spaghetti.

– Kogo?

– Graingera.

Po co w ogóle o tym wspomniała, na miłość boską?

– Gdzie? – Will sięgnął po tarty parmezan.

– Na Main Street, jechał furgonetką – nagle wydało jej się, że nigdy nie uda jej się nawinąć nitek spaghetti na widelec.

– Widział cię?

– Tak.

– Rozmawiałaś z nim?

– Chyba można powiedzieć, że oboje zaniemówiliśmy z wrażenia...

– Jesteście dorośli czy nie? – Will wbił widelec w kawałek kiełbasy. – Jezu kochany... Mogłaś mu przynajmniej pomachać!

– Nie używaj imienia Pana Boga swego na daremno... Pomachałam mu.

– Dlaczego nie zaprosiłaś go na kolację albo coś w tym rodzaju?

Kiley milczała chwilę.

– To chyba nie najlepszy pomysł – odparła w końcu.

– Może czegoś tu nie rozumiem, ale wydaje mi się, że za bardzo przejmujesz się zamierzchłą historią. – Will podniósł głos i natychmiast znowu go zniżył. – Czy nie mogłabyś postarać się zrozumieć, dlaczego zależy mi, żebyście się spotkali, chociaż na chwilę?

– Tak, rzeczywiście czegoś tu nie rozumiesz! – rzuciła Kiley. – To nie jest romantyczny film, jakiś pieprzony wyciskacz łez, który musi mieć szczęśliwe zakończenie! Oboje boleśnie zraniliśmy się dawno temu i na tym koniec!

– Nie przeklinaj!

Kiley odłożyła widelec i poklepała Willa po dłoni.

– Jesteś jeszcze za młody, żeby zrozumieć trudności...

Will cofnął rękę.

– Nie traktuj mnie pobłażliwie, mamo! Nie stawiam żadnych skomplikowanych żądań, prawda? Nie mogę lepiej poznać Graingera, skoro wiem, że to cię unieszczęśliwia!

– Och, nie, to nieprawda! Poznaj Graingera, zaprzyjaźnij się z nim. Był wspaniałym człowiekiem i jestem pewna, że nadal tak jest, ale nie spodziewaj się, że dojdzie między nami do jakiegoś sentymentalnego, łzawego spotkania, bo na tym nie zależy ani mnie, ani jemu...

Grainger nie odpowiedział jeszcze na jej telefon i najprawdopodobniej nie zamierzał tego zrobić. Jego propozycja pomocy najwyraźniej była tylko automatyczną reakcją człowieka biznesu. Kiley miała wrażenie, że po spotkaniu na pikniku doszedł do wniosku, iż lepiej będzie, jeżeli więcej się nie spotkają.

– Nie myl pobożnych życzeń z rzeczywistością, Will – dodała.

Will gwałtownie odsunął talerz i otworzył jeden z żeglarskich podręczników.

– Dzwonił do mnie dzisiaj Conor MacKenzie, brat Macka.

Will oderwał wzrok od ilustracji.

– Nie mówiłaś mi, że rodzina Macka nadal tu mieszka...

– To właśnie z Conorem rozmawiałam wczoraj na pikniku.

– Dlaczego nie powiedziałaś mi tego wcześniej? – zapytał.

– Conor nic nie wie o tobie i jego rodzice także...

– Udało ci się utrzymać fakt mojego istnienia w tajemnicy przed wszystkimi ludźmi, dla których mógłby mieć jakieś znaczenie, prawda?

– To trochę surowa ocena...

– Czego tak się boisz? Że wystąpią o prawo do widywania się ze mną?

Kiley wstała od stołu i zsunęła prawie całą zawartość swojego talerza do pojemnika na kompost.

– Czasami wydaje się, że lepiej będzie z czymś poczekać, a potem nagle okazuje się, że jest już za późno. Za późno, żeby powiedzieć prawdę.

– Wcześniej mówiłaś coś innego!

– Tak czy inaczej, Conor wkrótce dowie się o twoim istnieniu. Umówiłam się z nim dziś na kolację.

– Doskonale! Może MacKenzie będą zadowoleni, kiedy dowiedzą się, że prawdopodobnie mają wnuka.

Kiley wstawiła talerz do zlewozmywaka i polała go płynem do mycia naczyń, malując literę Z na białej powierzchni.

– Nie wydaje ci się, że budzenie w nich takiej nadziei jest trochę nie fair?

– Dlaczego? Na pewno świetnie wiedzą, że wystarczy dość proste badanie, aby potwierdzić przypuszczenia albo im zaprzeczyć...

Will postawił swój talerz obok talerza Kiley i oparł się o kuchenny blat. Przeczesał włosy palcami dokładnie w taki sam sposób, jak robił to Grainger, lekko szarpiąc końce.

– Chcę zrobić sobie badanie DNA – oświadczył.

– Byłoby to możliwe tylko pod warunkiem, że ktoś z Mac-

Kenziech albo Grainger zgodzi się na taką propozycję. – Kiley ze wszystkich sił starała się panować nad głosem.

Will zamknął oczy i ścisnął palcami grzbiet nosa. Mack robił to samo, kiedy chciał skutecznie zbić jakiś argument Graingera...

– Więc możemy przynajmniej zapytać ich, czy się zgodzą... – powiedział.

Z kranu lał się wrzątek, więc Kiley pośpiesznie rozkręciła kurek z zimną wodą.

– Nie możesz po prostu zostawić tej sprawy w spokoju? Ostatecznie jakie to ma znaczenie? Wychowałam cię sama, jesteś moim synem, nie potrzebowałam nikogo z nich wtedy i na pewno nie potrzebuję teraz...

Will obiema rękami odepchnął się od blatu i podszedł do kuchennych drzwi.

– Może ty ich nie potrzebujesz, ale ja tak.

Kiley zanurzyła talerz w pienistej wodzie, która trysnęła aż na blat i zaczęła kapać na podłogę.

– Właśnie dlatego nie chciałam tu wracać! – wybuchnęła. – Tego się obawiałam! Pewne sprawy zawsze można otworzyć i zranić ludzi jeszcze bardziej, niż już zostali zranieni! Nie powinnam była tu przyjeżdżać!

– Nie masz racji, mamo. Potrzebowaliśmy tego, i ty, i ja. Czasami przypominasz małżę, która rozpaczliwie zamyka swoją skorupę, strzegąc swojego ziarnka piasku. Teraz wreszcie zaczynasz się otwierać, więc może już czas, żebyś wypuściła perłę ze środka...

– Ostrygi, to ostrygi produkują perły, kochanie! I możesz być pewny, że nie ma tu żadnych pereł!

– Daj spokój, mamo... Zasługuję chyba na to, żeby poznać rozwiązanie tej zagadki i dowiedzieć się, kto jest moim ojcem...

– Nie chcę dłużej o tym rozmawiać. – Kiley odwróciła się do syna plecami i zaczęła szorować gąbką garnek po spaghetti, mocno chlapiąc wodą. – Można by pomyśleć, że mam za mało kłopotów! Muszę przygotować ten dom na sprzedaż, znaleźć nową pracę i na pewno nie potrzeba mi...

Will szybkim ruchem zdjął kluczyki do samochodu z haczyka przy drzwiach i wyszedł.

Rozdział dziewiętnasty

Po przelotnym spotkaniu z Kiley Grainger podświadomie spodziewał się, że usłyszy pukanie do drzwi. Zawieszony w tym dziwnym miejscu, gdzie nadzieja mieszała się z lękiem, otworzył drzwi. Na progu stał jednak Will, nie Kiley. Grainger był pewny, że na jego twarzy odmalowało się zaskoczenie. Miejsce pełnego napięcia oczekiwania zajęło zadowolenie. Niewątpliwie Will także to dostrzegł i Grainger ucieszył się, że chłopak nie poczuł się odrzucony.

– Wejdź... – szeroko otworzył drzwi.

Will drżał na całym ciele, lecz Grainger nie miał cienia wątpliwości, że przyczyną tego stanu nie jest zimny wiatr. Syn Kiley miał w oczach strach, zupełnie jakby zamierzał skoczyć z najwyższego masztu szkunera, nie widząc rozciągającej się niżej toni. Grainger, gdy był w szkole marynarki wojennej, spędził wakacje na wyczarterowanym szkunerze. Członkowie załogi tworzyli wesołą, zawadiacką bandę i bez przerwy rzucali sobie coraz trudniejsze wyzwania, aby dowieść swojej odwagi. Jako bosman to właśnie Grainger narzucał poziom trudności. Kiedy pierwszego dnia wspiął się wysoko na maszt, poczuł, jak stalowa klamra, która przez pięć lat ściskała jego serce, rozluźnia się powoli. Zwykle nie zdawał sobie sprawy z jej istnienia, wiedział tylko, że chwile radości, beztroskiej wesołości i śmiechu zdarzają mu się niezwykle rzadko. Tamtego dnia wdrapał się tak wysoko, że kręcący się po pokładzie marynarze i goście wyglądali jak łebki od szpilek, i nagle uświadomił sobie, że jest tylko on, sznurowa drabinka, na której musi utrzymać równowagę, i niebo. To, co działo się niżej, nie miało żadnego znaczenia, otaczająca szkuner woda była rozkołysana i bezkresna. Grainger zrozumiał nagle, że jest ponad tym wszystkim. Patrzył na południowy wschód

i łatwo było mu wyobrazić sobie, że widzi Hawke's Cove i zaokrąglony cypel, wcinający się w fale Atlantyku. Tamtej nocy
wyjechał z miasteczka i nie zamierzał wracać, ale czasami gotów byłby oddać połowę życia, żeby wydarzenia potoczyły
się inaczej i żeby los dał mu drugą szansę.

Pozostał na maszcie, dopóki goście i załoga nie zaczęli zwijać ciężkich płóciennych żagli, podobnych do gigantycznych
wachlarzy. Kiedy przestały zasłaniać mu widok, wydało mu
się, że jest jeszcze wyżej. Chwycił się samego szczytu masztu,
powoli dźwigając się do całkowicie pionowej pozycji, opierając stopy o drewniane szczeble wystające po obu stronach i na
koniec szeroko rozpościerając ramiona. Ludzie na pokładzie
przerwali swoje zajęcia i patrzyli, jak Grainger skacze w dół.
Spadał szybciej, niż się spodziewał, prosto w fale. Zabolało,
ale ręce szybko przecięły pozornie twardą powierzchnię wody i po chwili wynurzył się, cały i zdrowy. I bardziej żywy niż
w ciągu ostatnich kilku lat.

Teraz Will Harris stał przed nim z wyrazem zmieszania
i niepokoju na szczupłej, bladej twarzy. Grainger szybko
otrząsnął się ze wspomnień, świadomy, że serce bije mu tak
szybko, jak w ostatniej sekundzie przed tamtym skokiem.

– Może powinienem był zadzwonić? – Will mówił z typową dla nastolatków intonacją, pytającą i pełną wahania, zostawiając sobie drogę ucieczki.

– Nie, wszystko w porządku. – Grainger schylił się i przejechał palcami po sierści Pilota, sprawdzając, czy nie ma
w niej kłujących rzepów.

Starał się zachowywać tak naturalnie, jakby nieoczekiwana
wizyta Willa nie była niczym nadzwyczajnym.

– Może to niewygodna prośba, ale zawsze możesz odmówić... – Will przyłączył się do Graingera w poszukiwaniu rzepów w psiej sierści, lecz obaj starali się nie patrzeć na siebie. –
Zastanawiałem się, czy może pozwoliłbyś mi tu pracować...
Nie musiałbyś mi płacić ani nic takiego. Po prostu bardzo lubię łodzie i chciałbym, żebyś nauczył mnie różnych rzeczy...

– Różnych rzeczy?

– Tak. Tego wszystkiego, co sam robisz, jak malować i czyścić drewno, dbać o sprzęt i tak dalej.

– Czy to jedyny powód? – Pytanie wymknęło się Grainge-rowi, zanim zdążył ugryźć się w język.

Will popatrzył na niego oczami o niebieskich źrenicach z czarnymi obwódkami, spod wygiętych jak baranie rogi brwi i jasnych rzęs, długich i prawie dziewczęcych. Wpatrywał się w niego uważnie, jakby rzucał mu milczące wyzwanie. W ten sam sposób patrzyła na niego tego popołudnia Kiley.

– Nie.

Grainger mógł tylko zgadywać, co naprawdę skłoniło Wil-la do złożenia mu tej propozycji. Nagle ogarnęła go fala wiel-kiej radości. Czy to możliwe, że Will chciał spędzać z nim czas w nadziei, że Grainger okaże się jego ojcem?

Pośpiesznie utkwił zwilgotniałe oczy w psie.

– Jasne, doskonale... – powiedział. – Na ławie stoi słój na rzepy, przynieś go, dobrze? Potem zabierzemy się do roboty.

Zanim Will znalazł wypełniony do połowy naftą słoik po majonezie, Grainger zdołał się opanować.

– W porządku. – Uśmiechnął się. – Na dworze jest jeszcze całkiem jasno, więc weź maskę, hebel i umocuj na nim kawa-łek papieru ściernego. Zaczniesz na zewnątrz.

Grainger zawsze twierdził, że nie jest sentymentalny, i chętnie pozbywał się wszystkiego, co wydawało mu się nie-użyteczne. Bez wahania sprzedawał łodzie, którym wcześniej poświęcił kilka miesięcy ciężkiej pracy, i rzadko wzruszał się na filmach. Spokojnie żegnał się z ludźmi, których według wszelkiego prawdopodobieństwa miał już więcej nie zoba-czyć, tłumacząc sobie, że takie jest życie – ludzie przychodzą i odchodzą, i tyle.

Tylko w głębi duszy przyznawał się przed samym sobą, że wszystko to gra, że codziennie wraca myślami do przeszłości. Dawniej, kiedy dzięki pracy ciągle był w ruchu, udawanie zdystansowanego do życia twardziela przychodziło mu ła-twiej. Od wspomnień odrywały go długie sesje gry w karty na morzu, monitorowanie radaru oraz innych przyrządów, przeglądanie map nawigacyjnych i wypełnianie rozkazów. Nie miał wtedy wokół siebie nic, co przypominałoby mu mi-nione lata, ale później wrócił do domu, do Hawke's Cove, gdzie wcale nie zamierzał wracać, i każdego dnia walczył z łzawym sentymentalizmem. Przeszłości nie da się zmienić, lecz Grainger odkrył, jak silny wpływ wywiera ona na teraźniejszość, jak ogromne znaczenie może mieć prosty fakt przebywania w miejscu, gdzie się urodził, oglądania twarzy ludzi, z którymi chodził do szkoły, spacerowania znajomymi ulicami, obserwowania niezmienności małego miasta. Zegar na ratuszowej wieży, który zawsze wskazywał błędną godzinę, powtarzające się nazwiska ludzi, którzy kierowali życiem Hawke's Cove – od lat jakiś Silva, Fielding lub French pełnili urząd radnego, komisarza okręgowego lub przedstawiciela nadzoru weterynaryjnego... Grainger postanowił jakoś poradzić sobie ze wspomnieniami i iść przed siebie.

Zdawał sobie sprawę, że popełnia błąd, nie tworząc nowych wspomnień. Poza latami młodości nie miał nic wartego wspominania, żadnych chwil wielkiej radości czy smutku. Nawet dwie próby zbudowania trwałych związków uczuciowych spełzły na niczym, ponieważ więcej czasu spędzał na morzu niż na lądzie. Oba te niezbyt gorące romanse zakończyły się w naturalny, banalny sposób.

Grainger zamierzał trzymać Willa na dystans i nie dopuścić, aby jego obecność obudziła przytłumione wspomnienia, ale doskonale wiedział, że nie jest to możliwe. Kazał chłopcu zabrać się do czyszczenia kadłuba jachtu. „Miss Emily" nadal zajmowała prawie cały warsztat i wymagała pokrycia jeszcze jedną warstwą farby. Grainger szybko uporał się z tym zadaniem za pomocą sprayu i zdjął biały ochronny fartuch. Wyjrzał przez okno. Normalnie robił to kilkadziesiąt razy dziennie, lecz teraz patrzył na pracującego na dworze Willa, który przykucnął, czyszcząc kadłub poniżej linii zanurzenia. Czapkę z logo Uniwersytetu Cornell założył tyłem do przodu, tak, że daszek opierał się o jego kark. Cornell... Dobry wybór, pomyślał Grainger. Zastanawiał się, w jakiej dziedzinie Will zamierza się specjalizować i w ostatniej chwili powstrzymał się, aby nie wyjść na zewnątrz i nie zapytać go. Doszedł do wniosku, że na razie lepiej będzie zostawić chłopaka w spokoju. Mogą przecież porozmawiać o szkole, kiedy Will skończy pracę i wróci do warsztatu. Nie było sensu tracić ostatnich chwil dziennego światła, aby lepiej poznać człowieka, który i tak wkrótce miał zniknąć z jego życia.

I nagle Grainger uświadomił sobie, że musi zrobić wszystko, aby Will nie zniknął. Niezależnie od tego, czy był jego synem, czy nie, z całą pewnością stanowił część jego przeszłości i teraźniejszości. Nie miało znaczenia, czy Kiley życzy sobie, aby poznali się bliżej, czy nie – ważne było tylko to, że chciał tego sam Grainger, a jeżeli jego podejrzenia były słuszne, zależało na tym także i Willowi.

– Hej, Will, pijesz kawę?

Will podniósł się i ściągnął maskę z twarzy. Nawet z odległości Grainger widział dołeczki, które pojawiły się w jego policzkach.

– Jasne!

Mack nie lubił kawy.

– Przyjdź za jakieś dziesięć minut!

Grainger odwrócił się od drzwi. Walczył z Mackiem o Kiley, a teraz chciał stoczyć z cieniem przyjaciela bitwę o jej syna. Zdawał sobie sprawę, że będzie odczytywał wszystkie gesty, manieryzmy i zachowania chłopca jako genetyczne wskazówki i że czasami będzie widział w nim idealnie odbicie Macka, a kiedy indziej będzie miał nadzieję, że Will jest jego synem. Podstawił szklaną karafkę pod kran z takim rozmachem, że o mało jej nie rozbił.

Kiedy Will wszedł do środka, w przyprószonych drobinami farby luźnych zielonych szortach i koszulce, Pilot powitał go radosnym szczeknięciem.

– Umyj ręce... – Grainger pomyślał, że mówi zupełnie jak troskliwy ojciec nastolatka i szybko odwrócił się, aby ukryć pełen zmieszania uśmiech.

Will wrócił z łazienki uśmiechnięty, zupełnie jakby odkrył jakąś miłą tajemnicę.

– Ty też masz to zdjęcie – oświadczył.

– Jakie zdjęcie? – zapytał Grainger, chociaż w gruncie rzeczy doskonale wiedział, o jaką fotografię chodzi.

Na ścianie łazienki, z dala od spojrzeń ciekawskich, powiesił oprawione w tanią czarną ramę swoje zdjęcie z Mackiem i Kiley, przedstawiające całą trójkę na tle „Blithe Spirit", zrobione za domem Macka. Była to jedyna fotografia z tamtych dni, jaką zachował.

– Wasze zdjęcie, z tą łodzią...

Grainger nie odpowiedział, chociaż w głębi duszy cieszył się, że Will zobaczył fotografię, że dotknął więzi łączącej go z Kiley. Wszyscy troje mieli odbitki tego zdjęcia. Rodzice Macka wciąż trzymali swoje w złocistej ramce na kominku. Zapraszali Graingera do siebie raz lub dwa do roku, zawsze z powodu jakichś radosnych wydarzeń czy świąt i nigdy nie rozmawiali o przeszłości. Grainger mówił do pani MacKenzie „Doro" i wszyscy udawali, że nic się nie zmieniło, lecz Grainger czuł, że matka Macka nie darzy go już tak silnym uczuciem jak dawniej. Teraz był dla niej tylko kimś, kto miał związek z jej straconym dzieckiem, a nie zagubionym chłopcem, którego kiedyś uratowała. Nie miał wątpliwości, że podświadomie musiała winić go za to, co się wydarzyło. Tamtej nocy Grainger uciekł, wyjechał z Great Harbor autostopem do miasta, z którego przyszedł list od jego matki, ten sam, który przyniosła mu Kiley, a później nie potrafił zdobyć się na odwagę, aby wrócić i dowiedzieć się, co czują i myślą rodzice Macka.

Will dolał dużo mleka do kawy, podobnie jak miał to w zwyczaju Grainger.

– Co twoja matka myśli o tym, że chcesz tu ze mną pracować?

– Nie ma nic przeciwko temu. Powiedziała, że to dobrze, że chcę cię lepiej poznać, bo jesteś miłym facetem.

Ginger ostrożnie pociągnął łyk gorącej kawy.

– Hmmm... Kiedyś może i byłem miłym facetem...

– Och, przestań się wygłupiać! – Will roześmiał się, z jakiegoś powodu rozbawiony skromnością Graingera.

Pilot, jak zawsze specjalista od odwracania uwagi, przysunął się do Willa, wystawiając grzbiet do podrapania. Chłopak nie zawiódł jego nadziei i psi pysk przybrał wyraz prawdziwej ekstazy, kiedy długie palce Willa natrafiły na wiecznie swędzące miejsce tuż nad ogonem.

Grainger spod oka obserwował twarz Willa, świadomy, że chłopak unika jego wzroku.

– Dlaczego naprawdę tu przyszedłeś?

– Mówiłem ci już – interesują mnie łodzie...

– Słuchaj, jeżeli mamy pracować razem w zgodzie i przyjaźni, musimy być wobec siebie szczerzy.

– Dlaczego? – Will lekko wydął wargi. – Do tej pory nikt nie był ze mną szczery...

Grainger miał wielką ochotę zapytać, co powiedziała mu Kiley, ale powstrzymał się.

– Czego chcesz się dowiedzieć? – zagadnął spokojnie.

– Co stało się z Mackiem...

Grainger przeczesał włosy palcami i utkwił spojrzenie w oknie.

– Zadałeś to pytanie matce?

– Powiedziała, że... – Will zaczerwienił się nagle i zniżył głos. – Powiedziała mi, co zrobiła – że przespała się z Mackiem i z tobą, ale nie chciała zdradzić, jak się to wszystko skończyło.

– Życie rzadko reżyseruje proste zakończenia. Ludzie ranią się nawzajem i czasami nie zachowują się zbyt dobrze.

– Ale to ja jestem rezultatem jej złego zachowania! I nie wiem nawet, czy to z mojego powodu zerwała wszystkie więzi, które łączyły ją z tym miasteczkiem, zupełnie jakby wstydziła się mnie, czy coś takiego! Dlaczego wróciła tu dopiero teraz? Jeżeli kochała was obu tak mocno, jak mówi, to przecież po prostu nie mogłaby wam o mnie nie powiedzieć... – Will potarł oczy wierzchem dłoni i ruszył w kierunku drzwi. – Muszę już iść...

Grainger chwycił go za łokieć.

– Możesz być pewny, że nigdy się ciebie nie wstydziła – powiedział.

Will popatrzył na niego z wahaniem, chcąc uwierzyć i jednocześnie obawiając się zaufać starszemu mężczyźnie.

– Przyjedź jutro, tak jak się umówiliśmy – dodał Grainger.

– Nie, to był głupi pomysł...

– Will, musisz się czegoś nauczyć...

Chłopak wciąż wpatrywał się w niego z tym samym wyrazem zagubienia i skupienia co... Nie, dosyć tego, najwyższy czas zapomnieć o przeszłości.

– Jutro odpowiem na twoje pytanie.

Will skinął głową.

Grainger zaczekał, aż Will wyjdzie, potem zaś minął należący do Merriwella Harrisa jacht „Random" i podszedł do przykrytej grubą foliową płachtą łodzi klasy beetle cat, która samotnie tkwiła na podwórku od dnia, kiedy kupił warsztat. Will powinien się uczyć żeglować właśnie na takiej łódce, pomyślał. Trzeba będzie zrobić jej dokładny przegląd i pomalować wodoodporną farbą, oczywiście po wcześniejszym oczyszczeniu kadłuba. Nie wymagało to ciężkiej pracy. Grainger zrozumiał, że wreszcie musi stawić czoło temu zadaniu, zwłaszcza jeżeli obiecał Willowi, że następnego dnia opowie mu, co stało się z Mackiem.

Rozdział dwudziesty

Rano Kiley rozłożyła dziennik „The Boston Globe" na kuchennym stole, aby przejrzeć ogłoszenia z działu „Dam pracę". Kilka szpitali i przychodni w Bostonie i okolicy poszukiwało wykwalifikowanych pielęgniarek, ale Stouthon znajdowało się zbyt daleko, aby Kiley mogła codziennie dojeżdżać stamtąd do pracy. Jej lokalny szpital zawsze zmagał się z trudną sytuacją finansową i zatrudniał minimalną liczbę personelu. Może powinna wynająć kawalerkę w Bostonie i pracować tam trzy dni w tygodniu, po dwanaście godzin, a resztę czasu spędzać w domu? Kiley oparła łokcie na gazecie i czoło na zaciśniętych dłoniach. Może naprawdę nadszedł czas, aby zaczęła myśleć inaczej niż dotąd... Od września Will będzie w Ithaca, więc w Southton trzymali ją tylko rodzice, którzy najprawdopodobniej byliby zadowoleni z nowej sytuacji, bo Kiley byłaby przecież w domu przez cztery dni z siedmiu, zupełnie wolna. A kiedy Will przyjeżdżałby na przerwy semestralne, mogliby spędzić trochę czasu w Bostonie, nie spiesząc się z powrotem do domu, pójść do muzeum, teatru, dobrej restauracji...

Złożyła gazetę i wrzuciła ją do kosza na śmieci. Na razie miała mnóstwo innych spraw do załatwienia i nie mogła skupić się wyłącznie na poszukiwaniu pracy. Godzinę wcześniej zadzwoniła do niej Sandy i powiedziała, że wszyscy pracownicy gabinetu dostali wypowiedzenie i trzymiesięczną pensję, więc Kiley nie musiała podejmować pochopnych decyzji. Will miał chyba rację – powinna spróbować czegoś nowego, może nawet pomyśleć o zmianie zawodu.

Wyszła na taras i usiadła w fotelu na biegunach. Szeroka zatoka usiana była kolorowymi żaglami, może jest tam także

Will... Kiley nie była do końca pewna, jakie uczucia budzi w niej nagłe zainteresowanie syna żeglarstwem. Z jednej strony była zadowolona, że chce nauczyć się obsługiwać łódź, lecz z drugiej zdawała sobie sprawę, że będzie próbował wydusić z Graingera resztę opowiedzianej przez nią historii. Ciekawe, co powie mu Grainger...

Nie zadzwonił do niej. Jeżeli nie chciał zajmować się jachtem ojca, to nie powinien prosić, aby do niego zatelefonowała. Kiley postanowiła, że poprzestanie na tym jednym telefonie. Poprzedniego dnia Grainger minął ją na ulicy tak szybko, jakby nie chciał mieć z nią nic wspólnego, wiec najlepiej będzie zostawić go w spokoju.

Lekko uderzyła otwartą dłonią w poręcz fotela. Jeszcze nie zdecydowała, czy chciałaby je zabrać, czy też sprzedać. Gdzie mogłaby postawić fotele w domu? Były za duże do salonu, zupełnie nie pasowały też do umeblowanej białymi wiklinowymi sprzętami oranżerii u rodziców. Zdjęła kawałek odpryśniętej farby z gładkiej drewnianej powierzchni. Wymagały pomalowania, zielona farba ledwo się na nich trzymała.

Dopiero teraz, po paru dniach pobytu w Hawke's Cove, uświadomiła sobie, jak wiele się tu zmieniło. Wszystko w domu było stare i zniszczone, ciepła atmosfera rozwiała się jak dym. Znajome sprzęty i przedmioty od nowa zaistniały w życiu Kiley, lecz blask, który towarzyszył im we wspomnieniach, był teraz mocno przyćmiony. Patrzyła na nie obojętnie i obiektywnie, dokładnie tak, jak powinna traktować Graingera Egana... Westchnęła dramatycznie i wstała, aby zadzwonić do niego jeszcze raz, już ostatni. Ostatecznie miała skontaktować się z nim w imieniu ojca, prawda?

Kiedy znowu szukała numeru warsztatu w książce, telefon rozdzwonił się nagle.

– Mówi tata... Podjęłaś już jakieś kroki w sprawie sprzedaży jachtu?

– Właśnie miałam zostawić kolejną wiadomość na sekretarce automatycznej Graingera, który najwyraźniej nie podnosi słuchawki...

– Zmieniłem zdanie.

– Bardzo się cieszę! – Kiley uśmiechnęła się szeroko. – Uważam, że sprzedaż domu i jachtu to za dużo jak na jedno lato!

– Nie, nie o to mi chodzi. Nadal chcę sprzedać „Random", ale pomyślałem, że powinienem jeszcze raz wystawić go w sierpniowych regatach. To będzie doskonała reklama, nie sądzisz? Teraz musisz mi tylko znaleźć załogę...

Kiley potarła czoło sztywnymi palcami.

– To raczej niewykonalne, tato...

– Dlaczego? Powieś ogłoszenie na tablicy w Klubie, a następnego dnia będziesz miała tuzin chętnych, zobaczysz. „Random" ma wiele zwycięstw na koncie, każdy chciałby spróbować na nim wystartować.

– Ile chcesz osób? – zapytała niechętnie.

– Ty i ja to dwoje... Gdyby Will umiał radzić sobie na pokładzie, poprosiłbym także i jego...

– Will bierze lekcje.

– Świetnie, powiedz mu, że jestem z niego dumny! Weźmiemy go, jeśli zdąży się czegoś nauczyć. W tej sytuacji potrzebowalibyśmy jeszcze co najmniej jednej osoby. Szczerze mówiąc, ze mnie będzie raczej niewielki pożytek, więc wybierz kogoś, kto naprawdę wie, co robi...

– Jest tylko jeden problem, tatku...

– Jaki?

– Will i ja nie zamierzamy siedzieć tu aż do sierpnia.

– Nie masz teraz pracy, więc mogłabyś zostać, gdybyś chciała.

– Ale nie chcę. Prawie skończyłam już inwentaryzację i może wrócimy nawet trochę wcześniej, niż planowałam.

– Nie pozbawiaj Willa wakacji... – Głos Merriwella Harrisa zaczął się rwać, jak zwykle, kiedy starszy pan rozmawiał dłużej niż kilka minut.

– Opisałam już większość rzeczy, poza tym postanowiłam od razu zacząć rozglądać się za nową pracą. Tak czy inaczej, zostawię w Klubie ogłoszenie z waszym numerem telefonu.

– Przemyśl to jeszcze, Kiley. Prawdopodobnie więcej nie przyjedziesz już do Hawke's Cove.

Ostatni raz... Ojciec miał rację, lecz Kiley myślała w tej chwili o czymś innym. Miała ostatnią szansę, żeby naprawić stosunki z Graingerem. Wybrała jego numer, ale tym razem telefon dzwonił i dzwonił bez końca. Może Grainger wyłączył automatyczną sekretarkę, a może taśma była już pełna... Kiley wróciła na taras. Osłaniając oczy przed porannym słońcem, długo patrzyła na przemykające po zatoce żagle, zastanawiając się, na której łodzi znajduje się jej syn. I Grainger...

Rozdział dwudziesty pierwszy

Grainger dostrzegł migające czerwone światełko automatycznej sekretarki, kiedy włączał ekspres do kawy. Ogarnęły go wyrzuty sumienia, bo od kilku dni nie odsłuchiwał nagranych wiadomości i taśma na pewno była już pełna. Przyczyną tego złego przyzwyczajenia była jego głęboka niechęć do telefonu. Większość nagrań pochodziła oczywiście od klientów, którzy mieli nadzieję przekonać go, aby to ich łodziami lub jachtami zajął się w pierwszej kolejności. Co roku po wakacjach przygodni wodniacy przestawali interesować się swoimi jednostkami i chociaż Grainger próbował wpoić im nawyk, aby dzwonili do niego w marcu, nie dopiero w czerwcu, wciąż mocno wierzyli, że jakimś cudem uda im się wypłynąć w morze przed 4 lipca.

Dokładnie w chwili, gdy zaczął odsłuchiwać wiadomości, na podjazd wjechał Will. Grainger zatrzymał taśmę. Zdąży dowiedzieć się, komu śpieszy się najbardziej, kiedy wrócą z lekcji. Will zjawił się trochę wcześniej, niż ustalili i teraz dygotał na progu w porannym chłodzie. Grainger wpuścił chłopca i podał mu kubek kawy.

– Weź sobie z szafy kamizelkę ratunkową i poczekaj na mnie na plaży – polecił.

Odkąd dowiedział się, że do miasta przyjechała Kiley z synem, nie potrafił opanować narastającego zdenerwowania, a kiedy zobaczył ich oboje w barze „Osprey's Nest", jego serce ścisnęło się, jakby ktoś zakuł je w metalową obręcz. Napięcie wzrosło jeszcze bardziej, gdy w czasie meczu na pikniku Kiley rzuciła piłką dokładnie tak, jak ją kiedyś nauczył, a potem poświęciła prawie cały wieczór na rozmowę z Conorem MacKenzie. Grainger zaczął się nawet zastanawiać, czy może uczucie, które nim owładnęło, nie bierze się z jakiejś fizycznej dolegliwości, ale szybko uświadomił sobie, że przecież dobrze je zna. Na tę chorobę nie było lekarstwa. Był już za stary, żeby skakać z masztów i uciekać od złych wspomnień. Will, tak podobny do matki, samą swoją obecnością zmusił go do powrotu do przeszłości, o której ze wszystkich sił starał się zapomnieć. Will istniał naprawdę, Grainger więc nie mógł już nie myśleć o tym, co zdarzyło się dawno temu, i nie potrafił udawać, że nie zauważa chłopca.

Obiecał Willowi, że opowie mu żałosną historię trojga przyjaciół, którzy stracili to, co było dla nich najcenniejsze, ponieważ ulegli słabościom ludzkiej natury.

Zepchnął ponton na wodę i czekał, aż Will wyjdzie z warsztatu. Chłopak nie zapiął kapoka, więc Grainger gestem polecił mu, aby to zrobił.

– Bezpieczeństwo przede wszystkim – powiedział. Wziął od Willa jego kubek z kawą i usiadł na rufie. – Umiesz wiosłować?

– Jasne, wiele razy wiosłowałem na jeziorze.

– W takim razie bez trudu dowieziesz nas na żaglówkę – Grainger pociągnął łyk gorącej kawy ze swojego kubka z ustnikiem.

W powieściach główny bohater musi w końcu stanąć oko w oko ze swoim demonem. Grainger nie umiał oprzeć się wrażeniu, że teraz to zadanie czeka właśnie jego, że jemu także nie udało się uciec przed przeznaczeniem, które przybrało postać Willa, chłopca w wieku, w jakim oni troje byli w tamtym kluczowym momencie.

Weszli na pokład żaglówki i do kabiny. Grainger pomyślał, że Will ma tak samo chude i kościste kolana jak Mack. Nagle zrozumiał, że obaj znaleźli się w jak najbardziej właściwym miejscu, bo tę historię powinno się opowiedzieć na wodzie, nie gdzie indziej.

Will spokojnie wykonywał polecenia Graingera i zadawał niewiele pytań. Po paru minutach wypłynęli. Grainger podał chłopcu jego chłodną kawę, sprawdził, czy nauczył się podstawowego słownictwa i pokazał mu, jak radzić sobie ze sterem. Will szybko chwytał informacje, nie minął więc kwadrans, a już wypływali z zatoczki na otwarte morze. Ustawiał żaglówkę prawidłowo, chociaż na razie jego ruchom brakowało jeszcze płynności. Sunęli wzdłuż wybrzeża, trzymając się w odległości prawie kilometra od brzegu. Graingerowi przemknęła przez głowę myśl, że trudno byłoby znaleźć bardziej ustronne miejsce. Żaglówka zostawiała za sobą obłoczek wodnego pyłu. Długą chwilę obaj milczeli.

– Panie Egan?

– Tak, Will?

– Opowie mi pan teraz, co się wtedy zdarzyło?

– Co powiemy Mackowi? – Kiley wyszła z łazienki, gdzie przed chwilą wzięła szybki prysznic.

Grainger wciąż leżał na łóżku, wdychając zapach ich miłości.

– Co mu powiemy? – powtórzyła, poprawiając bluzkę.

Grainger przykrył się prześcieradłem.

– Nie wiem – odparł. – Może nic.

– Domyśli się.

– W jaki sposób?

– Tak samo jak ty... – przysiadła na brzegu łóżka.

Grainger przyglądał się, jak schyla się, żeby zawiązać sznurowadła tenisówek.

– Tak samo jak ja domyśliłem się czego?

Rozpuszczone włosy Kiley opadały ciężkimi falami, zasłaniając jej twarz przed jego wzrokiem.

– Że on i ja... No, nie wiem... Że zostaliśmy parą.

Grainger zdawał sobie sprawę, że odebrał Mackowi jego ukochaną, że zrobił coś gorszego niż Mack, pozbawiając go Kiley. Grainger ukradł przyjacielowi dziewczynę i poszedł z nią do łóżka. Kochali się całe popołudnie. Uczyniło to z Kiley najbliższą mu osobę i związało ich ze sobą mocniej, niż zaledwie dzień wcześniej był sobie w stanie wyobrazić. Grainger wyciągnął się na łóżku i przycisnął poduszkę do twarzy, aby ukryć malujące się na niej poczucie winy.

– Co możemy zrobić? – wymamrotał. – Nie chcę go zranić...

Kiley łagodnie wyjęła poduszkę z jego rąk. Jej oczy pełne były głębokiego smutku.

– Niezależnie od tego, co się stanie, ktoś zostanie zraniony... – Pieszczotliwie musnęła czubkami palców jego policzek i wargi, ale nie pocałowała go. – Muszę już iść...

– Powiemy mu razem? – zapytał Grainger.

Kiley przystanęła w progu.

– Wydaje mi się, że powinnam to zrobić sama.

Grainger miał do niej zaufanie. Wiedział, że łagodnie wyjaśni Mackowi, co się stało – że chociaż darzy go ciepłym uczuciem, to, co połączyło ją z Graingerem, jest znacznie silniejsze. Spali ze sobą i tym aktem podkreślili szczerość swojego związku.

Grainger przerwał na chwilę, żeby powiedzieć Willowi, jak wykonać zwrot. Wysoki, lecz bardzo sprawny fizycznie chłopak bez trudu przechodził pod bomem. Byli już w połowie drogi do końca półwyspu i musieli zawrócić. Niedaleko znajdowały się rozrzucone tu przez lodowiec potężne skały, często prawie całkowicie ukryte pod grubą warstwą nanoszonych przez fale piasków. Pokonanie tych przeszkód bez nawigacyjnych map było praktycznie niemożliwe, często nawet duże doświadczenie okazywało się niewystarczające. Grainger dostrzegł kilka wyznaczających trasę boi i zorientował się, że niebezpieczne wody są już blisko.

Był wdzięczny Willowi, że słuchał go w milczeniu, bo dzięki temu mógł opowiadać tę historię tak, jak ją zapamiętał, i lepiej wytłumaczyć, jaką ostatecznie odegrał w niej rolę. Will nawet nie patrzył na Graingera i niczym prawdziwy żeglarz bacznie obserwował żagiel, rumpel i horyzont. Grainger pozwolił mu instynktownie wykonywać pewne czynności, pewny, że chłopak słucha go uważnie i nie przerwie mu aż do samego końca.

Grainger umył się, ubrał i pojechał do Hawke's Cove. Wiedział, że gdyby tego nie zrobił, zachowałby się jak tchórz i że chociaż Kiley chciała sama powiedzieć Mackowi o ich miłości, nie powinien zostawiać jej w takim momencie.

Noc była ciemna, bezksiężycowa i kiedy Grainger zbliżał się do Klubu Jachtowego, drogę oświetlały mu tylko trzy uliczne latarnie przed wejściem do budynku. Północno--wschodni wiatr szarpał zawieszonymi na maszcie barwnymi chorągiewkami i Grainger pomyślał, że powinni sprawdzić, czy „Blithe Spirit" jest dość mocno przycumowana. Ta myśl pozwoliła mu na chwilę zapomnieć o dręczącym go niepokoju. Jak Mack przyjmie wiadomość o jego związku z Kiley? Czy zachowa się równie źle jak on sam, Grainger, i nie będzie ukrywał żalu i pretensji, czy też sprosta wyzwaniu i dojdzie do wniosku, że powinien cieszyć się szczęściem przyjaciół?

Sala taneczna Klubu była jasno oświetlona, przez otwarte drzwi wylewała się muzyka, piosenka Stowarzyszenia Młodzieży Chrześcijańskiej YMCA, którą latem 1984 zawsze grano tu na zakończenie zabawy. Grainger zobaczył Dwojaczki, uśmiechające się do siebie i podobne jak dwie krople wody. Czuł, że Kiley i Mack wyszli na zewnątrz, najprawdopodobniej na plażę, aby tam spokojnie porozmawiać.

Ziarenka wilgotnego piasku cicho zachrzęściły pod stopami Graingera. Nasłuchiwał głosów przyjaciół, ale docierał do niego tylko świst wiatru i pobrzękiwanie olinowania jachtów i żaglówek. U wejścia na klubowy pomost, przy którym znajdowała się platforma dla pontonów, przystanął i nastawił uszu.

I wtedy ich usłyszał. Stali na końcu pomostu, wpatrzeni w ciemność i rozmawiali tak cicho, że ich głosy można by wziąć za plusk fal, uderzających o bale. Grainger zauważył białą bluzkę Kiley, coś jakby cień kształtu i lekki ruch na tle gęstej ciemności.

– Tak mi przykro...

Grainger wyraźnie usłyszał te słowa, wypowiedziane zachrypniętym z przejęcia głosem. Kiley i Mack odwrócili się ku niemu, kiedy deski lekko zaskrzypiały pod jego ciężarem. Mack wyprostował się i Grainger bez trudu rozpoznał wojowniczą wrogość w jego postawie.

– Ty cholerny skurwysynu!

– Mack, nie byliśmy w stanie sobie z tym poradzić. – Grainger wciąż szedł w kierunku przyjaciela, chcąc jak najszybciej pokonać dzielący ich dystans. – Nasze uczucie okazało się zbyt silne. Kochamy się.

– Czy to prawda, Kiley?

Dziewczyna stanęła między nimi, opierając dłonie na ich piersiach, jakby chciała odgrodzić ich od siebie, a jednocześnie połączyć. Milczała.

– Jak możesz mówić, że go kochasz, zwłaszcza po tym, co zrobiliśmy?! – Mack mocno chwycił dotykającą jego piersi rękę.

Grainger cofnął się o krok, odsunął się od Kiley.

– Co zrobiliście?

– Myślałam, że wiesz... – wyciągnęła ku niemu dłoń, ale on postąpił jeszcze krok do tyłu.

Serce biło mu jak szalone, miał wrażenie, że tonie, bał się nawet odetchnąć.

– Przespałaś się z Mackiem, a potem ze mną?! – wykrztusił.

Ani nie przeczuł, ani nie dostrzegł wcześniej ciosu, który powalił go na ziemię. Uderzył głową o deski i na moment stracił przytomność. Jak z oddali dotarł do niego krzyk Kiley. Mack nastąpił mu na palce dłoni, przebiegając obok. Graingerowi wydawało się, że pomost wiruje pod nim jak karuzela. Długo szukał rękami oparcia w ciemności, próbując się podnieść.

Nagle Kiley znalazła się tuż obok niego. Szarpnęła go za ręce, podparła własnym ramieniem.

– Wziął ponton, zatrzymaj go!

Grainger osunął się na deski. Nogi uginały się pod nim, nie były w stanie utrzymać jego ciężaru. Mack uderzył go z całej siły, lecz jeszcze bardziej obezwładniająca była świadomość, że wszystko to wydarzyło się z powodu Kiley Harris, tej Kiley, która niedługo podejmie życie gdzie indziej, ukończy swoją prestiżową uczelnię, wyjdzie za jakiegoś prawnika i będzie śmiała się na wspomnienie tego lata, kiedy rozdzieliła dwóch przyjaciół. Kiedy przespała się z dwoma przyjaciółmi... Grainger odepchnął ją i z wysiłkiem dźwignął się na nogi.

– Zostaw go w spokoju! – warknął. – I jego, i mnie, słyszysz?!

Błagalnym gestem chwyciła go za ramię.

– Powstrzymaj go, proszę!

– Sama go powstrzymaj!

Kiley Harris kosztowała go więcej, niż myślał. Drogo zapłacił za ulotną chwilę bliskości. Jak ostatni głupiec uwierzył, że jej miłość jest warta więcej niż gniew i rozpacz Macka, więcej niż jedyny prawdziwy dom, jaki kiedykolwiek miał. Tak, uwierzył nawet, że z czasem Mack pogodzi się z ich miłością, ale cios przyjaciela przywrócił mu poczucie rzeczywistości. Grainger zrozumiał, że popełnił wielki błąd i serce ścisnęło mu się z żalu. Kiley poszła do łóżka z Mackiem, a potem z nim... To, co miało okazać się największym skarbem Graingera, okazało się bzdurą, głupim żartem, kłamstwem.

– Nigdy więcej nie chcę cię widzieć – powiedział.

Warkot silnika przebił się przez nieharmonijne podzwanianie lin o aluminiowe maszty. Grainger poczuł nagle, że nie zniesie tego ani chwili dłużej, że naprawdę nie może na nią patrzeć.

– Znikaj z mojego życia, do cholery! – krzyknął gorzko.

– Tamtej nocy Mack wypłynął w morze na pokładzie „Blithe Spirit". Był to potwornie głupi krok, ponieważ meteorolodzy od paru dni ostrzegali przed sztormem, a on nie zabrał kapoka. Był zraniony i wściekły i zrobił głupstwo, jak wiele osób w podobnym stanie ducha. Następnego ranka rybacy znaleźli „Blithe Spirit" na skałach... – Grainger odkrył nagle, że nie jest w stanie mówić dalej.

– Ale co stało się z Mackiem? – Will mocniej napiął żagiel, nadal nie patrząc na Graingera.

Niemożliwe, żeby nie domyślił się, co się stało, pomyślał Grainger. A może Will po prostu musiał to usłyszeć...

Wyciągnął rękę i mocno ścisnął opartą na rumplu dłoń chłopca.

– Mack nie żyje. Zaginął na morzu.

Will popatrzył na ich dłonie, potem zaś wreszcie podniósł wzrok i spojrzał Graingerowi prosto w oczy.

– Więc który z was jest moim ojcem? – zapytał.

Rozdział dwudziesty drugi

Kiley wreszcie skończyła pracę w jadalni, podobnie jak wcześniej w sypialni od frontu domu, dwóch sypialniach od północnej strony i malutkim pokoiku na parterze, w którym dawno temu sypiała pokojówka, a za pamięci Kiley niespodziewani goście. Z tamtymi pokojami poszło jej trochę łatwiej, ponieważ nie miały dla niej szczególnego znaczenia. Na górze musiała się jeszcze zająć swoim pokojem, który teraz zajmował Will i który jej rodzice wiele lat temu opróżnili ze wszystkiego poza meblami.

Stała w progu, z bezradnym uśmiechem przyglądając się bałaganowi, który zrobił jej syn. Na łóżku i biureczku leżały niedbale rozrzucone ubrania, na podłodze z malowanych desek mokre ręczniki. Jedyne krzesło zajmował otwarty plecak, a w nim dyskman i płyty kompaktowe w plątaninie kabli od słuchawek. W czasach młodości Kiley byłby to przenośny magnetofon i taśmy. Gdyby nie te nowoczesne urządzenia, mogłaby pomyśleć, że nagle cofnęła się wiele lat w przeszłość... Wszędzie t-shirty, dżinsy, piasek, zebrane gdzieś kamyki i muszelki...

Wyjęła z kieszeni bloczek kartek i wydobyła długopis z ciasnego węzła włosów na karku. Jak na razie, wszystkie rzeczy miały zostać w sypialniach, no, może z wyjątkiem tej ręcznie uszytej narzuty na łóżko... Narzutę trzeba sprzedać, skarciła się ostro. Nie miała w domu łóżka, do którego by pasowała. Ale przecież to babcia Harris uszyła tę narzutę, natychmiast podszepnął duch sentymentalizmu. Szkoda pozbywać się takiej pięknej pamiątki, poza tym Will pewnego dnia będzie miał własny dom... Kiley szybko napisała na kartce: „Wszystko zostaje, poza narzutą" i przylepiła ją do klamki.

Bez przyciszonych dźwięków muzyki, wydobywających się ze słuchawek Willa, dom wydawał się dziwnie pusty. Kiley spróbowała włączyć wiekowe radio, które odbierało tylko lokalną stację, a i to z zakłóceniami. Doszła do wniosku, że lepsze szumy i trzaski niż całkowita cisza i towarzystwo własnych myśli. Ciągle zastanawiała się, czy Grainger powie Willowi, jaki był wściekły tamtej nocy i jak źle ona go potraktowała.

Na kuchennym stole, oparta o niebieski wazonik, stała fotografia ich trojga z „Blithe Spirit" w tle. Kiley zerknęła na nią tylko raz. Zrobiła sobie płatki z mlekiem i zjadła je, stojąc, wpatrzona w wychodzące na tyły domu okno. Porastająca małe podwórko trawa rozpaczliwie domagała się przystrzyżenia. Kiley pomyślała, że poprosi Willa, żeby po południu wyciągnął z szopy starą kosiarkę. Ciekawe, czy jest jeszcze dość ostra... Niebieski wazonik i zdjęcie czaiły się gdzieś na granicy pola jej widzenia. Umyła miseczkę i wyszła z kuchni, lecz zaraz wróciła. Zdecydowanym ruchem wrzuciła niebieski słoik do pojemnika na szkło, gdzie z brzękiem rozbił się o jakąś butelkę.

Ponieważ prawie wszystkie sprzęty zostały już opisane, Kiley mogła tylko zgromadzić w jednym miejscu te, które przeznaczyła dla siebie, przypomniała sobie jednak, że zostało im jeszcze dziesięć dni wakacji w Hawke's Cove, co oznaczało, że równie dobrze może zająć się tym innego dnia. Poza tym może mimo wszystko zdecyduje się zostać tu dłużej, kto wie... Straciła pracę, więc nie bardzo miała do czego się śpieszyć. Powinna wybrać sobie jakąś książkę i usiąść z nią na plaży albo na tarasie, a potem zaplanować prosty posiłek...

Poszła na górę, pozbierała ręczniki i brudne ubrania i wrzuciła je do torby, aby później pojechać do pralni. Te codzienne czynności wydały jej się kojące i pocieszające – cóż, jednak miała czym zapełnić ten szeroko otwarty ranek... W domu każda minuta była starannie zaplanowana, a dni podzielone na ściśle określone etapy. Dojazd do pracy – piętnaście minut, przerwa na lunch – pół godziny, zakupy – czterdzieści pięć minut, droga na boisko, gdzie Will grał w piłkę nożną, baseball lub uprawiał jakiś inny sport, w zależności od pory roku – dziesięć minut... Jeżeli przygotowanie i zjedzenie kolacji trwało dłużej niż czterdzieści minut, Kiley czuła się tak, jakby pozwoliła sobie na prawdziwy luksus. Weekendy były zwykle jeszcze gorsze – wszystkie sprawy, które nie mieściły się w półgodzinnej przerwie na lunch, trzeba było załatwić w sobotę i niedzielę. Wyprawa do pralni chemicznej, do sklepu spożywczego, sprzątanie i pranie, pranie, pranie... Dobrze chociaż, że w miarę, jak Will dorastał, planowanie stawało się coraz mniej skomplikowane. Kiley nie musiała już martwić się, czy opiekunka do dziecka zdąży przyjechać na umówioną godzinę, jak zawieźć Willa na dodatkowe zajęcia i tak dalej. Zdawała sobie sprawę, że powinna szczerze cieszyć się tymi krótkimi wakacjami, nie potrafiła jednak zapomnieć, że już za parę tygodni ubędzie jej domowych prac, a przybędzie wolnego czasu. Sama będzie musiała przypominać sobie, żeby wyrzucić śmieci lub zawieźć plastikowe i szklane opakowania do centrum recyclingu. Trudna do wyobrażenia i zniesienia samotność rozciągała się przed nią niczym morze.

– Przestań się nad sobą rozczulać! – warknęła do siebie, prostując ramiona.

Wszyscy rodzice muszą radzić sobie z rozstaniem z dziećmi, bo ostatecznie taki właśnie jest cel procesu wychowywania. Dostajesz dziecko, na krótki czas masz je przy sobie i wypuszczasz je w świat... Oczywiście są szczęśliwcy, którzy mają z kim dzielić samotność, ale jej ścieżka była inna.

Kiley przywołała z pamięci twarz Graingera w oknie furgonetki, jasność, z jaką go zobaczyła, nawet srebrzyste nitki na skroniach. Był jeszcze za młody na siwiznę... Czy jego życie nadal było tak trudne jak w dzieciństwie i wczesnej młodości? Nie wiedziała o nim prawie nic poza tym, że mieszkał w Hawke's Cove, prowadził warsztat szkutniczy, no i że Will dowiedział się o ich dawnym związku. Widok Conora MacKenzie, z jego oczywistym podobieństwem do Macka, a potem Graingera, okazał się nieco surrealistycznym przeżyciem – ni to koszmarem, ni snem. Poznała ich od razu, chociaż bardzo się zmienili, podobnie jak ona sama.

Musiała dowiedzieć się, co Grainger powiedział Willowi tego ranka, jaką wersję ich historii uznał za stosowne przedstawić jej synowi.

Zawiązała sznurowadła tenisówek, wciąż mając przed oczami wyobraźni twarz Graingera. Ręce drżały jej tak mocno, że z trudem ściągnęła tasiemki. Miała pełną świadomość, że przyczyną drżenia nie jest strach, lecz podniecenie, co wydało jej się dziwne. Przez cały ranek starała się nie myśleć o tym, co Grainger powie Willowi, bo zastanawianie się nad tym było zbyt straszne. Fakt, że jako nastolatka widziała tylko czubek własnego nosa, nie świadczył o niej zbyt dobrze...

Wybrała ścieżkę wzdłuż brzegu wydm, ale ani razu nie spojrzała na rozciągające się pod nią połyskliwe morze. Szła w kierunku miasteczka, nie zwracając uwagi na mijające ją samochody i rowery, obok Klubu Jachtowego, ceglanego budynku przychodni, w której kiedyś przyjmował doktor Mac-Kenzie, biblioteki, gdzie w deszczowe dni Kiley, Mack i Grainger pochłaniali książki, kawiarni „U Lindy" i centrum handlowego LaRiviere, w pobliżu którego mieszkał dawniej Grainger. Cel wyprawy Kiley znajdował się jeszcze dalej – była to stara szopa na łodzie, w której teraz mieścił się Warsztat Szkutniczy Egana. Celem jej wyprawy był Grainger.

Kiley przystanęła pod tablicą reklamową z piękną sylwetką szkunera. Podjazd nie był już zarośnięty trawą, lecz porządnie wysypany żwirem. Zakręt podjazdu i układ linii brzegowej sprawiły, że zobaczyła budynek dopiero po paru krokach. Wyglądał teraz zupełnie inaczej niż przed blisko dwudziestu laty, kiedy widziała go ostatni raz. Wtedy sprawiał wrażenie kompletnej ruiny i cuchnął moczem i tanim winem, ponieważ stanowił ulubione miejsce popijaw okolicznych łobuzów.

Kiley nawet nie próbowała wyobrazić sobie przebiegu rozmowy z Graingerem. Postanowiła zdać się na los. Może oboje posłużą się Willem jako buforem i pozwolą mu sobą pokierować, kto wie...

Żwirowany podjazd kończył się rampą, na której na drewnianych rusztowaniach tkwiły trzy łodzie na różnych etapach renowacji. Jedna miała częściowo oczyszczony papierem ściernym kadłub, druga osłonięta była pomarańczo-wo-niebiesko-zieloną płachtą, a trzecia... Trzecią był „Random".

Po drugiej stronie podjazdu stał wysoki budynek z obłożonym drewnem piętrem i spadzistym dachem, dzięki któremu dom zyskiwał dodatkową przestrzeń na strychu. Pod niewielkimi oknami na parterze, otwartymi na oścież, aby wpuścić do środka ciepło lipcowego dnia, zawieszono niebieskie skrzynki z ciemnoczerwonymi begoniami, białymi i fioletowymi bratkami oraz powojem, zwieszającym się aż do ziemi. W szczytowej ścianie budynku umieszczono ekranowe drzwi, na tyle wysokie i szerokie, aby zmieściła się w nich spora łódź. Boczne drzwi były otwarte.

Na podjeździe stała tylko furgonetka Graingera. Najwyraźniej Will już odjechał... Kiley wahała się długą chwilę. Miała już nawet ochotę zawrócić, kiedy z domu wyszedł dziwnie wyglądający pies Graingera i obwąchał jej stopy, przyjaźnie machając ogonem. Kiley schyliła się i pogłaskała go po głowie. Na szyi nosił skórzaną obrożę z ozdobną mosiężną tabliczką z wygrawerowanym imieniem.

– Cześć, Pilot... – uśmiechnęła się lekko.

Pies spojrzał na nią uprzejmie i szturchnął łbem jej dłoń, domagając się dalszych pieszczot.

– Lubi cię.

Głos Graingera zaskoczył Kiley.

– Jest bardzo miły – powiedziała. – Co to za mieszanka?

Czy w jej głosie słychać było zdenerwowanie? Wydawało jej się, że brzmi przeraźliwie cienko.

– Trudna do odgadnięcia.

Pilot zostawił Kiley tam, gdzie stała, kilka metrów od drzwi. Przekrzywił głowę, uważnie przyjrzał się swemu stojącemu w progu panu i powoli wszedł do środka.

Gdyby nie tajfun hormonów i potrzeby bliskości, który ogarnął ich tamtej nocy, może po prostu wyrośliby z młodzieńczej fascynacji i podjęli normalne życie. Gdyby wtedy nic się między nimi nie wydarzyło, gdyby nie poczęcie Willa... Ale Will istniał i ten mężczyzna mógł być jego ojcem. Kiley nigdy o nic go nie prosiła, lecz teraz nagle dotarło do niej, że powinna wytłumaczyć mu, dlaczego nie powiedziała mu o Willu. Powinna to zrobić, ale jak pokonać przepaść, która otworzyła się między nimi w ciągu tych dziewiętnastu lat? Kiedyś byli przyjaciółmi, poza tym fakt istnienia Willa jednak w jakiś sposób ich łączył... Kiley postąpiła krok w kierunku Graingera.

– Jak poszło Willowi? – zagadnęła.

– Bardzo dobrze.

– To świetnie. – Jej serce biło już trochę wolniej. – Mój ojciec cieszy się, że Will uczy się żeglarstwa. Nie oddzwoniłeś do mnie w sprawie „Random"...

Grainger zacisnął palce na klamce.

– Dopiero przed chwilą odsłuchałem wiadomości nagrane na sekretarce.

– Tata chciałby wystawić „Random" w sierpniowych regatach i dopiero później go sprzedać – powiedziała Kiley.

– Żeby pokazać wszystkim jego zalety?

– Coś w tym rodzaju. Oczywiście sam jest zbyt słaby, więc będzie mu potrzebna załoga.

– Will zapowiada się na dobrego żeglarza.

Kiley uśmiechnęła się.

– Powinnam była zacząć go uczyć dawno temu, ale... Cóż, prawda jest taka, że nie pływałam na porządnej łodzi od... Od tamtego lata. Jakoś nie mogłam się na to zdobyć. Dwa lata temu spędziliśmy wakacje w Martha's Vineyard i kiedy wszyscy znajomi wypłynęli na wyczarterowanym katamaranie, wymyśliłam jakąś wymówkę i przez cały dzień czytałam...

– O ile dobrze pamiętam, zawsze lepiej sprawdzałaś się w roli pasażera niż członka załogi.

– Och, przestań!

Oboje roześmiali się i napięcie trochę zmalało.

– Tata prosił, żeby zapytać cię, czy popłynąłbyś z nim na czwartego. Chciałby zabrać na pokład kogoś, kto wie, co robi...

– Zastanowię się nad tym. – Grainger wciąż stał w drzwiach. – Zostaniesz w Hawke's Cove aż do sierpnia? Weźmiesz udział w regatach?

Kiley spoważniała.

– To zależy od okoliczności. Szukam teraz pracy, więc...

– Tak, Will mówił mi, co się stało. – Grainger puścił klamkę. – Trudna sprawa... Przyszłaś tu tylko po to, żeby porozmawiać o „Random"?

– Nie. Oboje wiemy, że powinniśmy wyjaśnić sobie kilka rzeczy...

Kiwnął głową i odsunął się, żeby mogła wejść do środka.

– Masz rację.

Pomyślała, że jego głos wcale się nie zmienił – wciąż był lekko zachrypnięty i nadal słychać w nim było lekką nutę wahania, jakby zastanawiał się, czy warto wypowiadać słowa.

– Właśnie zaparzyłem kawę – dodał. – Napijesz się?

– Tak, chętnie... – Kiley wydawało się, że jej głos dobiega z dużej odległości.

Grainger gestem zaprosił ją do domu, jak uprzejmy gospodarz kompletnie obcą osobę. Uprzejma jak przykładny gość, Kiley pogratulowała mu utrzymanego w morskim stylu wystroju. Zauważyła mahoniową drabinkę ze statku, opartą o ścianę, kącik z telewizorem, fotelami i półkami pełnymi książek oraz kuchenną wnękę ze sporym piecykiem i lodówką. Środkową część pomieszczenia zajmował jacht, który bez trudu rozpoznała.

– „Miss Emily" nadal świetnie wygląda – zauważyła.

Grainger przytaknął.

– Claridge pływa nią tylko dwa razy w sezonie, ale zależy mu, żeby była w dobrej formie – zdjął czysty kubek z suszarki. – Jak czują się twoi rodzice?

– Są coraz starsi... Właśnie dlatego przyjechałam do Hawke's Cove, żeby przygotować dom do sprzedaży... – Nagle łzy zakręciły jej się w oczach i ostatnie dwa słowa przytłumił szloch. – Och, strasznie cię przepraszam... Sama nie wiem, dlaczego tak się tym przejmuję...

Kiedy próbowała się opanować, Grainger stał za kuchennym blatem z wiśniowego drzewa. Nie wykonał żadnego gestu, aby ją pocieszyć, zupełnie jakby obserwował wypadek, którego nie sposób uniknąć.

Kiley przestała płakać równie niespodziewanie, jak zaczęła. Wsunęła dłonie do kieszeni szortów, szukając chusteczki do nosa, a wtedy Grainger, uwolniony ze stanu dziwnego otępienia, podał jej pudełko kleenexów.

– Do tej pory rozkleiłam się tu tylko raz, pierwszego dnia po przyjeździe... – Kiley otarła chusteczką oczy. – Naprawdę nieźle sobie z tym wszystkim radziłam, ale teraz...

Doskonale wiedziała, że myśl o sprzedaży domu już dawno przestała budzić w niej głęboki smutek – powodem jej łez była bliskość Graingera.

– Tylko ktoś zupełnie pozbawiony serca nie przejąłby się tą stratą. – Grainger postawił pudełko z chusteczkami na blacie. – Toby mówił mi, że go zwolniłaś...

Kiley przygryzła dolną wargę, trochę zawstydzona, a trochę rozbawiona.

– Próbowałam, ale moja matka nie chce słyszeć o zmianie agencji na tym etapie. Wściekłam się, kiedy zaczął coś gadać o wyburzeniu domu...

– Toby jest w porządku, tylko czasami robi z siebie dupka. – Grainger uśmiechnął się. – Nikt nie zburzy twojego domu, możesz być pewna.

Kiley podeszła do jachtu i przesunęła dłonią po jego gładkim, świeżo pomalowanym kadłubie.

– Kiedy wróciłeś do Hawke's Cove?

– Mniej więcej cztery lata temu.

– Stosunkowo niedawno...

– Tak, według tutejszych standardów zupełnie niedawno. Miałem trochę pieniędzy, więc zainwestowałem w to miejsce i teraz zarabiam na tym, co naprawdę lubię robić. Nie mogę narzekać.

– Bardzo jankeskie stwierdzenie...

– Bo jestem Jankesem.

– Dlaczego wróciłeś? – Mało brakowało, a Kiley nie ośmieliłaby się zadać tego pytania z obawy, że zakłóci delikatną równowagę między nimi. – Pamiętam, że chciałeś wyjechać stąd i już nie wracać...

– Miałem dosyć podróży, a poza tym doszedłem do wniosku, że mimo wszystko Hawke's Cove jest moim domem. Mniej więcej w tym samym okresie umarł mój ojciec, więc uwolniłem się przynajmniej od jednego z prześladujących mnie demonów.

Stanął obok niej i przez chwilę wydawało jej się nawet, że chce położyć rękę na jej ramieniu, ale jednak nie zrobił tego.

– A ty? – zapytał. – Dlaczego wróciłaś dopiero teraz, kiedy jest już prawie za późno?

– Zabrakło mi odwagi. Sądziłam, że dopóki będę trzymała się z daleka, zachowam szczęśliwe wspomnienia.

– Wszyscy mamy jakieś złudzenia... Nie, „złudzenia" to zbyt surowe określenie – wszyscy wyrabiamy w sobie mechanizmy, dzięki którym przystosowujemy się do nowych warunków. – Grainger napełnił kubki kawą i usiadł obok Kiley na jednym z dwóch taboretów przy krótkiej ladzie.

Zachowywali się prawie normalnie, jakby naprawdę mogli prowadzić spokojną rozmowę o teraźniejszości, oczywiście pod warunkiem, że obezwładniająca prawda o ich przeszłości pozostanie w ukryciu, przynajmniej na pewien czas.

– Toby mówił mi, że twoi rodzice sprzedają dom, aby opłacić czesne Willa.

– Niezły plotkarz z tego Toby'ego...

– Nie ma pojęcia, że cię znam. Wydaje mu się, że nadal mieszka w dużym mieście, gdzie nawet najbliżsi sąsiedzi nic o sobie nie wiedzą.

– Czyli jest pasożytem, który próbuje dorobić się na handlu nieruchomościami, tak?

Grainger parsknął śmiechem i pokiwał głową.

– To doskonała charakterystyka Toby'ego, chociaż na jego obronę trzeba powiedzieć, że stara się przysłużyć lokalnej społeczności. Zawsze chętnie przyjmuje rolę clowna w czasie dorocznego święta Hawke's Cove.

– Pasuje to do niego. – Kiley wsypała łyżeczkę cukru do zbyt długo parzonej kawy.

Pomyślała, że ta rozmowa swoim rytmem i tonem bardzo przypomina jej inne rozmowy, które w przeszłości toczyła z Graingerem. Podobało jej się to.

– Opowiedz mi o Willu.

Uczucie zadowolenia i bezpieczeństwa zniknęło w jednej chwili.

– We wrześniu wyjeżdża do Cornell. Ukończył szkołę średnią z szóstą lokatą w swojej klasie, był kapitanem szkolnej drużyny baseballowej, która grała w meczach o mistrzostwo stanu. Pracuje w barze z hamburgerami i zaoszczędził dość pieniędzy, aby w przyszłym roku kupić sobie samochód...

– Nie o takie informacje mi chodzi. Chcę wiedzieć, dlaczego nigdy nie powiedziałaś mu o mnie. Ani o Macku.

– Bo nie miałam pojęcia, jak to zrobić... – Łzy, które teraz popłynęły po jej policzkach były dziwnie spokojne. – Will jest chłopcem, który zawsze miał typowe dla swojej płci zainteresowania, ładował się w dość typowe tarapaty, toczył bójki i zostawiał brudne naczynia pod czystymi ubraniami w swoim pokoju... Uwielbia baseball i inne sporty, podobnie jak ty i Mack. I podobnie jak ty i Mack, ma dobre serce i jest bystry. Stara się mną opiekować, także jak wy. Kocha mnie i jest dobrym synem...

– A dlaczego nie powiedziałaś mi o nim?

– Myślałam, że jeśli zachowam go tylko dla siebie, zawsze będzie należał do nas trojga... – szepnęła.

O pewnych rzeczach nadal nie była w stanie mówić. Co prawda gniew, którym Grainger wybuchł tamtej nocy był dla niej bardzo bolesny, ale miała nadzieję, że z czasem uda im się mimo wszystko zapomnieć o błędach – jej błędach – i odbudować przyjaźń. Jednak śmierć Macka sprawiła, że przyjaźni nie dało się naprawić. Jak mogła liczyć na wybaczenie Graingera? Tamtej nocy wypadli ze swojej wspólnej orbity, wyrzuceni w mroczną przestrzeń siłą swojej pomyłki.

W połowie października tamtego roku Kiley zdała sobie sprawę, że nosi w sobie dziecko, którego ojcem mógł być albo Mack, albo Grainger. Gdyby Mack przeżył, a Grainger wrócił do Hawke's Cove, nadal musiałaby wybierać między nimi i nadal nie mogłaby mieć ich obu. Ale miała Willa...

– Po prostu nie umiałam ci powiedzieć. Nie zapominaj, że kiedy to wszystko się wydarzyło, byliśmy dzieciakami, mieliśmy mniej więcej tyle lat, ile on teraz. Rozegrałam to najlepiej, jak potrafiłam...

– Nie zasłużyłem na to, żeby wiedzieć?

– Pamiętasz ostatnie słowa, jakie powiedziałeś mi tamtego dnia? Jak mogłam sądzić, że kiedyś jeszcze będziesz chciał mieć ze mną cokolwiek wspólnego?

Grainger utkwił wzrok w swoim kubku.

– Masz rację, byliśmy dziećmi i nie wiedzieliśmy, jak radzić sobie w trudnych sytuacjach... Ale teraz nie jesteśmy już dziećmi, i to od dawna... Byłoby lepiej, gdybyś jednak mi powiedziała...

Kiley wstała. Nie mogła siedzieć nieruchomo, rozmowa stawała się zbyt bolesna. Ruszyła w kierunku drzwi, lecz zaraz przystanęła, przypomniawszy sobie, po co właściwie tu przyszła.

– Rozmawiałeś dziś rano z Willem? – zawróciła i zatrzymała się obok Graingera.

– Tak.

Ich oczy znajdowały się na tym samym poziomie, ponieważ Grainger nie podniósł się z miejsca.

– Chcesz powtórzyć mi, co mu powiedziałeś?

– Powiedziałem mu, że źle się zachowałem i że Mack zginął z tego powodu.

Kiley lekko dotknęła jego ramienia.

– Mack zginął przeze mnie, nie przez ciebie... – wyszeptała.

– To bez znaczenia, zginął przez nas oboje.

Jego głos brzmiał twardo, ale nie strząsnął jej dłoni z ramienia i pozwolił, aby musnęła jego policzek. Otworzył ramiona i delikatnie przytulił ją do siebie. Oparł brodę o czubek jej głowy i zakołysał nią lekko, jakby byli na pokładzie łodzi.

– Szkoda, że nie powiedziałaś mi o Willu.

– Mam tyle wyrzutów sumienia, że nawet nie wiem, od czego zacząć przeprosiny...

– Żałujesz, że go urodziłaś?

– Och, nie! Tego nigdy nie żałowałam!

Obejmował ją ostrożnie, jakby mocniejszy uścisk groził im obojgu poważnym niebezpieczeństwem. Kiley cofnęła się, uwolniła z jego ramion.

– Powinnam już iść...

– Przekaż ojcu, że popłynę z nim na „Random". – Grainger

opuścił ramiona. – Pod koniec tego miesiąca powinienem spuścić jacht na wodę, jeżeli Will mi trochę pomoże. A może wpadlibyście tu dziś po południu? Razem zrobilibyśmy przegląd i ustalilibyśmy, czym trzeba się zająć...

Kiley potrząsnęła głową.

– Nie mogę.

Położył dłoń na klamce i oparł się o drzwi.

– Rozumiem...

– Nie, to nie to, co myślisz... Umówiłam się na kolację z Conorem MacKenzie. – Kiley natychmiast uświadomiła sobie, że powiedziała to w niewłaściwy sposób, ale teraz nie mogła już nic zmienić. Grainger przytrzymał drzwi i Kiley wyszła prosto w słońce, mrużąc oczy przed ostrym światłem. – To nic ważnego, mogę odwołać... – dorzuciła niezgrabnie.

– Nie, nie rób tego. Ten przegląd to i tak nie najlepszy pomysł.

Ulotny spokój i ukojenie, którymi jeszcze przed chwilą się cieszyła, rozwiały się jak dym, a ich miejsce zajęło nowe napięcie.

Wszystko wskazywało na to, że nie mają już sobie dużo do powiedzenia. Stali po dwóch stronach drewnianego ogrodzenia, rozdzieleni nim w nieodwołalny sposób. Kiley doskonale wiedziała, że to ona wzniosła tę barierę, wspominając o Conorze MacKenzie.

– Do widzenia...

– Do widzenia, Kiley.

Spojrzała na siedzącego u jego stóp psa i ruszyła w dół podjazdu.

– Kiley?

– Tak? – odwróciła się szybko, czując, jak jej serce ściska się mimowolnie na dźwięk jego głosu.

– Powiedz Willowi, żeby przyjechał jutro, jeżeli chce pomóc.

Nie czekając na odpowiedź, Grainger odwrócił się i zamknął za sobą drzwi.

* * *

Kiedy Kiley wróciła do domu, Will siedział na tarasie. Przygotował kanapki i mrożoną herbatę. Kiley nie zdawała sobie nawet sprawy, że wstrzymuje oddech, dopóki nie znalazła się na schodach. Jak przywita ją Will? Postanowiła, że na razie nie powie mu o swoim spotkaniu z Graingerem, chciała najpierw poznać jego reakcję na opowiedzianą przez Graingera historię. Nie miała pojęcia, czy syn zasłoni się typową dla młodych ludzi maską obojętności i znudzenia, czy może się otworzy.

Will siedział w fotelu na biegunach, z nogami opartymi o barierkę tarasu i do połowy zjedzoną kanapką z szynką i żółtym serem w ręce.

– Gdzie byłaś?

– Na spacerze. – Kiley usiadła i sięgnęła po kanapkę. – Jak było?

Will opuścił wielkie stopy na deski tarasu i wyciągnął do niej rękę. Kiley podała mu swoją, jak zawsze zdumiona, że jej syn ma już takie duże, męskie dłonie. Wyczuła szorstką skórę i odcisk w miejscu, gdzie przez cały ranek przesuwały się liny. Wsłuchana w rytm swojego oddechu, z niepokojem czekała na jego odpowiedź.

– Było w porządku. – Will ugryzł kanapkę i zaczął ją powoli przeżuwać, jakby nagle stracił apetyt. – Grainger pokazał mi wiele nowych rzeczy. Mówi, że będę niezłym żeglarzem.

– Co jeszcze ci powiedział? – zapytała.

Czy Will celowo trzymał ją w napięciu? Lekko ścisnął jej palce i puścił je.

– Wystarczająco dużo, przynajmniej na razie...

Najwyraźniej potrzebował czasu, aby przetrawić historię, którą tak długo przed nim ukrywała. Powinna pozwolić mu samodzielnie przemyśleć wszystko i zdecydować, co z tym zrobić. A tymczasem... Cóż, tymczasem powinna się cieszyć, że jest obok niej, pochłania jedną kanapkę za drugą i uśmiecha się. To musi jej wystarczyć.

– Nie sprawiło ci to przykrości? – po chwili milczenia pozwoliła sobie na to jedno, jedyne pytanie.

– Nie, raczej nie. To bardzo romantyczna historia, no i oczywiście mogła zakończyć się znacznie gorzej. Nie chcę powiedzieć, że strata Macka nie była tragedią, bo nie ulega wątpliwości, że jego śmierć nieodwracalnie odmieniła wasze życie, ale... – Will odłożył skórkę chleba na talerzyk i sięgnął po następną kanapkę. Nie ugryzł jej, lecz trzymał w ręku i przyglądał jej się uważnie. – Dość długo niepokoiłem się, że może urodziłem się w rezultacie gwałtu, że tylko wymyśliłaś tę bajeczkę o wielkiej miłości swojego życia... Na szczęście nie miałem racji. Jestem owocem *dwóch* wielkich miłości twojego życia... Czy to źle?

Kiley nie próbowała otrzeć łez, które spływały jej po policzkach. Czy to źle? Nie potrafiła odpowiedzieć na to pytanie. Przyszło jej do głowy, że w ciągu tego tygodnia płakała w obecności syna znacznie częściej niż kiedykolwiek przedtem.

Will skończył drugą kanapkę i dopił szklankę herbaty.

– Muszę lecieć...

– Dokąd?

Kiley ze zdumieniem zobaczyła, jak na ogorzałe policzki jej syna wypełza jeszcze ciemniejszy rumieniec.

– Jadę po dziewczynę, z którą wybieram się na plażę.

– Po dziewczynę? Masz na myśli jakąś konkretną dziewczynę, czy zamierzasz dopiero jakiejś poszukać? – zażartowała Kiley.

– Konkretną dziewczynę. Poznaliśmy się na pikniku, a następnego dnia wpadłem na nią w kawiarni Starbucks. Nazywa się Catherine Ames i mieszka przy Bailey's Farm Road. – Will stał nad nią, trochę z boku, w miejscu, z którego on dokładnie widział jej twarz, ale ona nie widziała jego. – Chce zabrać mnie na Bailey's Beach.

– Och, rozumiem...

Bailey's Beach...

– Mogę wziąć samochód, prawda?

– Jasne... – Kiley zajęła się układaniem niezjedzonych kanapek na talerzu. – Tylko wróć przed piątą, bo później samochód będzie mi potrzebny...

– Gdzie jedziesz?

– Umówiłam się z doktorem MacKenzie w Great Harbor, w sprawie pracy.

Will przystanął w progu.

– Pracy tutaj? – zapytał.

– Nie, nie... Doktor obiecał tylko, że popyta wśród swoich znajomych, oczywiście nie stąd.

Will wpadł do domu i zatrzasnął za sobą drzwi z metalowej siatki. Po paru minutach zbiegł na dół, wpychając do plecaka plażowy koc i dwa ręczniki.

– Hej, powiedz mi coś...

– Co takiego? – Kiley lekko uniosła brwi.

– Dlaczego nie chcesz spotkać się z Graingerem?

Końcem palca przesunęła na bok największą kanapkę.

– Spotkałam się z nim.

– To dobrze. O czym rozmawialiście?

– Nie twoja sprawa!

– O mnie?

– Trochę... Grainger chce, żebyś pomógł mu przygotować jacht dziadka do rejsu.

– Świetnie!

– A teraz może wreszcie powiedziałbyś mi, co dzieje się między tobą i Lori... – Kiley od wielu dni miała ochotę zadać Willowi to pytanie.

Było dla niej oczywiste, że coś jest nie w porządku, bo Will od przyjazdu do Hawke's Cove ani razu nie dzwonił do Lori, a kilka listów od niej leżało na jego biurku, nieotwartych. Dobrze, że wreszcie dał jej pretekst do rozpoczęcia rozmowy na ten temat.

Will zarzucił sobie plecak na jedno ramię i zszedł po schodkach tarasu.

– Zerwaliśmy ze sobą.

– Dlaczego?

– Ona tak chciała.

– Głupia Lori... – mruknęła Kiley.

– Nie, miała rację. Powinniśmy dać sobie czas na odpoczynek, spotykać się z innymi ludźmi... Jeżeli się nie pospieszę, spóźnię się, mamo.

– Will! – zawołała, kiedy był już przy samochodzie.

– Wiem, mam wrócić przed piątą...

– Nie, nie o to mi chodzi... Nie chciałabym, żebyś... – przerwała, czekając, aż Will skupi na niej uwagę. – Nie chciałabym, żebyś robił sobie jakieś nadzieje na temat Graingera i mnie, że się pogodzimy, czy coś takiego... To już przeszłość.

Will podniósł podbródek w sposób, w jaki zwykle reagował na coś, czego nie chciał słuchać.

– Jak sobie chcesz... – rzucił. – Ale to także i moje życie.

– Nie, nieprawda. W gruncie rzeczy nie ma to z tobą nic wspólnego. Ty musisz tylko zdecydować, czy jutro chcesz pracować z Graingerem, czy nie.

Rozdział dwudziesty trzeci

Miał wrażenie, że zna Catherine Ames od wielu, wielu lat. Czuł się przy niej zupełnie swobodnie. Bawili się w wodzie jak małe dzieci, chlapiąc się i stając na rękach. Potem trochę popływali i wyciągnęli się na rozłożonym przez Willa kocu, prawie zapadając w drzemkę w ciepłym słońcu lipcowego popołudnia. Nawet milczenie wydawało się całkowicie naturalne. Will leżał obok Catherine i patrzył na łagodne zakrzywienie jej długiej szyi pod krótko ostrzyżonymi włosami, w tym delikatnym miejscu, gdzie kark łączy się z barkiem. Miał ochotę pieszczotliwie przesunąć palcem po jej mostku. Catherine uniosła głowę i spojrzała na niego, jakby dopiero teraz zdała sobie sprawę z jego obecności. Uśmiechnęła się.

– Więc jak długo tu zostaniesz, studenciku? – zagadnęła.

Will oparł głowę na dłoni.

– Zdecydowanie za krótko – odparł. – Wyjeżdżamy pod koniec miesiąca, chyba że mama nagle zmieni zdanie...

– I później jedziesz do Cornell, tak?

– Tak, w pierwszy weekend września. A ty?

Rzuciła mu nieco tajemniczy, pełen spokojnego zadowolenia uśmiech.

– Zaczynam studia w Ithaca College.

Will parsknął zaskoczonym śmieszkiem.

– Nie żartuj!

Roześmiała się razem z nim.

– Nie żartuję, będziemy sąsiadami. – Podała mu tubkę kremu z filtrem przeciwsłonecznym. – Czy twoja mama opowiadała ci kiedyś o człowieku, który nazywał się Joe Green?

– Nie. Mama nigdy nie opowiadała mi o niczym, co mogło mieć związek z Hawke's Cove... – Will miał nadzieję, że w jego głosie nie brzmi nuta dziecinnego rozczarowania.

Tak czy inaczej, powiedział prawdę. Jeszcze parę dni wcześniej nie wiedział zupełnie nic o Hawke's Cove. Delikatnie rozsmarował krem między łopatkami Catherine.

– W czasie wojny myśliwiec, który pilotował Joe Green, rozbił się w zatoce. Joe dopłynął do Bailey's Beach. Praktycznie rzecz biorąc, był dezerterem. Kobieta, która była właścicielką Bailey's Farm, przyjęła go do domu. Zakochali się w sobie, ale pod koniec wojny, kiedy dowiedziała się, że jej mąż przeżył, wróciła do miasta. Joe Green został tutaj i nigdy nie opuścił Hawke's Cove. Trzymał w sekrecie swoją przeszłość i tamten romans, aż w końcu, w latach dziewięćdziesiątych, córka tej kobiety i syn Joe'ego odkryli tajemnicę... Nie do wiary, prawda? Ci młodzi ludzie zakochali się i pobrali, i do dziś spędzają letnie wakacje na farmie. Charlie i Maggie Worth... Znam ich, jeszcze niedawno opiekowałam się ich dziećmi. Poznałam nawet tych romantycznych kochanków, Joe i Vangie. Są już strasznie starzy, ale nadal trzymają się za ręce. Nie zapomnieli o sobie, chociaż ponownie spotkali się dopiero po wielu latach...

Will zakręcił tubkę z kremem i oddał ją Catherine.

– Charlie Worth grał w meczu na pikniku z okazji 4 lipca – zauważył. – Całkiem nieźle sobie radził jak na takiego staruszka.

Catherine przewróciła oczami i żartobliwie uderzyła Willa po ręce.

– Nie o to chodzi! – oburzyła się. – Nie uważasz, że to wyjątkowo romantyczne, kiedy dwoje ludzi dochowuje sobie wierności przez pięćdziesiąt lat?

Will otoczył kolana długimi ramionami i zapatrzył się w lekko pomarszczoną powierzchnię wody.

– Sądzisz, że to naprawdę możliwe? – zapytał. – Nie wydaje ci się, że w miarę upływu czasu zapominamy o ludziach, którym przyrzekaliśmy miłość i po prostu żyjemy dalej?

Catherine podsunęła mu paczkę serowych krakersów.

– Myślę, że jeżeli ktoś jest ci przeznaczony, upływ czasu nie ma najmniejszego znaczenia – powiedziała.

– Skąd można wiedzieć, czy ktoś jest ci przeznaczony?

Dziewczyna wyłowiła butelkę gazowanego soku z podręcznej chłodziarki.

– Nie mówię, że wygląda to tak jak w filmach, że od pierwszej chwili wiesz, kto jest twoją drugą połówką, ale jestem pewna, że można to poznać.

Will otworzył butelkę i pociągnął długi łyk zimnego napoju.

– Dopiero teraz zaczynam dowiadywać się pewnych rzeczy o mojej matce – mruknął.

– Jakich rzeczy?

– Wychowałem się bez ojca, a teraz okazuje się, że być może mam ich dwóch.

– Jak dwie mamy, jedną prawdziwą, drugą macochę, tę, która wyszła za ojca po rozwodzie rodziców? – Catherine uniosła brwi.

– Nie, trochę inaczej. Prawie całe życie nie przywiązywałem najmniejszej wagi do tego, że nie mam ojca. W naszym mieście wielu rodziców samotnie wychowuje dzieci. Cholera, w piątej klasie połowa moich koleżanek i kolegów miała tylko matki, matki i ojczymów lub ojców i macochy...

– Więc na czym polega problem?

– Trudno to wyjaśnić...

– Nie musisz mi nic mówić, ale podobno potrafię słuchać.

Siedzieli w pewnej odległości od siebie, jak przystało ludziom, którzy dopiero co się poznali. W bezpiecznej odległości, takiej, którą można swobodnie pokonać lub zachować.

– Niewykluczone, że gdzieś tutaj zostałem poczęty, właśnie na tej plaży.

– Skąd wiesz?

– Chyba lepiej, żebym ci o tym nie mówił...

– Spróbuj! – Catherine, którą Will poznał zaledwie trzy dni wcześniej, wyciągnęła rękę i splotła swoje palce z jego palcami. – Jestem pewna, że poczujesz się lepiej.

To właśnie ten drobny gest pomógł Willowi pokonać wszelkie opory i sprawił, że słowa popłynęły z jego ust, najpierw powoli, potem coraz szybciej, zupełnie jakby jeszcze nieuporządkowane myśli nagle ułożyły się same i same znalazły odbicie w najbardziej właściwych słowach. Powiedział wszystko tej dziewczynie, która łagodnie obejmowała jego palce swoimi. Powiedział jej, jak zawsze zastanawiał się, kto jest jego ojcem i dlaczego przyjechał z matką do Hawke's Cove, o swoim konflikcie z prawem i zerwaniu z Lori, która teraz wydawała mu się taka odległa i mało ważna. Will niespodziewanie uświadomił sobie, że rana, którą decyzja Lori zadała jego dumie, zasklepiła się i znikła bez śladu. Tyle różnych przeżyć stało się tylko wspomnieniami. Wspomnienia... Matka chciała, żeby cała ta historia była po prostu jeszcze jednym wspomnieniem, nie życzyła sobie, aby on szukał trudnej prawdy o swoim ojcu...

– Więc teraz matka wcale nie chce spotykać się z Graingerem – zakończył. – Wyobrażasz sobie taki brak konsekwencji? Przespała się z nim i z Mackiem, Mack zginął, ale ja żyję i tylko... – Will przerwał.

Zaschło mu w ustach, a sok już się skończył. Pomyślał, że pewnie zanudził Catherine na śmierć swoim opowiadaniem, lecz nagle poczuł, jak jej palce lekko ściskają jego dłoń. Wskazującym palcem drugiej ręki kreślił równe koła na piasku.

– Wydaje mi się, że powinieneś porozmawiać z Graingerem o przeprowadzeniu badania DNA – odezwała się Catherine. – Na pewno zrozumie cię i nie będzie miał nic przeciwko temu...

– Nie chodzi mi tylko o to. Nie mam zielonego pojęcia, dlaczego mama i on są na siebie tacy wściekli. Nie rozwiedli się przecież ani nic w tym rodzaju, a zachowują się jak zaprzysięgli wrogowie... Zupełnie jak... Sam nie wiem, nie mam przecież za sobą takich doświadczeń...

– Jak dwoje dumnych, upartych Jankesów – uśmiechnęła się lekko.

– Tak, nie ulega wątpliwości, że są potwornie uparci.

– Więc podejdź ich jakoś!

– Matka już mnie uprzedziła, że to nie żaden – cytuję – pieprzony film ani romantyczna powieść. Nigdy dotąd nie używała takich słów w mojej obecności, więc nie bardzo uśmiecha mi się wymyślanie zabawnych sztuczek, dzięki którym musieliby się znaleźć w tym samym pokoju, tylko we dwoje.

– No, skoro sytuacja jest aż tak poważna... W takim razie spróbuj wymyślić parę mniej zabawnych i zupełnie nieinfantylnych sztuczek.

– Na przykład?

– Hmmm... Byłoby nieźle, gdybyś zapadł na jakąś prawie śmiertelną chorobę. Wtedy mieliby szansę pogodzić się przy twoim łóżku...

Will poczuł, jak w jego gardle wzbiera chichot. Coś takiego nie zdarzyło mu się od rozstania z Lori... Kiedy Catherine parsknęła śmiechem, przyłączył się do niej i śmiał się tak długo, aż brzuch zaczął go przyjemnie boleć.

– Na pewno zebraliby się przy mnie wszyscy troje – mama, Grainger i ten lekarz, który być może jest moim stryjem... – wykrztusił wreszcie. – Co za błyskotliwy pomysł... Już czuję, że dostaję gorączki...

Nagle Catherine pocałowała go. Był to pełen czułości, łagodny, przyjacielski pocałunek. Will ujął jej twarz w dłonie, czując słodki aromat soku, który przed chwilą wypiła, i musnął jej usta wargami.

– Dzięki Bogu, że tu jesteś... – powiedział cicho. – Gdyby nie to, chyba zacząłbym walić głową w mur...

– Mówiłam ci, że potrafię słuchać.

– To coś więcej, możesz mi wierzyć...

Gdy znowu zbliżył wargi do warg Catherine, z jakiegoś powodu nagle przypomniał sobie nazwę żaglówki Macka, Kiley i Graingera. „Blithe Spirit", „Duch Szczęścia"... Te dwa słowa składały się na idealny opis Catherine. Dokładnie w ten sam sposób myśleli o Kiley Grainger i Mack... Nic dziwnego, że nie zdołali oprzeć się pokusie i zakochali się w niej jak szaleni... Will delikatnie odsunął się od dziewczyny. Nie chciał, żeby historia powtórzyła się, i to w dodatku na tej plaży.

– Muszę być w domu za... – zerknął na zegarek. – Za minutę.

– Uuups...

– Masz ochotę wpaść do mnie wieczorem?

– Jasne.

– Mama wychodzi. – Will podniósł się i pomógł wstać Catherine. – Umówiła się z bratem Macka.

– Och, z przystojnym doktorem MacKenzie?

– Tak. Podobno chce z nim porozmawiać o pracy.

– Moja ciotka kocha się w nim bez pamięci. – Zaśmiała się

Catherine, upychając ręcznik w torbie. – Ciągle wynajduje jakieś powody, żeby ją zbadał. Wystarczy czkawka albo kolka i już pędzi do gabinetu doktora Conora z nadzieją, że facet w końcu zdecyduje się na coś więcej niż tylko wypisywanie recept...

– Więc doktor Conor jest wolny?

– Tak mi się wydaje.

– Wspaniale... – Will zarzucił sobie plecak na ramię. – Po prostu wspaniale, nie ma co gadać...

– Will?

Odwrócił się i spojrzał na Catherine.

– Obstawiasz faworyta? – zapytała z uśmiechem.

– O co ci chodzi?

– Chcesz, żeby twoja mama była z Graingerem Eganem, tak?

– Mam gdzieś, z kim matka umawia się na randki! Nie ma to dla mnie najmniejszego znaczenia!

Will zmarszczył brwi i ruszył ścieżką do samochodu.

Rozdział dwudziesty czwarty

Grainger nie mógł znieść pogaduszek o niczym w lokalnym radiu, wsunął więc taśmę z nagraniami Muddy Watersa do magnetofonu i podkręcił dźwięk. Nostalgiczne dźwięki bluesa były w tej chwili tym, czego potrzebował. Poczucie fizycznej bliskości Kiley było dla niego czymś w rodzaju obcowania z żywym duchem. Kobieta, która po tylu latach nieobecności przyjechała do Hawke's Cove, miała głos Kiley i wyglądała jak ona, była jednak pozbawiona kłów i pazurów, które Grainger przyprawił jej w wyobraźni. Dziewczyna, której przypisywał aroganckie lekceważenie uczuć innych, ta, która łamała serca, deptała przyjaźń i zdradzała, nigdy tak naprawdę nie istniała i Grainger doskonale o tym wiedział. Kiley była po prostu dobrą matką, córką i przyjaciółką, kimś, kto zbyt mocno uwikłał się w więzy przeszłości, podobnie jak on sam. Teraz nadszedł czas, żeby wreszcie przyjąć to do wiadomości i pogodzić się z rzeczywistością. Grainger sam odrzucił ten aspekt przeszłości, który mógł nadać wagę jego pustej egzystencji, Willa, lecz teraz zyskał świadomość, że Kiley nie próbuje odsunąć go od chłopca.

Tego ranka byli już tak bliscy pojednania... Grainger nadal czuł niewielki ciężar jej ciała w swoich ramionach i pośpieszne bicie swego serca na samą myśl, że może jednak uda im się załatać potężne rozdarcie w tkaninie ich przyjaźni. Jeszcze mocniej podkręcił dźwięk, starając się zagłuszyć głos, który słyszał w głowie, głosem z taśmy. Był głupcem, i tyle. Kiley jednym zdaniem przypomniała mu, że zawsze zajmował drugie miejsce. Pewnie myślała, że skoro wybaczył jej zatajenie istnienia Willa, zapomni także i o tym, że wcale nie był dla niej tym pierwszym.

Przejechał obok sklepu z artykułami przemysłowymi, chociaż powinien uzupełnić zapas papieru ściernego, i skręcił na drogę wiodącą w górę wzgórza, za miasto. Jednym z plusów, a może minusów pracy Graingera było to, że miał za dużo czasu na myślenie – większość wykonywanych przez niego czynności wymagała tylko czegoś w rodzaju pamięci fizycznej, ukrytej w mięśniach, co pozwalało na swobodne błądzenie myślami w przeszłości. Nie był teraz w nastroju, aby zająć się kupowaniem potrzebnych w pracy rzeczy, a blues stanowił doskonałe tło dla przywoływanych przez jego pamięć obrazów.

Pod wpływem impulsu zwolnił i przejechał przez bramę starego cmentarza na szczycie wzgórza, obok zbudowanego z dużej kwadratowej cegły kościoła episkopalnego. Było to ładne, pełne uroku miejsce. Najstarsze groby wydawały się przypadkowo rozmieszczone wokół drzew, na łagodnych pagórkach. Wiosną otoczony kwitnącymi czereśniami, jabłoniami i gruszami cmentarz sprawiał wrażenie sadu. Grainger wysiadł z furgonetki, zostawiając w kabinie niezadowolonego Pilota. Nie wiedział, dokąd idzie, czuł tylko, że cisza i spokój cmentarza wołają go, ponaglają, aby właśnie tu szukał ukojenia i pociechy. Cicha kraina zmarłych... Morska bryza lekko poruszała małymi flagami, które członkowie Związku Weteranów umieścili na grobach poległych za ojczyznę z okazji Dnia Niepodległości. Być może któregoś dnia przyozdobią taką flagą i jego grób, chociaż spędził w wojsku tylko dwa marne lata i nie brał udziału w żadnych walkach...

Grainger powoli szedł dalej. Zastanawiał się, czy nie wstąpić do kościoła i nie sprawdzić, czy mała nawa pomieści potężne i niewygodne uczucia, wypełniające przestrzeń dookoła jego serca.

Po wyjeździe jego matki rodzice Macka zabrali go ze sobą do tego właśnie kościoła. Stary pastor próbował go pocieszyć i zapisał do szkółki niedzielnej. Pewnie myślał, że chłopiec znajdzie ukojenie w takich historiach, jak ta o Józefie i jego wielobarwnej szacie, historiach, które jeszcze bardziej utwierdziły Graingera w przekonaniu, że nawet najbliżsi mogą okazać się zdrajcami.

Idąc przed siebie, mijał groby dobrze znanych sobie ludzi – nauczycielki, która umarła na raka, Howiego Randalla, kierownika drogerii, zmarłego na zawał, i kilku mieszkańców Hawke's Cove, którzy oddali życie morzu. Dla człowieka, który żył z morza i na morzu, od najwcześniejszych lat z trzech stron otoczony falami, śmierć w ramionach potężnego żywiołu była czymś jak najbardziej naturalnym. Zanim Grainger dobiegł dwudziestki, potrafił wymienić co najmniej kilku ludzi, którzy zginęli na morzu. Wszystko to były wypadki. Niespodziewanie silna fala, która zmiotła kogoś z pokładu, błąd w ocenie podwodnego prądu, wywrócona do góry dnem łódź... Niektórzy ginęli tak jak ojciec Graingera, który po pijanemu zaplątał się w rybacką sieć, lub jak Mack, który po prostu wypadł za burtę.

Tamtej nocy Grainger wyjechał z Hawke's Cove, a rano rybacy znaleźli „Blithe Spirit" między skałami w pobliżu Bailey's Beach. Morze często zatrzymuje swoją zdobycz, więc w końcu poszukiwania Macka odwołano, a nad pustym miejscem w rodzinnym grobie umieszczono kamień z krótkim napisem. Państwo MacKenzie nie chcieli zgodzić się na symboliczny pogrzeb.

Przez cały okres od dnia powrotu do Hawke's Cove Grainger ani razu nie odwiedził cmentarza. W kolejne rocznice śmierci Macka zawsze planował, że złoży kwiaty na jego grobie, ale jakoś nigdy tego nie zrobił.

Tamtej nocy nie zdawał sobie sprawy, że Mack znajduje się w niebezpieczeństwie. Złapał okazję do Great Harbor i jadąc patrzył w okno, za którym szalała wichura i deszcz, idealne odbicie jego własnego czarnego nastroju. Nie czuł nic poza gniewem i trudnym do ogarnięcia bólem, który zadali mu najbliżsi.

Dzięcioł ostro zastukał dziobem w pień usychającego drzewa, przywołując go do rzeczywistości. Grainger przystanął nagle na swojej drodze do Damaszku, porażony świadomością, która dotknęła go już wiele lat temu, gdy przez moment stał na samym szczycie głównego masztu szkunera tuż przed skokiem w ciemne fale. Wreszcie zrozumiał, że tak naprawdę wcale nie szukał tylko przebaczenia między Kiley i samym sobą.

To on zdradził Macka, próbując odebrać mu Kiley, a potem uciekł, myśląc jedynie o swojej boleśnie zranionej dumie. Gdyby został, być może Mack w ogóle nie wypłynąłby na otwarte morze, ale nawet gdyby zginął, Grainger mógłby opłakiwać go razem z Kiley. Wiele lat temu skoczył z masztu, szukając oczyszczenia i teraz doświadczał czegoś podobnego – pragnął, aby Mack mu wybaczył, chociaż było to zwyczajnie niemożliwe.

I wreszcie zatrzymał się w miejscu, do którego dążył, nad grobem Macka. William „Mack" MacKenzie 1966–1984. Ukochany syn.

Ukochany syn. William.

Widok prawdziwego imienia Macka, wyrytego w miękkim białym marmurze, uświadomił Graingerowi, że to właśnie jego przyjaciel musiał być biologicznym ojcem Willa. Kiley wiedziała o tym, chociaż nie miał pojęcia, w jaki sposób zdobyła tę pewność. Grainger usiadł na ziemi, naprzeciwko wypolerowanego przez deszcz i wiatr kamienia, stojącego nad pustym grobem.

Will nie mógł wiedzieć, że otrzymał imię po Macku, bo inaczej nie pytałby, który z nich jest jego ojcem, a Kiley z jakiegoś powodu nie powiedziała mu prawdy. Może jej decyzja wynikała z pragnienia podtrzymania mitu o trójce przyjaciół, kto wie... Pozwoliła im obu wierzyć, że nie ma odpowiedzi na kluczowe pytanie, a biorąc pod uwagę zachowanie Graingera tamtej strasznej nocy, miała wszelkie prawo trzymać go z dala od Willa. I może nawet nadal by tak było, gdyby Will sam nie dowiedział się o istnieniu Graingera oraz roli, jaką odegrał w życiu jego matki.

Zadośćuczynienie... Czy w takiej sytuacji w ogóle było ono możliwe? Gdyby Mack przeżył, Grainger niewątpliwie starałby się naprawić szkodę, jakiej doznała ich przyjaźń, zresztą Mack także nie wahałby się prosić go o wybaczenie, ale los odebrał im tę szansę i Grainger wiedział, że nigdy nie dowie się, w jakich okolicznościach doszłoby do jego pogodzenia się z przyjacielem.

Miał tę pewność aż do tej chwili, bo teraz nagle zrozumiał, że powinien zrobić to, czego Mack oczekiwałby od niego. Postanowił zrobić dobrego żeglarza z Willa i dać mu „Blithe Spi-rit". Ta żaglówka była dziedzictwem Willa. Mack zginął na jej pokładzie, ale to nie nie znaczy, że przestał darzyć ją miłością. To nie łódź zabiła Macka, lecz Grainger, który go zdradził.

Grainger wstał i na moment oparł dłoń na chłodnym ka-mieniu.

– Nauczę twojego syna żeglować, Mack – powiedział.

Rozdział dwudziesty piąty

Will spóźnił się, jak zwykle, ale Kiley i tak miała jeszcze godzinę do spotkania z Conorem w Great Harbor.
– Zrobię ci hamburgera, jeżeli chcesz – zaproponowała.
Włosy Willa ociekały jeszcze wodą po prysznicu.
– Chętnie, ale cheeseburgera, dobra?
– Jasne. I chciałabym, żebyś przed wieczorem skosił trawę. Toby zapowiedział się na jutro z potencjalnym klientem.
– Zamierzałem wybrać się gdzieś z Catherine...
– Znowu?
Rzucił jej trochę krzywy uśmiech, którym zawsze udawało mu się ją zaczarować.
– Tak. Mogę zaprosić ją do nas na jutrzejszą kolację?
– Oczywiście... – Kiley otworzyła lodówkę i wetknęła głowę do środka, głównie po to, aby ukryć własny uśmiech. – Więc teraz masz dodatkowy powód, aby przystrzyc trawnik. Kosiarka jest w garażu.
Will próbował narzekać, ale bez przekonania, i po chwili wyszedł sprawdzić, czy kosiarka działa.

Kiley rozpoznała w restauracji „U Anthony'ego" bar „U Marge", do którego dość często zaglądała jako bardzo młoda dziewczyna. Nowy właściciel nadał lokalowi modny szlif i teraz elegancko ubrani kelnerzy podawali tu malutkie porcyjki na dużych białych talerzach, mniej więcej za tyle, ile dawniej płaciła za obfity posiłek cała rodzina.
Conor czekał już na Kiley i podniósł się z miejsca, kiedy szefowa sali podprowadziła ją do stolika w niszy przy oknie z widokiem na port, w którym cumowało sporo jachtów i wycieczkowych statków. Conor miał na sobie elegancki garnitur

i koszulę z krawatem, i Kiley z zażenowaniem pomyślała, że powinna wybrać bardziej szykowny strój niż czarne rybaczki i żółty bawełniany sweter.

– Przepraszam za spóźnienie...

– Nie masz za co przepraszać, to ja przyjechałem za wcześnie. – Conor przywołał kelnera. – Pozwoliłem sobie zamówić butelkę wina, mam nadzieję, że nie masz nic przeciwko temu...

– Skądże znowu...

Dopiero teraz zorientowała się, że mimo tego, co powiedziała Graingerowi, spotkanie z bratem Macka rzeczywiście okazało się randką. Conor zastawił na nią pułapkę. Kiley nie odrywała oczu od dłoni kelnera, który spokojnie celebrował rytuał z butelką. Dobrze chociaż, że nie było to bardzo drogie wino... Conor wypił odrobinę, uznał, że wino nadaje się do kolacji i kelner do połowy napełnił kieliszek Kiley przejrzystym płynem.

– Pytałem parę osób, jak wygląda sytuacja na rynku pracy...

– Och, nawet nie jestem jeszcze pewna, czy w ogóle chciałabym się przeprowadzić!

– Mam kontakty na terenie całej Nowej Anglii. – Conor podniósł kieliszek. – Wzniesiemy toast?

Z uśmiechem skinęła głową.

– Za ponowne spotkania – rzekł Conor.

– Może raczej za nową pracę?

– Najpierw nacieszmy się ponownym spotkaniem, a później porozmawiamy o sprawach zawodowych, dobrze? Na początek powiedz mi, co się z tobą działo przez te lata i dlaczego tak długo nie przyjeżdżałaś do Hawke's Cove...

Kiley postawiła kieliszek na białym lnianym obrusie, nie odrywając palców od wysokiej nóżki.

– Mam syna.

– Więc wyszłaś za mąż, tak?

– Nie, niezupełnie...

– Kiley, przecież dzisiaj to nic nadzwyczajnego! Chciałaś być samotną matką? Jesteś bardzo odważna.

Odważna... Nie, prawdziwą odwagą wykazałaby się wtedy, gdyby powiedziała temu prawie obcemu człowiekowi, że jej syn może być także synem jego brata.

– Odwaga to za duże słowo... – mruknęła.

– Jak ma na imię? Ile ma lat?

Proste, uprzejme, nieświadczące o szczególnym zainteresowaniu pytania.

– Nadałam mu imiona po moim ojcu – Merriwell William, ale mówimy do niego „Will".

– Rzeczywiście, z imieniem Merriwell mógłby mieć pewne problemy wśród rówieśników... – Conor otworzył menu.

– Właśnie... – Kiley pociągnęła łyk wina. – Ma osiemnaście lat.

– Szczerze polecam tutejszego łososia – powiedział Conor. – Nigdzie nie podają lepszego, słowo honoru.

Kiley o mało nie zakrztusiła się winem. Czy Conor bawił się z nią, czy świadomie przymykał oczy na fakty?

– Doskonale, niech będzie łosoś.

Do stolika znowu podszedł kelner i przyjął ich zamówienie, co dało Kiley szansę na odzyskanie równowagi. Conor patrzył przez okno na duży jacht, który właśnie wpływał do portu. Z profilu prawie w ogóle nie przypominał Macka. Kiley pomyślała, że wygląda i zachowuje się jak typowy lekarz – mięśnie wokół jego ust były napięte, myślami błądził gdzieś daleko, pochłonięty tym, co tego dnia działo się w jego gabinecie lub w szpitalu. Był pewny siebie, w pełni świadomy posiadanej władzy i tej, którą dopiero miał zdobyć.

– Ty nie masz dzieci, prawda? – zagadnęła.

Conor oderwał wzrok od okna.

– Nie. Ciągle myślę, że powinienem powtórnie się ożenić, znaleźć kobietę, która chciałaby mieć ze mną dzieci zanim będzie za późno, ale... – na moment ukrył wyraz twarzy za kieliszkiem. – Ale ta wyjątkowa kobieta jeszcze nie pojawiła się na moim horyzoncie. Musiałby to być ktoś gotowy pogodzić się z moimi późnymi powrotami z pracy i ciągłymi zmianami planów, osoba, która wzięłaby na siebie ciężar samotnego wychowywania dzieci, tak, samotnego, mimo moich najlepszych chęci. Mnóstwo młodych kobiet, które dopiero zaczynają pracę w zawodzie lekarza lub pielęgniarki sądzi, że właśnie tego pragną, lecz z doświadczenia wiem, że takie życie szybko traci urok nowości.

– To dlatego twoje małżeństwo zakończyło się rozwodem?

– Właściwie tak. Oboje byliśmy bardzo młodzi i nie umieliśmy wypracować koniecznych kompromisów. Rozwiedliśmy się wiele lat temu i teraz coraz częściej wydaje mi się, że los nie da mi drugiej szansy.

Kiley nachyliła się nad stołem i poklepała Conora po dłoni.

– Nieprawda, musisz po prostu ją dostrzec i wykorzystać właściwy moment...

Conor przykrył jej rękę swoją.

– Mam nadzieję, że rzeczywiście tak będzie.

Kiley ogarnęło nagle nieprzyjemne uczucie, że wie, do czego zmierza Conor. Nie pierwszy raz odsłaniał przed nią twarz wrażliwego, skrzywdzonego przez życie mężczyzny. Delikatnie cofnęła rękę i wstała, aby pójść do toalety. Wypity na pusty żołądek kieliszek wina sprawił, że musiała bardzo uważać, żeby się nie potknąć, ale ostatecznie bez problemów dotarła na miejsce i zdążyła schronić się za drzwiami, zanim z jej gardła wyrwał się cichy śmiech.

Kelner przyniósł łososia, kiedy wróciła do stolika. Ryba była faktycznie wyśmienita. Jedli w milczeniu, delektując się jej smakiem. Conor dolał wina i Kiley bardzo powoli sączyła drugi kieliszek. W połowie posiłku wróciła do zasadniczego powodu ich spotkania.

– Gdzie pytałeś o pracę dla mnie?

– W bostońskim szpitalu pediatrycznym i ogólnym. Oba cieszą się doskonałą opinią i spełniają najwyższe standardy pod każdym względem.

– Bardzo ci dziękuję. Mogę się na ciebie powołać?

– Będzie mi naprawdę miło, jeśli to zrobisz.

Kiley czuła, że mimo wszystko cieszy ją myśl o nowej pracy. Może właśnie teraz, chociaż wydawało się to dziwne, nadeszła jej chwila, moment, kiedy wreszcie będzie mogła rozwinąć skrzydła... Od tamtego październikowego dnia, gdy dowiedziała się, że jest w ciąży, żyła w zawieszeniu, w oderwaniu od swoich marzeń i planów. Wszystkie jej wysiłki i dążenia koncentrowały się wokół Willa, pochłaniało ją przede wszystkim zapewnienie synowi bezpiecznej egzystencji. Nie wątpiła, że zawsze będzie brakowało jej doktora Johna, ciasnego gabinetu o ścianach pokrytych obrazkami namalowanymi przez małych pacjentów i cotygodniowych lunchów w pizzerii, ale może teraz powinna zerwać z rutyną. Może powinna pójść inną drogą, zanim spędzi następne dwadzieścia lat, odliczając dni i czekając na krótkie wizyty syna. Co takiego powiedziała Conorowi o drugiej szansie? Że musi ją dostrzec i wykorzystać właściwy moment...

Conor mówił coś, lecz Kiley zgubiła wątek.

– Powinnam już wracać – odezwała się. – Jutro z samego rana zjawi się u nas agent nieruchomości.

– Naprawdę musisz już jechać? Myślałem, że może wybierzemy się na krótki spacer po porcie...

– Innym razem, Conor. Teraz czas już na mnie.

– No, trudno... Szczerze mówiąc, ja także powinienem się zbierać. Jutro o ósmej mam operację.

Kiley sięgnęła po torebkę.

– Nie, nie! – zaprotestował Conor. – Nie zapominaj, że to ja cię zaprosiłem, moja droga.

Pozwoliła mu uregulować rachunek. Conor odprowadził ją do samochodu i otworzył drzwi, potem jednak stanął tuż przed nią i zbliżył twarz do jej twarzy. Pewna, że próbuje ją pocałować, pośpiesznie podsunęła mu policzek.

– Kiley, wydaje mi się, że najlepiej będzie, jeżeli nie będziemy wracać do przeszłości w obecności mojej matki – powiedział. – Nigdy nie pogodziła się z tamtą tragedią, a jest już bardzo kruchą osobą...

– Skoro tak uważasz...

– Zdaję sobie sprawę, że twój syn... Że to może być syn Macka...

– To trochę pochopny wniosek – odparła Kiley, szybko wsiadając do samochodu.

Zastanawiała się, czy Conor w ogóle pamięta, że Grainger także był częścią jej świata i że Will równie dobrze może być właśnie jego synem. Grainger mieszkał w domu MacKenziech, matka Conora przygotowywała dla niego posiłki, prała jego ubrania i pomogła mu przejść przez trudny okres dojrzewania. W tamtych czasach Conor zawsze był starszym bratem, studentem, o lata świetlne oddalonym od ich trójki pod względem doświadczenia i wieku. Kiley nawet nie była w stanie wyobrazić sobie, co Conor myśli o Graingerze.

Toby Reynolds zadzwonił wczesnym rankiem i poinformował Kiley, że para, z którą zamierza przyjechać, jest bardzo zainteresowana kupnem dużego domu nad zatoką i nie zamierza go przebudowywać.

– To idealni klienci – oświadczył.

– Jeszcze nie widzieli domu, może im się nie spodobać.

– Musisz myśleć bardziej pozytywnie, Kiley.

Kiley doszła do wniosku, że Toby źle ją zrozumiał. Jej nastawienie do ewentualnych nabywców było na tyle pozytywne, na ile było to możliwe. Odłożyła słuchawkę i po raz setny powtórzyła sobie, że dom po prostu trzeba sprzedać. Każda chwila, jaką spędzała w Hawke's Cove stawiała pod znakiem zapytania wagę powodu, dla którego uparcie tu nie przyjeżdżała. Wcześniej zdawała sobie sprawę, że nie byłaby w stanie wrócić do Hawke's Cove z dzieckiem i narazić się na krytyczne uwagi członków Klubu Jachtowego, których własne „życiowe błędy" prowadziły zwykle do korzystnych małżeństw. Gdyby przyjechała tu jako młoda mężatka z trochę za bardzo wyrośniętym niemowlakiem urodzonym jakoby w ósmym miesiącu, cała sprawa dawno poszłaby w zapomnienie, uniesione brwi szybko by opadły, a dziecko z czasem dołączyło do innych rozrabiających w Klubie maluchów, ale Kiley wybrała inną ścieżkę, ścieżkę, która oddaliła ją od Hawke's Cove. Wkrótce nie zostanie tu nic, co mogłoby mnie zatrzymać, pomyślała. Nic i nikt.

Zajęła się pakowaniem przedmiotów, których postanowiła nie sprzedawać. Zawijając każdą pamiątkę we fragmenty „Boston Globe", po raz ostatni starała się rozważyć słuszność swojej decyzji. Niektóre rzeczy, na przykład błękitne emaliowane kubki z rysunkami przedstawiającymi żaglówki, zostawiła w kuchni, lecz większość starannie opakowała i ułożyła w skrzyniach.

Will był w Great Harbor. Czekał, aż Catherine skończy pracę, potem zaś wybierali się popływać na deskach w zatoce. Tego wieczoru Catherine miała przyjechać do nich na kolację. Kiley czuła lekki niepokój na myśl o zaangażowaniu, z jakim jej syn traktował związek z niedawno poznaną dziewczyną. Może wspólne spotkanie przy grillu było dobrym pomysłem, miłą i nieformalną okazją do nawiązania bliższych kontaktów. Kiley cieszyła się, że Will znalazł przyjaciółkę, jak określał Catherine – wszystko wskazywało na to, że nie uważał jej jeszcze za swoją dziewczynę, i tak było dobrze, na razie powinni zadowolić się przyjaźnią. Tak czy inaczej, Kiley trochę martwiła się o Willa. Dopiero niedawno dowiedziała się, że Lori z nim zerwała, i teraz miała nadzieję, że Will nie posługuje się Catherine jako swego rodzaju „odskocznią". Oby tylko ta dziewczyna także nie zraniła jego serca... Czy Will właściwie pojmował znaczenie wakacyjnej znajomości? Czy zdawał sobie sprawę, że miała ona przynieść beztroską radość, nie smutek? Ona sama zdecydowanie zbyt późno zrozumiała, na czym powinien polegać taki związek, chociaż oczywiście to, co łączyło ją z Mackiem i Graingerem trudno byłoby nazwać „wakacyjną znajomością"... Wszyscy troje mieli za sobą kilka lat wspaniałej przyjaźni, zanim gra hormonów odmieniła ich świat...

Kiley niewidzącym wzrokiem wpatrywała się w drobiazgi, które trzymała w ręku, wracając myślami do lat dojrzewania. Czy inni dorośli także pamiętali, że kiedyś byli tak młodzi i tak zagubieni? Czy większość ludzi po prostu wyrastała z tego trudnego okresu, gładko przechodząc do nowych przeżyć? Graingerowi chyba się to udało... Wrócił do Hawke's Cove i rozpoczął w miarę normalne życie. Patrząc na niego, słuchając jego głosu, oddychając zapachem jego warsztatu, Kiley nie mogła przypomnieć sobie twarzy chłopca, którym kiedyś był. W tej dojrzałej, opalonej twarzy trudno byłoby doszukać się tamtego Graingera. Teraz Kiley mogła tylko zastanawiać się, jak wyglądają rozmaite aspekty życia dorosłego mężczyzny, w którego przeistoczył się jej przyjaciel. Tamto dawno minione popołudnie, które spędzili ze sobą, okazało się niedoskonałe dla nich obojga. Mimo miłości i czułości byli tak niedoświadczeni, że doznali tylko chwilowej fizycznej ulgi, mającej bardzo niewiele wspólnego z prawdziwą głębią tego aktu. Dziś starsza i bardziej świadoma Kiley odkryła, że ze skrywaną przyjemnością wyobraża sobie dotyk dłoni Graingera i jego pieszczoty, dotyk, który otworzyłby twardą skorupę, w której zamknięty był jego gniew oraz jej żal...

Pośpiesznie przywołała się do porządku. Nic takiego nie mogło się zdarzyć. Poprzedniego dnia mieli szansę się pogodzić i nie skorzystali z niej. Tylko w jaki sposób zamknąć obejmujące osiemnaście lat wyjaśnienia w czasie wystarczającym na wypicie kubka kawy... W głowie Kiley kłębił się tłum myśli, które potrafiłyby ubrać w słowa, lecz także takich, które musiałyby pozostać niewypowiedziane. Ona i Grainger byli uprzejmymi wobec siebie nieznajomymi, którzy nie mogli liczyć na powrót do dawnej bliskości. Nie mogli nawet marzyć o intymności tamtej jedynej wspólnej nocy ani o idealnym zrozumieniu między dwojgiem starych przyjaciół, którzy nie potrzebują niczego sobie wyjaśniać i których historia tworzy spójną całość. Właśnie to uczucie zrozumienia Kiley pamiętała najdokładniej i najbardziej go jej brakowało. Nie było powrotu do przeszłości, jasno mówiła o tym gwałtowna reakcja Graingera, kiedy Kiley bezmyślnie przywołała wspomnienie Macka, mówiąc o jego bracie. Spojrzenie Graingera skojarzyło jej się wtedy z polem mocy, które nagle pojawiło się między nimi. Cóż, najwyraźniej powinna przestać marzyć i porzucić nadzieję na pogodzenie się... Powiedziała Willowi, że ona i Grainger podpisali zawieszenie broni i miała rację.

Usłyszała kroki Toby'ego na frontowych schodach i jego pełen podniecenia głos, niewątpliwie opisujący wspaniały widok i intensywny błękit nieba, odbijającego się w lśniącej wodzie. W czasie tej pierwszej wizyty Toby na pewno postanowił położyć nacisk na wszystkie zalety domu, zostawiając na później takie drobiazgi jak wymagający naprawy dach czy opadający miejscami tynk. Kiley nie miała wątpliwości, że negatywne strony posiadłości ujawni potencjalnym nabywcom dopiero wtedy, gdy na dobre zakochają się w domu.

Zamierzała wyjść na czas wizyty Toby'ego, ale jakoś wyleciało jej to z głowy.

– Cześć, Toby, przepraszam, że jeszcze tu jestem. – Szybko wytarła dłonie o dżinsy. – Już wychodzę, pójdę na krótki spacer...

– Och, nie, w żadnym razie nie chcielibyśmy wyganiać pani z domu...

Kiley nie była pewna, jak zareagować na to zdanie, które w jej uszach miało podtekst zdecydowanie ironiczny. Kobieta, która je wypowiedziała, była mniej więcej w jej wieku i trzymała pod rękę mężczyznę, który wyglądał na jej ojca lub dużo starszego męża.

– Chciałam powiedzieć, że nie chcielibyśmy sprawiać pani kłopotu – dodała, uświadamiając sobie, że popełniła gafę.

Toby natychmiast odzyskał kontrolę nad sytuacją.

– Pani Harris, oto państwo Carlton Fenster. Mieszkają w Nowym Jorku i po południu muszą wracać do domu, więc szybko obejrzymy dom, jeśli nie ma pani nic przeciwko temu...

Kiley nie miała wątpliwości, że Toby'ego zirytowała jej obecność w domu. Cóż, nie popisała się, nie powinna była zwlekać z wyjściem...

– Proszę bardzo... – uśmiechnęła się czarująco.

Czy nie miała nic przeciwko temu, aby oglądali jej dom? Ależ oczywiście, że wcale jej się to nie podobało! Dopóki sprzedaż domu była mniej więcej abstrakcyjnym planem, Kiley nie umiała wyobrazić sobie, aby w ogóle kiedykolwiek do niej doszło. Zdawała sobie sprawę, że jest to dziecinne, ale co z tego...

– Przedmioty oznaczone pomarańczowymi karteczkami nie zostaną wystawione na sprzedaż, zresztą nie wszystkie rzeczy zdążyłam opisać...

– Dzisiaj oglądamy tylko sam budynek. – Toby przytrzymał podwójne drzwi z metalowej siatki, przepuszczając przodem parę, która chyba nie zamierzała rozpleść ramion.

Kiley pomyślała złośliwie, że wygląda to trochę tak, jakby pani Fenster podtrzymywała małżonka albo starała się uniemożliwić mu ucieczkę. Uśmiechnęła się do siebie pod nosem. Fenster – takie nazwisko na pewno spodoba się członkom Klubu Jachtowego...

Powinna była wziąć ze sobą kostium, bo naprawdę trudno o lepszą pogodę na wylegiwanie się na plaży, ale teraz było już za późno, żeby zawrócić, więc pozostał jej spacer bez celu. Mogłaby kogoś odwiedzić, ale kogo? W Hawke's Cove nie było nikogo, kogo ucieszyłaby jej wizyta. Zaraz, nieprawda – zapomniała o pani MacKenzie. Conor mówił jej przecież, że jego rodzice ucieszyliby się z takiego spotkania...

Po chwili była już w połowie drogi do domu MacKenziech. Pomyślała, że może po prostu wejdzie tylnymi schodami, jak dawniej, kiedy była młodą dziewczyną. Pani MacKenzie zawsze odnosiła się do niej z dużą sympatią, często siadywała z nią w kuchni, kiedy Kiley czekała, aż chłopcy wrócą z pracy albo przebiorą się w kąpielówki. Popijały razem lemoniadę i gadały o dziewczyńskich sprawach, o których chłopcy nie mieli zielonego pojęcia. Kiley kochała swoich kumpli, ale czasami trochę na nich narzekała, wywołując cichy śmiech i współczucie pani MacKenzie, która razem z nią szczerze bolała nad tym, że Mack i Grainger nie chcą chodzić na zakupy ani rozmawiać o modzie.

Kiley czuła, że naprawdę powinna odwiedzić matkę Macka, zapukać do drzwi i powiedzieć, że ma syna, Willa, który może być wnukiem MacKenziech. Czy była w stanie zdobyć się na taką odwagę? Niewykluczone, że Conor powiedział już rodzicom o Willu, było jednak też całkiem możliwe, że zatrzymał tę informację dla siebie... Zachęcał ją do spotkania z nimi jeszcze zanim dowiedział się o istnieniu jej syna. Co było dla nich lepsze – wiedzieć czy pozostać w stanie nieświadomości? Na skrzyżowaniu Linden i Overlook Kiley skręciła w lewo, w kierunku miasteczka, i zostawiła dom MacKenziech za sobą.

Tak było chyba lepiej... Kiley doszła do wniosku, że wstąpi do najbliższego sklepu i kupi kilka rzeczy na kolację, dzięki czemu nie będzie musiała później jechać do Great Harbor. W miejscowych sklepikach ceny na pewno były wyższe, ale co z tego...

Na Main Street kręciło się mnóstwo turystów z torbami pełnymi pamiątek z wizyty w uroczej miejscowości. Kiley musiała wymijać tych, którzy przystawali na środku chodnika, gapiąc się na wystawy i zupełnie nie zwracając uwagi na innych przechodniów, a także takich, którzy spacerowali całymi grupkami. Kiedy ona, Mack i Grainger byli jeszcze dziećmi, często rzucali nieuprzejme uwagi pod adresem takich „jednodniowych" gości, którzy plasowali się najniżej w kategorii turystów, jeszcze niżej niż letnicy przyjeżdżający do Hawke's Cove na jeden lub dwa tygodnie, chociaż sama Kiley, mieszkająca tu tylko latem, stała niewiele wyżej od nich.

– Kiley Harris! – rozległ się nagle kobiecy głos.

Kiley odwróciła się w stronę wejścia do sklepu, niepewna, kogo ma przed sobą.

– Emily?

– Strasznie żałuję, że nie udało mi się pogadać z tobą na pikniku, naprawdę!

Kiley uśmiechnęła się, zadowolona, że rozpoznała właściwą bliźniaczkę. Obrzuciła wzrokiem Emily Claridge, odnotowując jej elegancki i dostojny strój, złożony z żółto-zielono-różowej marszczonej spódnicy, bluzki bez rękawów i wiklinowego koszyka, zwisającego z prawego ramienia. Jasne włosy Emily, dawniej swobodnie rozpuszczone i dość ładne, teraz tworzyły solidny hełm, rozjaśniony chemikaliami, na pewno nie promieniami słońca. Kiedy kobieta wyciągnęła rękę, aby ująć Kiley za ramię, na jej palcu zalśnił duży brylant.

– Tak się cieszę, że cię widzę! – entuzjazmowała się Emily. – Nie zmieniłaś się ani odrobinę, słowo daję!

Kiley wolała szybko zmienić temat, pragnąc uniknąć kłamstwa.

– Nadal przyjeżdżasz tu na całe lato? – zapytała.

– Och, gdyby tylko było to możliwe! Ralph jest zbyt pochłonięty praktyką i nie może pozwolić sobie na długi urlop, a ja nie znoszę się z nim rozstawać, więc zwykle przyjeżdżamy na dwa tygodnie w lipcu i dwa w sierpniu...

– Ralph jest lekarzem?

– Nie, nie, adwokatem! Ma własną kancelarię.

– A ty? – zagadnęła Kiley, chociaż z góry znała odpowiedź na to pytanie. – Pracujesz?

– Kiedy poznałam Ralpha, byłam na trzecim roku prawa... – Emily kilka razy obróciła na palcu pierścionek z brylantem. – No i cóż, *c'est la vie*... – wymownie machnęła ręką.

– Musiałaś dokonać wyboru? – Kiley zawsze starała się zrozumieć kobiety, które stawiały pracę wyżej niż macierzyństwo.

Sama uwielbiała swoją pracę, ale ceniłaby ją bardziej, gdyby mogła podjąć decyzję z wyboru, nie z konieczności.

– Przez jakiś czas pracowałam w kancelarii Ralpha jako asystentka, ale po urodzeniu bliźniąt dałam sobie z tym spokój. Teraz zasiadam w zarządach kilku organizacji charytatywnych w Greenwich...

Kiley miała wielką ochotę pożegnać się z Emily i pójść na zakupy, ale tak nagłe zakończenie spotkania byłoby co najmniej nieuprzejme, postanowiła więc poruszyć jedyny temat, który prawdopodobnie mogły uznać za wspólny.

– Widziałam wasz jacht, „Miss Emily". – Uśmiechnęła się. – Wygląda imponująco. Zamierzacie startować w sierpniowych regatach?

– Och, tak, tata pragnie podtrzymać tradycję, chociaż coraz trudniej jest skompletować załogę... Ani Ralph, ani Fred, mąż Missy, nie są dobrymi żeglarzami. – Emily teatralnym gestem z jednej strony zasłoniła usta dłonią. – Natychmiast po wyjściu z portu dostają choroby morskiej...

– Mój ojciec chce sprzedać „Random", ale dopiero po regatach. – Poruszając temat jachtów, znajdujących się w warsztacie Graingera, Kiley pośrednio wprowadziła do rozmowy cień dawnego przyjaciela. Nagle zaciekawiło ją, czy Emily zwróci na to uwagę i postanowiła zaryzykować. – Grainger Egan obiecał, że wystartuje na „Random"...

Na twarzy Emily pojawił się ten sam wyraz z trudem skrywanego zaciekawienia, co tamtego popołudnia, kiedy razem z siostrą wypytywała Kiley o Macka i Graingera. Kiley przypomniała sobie nagle, że któraś z bliźniaczek nazwała Graingera Heathcliffem, niewątpliwie nie mając na myśli nic szczególnie pozytywnego.

– Egan jest bardzo dobry, miałam nadzieję, że uda mi się zwerbować go do naszej załogi...

Napięte mięśnie Kiley rozluźniły się. Zachowywała się jak ostatnia idiotka – Emily wcale nie miała zamiaru wracać do przeszłości, żyła już w zupełnie innym świecie. Dawno zapomniała o chwili przelotnego młodzieńczego buntu i ucieczki w przygodę z dwoma chłopcami z Hawke's Cove. To, że sama Kiley przez osiemnaście minionych lat roztrząsała przeszłość, nie oznaczało bynajmniej, że bliźniaczki Claridge zapamiętały tamto lato i jego tragiczne zakończenie...

Emily pomachała ręką w stronę zwalniającego samochodu.

– Oczywiście, to naturalne, że Egan chce popłynąć z tobą – westchnęła. – Pamiętam, że bardzo się przyjaźniliście...

– To prawda... – Kiley nie bardzo wiedziała, co jeszcze mogłaby dodać. – Co dzieje się z Missy?

– Wszystko u niej w porządku. Wyszła za mąż i ma dwoje dzieci, ale to nie bliźnięta. Jej mąż, Fred, jest wspólnikiem w firmie Ralpha. Missy przyjeżdża w piątek. Zaraz, zaraz, przecież twoi rodzice na pewno nadal są członkami Klubu... W następną sobotę organizujemy koktail, na którym będziemy zbierać pieniądze na program szkolenia młodych żeglarzy, będzie aukcja i coś lekkiego do jedzenia. Bardzo byśmy się cieszyły, gdybyś wpadła. Postaram się o zaproszenie, co ty na to?

– Och, nie rób sobie kłopotu...

– Nonsens! I tak znasz połowę ludzi, którzy tam będą. Wiem, że twoi rodzice sprzedają dom, ale co z tego? Przyjdź razem z mężem, skarbie...

– Nie jestem mężatką.

– No, tak, prawda... – Emily okręciła na palcu pierścionek z brylantem. – Ktoś mówił mi, że nie wyszłaś za mąż, co też przyszło mi do głowy... Tak czy inaczej, na przyjęciu będzie kilku wolnych panów i na pewno znajdziemy dla ciebie kogoś miłego... O, chociażby Connora MacKenzie, pamiętasz go?

Przez krótką, nieprzyjemną chwilę Kiley wydawało się, że Emily zaraz mrugnie do niej porozumiewawczo.

– Niestety, nie mogę przyjść – powiedziała chłodno.

Przechodnie omijali je bez trudu, chociaż stały na środku chodnika przed nowym sklepem garmażeryjnym, lecz Emily przysunęła się do Kiley, jakby chciała powierzyć jej jakąś tajemnicę.

– To impreza charytatywna, moja droga! Na pewno stać cię na bilet, ostatecznie to tylko pięćdziesiąt dolarów, w dodatku większość tej sumy możesz sobie odpisać od podatku...

– Zastanowię się. Przyślij zaproszenie, w najgorszym razie przekażę pewną sumę na program. Moi rodzice nadal mają swój stolik w Klubie. Muszę już biec, ale cieszę się, że cię spotkałam. Pozdrów ode mnie Missy...

– Kiley!

Zdążyła już zrobić trzy kroki w stronę sklepu, kiedy nagle znowu usłyszała swoje imię. Odwróciła się i spojrzała na Emily, która wciąż okręcała na palcu masywny pierścionek.

– Tak?

– Możesz przyjść z synem, jeżeli chcesz. Będzie tam kilkoro młodych ludzi w jego wieku...

Szach, mat... Przez tyle lat nie przyjeżdżała do Hawke's Cove i nie zgadzała się, aby jej rodzice zabierali Willa ze sobą na wakacje... Myślała, że jeśli nie pozwoli mu pokazać się w miasteczku, uchroni go przed niezdrową ludzką ciekawością. Słowa Emily pokazały jej, że dobrze zrobiła, mówiąc Willowi prawdę, zanim ktoś obcy zdążył przedstawić mu wypaczoną wersję przeszłości.

– Powiem mu o tym, jeżeli zdecyduję się przyjść... – Kiley rzuciła Emily neutralny uśmiech i przecisnęła się między dwojgiem blokujących jej drogę turystów.

W sklepie LaRiviere Market ze wszystkich sił starała się myśleć tylko o tym, co powinna kupić – o hamburgerach, sałacie, pomidorach, frytkach, deserze i coli dla dzieciaków. W domowej piwniczce znalazła skrzynkę kalifornijskiego białego wina i doszła do wniosku, że rodzice z pewnością nie będą mieli jej za złe, jeżeli wypije jedną butelkę. Całkowicie skupiona na zakupach, dopiero przy kasie zorientowała się, że musi jakoś poradzić sobie z trzema wypakowanymi po brzegi plastikowymi torbami. Oczywiście w miasteczku nie było ani jednej taksówki. Kiley zaczęła się już nawet zastanawiać, czy nie poprosić kogoś z obsługi, aby zatrzymał torby do czasu, aż ona wróci po nie samochodem, gdy nagle uświadomiła sobie, że nie będzie w stanie tego zrobić. Zmarszczyła brwi, wściekła na Bogu ducha winnego Willa, który dwa razy pytał, czy na pewno może wziąć samochód.

– Idiotka, idiotka... – mamrotała pod nosem, maszerując Main Street.

Tyle kłopotu tylko dlatego, że Willowi zachciało się zaprosić koleżankę na kolację... Dlaczego niby to spotkanie było dla niego takie ważne, dlaczego zmuszał matkę do skakania przez te wszystkie przeszkody? Catherine... Nie Cathy czy Kate, ale Catherine... Dobrze chociaż, że nie nazywano jej „Muffy", „Buffy", „Toots" albo „Pug", jak wiele dziewczyn, które chodziły na potańcówki w Klubie Jachtowym. Dziewczyn, które uczęszczały do ekskluzywnych, drogich szkół, spędzały wakacje i przerwy semestralne „na wyspach" i żyły w specyficznej atmosferze świata ludzi uprzywilejowanych...

Will powiedział, że rodzice Catherine byli nauczycielami, a ona sama pracowała, żeby zarobić na własne wydatki. Wszystko wskazywało też na to, że Will był w jej towarzystwie po prostu szczęśliwy – spędzał z dziewczyną coraz więcej czasu, dzięki czemu nie siedział w domu i nie przyglądał się, jak jego matka zmaga się z przeszłością i teraźniejszością. Kiley mocniej chwyciła wymykające się jej z rąk torby. Postanowiła, że będzie wyjątkowo miła dla Catherine. Ostatecznie powinna być jej wdzięczna, prawda? Pośpiesznie zdławiła podejrzenie, że być może jest jedną z tych matek, które niechętnym okiem patrzą na każdą dziewczynę, jaka pojawia się w życiu ich synów. O, nie, z całą pewnością nie należała do zaborczych mamuś! Nie lubiła Lori, to fakt, ale miała po temu powody...

Z zamyślenia wyrwał ją przyciszony warkot silnika zwalniającego obok niej samochodu.

– Nie trzeba ci pomóc? – z okna furgonetki wychylił się Grainger.

– Nie, nie, wszystko w porządku! – Kiley zdecydowanie potrząsnęła głową.

Nie chciała, żeby dostrzegł, jak bardzo jest zaskoczona nagłym spotkaniem. Grainger powoli jechał ulicą.

– Wrzuć torby do samochodu, po co masz się tak męczyć!

– Toby przywiózł do domu klientów, więc nie powinnam zbyt szybko wrócić...

Wiedziała, że Toby na pewno już dawno wrócił do biura. Do tej pory zdążyłby pokazać cały dom kilka razy, nawet gdyby zaglądał w każdy kąt, nie chciała jednak wsiadać do samochodu Graingera. Czułaby się nieswojo.

– Przepchnij Pilota w moją stronę. – Grainger uśmiechnął się. – Nie weźmie ci tego za złe...

– Nie, dziękuję, naprawdę nie potrzebuję pomocy.

– Jak chcesz... – spojrzał na nią z lekkim rozczarowaniem i odjechał.

Kiley chwilę stała nieruchomo, patrząc na wychylający się z kabiny łeb Pilota. Kiedy znowu ruszyła przed siebie i skręciła w ulicę prowadzącą do Klubu Jachtowego, zobaczyła furgonetkę Graingera na tle lśniącej w słońcu powierzchni Atlantyku. Nie przyszło jej nawet do głowy, że mógłby podziwiać wspaniały widok, bo niewątpliwie widział go już tysiące razy. Czyżby czekał na nią?

Miała ochotę zawrócić, ale do domu prowadziła tylko jedna droga, ta, przy której zatrzymała się furgonetka. Kiley zachowałaby się dziecinnie i głupio, gdyby spróbowała uniknąć spotkania z Graingerem.

– Jesteś przecież dorosła, prawda? – skarciła się cicho.

Wyprostowała się na tyle, na ile było to możliwe, biorąc pod uwagę ciężar dźwiganych toreb, i poszła dalej, wdzięczna losowi, że samochód stoi po przeciwnej stronie ulicy.

– Wsiadaj, Kiley! – zawołał Grainger, gdy zrównała się z pikapem.

– Mamy piękny dzień, wymarzony na spacer...

– Lody ci się roztopią, nie chcę czuć się odpowiedzialny za taką katastrofę!

Uśmiechnęła się mimo woli.

– Wsiadaj, nie wymagam niczego w zamian za tę drobną przysługę!

Miał rację – zanim dotarłaby do domu, lody zamieniłyby się w rzadką zupę, poza tym uchwyty plastikowych toreb mogły w każdej chwili pęknąć. Pilot przyglądał się jej uważnie, wystawiając nos przez uchylone tylne okno. Kiley zaczekała, aż osobowy samochód przejedzie ulicą i powoli podeszła do furgonetki. Postawiła torby wśród zwojów lin i kilku par wioseł, potem zaś usiadła na miejscu pasażera obok kierowcy. Pilot przesunął się odrobinę i z ufnością oparł o bok Kiley. Za oknem duża mewa poderwała się z plaży i wzbiła w górę, wolna od wszelkich trosk poza koniecznością zdobywania pożywienia.

– Popchnij go dalej w moją stronę – odezwał się Grainger.

– Nie, nie trzeba... Widzę, że lubi się przytulać.

– Kiedy wysiądziesz, lepiej sprawdź, czy nie podarował ci pcheł – praktycznie poradził Grainger.

Pozostałą część drogi przebyli wpatrzeni w okna, zupełnie jakby widoki pochłaniały ich bez reszty. Kiley o mało nie wspomniała o swojej rozmowie z Conorem, ale w ostatniej chwili ugryzła się w język. Po co miałaby mówić Graingerowi, że powiedziała Conorowi o Willu? Po spotkaniu z Emily nie mogła oprzeć się wrażeniu, że fakt istnienia jej syna nie jest dla nikogo tajemnicą.

Lexus Toby'ego zniknął i opustoszały podjazd wydawał się podkreślać jej samotność. Grainger zatrzymał furgonetkę i Kiley wyskoczyła na żwir. Grainger czekał na nią z drugiej strony samochodu, z trzema torbami w ramionach. Wzięła je od niego, starając się nie dotykać jego rąk, co okazało się trudnym zadaniem.

– Dziękuję, że mnie podwiozłeś...

Już chciała zaproponować Graingerowi szklankę lemoniady, ale on odsunął się, jakby obawiał się, że zostanie zaproszony do środka, jeśli zaraz nie wsiądzie do samochodu.

Niewygodną ciszę przerwał chrzęst muszli i żwiru. Will zatrzymał wóz za pikapem Graingera, uniemożliwiając mu szybki odjazd.

– Cześć! Co się dzieje?

Kiley nigdy wcześniej nie widziała Graingera i Willa stojących obok siebie. Obaj byli wysocy i szczupli, obaj mieli baseballówki włożone pod tym samym kątem, a gdy witali się uściskiem dłoni, emanowała z nich ta sama męska energia. Drgnęła, poruszona znaczeniem tego, co miała przed oczami. Gdyby nie jej nadmierna duma, tak, duma, bo jak inaczej to nazwać, mogłaby wiele razy patrzeć na tę scenę – kiedy Will był zupełnie mały, w okresie jego dorastania i wreszcie w wieku młodzieńczym. Kiley wpatrywała się w nich uważnie, szukając innych podobieństw poza wzrostem i atrakcyjną, przyciągającą wzrok sylwetką. Słuchając, jak Will i Grainger rozmawiają o „Random", pozwoliła sobie na luksus spokojnej obserwacji zarysu szczęki, długich palców i innych fizycznych cech obu mężczyzn. Włosy Graingera ściemniały z wiekiem... Czy jasne włosy Willa także staną się ciemniejsze? Czy włosy Macka miałyby dziś podobny odcień? Czupryna Conora wciąż była jasna, chociaż wyraźnie się przerzedziła.

Kolor oczu, podstawowa kategoria podobieństwa, w tym wypadku nie miał żadnego znaczenia, ponieważ wszyscy troje byli niebieskoocy. Oczy Graingera wydawały się nieco bardziej szare niż jej własne, a oczy Macka jaśniejsze, zbliżone barwą do letniego nieba. Oczy Kiley miały głęboki, morski błękit, podobnie jak oczy Willa.

Uświadomiła sobie, że natrętnie wpatruje się w Graingera i szybko przeniosła wzrok na Willa.

– Przestaw samochód, żeby Grainger mógł odjechać, dobrze? – odezwała się.

– Może Grainger zostałby z nami na kolacji, mamo?

– Nie, nie mogę, naprawdę... – Grainger otworzył drzwi furgonetki. – Dziękuję, może innym razem... Do zobaczenia jutro, Will.

Kiley podała synowi torby z zakupami.

– Zanieś to do kuchni – poleciła.

– Dlaczego nie chcesz zostać, Grainger? – dopytywał się Will. – Jedzenia wystarczy dla wszystkich, a przy okazji oboje poznalibyście Catherine...

– Wpadnij z nią kiedyś do warsztatu, z przyjemnością ją poznam. – Grainger siedział już za kierownicą, lecz dłoń Willa wciąż spoczywała na klamce.

– Mama bardzo się ucieszy, jeśli zjesz z nami kolację, prawda, mamo? – Will spojrzał na Kiley, wyraźnie rzucając jej wyzwanie.

Kiley odchrząknęła.

– Nie powinieneś nalegać, skoro Grainger mówi, że nie może zostać...

Will nie zdjął ręki z klamki i Grainger musiałby szarpnąć drzwiami, żeby się uwolnić.

– No, Grainger, daj się przekonać... – w głosie chłopca zabrzmiała błagalna nuta.

Kiley patrzyła, jak mocno zaciśnięte szczęki Graingera rozluźniają się. Kąciki jego warg uniosły się w nieco smutnym uśmiechu.

– Nie mogę.

– Nieważne! – Will wzruszył ramionami, demonstrując udawaną obojętność.

Grainger spojrzał na blokujący podjazd niebieski samochód.

– Will, zanieś zakupy do domu i daj mamie kluczyki, żeby mogła przestawić wóz – powiedział.

Chłopak zdjął rękę z klamki. Zacisnął usta w wąską linijkę, wyraźnie rozczarowany, ale bez słowa spełnił polecenie Graingera.

Kiley ostrożnie wycofała samochód na niżej położoną część podjazdu, ale pikap nie ruszył z miejsca. Wysiadła, zaniepokojona, że Will podjął kolejną próbę przekonania Graingera i podeszła do furgonetki. W bocznym lusterku zobaczyła, że jej dawny przyjaciel siedzi nieruchomo, z rękami opartymi o kierownicę, wpatrzony w przednią szybę. Nieświadomy jej bliskości, opuścił gardę i dał przyłapać się z wyrazem rozczarowania na twarzy. Może miał nadzieję, że Kiley potwierdzi impulsywne zaproszenie Willa?

– Grainger?

Wyrwany z zamyślenia, szybko przekręcił kluczyk w stacyjce.

– Grainger, zaczekaj...

Nie odwrócił głowy, nie oderwał wzroku od przedniej szyby. Czyżby żałował wczorajszego momentu prawdziwej bliskości? Czy dla niego było to tylko okrutne przypomnienie wszystkiego, co stracili? Słowa nie mogły wypowiedzieć ich zbrukanych marzeń, lecz jego ciepły oddech na jej szyi powiedział jej wystarczająco dużo.

– Może jednak zostałbyś na kolacji?

Skinął głową, nie patrząc na nią.

– Tylko pod warunkiem, że naprawdę tego chcesz, Kiley.

– Naprawdę chcę, aby Will był szczęśliwy... – jeszcze nie skończyła, a już pomyślała, że być może nie mniej zależy jej na szczęściu Graingera.

– Powinienem się przebrać, cywilizowany człowiek nie siada do stołu w takim stanie – Grainger spojrzał na swoje robocze ubranie.

– Wcale nie powinieneś...

Kiedy siedziała obok niego w furgonetce, zwróciła uwagę na jego ciepły, męski zapach, miły i niepokojąco znajomy. Pomyślała wtedy, że najwyraźniej węch jest najbardziej pamiętliwym ze zmysłów.

– Jeżeli pojedziesz się przebrać, już nie wrócisz – dorzuciła nagle.

Grainger rzucił jej szybkie, nieufne spojrzenie. Czy przyszło mu do głowy, że w tak dwuznaczny sposób przypomina mu tamtą ucieczkę?

– Chodzi mi o to, że tu nie przebieramy się do kolacji – pośpieszyła z wyjaśnieniem. – To tylko grill, na miłość boską...

– Lepiej będzie, jeżeli pojadę – rzekł Grainger. – To głupi pomysł. Nie czujemy się ze sobą dość swobodnie, wciąż musimy zapewniać się nawzajem, że nie mówimy o przeszłości... Jestem nadmiernie wrażliwy na tym punkcie, zresztą ty także. Dajmy sobie spokój, zanim sytuacja wymknie się spod kontroli...

– Nie, naprawdę nie miałam na myśli tamtej... Tamtej sprawy. Powiedziałabym to samo, gdyby... – Kiley umilkła.

Grainger miał rację – rzeczywiście wydawało jej się, że jeśli odjedzie, więcej się już nie zjawi.

– Masz słuszność – podjęła po chwili. – To był głupi pomysł. Próbuję pomóc Willowi w budowaniu jego fantazji, a to bez sensu...

– Fantazji? Jakich fantazji? Że jestem jego ojcem, chociaż oboje wiemy, że to nieprawda? – Grainger wrzucił wsteczny bieg. – Dlaczego nie powiesz mu prawdy? Dlaczego trzymasz w niewiedzy jego i mnie?

– Jakiej prawdy?! – krzyknęła Kiley, bo silnik pikapu zawarczał głośno.

Przerośnięty żywopłot zasłaniał widok na drogę. Wstrzymała oddech, kiedy Grainger za szybko wyjechał z podjazdu i poczuła ulgę dopiero gdy był już daleko.

Gdyby Catherine nie podjechała pod dom właśnie w tym momencie, Kiley na pewno uległaby pokusie i wydała kłębiący się w jej gardle pełen frustracji okrzyk, lecz widząc gościa, przywołała pogodny wyraz twarzy i pośpieszyła powitać nową przyjaciółkę Willa.

Rozdział dwudziesty szósty

Ile czasu trzeba, żeby zniszczyć samego siebie? Czy przepełnione uczuciami serce może wybuchnąć? Grainger zadawał sobie te pytania w drodze do domu. Zdążył już zapomnieć, że zanim popełnił wielkie głupstwo, zapraszając Kiley do samochodu, miał zamiar napełnić bak paliwem. Wszystko wskazywało na to, że następnego dnia nie uda mu się dojechać nawet na stację benzynową, ale w tej chwili i tak nie był w stanie skupić się na codziennych zajęciach. Każdy, kto zajrzałby mu teraz w twarz, bez trudu odczytałby z niej listę popełnionych groteskowych błędów. Nawet Pilot, który zawsze dostosowywał się do nastrojów pana, patrzył teraz przez okno do tyłu, jakby nadal nie mógł się nadziwić jego głupiemu zachowaniu. Poprzedniego dnia Grainger miał nadzieję, że Kiley i on wykorzystają nadarzającą się okazję i spróbują zapomnieć o cierpieniu, jakie sobie zadali, pójdą dalej i wybaczą sobie nawzajem, tymczasem dzisiaj sam odrzucił tę szansę niczym ostatni idiota, który odpycha od siebie koło ratunkowe. Najwyraźniej wolał tonąć w beznadziejnych emocjach...

Gdyby miał skłonność do alkoholu, zatrzymałby się przed sklepem monopolowym i kupił parę butelek, aby szkocką ugasić żal po zmarnowanej okazji, lecz alkohol nigdy mu nie smakował. Gdyby miał choć odrobinę oleju w głowie, zawróciłby i przyjął zaproszenie Kiley, ale cóż, był przede wszystkim upartym człowiekiem, więc pojechał do domu i wyjął z szuflady gruboziarnisty papier ścierny, którym zwykle czyścił kadłuby łodzi.

Zanim Will wybrał się popływać na desce z Catherine, przez cały ranek pracował przy „Blithe Spirit". Grainger nie powiedział mu, skąd ma łódź, wspomniał tylko, że kupił ją razem z całym warsztatem, fragmentem nabrzeża, sześcioma małymi pomostami i sprzętem. Rodzice Macka zapłacili poprzedniemu właścicielowi, aby ściągnął „Blithe Spirit" z mielizny koło Bailey's Beach, ale nigdy jej nie zabrali.

Minęło kilka lat, nim Grainger zmusił się, żeby zdjąć z łodzi niebieską wodoodporną płachtę. Od razu przyjrzał się łacie z waty szklanej, którą kiedyś zatkali dziurę w kadłubie – uważał, że właśnie ten słaby punkt „Blithe Spirit" stał się powodem katastrofy. Okazało się jednak, że bardzo się mylił – łata znajdowała się na swoim miejscu.

Zaraz potem starł starannie wypisaną nazwę z grubej warstwy białej farby, którą pokryli kadłub, dlatego miał absolutną pewność, że Will nie może wiedzieć, iż jego ojciec zginął na tej właśnie łodzi.

Grainger wrócił do Hawke's Cove z dalekiego świata po telefonie, jaki odebrał z biura szeryfa w Great Harbor. Zwięzła wiadomość, pozostawiona na jego sekretarce automatycznej w dwupokojowym mieszkaniu w Galveston, gdzie mieszkał w czasie nielicznych tygodni, które spędzał na lądzie, kończyła się prośbą o jak najszybszy kontakt. Grainger natychmiast domyślił się, że Rollie Egan nie żyje. Szeryf z Great Harbor mógł dzwonić do niego wyłącznie z tego powodu.

Sekretarka szeryfa uprzejmie, lecz bez sztucznego współczucia w głosie powiadomiła go o śmierci ojca, zaś Grainger przyjął to spokojnie, jeśli nie obojętnie. Kobieta odpowiedziała na wszystkie jego pytania, podając tylko te szczegóły wypadku, które chciał poznać.

– Z oficjalnego raportu wynika, że zaplątał się w sieci, wypadł za burtę i utonął.

– Był pijany?

– Tak, mam tu wzmiankę o dużej zawartości alkoholu we krwi...

– Tak przypuszczałem.

– Koroner chce wiedzieć, kiedy odbierze pan ciało.

Rollie nigdy nie traktował go jak syna, a teraz Grainger miał wyprawić mu godny pogrzeb... Miał ochotę warknąć, aby wrzucili starego drania z powrotem do morza, lecz zamiast tego powiedział, że przyjedzie następnego dnia, zarezerwował miejsce w pierwszym z brzegu samolocie do Bostonu i zaczął robić listę spraw, które powinien załatwić przed pogrzebem. Nie minęły dwadzieścia cztery godziny, a już był tam, skąd wyszedł. Wpatrzony w brzydką, opuchniętą twarz ojca, zastanawiał się, dlaczego właściwie zawraca sobie głowę organizowaniem żałobnej ceremonii. Za sprawą czyjejś nieuwagi oczy Rolliego były tylko na wpół przymknięte, zaś wargi rozchylone, odsłaniające pożółkłe od papierosów przednie zęby. Grainger nie mógł oprzeć się wrażeniu, że Rollie uśmiecha się do niego sarkastycznie.

Nie czuł z powodu śmierci ojca ani smutku, ani ulgi czy radości. Ogarnął go całkowity spokój. Kiedy już znalazł się w Great Harbor, odebrał ciało Rolliego i załatwił związane z kremacją formalności, praktycznie bez zastanowienia przejechał przez most, dzielący miasto od Hawke's Cove. Szybko zorientował się, że niewiele się tu zmieniło. Przyszło mu także do głowy, że być może zmiany, które zaszły w nim samym, wbrew pozorom także nie były szczególnie wyraźne.

W pewnym momencie minął warsztat szkutniczy z huśtającą się na wietrze tabliczką „NA SPRZEDAŻ". Wygląd budynków wskazywał, że działka czekała na nabywcę już od ładnych paru lat. Grainger pomyślał nagle, że bez Rolliego oraz związanych z nim bolesnych skojarzeń Hawke's Cove może być tym miejscem na ziemi, gdzie chciałby się osiedlić.

Drugie źródło cierpienia i tak nosił w sobie, nie miało więc znaczenia, gdzie zamieszka. Grainger zdążył się już z tym pogodzić, a nawet, w głębi serca żywił nadzieję, że powrót do Hawke's Cove może przynajmniej częściowo unieważnić jego kontrakt ze smutkiem.

Tamtej ostatniej nocy wściekły, zraniony i pewny, że ojciec jest jeszcze w morzu, Grainger wrócił do pokoju w motelu. Nie miał pojęcia, co zamierza, pragnął tylko ukryć się w jakimś bezpiecznym miejscu, wylizać rany i złapać oddech, kiedy jednak otworzył drzwi, zobaczył pijanego w sztok Rolliego. Niewielkie pomieszczenie cuchnęło kwaśnym potem, papierosami i rybami. Grainger wiedział, że powinien się jak najszybciej wycofać, ale nie zrobił tego.

Rollie, który nawet nie zauważył malującej się na twarzy Graingera rozpaczy, natychmiast przystąpił do ataku.

– Więc to tak... Wracasz do swojego starego z podwiniętym ogonem, bo tamci już cię nie chcą, co? Lepiej trzymaj się ludzi takich jak ty, chłopcze... Chociaż z drugiej strony twoja matka tak się prowadziła, że kto wie, kogo właściwie powinieneś się trzymać...

W ostatnich miesiącach domniemana niewierność żony była ulubionym tematem tyrad Rolliego, trudną do wytłumaczenia obsesją. Z powodu pijaństwa nie miał już czego szukać na jednym z kutrów, na których pływał i teraz wyładowywał swoje frustracje na Graingerze, tak jak dawniej na jego matce. Teraz siedział w fotelu, a głowa kołysała mu się z jednego boku na drugi, zupełnie jakby tylko reszta jego ciała przebywała na lądzie i spod na wpół przymkniętych powiek obserwował stojącego przed nim Graingera. Chłopak dobrze znał to spojrzenie i wiedział, że taki wyraz twarzy ojca najczęściej zwiastował bicie.

Dosyć, pomyślał. Nigdy więcej. Wyjął z portfela kilka banknotów i położył je na nocnej szafce, ani na chwilę nie odrywając wzroku od Rolliego, zupełnie jakby miał do czynienia z rozwścieczoną kobrą. Potem chwycił plecak i zarzucił go sobie na ramię. Rollie zerknął na pieniądze i jego wargi zacisnęły się mocno, tworząc cienką linię. Grainger czuł, że albo zaimponował ojcu, albo wprawił go w jeszcze większy gniew, nie miał jednak zamiaru czekać, aby się tego dowiedzieć. Wyszedł na korytarz i zatrzasnął za sobą drzwi.

Zanim znalazł działający automat telefoniczny, z nieba lunęły potoki deszczu. Zbliżał się świt, lecz Grainger nie zwrócił na to uwagi. Wybrał numer MacKenziech, mając nadzieję, że Mack podniesie słuchawkę i że wszystko sobie wyjaśnią. Doszedł do wniosku, że nie mogą pozwolić, aby Kiley ich rozdzieliła.

Usłyszał głos pani MacKenzie.

– Grainger, dzięki Bogu, myśleliśmy, że jesteś razem z nim...

– Nie, Mack postanowił sam przemyśleć parę spraw.

– Mack wziął tę waszą łódź – w głosie kobiety zabrzmiała zimna, twarda nuta.

Ktoś mógłby pomyśleć, że świadomość, iż Grainger nie towarzyszył Mackowi i nie podzielił jego losu zmieniła jej krew w lód.

– Co się stało? – zapytał Grainger, chociaż w głębi serca znał odpowiedź na to pytanie.

Usłyszał łzy w głosie matki Macka i odgadł prawdę. Jego przyjaciel zaginął, a on nie zapobiegł tragedii. Przecież to on, Grainger, zawsze był tym rozważnym i odpowiedzialnym... Nie powinien był pozwolić, aby Mack w pojedynkę wypłynął na „Blithe Spirit".

– Dlaczego go nie powstrzymałeś, Grainger?

– Nie wiedziałem, co zamierza zrobić.

– Co go do tego skłoniło?

– Pokłóciliśmy się... Myślałem, że posiedzi sam na plaży i wróci do domu...

Szary brzask powoli wydobywał z ciemności wody portu.

– Ale nie wrócił.

Pani MacKenzie nie zapytała, gdzie jest Grainger ani co się z nim dzieje. Odłożyła słuchawkę, dając mu wyraźnie do zrozumienia, jak niewiele obchodzi ją jego los.

Pieczątka na kopercie, w której przyszedł pierwszy i ostatni list matki Graingera do syna, pochodziła z Bostonu. Trzymając ją pod światło, chłopak zdołał odczytać zamazany adres zwrotny: „Szpital McLean, Boston". Wewnątrz znajdował się dziesięciodolarowy banknot i kartka z dwoma zdaniami: „Hyba skończyłeś już liceum. Gratulacje od tłojej matki". Nic więcej, żadnego wyjaśnienia czy przeprosin, żadnych serdeczności. Grainger jeszcze raz przeczytał króciutki list, usiłując dopatrzyć się w nim śladów nieśmiałej, łagodnej miłości.

Przystanął przy wjeździe na autostradę i podniósł dłoń z wyciągniętym w górę kciukiem. Do wojska miał zgłosić się dopiero za trzy tygodnie i postanowił poświęcić ten czas na odnalezienie matki. Poza nią nie miał już nikogo bliskiego na świecie.

* * *

Grainger zdawał sobie sprawę, że utrata Willa będzie równie bolesna jak wszystkie rozstania, które przeżył. Wiedział jednak także, że dopóki Will chce utrzymywać z nim kontakt, mogą widywać się tak często, jak zechcą. Will może przyjechać do niego w odwiedziny, a on, Grainger, odwiedzić go w szkole. Zdecydował, że nie pozwoli, aby Will rozpłynął się w powietrzu jak wiele lat temu jego matka i Mack.

Rozdział dwudziesty siódmy

Catherine oczarowała Kiley. Nie udając kogoś innego, jak to bywa w pseudozabawnych komediach, powtarzanych na jednym z kanałów, ale zachowując się całkowicie naturalnie, oczarowała od razu matkę, podobnie jak syna. Plan Catherine, aby wybrać na pierwszym roku zajęcia ze wstępu do medycyny, dostarczył im obu mnóstwo tematów do rozmowy, dzięki czemu Will mógł się trochę rozluźnić.

Gdyby tylko Grainger zgodził się zostać... Albo raczej gdyby matka okazała więcej serdeczności, zapraszając go na kolację... Will nie miał cienia wątpliwości, że gdyby już oboje znaleźli się w tym samym pokoju, zaczęliby odnawiać swój związek. Nie spodziewał się cudów, co to, to nie, ale liczył, że oswoiliby się z sobą przynajmniej na tyle, żeby mógł rozmawiać z matką o Graingerze i z Graingerem o matce. Czy właśnie tak wyglądało życie dzieci rozwiedzionych rodziców? W tej chwili matka krzywiła się nerwowo, kiedy tylko wspomniał o Graingerze, jak choćby dzisiaj, gdy zaczął jej opowiadać, jak wielką przyjemność sprawiała mu praca przy łodziach. Grainger powiedział mu, że popłynie w sierpniowych regatach na „Random" i praktycznie zasugerował, że Will także mógłby zostać członkiem załogi. Słysząc to, matka odwróciła się i mruknęła: „Zobaczymy", zupełnie jakby Will nadal był dzieckiem. A Grainger... Jezu Chryste, Grainger zmieniał temat za każdym razem, gdy Will usiłował porozmawiać z nim o matce.

Spędził z Graingerem niezwykle produktywny ranek. Praca, fizyczny wysiłek, widok i zapach wygładzonych desek powoli zaczynały sprawiać mu prawdziwą przyjemność. Niedługo po jego przyjściu Grainger zdjął gumowaną płachtę z najmniejszej łodzi na dziedzińcu.

– Wymaga dokładnego oczyszczenia papierem ściernym i olejowania – powiedział. – Długo tu leży, więc drewno kompletnie się rozeschło. Zacznę malować „Random", a ty zabierz się za tę...

Will zauważył linię wzdłuż kadłuba łodzi po prawej stronie, tuż nad linią zanurzenia. Poranne słońce oświetlało jej zarys. Chłopak poszukał wzrokiem Graingera, lecz ten właśnie wszedł do warsztatu, żeby odebrać telefon. Will długo wpatrywał się w kadłub – różnica między przyciętym czy spiłowanym drewnem a naklejonym na płótno włóknem szklanym była dość oczywista. Nie miał cienia wątpliwości, że ma przed sobą „Blithe Spirit".

Grainger wrócił.

– Trudno to sobie wyobrazić, ale niektórym ludziom naprawdę wydaje się, że mogą kupić czas. – Pokręcił głową. – Myślą, że szybciej wykonam pracę, jeżeli więcej mi zapłacą...

Obszedł łódź dookoła i przystanął obok Willa, który trzymał w ręku hebel z nałożonym papierem ściernym. Oczy Graingera spoczęły na chłopcu, potem na łodzi i nieoczyszczonym dziobie.

– Chodźmy popływać – rzucił.

Pozwolił Willowi samodzielnie wypłynąć z małej zatoczki, co bynajmniej nie było dziecinnie proste – po drodze trzeba było ominąć trzy inne łodzie, przycumowane do pali prywatnego pomostu Graingera. Grainger usiadł po nawietrznej i nasunął daszek czapki nisko na czoło, aby nie raziło go poranne słońce. Milczał i spokojnie czekał, aż Will sam sprawdzi, na ile rozłożyć żagiel i jak daleko przesunąć ster. Kiedy opuszczali zatokę, z aprobatą skinął głową.

– Dobra robota.

Will często odbierał pochwały, a to za celny rzut na boisku, a to za wnikliwe potraktowanie tematu eseju lub przeprowadzenie zbiórki pieniędzy na rzecz Towarzystwa Wspierania Ofiar AIDS, lecz dwa słowa, które padły z ust Graingera, poruszyły go w wyjątkowy sposób. Uśmiechnął się, wystawiając twarz na uderzenia wiatru.

– Opowiedz mi o Catherine – odezwał się Grainger, obserwując niebieską flagę na szczycie masztu.

– Jest wspaniała...

– Podoba ci się.

Stwierdzenie faktu.

– Tak. Nigdy nie spotkałem osoby, przy której czułbym się tak swobodnie. Catherine nie bawi się w żadne gierki. – Will przesunął rumpel o jeden stopień i wytyczył prosty kurs.

– W jakie gierki bawią się dzisiejsze dziewczyny?

– Lori, moja poprzednia dziewczyna, lubiła trzymać mnie na krótkiej smyczy. – Will utkwił wzrok w linii horyzontu. – Mówiła na przykład, że nie ma nic przeciwko temu, żebym umówił się z kumplami, ale później wściekała się na mnie. Nigdy nie byłem pewny, czy mnie egzaminuje, czy po prostu zmieniła zdanie...

Chłopak trochę za mocno naciągnął żagiel, ale zanim Grainger zdążył wytknąć mu błąd, sam go naprawił.

– Wynika z tego, że niezła była z niej wiedźma – powiedział Grainger.

Will uśmiechnął się szeroko.

– Masz rację. Nigdy nie zapomnę, w jaki sposób ze mną zerwała...

– No? – zachęcił go Grainger.

– Jej rodzice wyjechali, więc urządziła w domu imprezę. Poprosiła, żebym na chwilę wyszedł z nią do ogrodu, więc myślałem, że ma ochotę... Rozumiesz, na odrobinę intymności... – Will poprawił żagiel. – Tymczasem ona powiedziała, że ponieważ wybieramy się na różne uczelnie, powinniśmy się rozstać, bo nie ma sensu utrudniać sobie życia.

– Idiotyczny argument!

– Też tak mi się wydaje...

Parę minut płynęli w milczeniu, potem Grainger kazał Willowi dać żagiel na wiatr. Mocno trzymając płótno, chłopak patrzył, jak Grainger sprawnie przesiada się na drugą stronę łodzi. Bom zakołysał się i na moment wszystko na pokładzie zamarło w bezruchu. Potem Will odzyskał kontrolę nad żaglem i bez trudu ustawił go w odpowiedniej pozycji.

– Bardzo dobrze.

Willa ogarnęła dziwna radość, której przyczyną niewątpliwie była ta krótka pochwała. Zupełnie jakby przez całe życie, mimo tego, że matka bezustannie utwierdzała go w poczuciu własnej wartości, pragnął aprobaty ojca...

– Kochałeś ją?

– Tak sądziłem, ale teraz, kiedy poznałem Catherine, wiem, że to była pomyłka.

Grainger nalał sobie do kubka trochę kawy z termosu.

– I w końcu zrobiłem coś naprawdę głupiego – podjął Will, lekko przesuwając rumpel.

– Co takiego?

– Spotkałem się z kumplami i trochę się nahajcowałem. Na dodatek dałem się przyłapać.

– Marycha?

– Tak.

Grainger milczał. Will przestraszył się nagle, że sporo stracił w oczach starszego mężczyzny.

– Zrobiłem to tylko jeden raz – zapewnił pośpiesznie. – Jestem sportowcem. Chodziło mi tylko o to, żeby...

– Żeby raczej samemu skrzywdzić siebie, niż pozwolić to zrobić komuś innemu – przerwał mu Grainger.

Will skinął głową.

– Wszyscy popełniamy głupstwa. Liczy się to, jak zachowasz się później.

– Catherine mówi, że może nawet i dobrze, że wtedy wpadłem. Gdyby nie to, mama nie przywiozłaby mnie tutaj, bo nie zależałoby jej aż tak bardzo, żeby odseparować mnie od kumpli. Najśmieszniejsze jest to, że właściwie nie mam praktycznie nic wspólnego z D.C. i Mikem... Po prostu byliśmy w tej samej klasie i czasami wybieraliśmy się gdzieś razem, z przyzwyczajenia, nie żebyśmy byli przyjaciółmi. I tak nie spotykałbym się z nimi w czasie wakacji, ale oczywiście nie powiedziałem tego mamie, a ona się wściekła i doszła do wniosku, że jeśli zostanę w domu, na pewno zostanę ćpunem. Chyba naprawdę zawiodłem jej zaufanie i spieprzyłem sprawę... O, przepraszam, nie chciałem użyć tego słowa...

Wybuch śmiechu Graingera zaskoczył ich obu.

– Spędziłem dziesięć lat w marynarce handlowej i nie wydaje mi się, żebyś mógł zaskoczyć mnie w tej dziedzinie... Tak czy inaczej, Catherine ma pewnie rację. Czasami rzeczywiście nie ma tego złego, co by na dobre nie wyszło...

Will poprawił kurs i dziób łodzi przeciął zielonoszarą wodę z głośnym świstem. Przyśpieszyli, żagiel załopotał na wietrze. Will uświadomił sobie, że nie miał żadnych oporów, aby powiedzieć Graingerowi prawdę o tamtej nocy. Dlaczego nie zdobył się na to samo wobec matki?

Jako dziecko czasami wybierał jakiegoś mężczyznę i wyobrażał sobie, że jest to jego ojciec. Nigdy nie był to żaden facet, z którym spotykała się matka, zwykle sprzedawca z lodziarni lub sklepu. Kiedyś ten wątpliwy zaszczyt przypadł w udziale kierowcy szkolnego autobusu, który był dla Willa szczególnie miły w dniu, gdy mały potknął się na schodku i przewrócił, wysypując zawartość pudełka na lunch na chodnik. Mężczyzna wysiadł, pomógł chłopcu wstać i pozbierać krakersy, termos oraz owoce. Mama, która widziała wszystko z drugiej strony ulicy, natychmiast przybiegła i podziękowała wybawcy Willa z tak serdecznym uśmiechem, że chłopiec przez parę tygodni snuł marzenia na temat ich dwojga.

Jednak ta sytuacja była zupełnie inna. To nie były marzenia, Will mógł dowieść, że Grainger jest jego ojcem.

Siedział w milczeniu, ogrzewając dłonią szklankę z colą i słuchając, jak Catherine i jego matka z zapałem rozprawiają o medycynie. Kiley zaczęła już opowiadać anegdotki z czasów, gdy sama była studentką. Will patrzył na nie z zadowoleniem. Obie wygodnie usadowiły się w fotelach i wymieniały uwagi w identycznym, nieśpiesznym rytmie. Will oparł się o drewniany słupek balustrady. Była druga połowa lipca, słońce zachodziło już zauważalnie wcześniej niż jeszcze niedawno i na dworze zapadł zmrok. W metalowym pojemniku grilla płonęły kostki koksu, płomień tak jasny jak wychylający się zza linii horyzontu księżyc rzucał pasmo żółtego światła na ciemną powierzchnię wody.

– To bardzo piękne miejsce, pani Harris... Dziękuję, że zaprosiła mnie pani na kolację.

– Cieszę się, że jesteś tu z nami. Mam nadzieję, że jeszcze nie raz się spotkamy.

Było już dosyć późno, ale żadna z kobiet nie podniosła się z fotela. Will zamknął oczy, wsłuchany w ciche, rytmiczne uderzenia drewnianych biegunów o deski tarasu. Ten wieczór mógłby mu sprawić większą przyjemność tylko wtedy, jeśli Grainger przyjąłby zaproszenie. Uśmiechnął się. Catherine miała rację – kara stała się jego nagrodą. Szkoda tylko, że mama tak ciężko przeżywała powrót do Hawke's Cove... Porządkowanie domu i wystawienie go na sprzedaż było dla niej trudnym doświadczeniem, a przyjaźń Willa z Graingerem stresowała ją do tego stopnia, że nie mogła w nocy spać. Will doskonale wyczuwał, kiedy matka denerwowała się z powodu domu, a kiedy z powodu Graingera. Na problemy związane ze sprzedażą reagowała zwykle wypowiadanymi pod nosem niepochlebnymi uwagami na temat Toby'ego oraz trzaskaniem drzwiami, natomiast głęboki smutek i napięcie wywołane ponownym spotkaniem z dawnym przyjacielem ujawniały się tylko wtedy, gdy sądziła, że Will jej nie widzi. Wzdychała wtedy ciężko, być może odrobinę zazdrosna, że on tak swobodnie i dobrze czuje się w towarzystwie Graingera.

W dzieciństwie czasami słyszał podobne westchnienia, najczęściej późną wiosną, gdy babcia i dziadek pakowali rzeczy do samochodu przed wyjazdem do Hawke's Cove. Kiley powoli wciągała powietrze i gwałtownie wypuszczała je z płuc, jak ktoś, kto za chwilę zacznie krzyczeć lub płakać. Mały Will nauczył się rozpraszać uwagę matki, niby przypadkiem zrzucając szklankę na podłogę lub zaczynając narzekać na jakąś wyimaginowaną kontuzję. Teraz, kiedy był już prawie dorosły, pozwalał jej przez chwilę przeżywać smutek, lecz zaraz wyciągał z zanadrza średnio interesującą opowieść o szkole lub kolegach, aby wyrwać ją z fatalnego nastroju.

– No, chyba powinnam zostawić was samych... – Kiley wstała, przeciągnęła się i oparła dłonie na balustradzie. – Nie, nie, siedź, Catherine... Dam sobie radę z tymi kilkoma talerzami, naprawdę...

Will zeskoczył z poręczy na deski tarasu.

– Możliwe, że wybierzemy się do kina.

– Świetnie, tylko zaraz potem wracaj do domu, dobrze?

– Jasne.

Pocałował matkę w policzek, chwycił Catherine za rękę i pociągnął ją w kierunku schodów. Pomachali jej od furtki, życząc dobrej nocy. Kiedy Will obejrzał się, zanim włączył silnik samochodu, Kiley wciąż jeszcze stała przy balustradzie, wpatrzona we wschodzący księżyc. Chociaż padał na nią cień dachu, chłopak odgadł, że na twarzy matki maluje się smutek. Toby uprzedził, że następnego dnia zjawi się z ofertą kupna od ludzi, którzy przed południem oglądali dom. Ile jeszcze razy Kiley będzie mogła przyglądać się, jak księżyc wschodzi nad Hawke's Cove? Najprawdopodobniej niewiele...

– Masz bardzo miłą mamę. – Głos Catherine wyrwał go z nostalgicznego zamyślenia i przegonił smutek.

Będzie miał jeszcze mnóstwo czasu, aby żałować sprzedaży domu. Teraz miał obok siebie tę wspaniałą dziewczynę i powinien myśleć przede wszystkim o niej. Czuł, że jeśli oboje dołożą starań, ich znajomość przetrwa nie tylko ostatnie tygodnie lata, lecz także wiele następnych.

– Nie zawsze jest tak sympatyczna, ale ogólnie rzecz biorąc nic nie można jej zarzucić – odparł.

Cieszył się, że Kiley i Catherine tak łatwo się porozumiały i tylko trochę zirytowały go szczegółowe pytania matki, czy Catherine spędza czas w podobny sposób jak ona sama milion lat wcześniej. Czy Catherine chodzi na wieczorki taneczne w Klubie Jachtowym? Nie, ponieważ jej rodzice nie należą do Klubu. Czy miejscowa młodzież nadal spotyka się w porcie? Nie, teraz młodzi ludzie najczęściej umawiają się w centrum handlowym w Great Harbor. Tego typu pytania zawstydzały Willa, ale na szczęście Catherine nie sprawiała wrażenia skrępowanej.

Powoli jechali drogą wzdłuż wybrzeża.

– Dzięki, że tak spokojnie zniosłaś to wypytywanie – odezwał się Will. – Odkąd jesteśmy w Hawke's Cove, mama stale wraca do przeszłości...

– Nie przeszkadzało mi, że pyta mnie o różne rzeczy. Nie wyobrażam sobie, że mogłabym przez wiele lat nie przyjeżdżać tutaj, a kiedy wreszcie bym wróciła, to ze świadomością, że niedługo muszę znowu wyjechać, i to na zawsze...

Uwaga Catherine wzbudziła nową falę smutku w sercu Willa. Matka do ostatniej chwili zabraniała mu kontaktu z tym cudownym miejscem, a teraz było już po prostu za późno... Nie przyszło mu do głowy, że pokocha dom dziadków, lecz tak właśnie się stało, chociaż na początku był wściekły, że nie może spędzić wakacji tak, jak sobie wymarzył. I nie chodziło tylko o to, że poznał człowieka, który mógł być jego ojcem oraz dziewczynę, która od razu wydała mu się interesująca... Nie, chodziło o Hawke's Cove.

– Musimy jechać do kina? – Will przyciszył radio.

Natarczywy, jednostajny rytm rapowej piosenki zbyt brutalnie zakłócał panujący między nimi nastrój.

– Oczywiście że nie... Masz inny pomysł?

– Chętnie posiedziałbym chwilę na plaży.

Catherine oderwała rękę od kierownicy i lekko dotknęła jego dłoni.

– Chętnie się przyłączę.

Minęli dom dziewczyny i zostawili samochód na małym parkingu na końcu ścieżki prowadzącej na Bailey's Beach. Na tylnym siedzeniu znaleźli wilgotne ręczniki i zabrali je ze sobą. Głodne fale gwałtownie uderzały o brzeg, arytmicznie, zmysłowo.

Will objął Catherine i przyciągnął ją bliżej do siebie.

– Jest jeszcze bardzo ciepło – powiedział. – Szkoda, że nie zabraliśmy kostiumów, moglibyśmy popływać.

Catherine pogładziła jego plecy.

– Niepotrzebne nam kostiumy...

Will siedział nieruchomo.

– Moja matka właśnie w taki sposób wpadła w kłopoty...

– Biorę pigułkę.

– Jesteśmy już na to gotowi?

– Może nie, ale gdybyśmy byli gotowi, z pewnością nie znalazłabym się w takiej sytuacji jak twoja mama wiele lat temu.

– Nie wiem, czy jestem w stanie rozmawiać jednocześnie o seksie i mojej matce... Kąpiel w zimnej wodzie będzie chyba miała ten sam efekt...

– Sprawdzimy? – Catherine podniosła się, odwróciła tyłem do Willa i rozebrała, rzucając rzeczy na piasek. – Chodź, nieśmiały chłopcze... Nie będę patrzyła ani ci dokuczała, chcę tylko popływać...

Wyraźnie widział, jak blask księżyca srebrzy jej skórę. Pobiegła na sam brzeg, zbadała stopą temperaturę wody, zadygotała i zanurzyła się. Po chwili Will był przy niej. Zimna woda nie miała najmniejszego wpływu na naturalną reakcję jego młodego ciała na widok nagich pośladków Catherine, którym miał okazję się przyjrzeć, zanim zanurkowała. Zaskoczyło go uczucie przyjemnej swobody – jedwabista woda obmywała i pieściła jego ciało jak najdelikatniejsza tkanina. Catherine odwróciła się ku niemu, kiedy szybko wyskoczył z wody i okrył się ręcznikiem. Stał tyłem do niej, gdy wychodziła na brzeg, ale wyobraźnia podsunęła mu wizerunek krótkowłosej Wenus, wyłaniającej się z pięknej muszli i z wdziękiem osłaniającej dłońmi intymne miejsca. Ten obraz jeszcze nasilił jego podniecenie i zażenowanie. Usiadł na piasku, opierając ręce na zawiązanym w pasie ręczniku.

Łagodne powietrze lipcowej nocy osuszyło ich skórę, kiedy siedzieli obok siebie, niewinnie dotykając się palcami. Will był dumny ze swojej wstrzemięźliwości, z opanowania, dzięki któremu nie wyciągnął ręki, aby odrzucić okrywający Catherine ręcznik. Wolał zaczekać, aż ich związek okrzepnie i przejdzie próbę czasu, chociaż nie była to łatwa droga.

– Wiesz, czego kompletnie nie rozumiem? – odezwał się, pragnąc oderwać myśli od najbardziej interesującej go w tej chwili sprawy.

– Czego?

– Zachowania mamy i Graingera. Dziś po południu podwiózł ją z zakupami do domu, ale nie chciał zostać na kolacji, a ona w ogóle nie próbowała go przekonać. Rozumiem, że dawno temu zranili się nawzajem, ale teraz mogliby chyba już o tym zapomnieć, chociażby ze względu na mnie...

– Nie wiesz przecież, co się między nimi wydarzyło. – Catherine zmierzyła go uważnym spojrzeniem. – Może jednak nie powinieneś wtrącać się do tej sprawy...

– Nie mogę przestać o tym myśleć, czasami wydaje mi się, że wpadam w obsesję. Mama i Grainger byli kiedyś w sobie zakochani.

– A ty byłeś kiedyś zakochany w Lori...

Will rzucił kamykiem w srebrzystą plamę światła księżyca na powierzchni wody.

– To co innego.

– Wyobraź sobie, że za dwadzieścia lat zobaczyłbyś ją na rocznicowym spotkaniu w szkole – nie czułbyś się trochę dziwnie?

– Lori i ja nie będziemy mieli wspólnego dziecka – mruknął Will.

– Nie masz żadnej pewności, czy dotyczy to twojej mamy i Graingera...

Will rzucił następny kamyk. Wydawało mu się, że niewyraźny, stłumiony plusk wody podkreśla zamęt, panujący w jego głowie.

– I właśnie tego chcę się dowiedzieć.

– Nie chciałabym gasić twoich nadziei, ale jeżeli oni dwoje odnoszą się do siebie z taką niechęcią, to twoje pragnienia raczej tego nie zmienią. Musisz po prostu pogodzić się z tym, że wiesz tyle, ile wiesz.

– Chcę wiedzieć, czy Grainger jest moim ojcem, czy nie. Nie po to, żeby stawiać mu jakieś żądania czy komplikować życie, ale aby w końcu poznać prawdę.

– A jeżeli Grainger nie jest twoim ojcem? Poradzisz sobie z takim rozczarowaniem?

Will nakreślił krzywą linię na piasku.

– Przynajmniej będę wiedział, kto nim jest...

Powinien poprosić Graingera o zgodę na badanie DNA. Grainger był mu to winien, zwłaszcza że nawet nie próbował pogodzić się z matką Willa... Stwierdzenie ojcostwa dałoby Willowi pewną satysfakcję, pozwoliło poczuć się pewniej. Catherine nie rozumiała, że ciekawość Willa była silniejsza od lęku przed rozczarowaniem.

Po chwili dziewczyna wstała, zabrała swoje rzeczy i poszła nieco dalej, za najbliższą wydmę. Will ubrał się szybko i kiedy Catherine wróciła, objął ją, zamknął w ciasnym uścisku. Dotknął ustami jej warg i długo stali przytuleni do siebie, wymieniając pocałunki.

– Zobaczymy się jutro? – zagadnął Will.

– Po twojej lekcji z Graingerem?

– Dobrze.

– Jak ci idzie nauka?

– Grainger mówi, że naprawdę nieźle sobie radzę. Siedzi tylko i pozwala mi samemu robić wszystko, co należy, bez przypominania.

– Byłoby fajnie, gdybyś któregoś dnia zabrał mnie ze sobą...

– Byłoby wspaniale! Przed wyjazdem na pewno to zrobię!

– Trzymam cię za słowo.

Will chwycił dłoń Catherine i przytulił jej palce do swego policzka.

– Nie zawiedziesz się, zobaczysz – powiedział.

Will chwilę patrzył za oddalającym się samochodem. Miał uczucie, że jeśli nawet nie okłamał Catherine, to jednak przedstawił jej swoje postępy w nauce żeglarstwa trochę zbyt optymistycznie. Gdy rano zapytał Graingera, czy pozwoli mu wypłynąć samemu, ten zdecydowanie potrząsnął głową.

– W żadnym wypadku, jeszcze na to za wcześnie. Wypływałeś dopiero parę razy, a na dodatek zacząłeś się uczyć dopiero w połowie sezonu. Dobrze ci idzie, ale jeszcze nie czas na samotny wypad.

Grainger był zbyt ostrożny, albo może obawiał się awantury. Will nie miał cienia wątpliwości, że jego matka nie skąpiłaby Graingerowi ostrych słów, gdyby puścił go w morze samego. Cóż, Grainger nie zachowywał się fair, zaś Kiley okazała się nadmiernie opiekuńczą matką...

Will postanowił, że zabierze Catherine na krótką wyprawę. Szybko opłyną zatokę, nic wielkiego. Nie da się tego nawet porównać z popalaniem marychy... A jeśli chodzi o inne kwestie, to po prostu będzie musiał popracować nad matką i Graingerem, trochę ich pomęczyć, jak normalny dzieciak, który ma dwoje rodziców.

Rozdział dwudziesty ósmy

Toby Reynolds siedział w fotelu na biegunach tuż przy balustradzie, a ostry róż koszulki polo firmy Lacoste, którą tego dnia miał na sobie, rozpaczliwie gryzł się z jego coraz bardziej czerwonymi policzkami.

– Zrozumiałbym twój tok rozumowania, gdyby zaproponowali mniejszą sumę, ale to dobra oferta, naprawdę dobra. Popełnisz błąd, jeśli jej nie przyjmiesz!

Kiley Harris zakołysała się w drugim fotelu, tym stojącym bliżej drzwi.

– Oglądasz czasem mecze baseballa?

– Jasne. Dlaczego pytasz?

– Niektórzy łapiący zawsze przepuszczają pierwszą piłkę.

– I to jest twoja strategia? – prychnął Toby.

– Coś w tym rodzaju. – Kiley nie przestawała się kołysać. – Rozumiem, dlaczego agentom nieruchomości nie podoba się, gdy sprzedający poznają kupujących przed dobiciem targu... Tak czy inaczej, byłam w domu, kiedy z nimi przyjechałeś, chociaż może nie powinnam, i powiem ci jedno – ci ludzie nigdy nie będą tu szczęśliwi. Z Hawke's Cove nie łączy ich nic ponad to, że byli tu dwa razy i miejscowość przypadła im do gustu. Jednak to nie powód, aby tyle płacić za dom... Gdy ta poszukiwaczka złota zorientuje się, że Hawke's Cove to nie żaden modny kurort, bez wahania sprzedadzą działkę. Daję im najwyżej dwa lata. Nie chcę, żeby dom trafił w ręce takich ludzi...

Rumieniec dotarł do uszu Toby'ego.

– Kiley, nie możesz oceniać potencjalnych klientów na podstawie czegokolwiek poza ich płynnością finansową! Czujesz do nich niechęć, bo nie są bliżej związani z Hawke's Cove i dlatego zamierzasz odrzucić ich ofertę? Gdyby wszyscy myśleli w ten sposób, żaden mieszkaniec Hawke's Cove nigdy nie sprzedałby posiadłości ludziom, którzy nie pochodzą stąd!

Kiley widziała, że Toby jest na nią naprawdę wściekły. Jej zdaniem zachowywał się nie tyle jak jej agent, lecz agent kupujących.

– Po południu zadzwonię do twojego ojca – rzucił. – Muszę go powiadomić, że odrzuciłaś ofertę, i to bez powodu!

– Oczywiście. To on podpisał umowę z twoją agencją, nie ja. Niezależnie od wszystkiego, nie chcę później żałować, że przeze mnie dom kupili nieodpowiedni ludzie. – Kiley wstała i przytrzymała rozhuśtany fotel. – Przywieziesz jeszcze jakichś klientów?

– Mam jeszcze dwie, może trzy propozycje, w tym od pary z trójką dzieci, z Great Harbor. On jest bankierem, ona konsultantką... Są tu głęboko... Zaraz, zaraz, jakiego słowa szukamy? Och, tak, głęboko zakorzenieni... – głos Toby'ego ociekał sarkazmem. – Tak jest, zakorzenieni... Muszę cię jednak uprzedzić, że nawet jeśli dom im się spodoba, to raczej nie będzie ich stać na złożenie odpowiedniej oferty...

– Kiedy z nimi przyjedziesz?

– Pierwsza ci odpowiada?

– W porządku. Oczywiście będę się trzymać z daleka.

– Serdeczne dzięki!

Kiley zdziwiła się, kiedy Toby nie ruszył w stronę samochodu, ale wszedł za nią do domu.

– Wybierasz się na imprezę w Klubie Jachtowym? – zapytał.

Toby-Ambitny-Agent-Nieruchomości zniknął, jego miejsce zajął młody, niezbyt pewny siebie mężczyzna.

– Jeszcze się nie zdecydowałam. Emily Claridge postarała się, żebym dostała zaproszenie, lecz nie planowałam udziału w uroczystym koktajlu... Nie przyjechałam tu, aby prowadzić intensywne życie towarzyskie, tylko uporządkować dom przed sprzedażą...

Toby przestał słuchać już po pierwszych paru słowach.

– *Claridge*?

– Willa „Sans Souci".

– Ach, tak, Emily Fitzgibbons...

– Właśnie... – Kiley położyła dłoń na futrynie drzwi. Miała szczerą nadzieję, że Toby zorientuje się, iż nie jest szczególnie spragniona jego towarzystwa. – Myślę, że po prostu wyślę im jakąś sumę i uniknę tej całej szopki...

– W tym roku jestem w komisji Klubu. – Toby wcale nie udawał, że mu się śpieszy. – Bardzo byśmy się wszyscy cieszyli, gdybyś wzięła udział w koktajlu... Twój ojciec bardzo aktywnie wspierał przecież program kursów żeglarskich, prawda? Poza tym znasz tu wszystkich, których należy znać, a ja... – wyciągnął rękę i delikatnie dotknął ramienia Kiley. – Ja byłbym szczęśliwy, mogąc poznać cię bliżej, nie tylko jako wyjątkowo wymagającą klientkę...

Kiley nie zdołała powstrzymać uśmiechu.

– Czyżbyś mnie podrywał? – zapytała, przekrzywiając głowę.

– Może trochę...

Natychmiast po wyjściu Toby'ego Kiley zadzwoniła do rodziców, aby powiedzieć im o problemach, jakie jej stwarza. Starała się nie dopuszczać do siebie myśli, że pierwsza przystępuje do ataku. Kiedy Lydia odebrała telefon, Kiley przedstawiła ofertę Fensterów jako niezbyt korzystną i szybko zmieniła temat, wspominając o przyjęciu charytatywnym w Klubie Jachtowym.

– Och, cudownie! – ucieszyła się Lydia. – Nie zapomnij pozdrowić od nas... – tu wyrecytowała długą listę przyjaciół i znajomych, którzy powinni pojawić się na imprezie.

Wymienione przez matkę nazwiska przypomniały Kiley dawne czasy. Murphy i Sonderbend. Kensy i Deveaux. French i Altman. Pamięć skwapliwie podsunęła jej nazwy łodzi i jachtów – wspaniale wyposażony „Alphonse and Marie" Kensy'ejów, niezrównany „Digger" rodziny Deveaux, śliczna niewielka „Catbird" Altmanów...

I „Blithe Spirit"... Ciekawe, gdzie teraz jest... Może Grainger lub Conor coś o niej wiedzą. Czy ośmieli się zapytać, czy będzie wolała uniknąć rozmowy, na którą nie miała ochoty?

Niewykluczone zresztą, że „Blithe Spirit" została zatopiona i leży na dnie morza, które pochłonęło jej właściciela.

Odsunęła firankę i spojrzała na rozciągającą się za oknem zatokę.

– Chyba jednak nie pójdę – powiedziała. – I nie wyobrażaj sobie, mamo, że wasi dawni znajomi cieszą się ze sprzedaży naszego domu... Reagują na tę wiadomość tak, jakby umarł ktoś im bliski...

– To nie ich sprawa. – W głosie Lydii zabrzmiała twarda nuta.

Kiley wyobraziła sobie matkę, siedzącą przy telefonie z przedobiednim drinkiem w ręce; ojciec na pewno stał tuż za nią, z pojemnikiem na tlen w pobliżu.

– Tak czy inaczej, wszyscy będą za wami tęsknić...

– Wcześniej czy później pójdą w nasze ślady – odparła Lydia. – Utrzymanie letnich domów kosztuje coraz więcej.

Kiley nie chciała wdawać się w dyskusję z matką na temat trudności związanych z utrzymaniem starych letnich domów nad morzem, nieustannej walki z siłami przyrody, wichrami i deszczami, które zdzierały świeżą farbę, dachówki i niszczyły drewno. Właściciele takich domów co roku modlili się, aby dach wytrzymał do wiosny, lecz nie żałowali pieniędzy na naprawy.

Znowu zmieniła temat.

– Will znalazł sobie nową dziewczynę.

– Mam nadzieję, że z dobrej rodziny...

– Wątpię, czy według twoich standardów jest to dość „dobra" rodzina, ale według moich tak.

– Jak się nazywa?

Kiley słuchała tylko jednym uchem, jak Lydia stara się odnaleźć rodzinę Amesów w kręgu swoich znajomych.

– Możliwe, że jej matka jest z domu French... – zastanawiała się starsza pani. – Wydaje mi się, że jedna z ich córek wyszła za Amesa...

Kiley przestała słuchać.

– Mamo, to bez znaczenia – odezwała się po chwili, gdy Lydia umilkła. – Niedługo stąd wyjedziemy.

– Takie rzeczy zawsze mają znaczenie, ludzi ocenia się po towarzystwie, w jakim się obracają...

Kiedyś matka często powtarzała to młodej Kiley, która za żadne skarby świata nie chciała zrezygnować z przyjaźni z Mackiem i Graingerem. Teraz Kiley pomyślała, że chętnie poznałaby opinię matki na temat dorosłego Graingera, rzutkiego biznesmena, w niczym nieprzypominającego ubogiego chłopca, który wychował się w domu litościwych Mac-Kenziech.

– Muszę uciekać – powiedziała. – Toby zaraz przyjedzie z nowym klientem. Podobno to ktoś, kto dobrze zna Hawke's Cove, bo na stałe mieszka w Great Harbor.

– Bardzo dobrze. Sprawdź, czy nigdzie nie ma bałaganu – żadnych brudnych naczyń w zlewie i na stole...

– Staram się dbać o dom, mamo.

– I nie myśl sobie, że tego nie doceniam. Miejmy nadzieję, że ci ludzie złożą korzystną ofertę.

– Nie przyjmę oferty, która nie będzie idealna pod każdym względem.

– Pamiętaj, że gra toczy się o wysoką stawkę – o przyszłość Willa. Ani twój ojciec, ani ja nie możemy pozwolić sobie na finansowanie jego edukacji z naszych obecnych dochodów. Musimy sprzedać dom, nie mamy wyjścia, bo w przeciwnym razie musiałabyś szybko znaleźć inne rozwiązanie, a w twojej sytuacji... Sama wiesz, że na razie jesteś bez pracy.

Chłodny sposób pożegnania z miejscem, które matka uważała kiedyś za swoje schronienie, nie mieścił się Kiley w głowie. Ona sama ukryła dom i związane z nim wspomnienia pod szklanym koszem, i nie chciała się z nimi rozstawać.

– Nie jesteś przywiązana do Hawke's Cove? – zapytała niechętnie. – Po tych wszystkich cudownych latach, które tu spędziłaś?

– Nie. Sentymenty nie odgrywają żadnej roli w życiu i tylko zaśmiecają umysł. Jeżeli przywiązujesz zbyt wielką wagę do przeszłości, marnujesz czas, starając się ją odzyskać...

– Daj mi na chwilę tatę, dobrze? – Kiley miała już dosyć rozmowy z Lydią.

Minęło parę minut, zanim ojciec Kiley dotarł do telefonu.

– Rozmawiałaś z Eganem?

– Tak. Popłynie na „Random" w regatach. – Kiley przypomniała sobie, jak Grainger, smutny i trochę gniewny, odjechał poprzedniego dnia, nie przyjąwszy zaproszenia na kolację. – Zgodził się specjalnie dla ciebie...

– Co z tobą i Willem?

– Przecież wiesz, tato, że w sierpniu już nas tu nie będzie.

– Moglibyście zostać. Nawet jeśli sprzedamy dom, zastrzeżemy w umowie, że klucze oddamy nowym właścicielom dopiero we wrześniu.

– Nie o to chodzi...

– Więc o co? – ojciec Kiley ściszył głos. – Powiedz mi...

– Nie powinnam była tu przyjeżdżać.

– Świetnie sobie radzisz!

– Powiedziałam o wszystkim Willowi.

Długą chwilę słyszała tylko przyśpieszony, nieregularny oddech ojca.

– Jak to przyjął? – zapytał w końcu.

– Wydaje mi się, że dość dobrze, ale teraz domaga się fizycznych dowodów...

– Od kogo?

Kiley zaczerwieniła się. Czyżby jej ojciec naprawdę przypuszczał, że Will przyszedł na świat bez udziału mężczyzny? Nagle przyszło jej do głowy znane powiedzenie z filmu „Absolwent": „Ojciec każdej córki jest prawiczkiem".

– Od Graingera albo Conora MacKenzie.

– Conora?

– Brata Macka.

– Zawsze lubiłem doktora MacKenzie. Leczył twoją matkę, kiedy miała problemy z żołądkiem.

– Och, tato... – Kiley mocniej zacisnęła palce na słuchawce. – Muszę już iść...

– Zaczekaj! Powtórz Eganowi, że przyjadę w czwartek przed regatami.

– Nie wiem, czy to dobry pomysł, chyba powinieneś jeszcze raz zastanowić się nad udziałem w regatach. To zbyt wyczerpujące, zmęczy cię już samo wejście na łódź, poza tym w domu większość rzeczy jest już popakowanych...

– Spędzimy w domu tylko ze dwie noce. Zostaw pościel na łóżkach, to wystarczy.

– Nie powinieneś tak długo siedzieć za kierownicą, to jednak spora odległość... – westchnęła Kiley.

– Umówię kierowcę, chyba że sama chciałabyś nas przywieźć.

– Dlaczego tak się przy tym upierasz?

Kiley zorientowała się, że ojciec jest sam w pokoju, ponieważ jego głos przybrał na sile.

– Twoja matka bardzo chce zobaczyć Hawke's Cove. Myśleliśmy, że zdołamy pożegnać się z domem na odległość, ale nie jesteśmy w stanie tego zrobić, kochanie. Nie przywiązuj wagi do tego, co matka mówi, ona naprawdę strasznie tęskni za tym miejscem... Zrezygnowaliśmy już z niego, lecz nadal je kochamy.

– Dlaczego rezygnujecie, skoro tyle dla was znaczy?

– Ty też je kochałaś, a rozstałaś się z nim na wiele lat.

– To co innego... – Twarde, z trudem wypowiedziane słowa ojca mocno ją zabolały. – Nie sprzedawajcie domu, jakoś zdobędę pieniądze na studia Willa. Ostatecznie jestem teraz samotną, bezrobotną matką, więc na pewno mogę liczyć na jakieś ulgi.

– Czy to znaczy, że zajmiesz się domem w Hawke's Cove?

– Rozmawialiśmy już o tym, tato. Odpowiedź wciąż jest ta sama – nie mogę.

– Tak było, zanim powiedziałaś wszystko Willowi. Teraz jesteś tam i nic złego się nie dzieje.

Kiley mocno zacisnęła powieki.

– Nie jestem tego taka pewna.

Nic złego się nie stało, ale nie stało się też nic dobrego. Scena pogodzenia się z Graingerem, którą tak często sobie wyobrażała, nie została odegrana w rzeczywistości. Grainger miał rację – jak mogliby jeszcze kiedykolwiek być przyjaciółmi, skoro w każdym zdaniu krył się podtekst, podwójne znaczenie tak głęboko wtopione, że czasami Kiley nie mogła oprzeć się wrażeniu, iż wszystkie słowa, które wypowiada, wypływają z innego źródła niż jej własny mózg. Zachowywała się jak brzuchomówca, tyle że drugim głosem była jej podświadomość. Dawno temu kochała Graingera, a on kochał ją, ale czy oznaczało to, że teraz powinni być przyjaciółmi, czy raczej, że nie mogą żyć w przyjaźni? Znali się aż zbyt dobrze, oto, na czym polegał problem.

W garażu nadal stał stary rower. Z opon uszło powietrze, lecz Kiley szybko nadmuchała je ręczną pompką. Przy każdym pchnięciu rączką podjęte przez nią postanowienie nabierało mocy.

Miała tego dosyć, naprawdę.

Bez kasku, na ostrzegawczo posykujących oponach i z hamulcami, które czyniły zjazd ze wzgórza ekscytującą przygodą, Kiley pomknęła w stronę Warsztatu Szkutniczego Egana. Musiała namówić Graingera, aby pomógł jej wyperswadować ojcu niebezpieczny dla jego zdrowia pomysł udziału w regatach. Merriwell Harris najzwyczajniej w świecie nie miał dość siły, żeby przeskakiwać spod jednej burty pod drugą w czasie zmiany kursu. Wyścig to szybkie, precyzyjne działania i ruchy, nie będzie czasu, aby ciągle sprawdzać, czy starszy pan dobrze się czuje. Kiley wyobraziła sobie zielony pojemnik z tlenem, toczący się po pokładzie jak armatnia kula, i ojca, z trudem chwytającego powietrze, ciężko dyszącego, zmęczonego ostrym wiatrem. Nie chciał jej słuchać, ale może posłucha Graingera. Niemożliwe, żeby Grainger nie zgodził się jej pomóc. Zawsze lubił jej ojca i był mu wdzięczny, ponieważ to właśnie Merriwell Harris zaproponował jego kandydaturę na stanowisko instruktora programu nauki żeglarstwa dla dzieci i młodzieży.

Kiedy jechała po długim, wysypanym żwirem podjeździe Graingera, opony były już prawie zupełnie płaskie. Kiley spostrzegła swój samochód, stojący obok pikapu Graingera i ucieszyła się. Może w obecności Willa rozmowa pójdzie łatwiej... Oparła rower o mazdę i ruszyła do drzwi, kiedy nagle w warsztacie zahuczał kompresor. Mężczyźni przy pracy... Ubrany w biały kombinezon Grainger spryskiwał farbą kadłub „Random". Był odwrócony do niej plecami, a warkot kompresora zagłuszył jej kroki.

Minęła trzy duże łodzie i zobaczyła pracującego nad małą żaglówką Willa. Oparty o odwrócony dnem do góry kadłub, zaklejał miękką białą masą klejącą powstałe pod działaniem wody szczeliny między deskami. Obok na dwóch kozłach spoczywał maszt, świeżo oczyszczony i lśniący w lipcowym słońcu.

Kiley przystanęła. Łódka wyglądała na tak małą, była zaledwie pomniejszonym cieniem tej, którą zachowała w pamięci...

Will wyprostował się, zeskrobując plastyczną masę z palców i wkładając ją z powrotem do puszki.

– Cześć, mamo! Co cię tu sprowadza?

– To ona, prawda?

Chłopak przeciągnął palcem po świeżo zaklejonej szczelinie.

– Tak mi się wydaje...

Z warsztatu znowu rozległ się szum kompresora.

– Nie pytałem go – dokończył Will.

Spojrzał w kierunku Graingera i lekko dotknął starannie wygładzonego miejsca, gdzie drewno pokryte zostało włóknem szklanym.

Kiley podeszła do rufy. Nazwa, którą dawno temu wypisała, znikła, starta ściernym papierem i na nagim drewnie nie było po niej najmniejszego śladu. Nie miało to jednak znaczenia – „Blithe Spirit" i tak nie można było pomylić z żadną inną żaglówką.

– Na takiej samej uczę się pływać. – Will wskazał przycumowaną łódkę, która podskakiwała na rozświetlanych promieniami słońca falach.

– Dlaczego ją czyścisz?

– Grainger kazał mi się nią zająć.

Kiley dotknęła łaty z włókna szklanego, a kiedy podniosła wzrok, zobaczyła idącego do nich Graingera. Nadal miał na twarzy ochronną maskę, ale teraz Kiley widziała jego oczy.

– Witaj, Grainger...

Zdjął maskę, odsłaniając szczery uśmiech.

– Cześć, Kiley.

Gdy stanął tuż obok niej, nagle poczuła, jak ogarnia ją fala ciepła, niewątpliwy efekt jego bliskości.

– Zawsze myślałam, że „Blithe Spirit" rozbiła się na skałach...

– Nie. Ja też tak sądziłem, ale okazało się, że w ogóle nie poniosła szwanku. Nawet łata wytrzymała... – Will dotknął palcem pasemka białej masy klejącej, sprawdzając robotę Willa.

– Więc on po prostu wypadł za burtę? – Kiley odsunęła się od Graingera i przeszła na drugą stronę łodzi.

– Na to wygląda. Prawdopodobnie nie poradził sobie z silnym wiatrem i stracił nad nią kontrolę.

– Biedny Mack... – Kiley łagodnie pogładziła kil.

Chwilę wszyscy troje stali w milczeniu, skupieni wokół żaglówki niczym przy trumnie. Kiley oderwała dłoń od kadłuba.

– Dlaczego próbujesz doprowadzić ją do porządku teraz, po tak długim czasie?

Grainger oparł się o łódź i zbliżył twarz do twarzy Kiley, zmuszając ją, żeby na niego spojrzała.

– Chcę, żeby Will ją dostał. W spadku po Macku.

Kiley cofnęła się gwałtownie.

– Absolutnie nie! Co ci przyszło do głowy?

– Przyszło mi do głowy... Przyszło mi do głowy, że Will powinien ją mieć.

– Że ja powinienem ją mieć? – Will szeroko otworzył oczy.

Kiley uciszyła syna machnięciem dłoni.

– Dlaczego tak uważasz, Grainger? – zapytała cicho.

– Mack na pewno by tego chciał.

– Mack? – Will przeniósł wzrok z Graingera na matkę.

– Zamknij się, Will. – Kiley oparła zaciśnięte pięści na biodrach. – Skąd możesz wiedzieć, czego chciałby Mack, Grainger? Mack nie żyje, zginął przez tę łódź!

– Nie. Zginął przez nas.

– Przestańcie! – Will kopnął leżący na ziemi hebel. – Przestańcie natychmiast!

Drugim kopniakiem posłał pod dno innej łodzi puszkę z masą klejącą, odwrócił się i odszedł. Po chwili usłyszeli głośny pisk opon, kiedy ze zbyt dużą prędkością wyjechał na asfaltową drogę.

Kiley i Grainger wciąż stali nad odwróconą dnem do góry żaglówką. Kiley pomyślała, że co prawda nie z tego powodu tu przyszła, ale między innymi dlatego tak długo trzymała się z daleka od Hawke's Cove.

– Nie dawaj mu tej łodzi, proszę cię...

– Muszę.

– Dlaczego? Skąd ta pewność?

– Mack chciałby, żebym mu ją dał.

Grainger odwrócił się i szybkim krokiem ruszył przed siebie wzdłuż krótkiej linii brzegowej zatoki Maiden Cove. Pilot pobiegł za swym panem, a po chwili Kiley poszła za nimi, zostawiając ślady podeszew tenisówek wewnątrz większych odcisków butów Graingera. Kiedy dogoniła go, Grainger siedział na krótkim pomoście, zwrócony do niej plecami. Słońce świeciło jasno i na tle błękitnej wody kombinezon Graingera wręcz oślepiał bielą. Gdy rzucił patyk do wody, pies skoczył z pomostu, aby go wyłowić. Kiley usiadła obok Graingera na płaskim kamieniu.

– Dlaczego sądzisz, że Mack chciałby dać Willowi „Blithe Spirit"?

– Ponieważ był jego ojcem.

– Nie wiesz, czy tak było...

– Ale ty wiesz.

– Nie. Czemu myślisz, że wiem? Skąd mogłabym wiedzieć?

– Nadałaś synowi jego imię.

Kiley pośpiesznie uchyliła się przed atakiem serdeczności ociekającego wodą Pilota.

– Nadałam Willowi imię po moim ojcu – powiedziała. – Merriwell William Harris junior...

Grainger utkwił wzrok w ujściu do zatoki. Kąciki jego warg zadrżały od powstrzymywanego uśmiechu, który w końcu jednak rozjaśnił jego twarz.

– O, cholera! – parsknął Grainger. – Ależ ze mnie głupiec!

– Naprawdę miałeś o mnie aż tak złe zdanie? Myślałeś, że utrzymywałabym to w tajemnicy, gdybym wiedziała na pewno?

– Sam już nie wiem, co myśleć... – Grainger znowu rzucił patykiem, który tym razem upadł na skały. Pilot rzucił się pędem, żeby przynieść go panu. – Tak czy inaczej, uważam, że „Blithe Spirit" powinna należeć do Willa. Kiedyś stanowiła własność Macka, teraz jest moja, więc można powiedzieć, że to prezent od nas obu. To piękna żaglówka i powinna trafić w ręce kogoś, kto ją pokocha...

– Mówisz o niej jak o kobiecie...

– Niektórzy twierdzą, że łodzie i kobiety mają ze sobą dużo wspólnego. No, nieważne... Mówię o niej jak o żywej istocie, jak o Pilocie. O istocie, która zyskuje na kontakcie z człowiekiem...

– Will nie będzie miał kiedy z niej korzystać... – Kiley poczuła, że jej opór słabnie. – Zresztą i tak nie pozwoliłabym mu wypływać na niej w pojedynkę...

Grainger spojrzał na Kiley i przykrył dłonią jej rękę, spoczywającą na nagrzanym od słońca kamieniu.

– Nigdy nie puściłbym go samego – powiedział. – Nie jest jeszcze przygotowany.

– Dajesz słowo?

Gdy schylił głowę, przez moment wydawało jej się, że zaraz ją pocałuje.

– Daję słowo – odparł, a jego oddech połaskotał jej policzek.

– Właściwie to przyszłam, żeby o coś cię poprosić... – zaczęła Kiley, podając Graingerowi słoik z majonezem. – Chciałabym, żebyś wyperswadował mojemu ojcu szalony pomysł wzięcia udziału w regatach. Jest chory, z trudem udaje mu się przejść z jednego pokoju do drugiego, a co dopiero od dziobu do rufy...

Grainger posmarował majonezem dwie kromki żytniego chleba i ułożył na nich plastry zimnej wołowej pieczeni.

– Moglibyśmy przygotować mu wygodne miejsce do siedzenia w kabinie, przypiąć go nawet pasami i pozwolić mu na tę przyjemność. Miałoby to dla niego ogromne znaczenie. Jak możesz odmawiać staremu człowiekowi takiego drobiazgu?

– Rozmawiał z tobą, prawda? – Kiley wzięła podaną przez Graingera kanapkę i usiadła.

– Tak. Powiedział, że najprawdopodobniej będziesz próbowała namówić mnie, żebym wyperswadował mu ten pomysł...

– Przebiegły staruszek...

274

– Chciałabyś, żeby tobie odmawiano jedynej rzeczy, którą naprawdę lubiłaś, i to pod koniec życia?

– Pewnie masz mnie teraz za potworną zrzędę i tchórza, co? Nie chcę pozwolić Willowi pływać samodzielnie i nie chcę, aby ojciec pływał z załogą...

– Nie, wcale nie mam cię za tchórza. Może jesteś trochę nadopiekuńcza, ale nie tchórzliwa, co to, to nie.

Kiley rzuciła mu gorzki uśmiech.

– Nie bardzo przypominam tę Blithe, którą znałeś w okresie młodości...

Grainger odłożył kanapkę i ujął twarz Kiley między dłonie.

– Żadne z nas nie jest takie jak dawniej. Dorośliśmy.

Kiley znowu pomyślała, że Grainger zaraz ją pocałuje, ale nie zrobił tego. Zajrzał jej tylko głęboko w oczy.

– Sądzisz, że uda nam się odzyskać to, co kiedyś mieliśmy?

Potrząsnął głową, lecz nadal uśmiechał się łagodnie.

– Musimy zapomnieć o przeszłości. Nie warto starać się o jej odzyskanie, lepiej, żebyśmy poznali się takimi, jakimi jesteśmy teraz. Jeśli się polubimy, może będziemy mogli pomyśleć o przyszłości... – uwolnił jej głowę spomiędzy dłoni.

– Mamy tak mało czasu...

– Nie proszę cię, żebyś została tu na dobre.

– Więc o co właściwie mnie prosisz?

– O pomoc przy „Random". Chciałbym, żebyś była w pobliżu, to wszystko.

Kiley nawet nie próbowała ukryć szerokiego uśmiechu.

– W porządku – odparła.

Codziennie, kiedy tylko Will wyjeżdżał spotkać się z Catherine po pracy lub wybierał się na plażę po lekcji z Graingerem, Kiley wskakiwała na rower ze świeżo zmienionymi oponami i pędziła do warsztatu. Will wydawał się nie zauważać jej tajemniczych wypadów i jeśli nawet zdarzyło mu się wrócić do domu przed nią, nigdy nie pytał, gdzie była, zainteresowany jedynie tym, co będzie na kolację. Kiley ze swej strony może nie tyle unikała wszelkich wzmianek o tej delikatnej przyjaźni, co raczej nie robiła nic, aby zwrócić na nią uwagę syna. Tamtego pierwszego popołudnia powiedziała Graingerowi, że dawanie Willowi fałszywej nadziei nie ma najmniejszego sensu. Zabrzmiało to bardziej szorstko, niż zamierzała, ale Graingerowi nawet nie drgnęła powieka. Ożywianie związku prawie zabitego przez gniew i zaniedbanie było tak trudnym zadaniem... Podczas popołudniowych godzin, które spędzali na przygotowywaniu „Random", rozmawiali na różne luźne tematy i trochę plotkowali; czasami Grainger z zadowoleniem opowiadał też Kiley o czynionych przez Willa postępach. Ze wszystkich sił starali się nie mówić o przeszłości, udając, że nie ma ona żadnego znaczenia, lecz mimo tego Kiley czuła padający na nich cień, kiedy kpili z posunięć stanowych polityków lub sprzeczali się na temat szans na puchar krajowy, jakie w tym roku miał zespół Red Sox.

Kiedy Kiley przebywała z Graingerem, ogarniała ją znajoma radość, o której istnieniu prawie już zapomniała. Radość ta była jednak bardzo krucha i przypominała uczucie, jakie rodzi się w człowieku, który trzyma w śliskiej od mydła dłoni naczynie z pięknej i cennej porcelany – wystarczy moment nieuwagi i jest po wszystkim...

Uważała, że nie mogą oczekiwać od siebie zbyt wiele ani za bardzo się śpieszyć, lecz czas nieubłaganie gnał naprzód. Jeszcze trochę i trzeba będzie wracać do Southton, aby podjąć wątki prawdziwego życia, myślała. Kiedy przyjechali do Hawke's Cove, wydawało jej się, że ma przed sobą całą epokę, tymczasem teraz nagle odkryła, że chętnie powstrzymałaby pęd mijających dni, ale nie jest w stanie tego zrobić.

Pewnego wieczoru odebrała telefon od Sandy, która powiedziała jej, że nabożeństwo żałobne za Doca Johna odbędzie się w ten poniedziałek, kiedy miała wrócić do pracy. Kiley pośpiesznie odsunęła od siebie myśl o przedłużeniu pobytu w Hawke's Cove.

– Cześć, Kiley, tu Grainger.

Nie spodziewała się, że usłyszy jego głos w słuchawce, lecz fakt, że zdecydował się do niej zadzwonić, sprawił jej przyjemność.

– Dzień dobry...

– Posłuchaj, może chciałabyś pomóc mi odstawić żaglówkę do portu, co? Oczywiście zrozumiem, jeśli nie masz czasu czy coś takiego...

– Jasne, nie ma problemu. Dokąd trzeba ją odstawić?

– Do Great Harbor. Chodzi o „Miss Emily". Popłyniemy z włączonym silnikiem, więc cała operacja nie powinna potrwać dłużej niż godzinę i...

– Świetnie, popłynę z tobą.

Ogarnęło ją zadowolenie z siebie, że udało jej się powiedzieć to tak spokojnie, zupełnie jakby zaproszenie Graingera nie miało żadnego znaczenia. Jakby w jego propozycji nie kryło się nic, co mogłoby spowodować przyśpieszone bicie jej serca...

– Jeżeli podjedziesz do portu, to zabiorę cię stamtąd.

Całkiem sensownie, pomyślała. Postanowiła zostawić samochód w Great Harbor i wrócić nim z Graingerem do domu.

– O której? – zapytała.

– Teraz.

Była siódma trzydzieści, gorący letni dzień dopiero się zaczynał. Kiley wiedziała, że Will będzie wylegiwał się w łóżku do południa, chyba że ma jakieś konkretne plany, i najprawdopodobniej w ogóle nie zauważy jej nieobecności.

– Będę w porcie za pół godziny – powiedziała.

– Dziękuję ci. Mam nadzieję, że czeka nas przyjemny rejs.

Przyjemny rejs...

Kiley wrzuciła do torby krem z filtrem przeciwsłonecznym i kapelusz, potem zaś rozejrzała się w poszukiwaniu kluczyków do samochodu. Poprzedniego wieczoru wziął je Will.

Na palcach zakradła się do jego pokoju na górze. Kluczyki leżały na komodzie, Will spał. Ostrożnie wycofując się z pokoju, zerknęła na syna, który długim ramieniem zasłaniał sobie górną połowę twarzy. We śnie zawsze przywodził jej na myśl tamtego małego chłopca w kowbojskiej piżamie, który układał się na jej kolanach i bawił jej włosami. Uśmiechnęła się i cicho zamknęła za sobą drzwi.

* * *

Grainger czekał już na nią na parkingu. Oparty o furgonetkę, próbował wyrwać patyk z pyska zachwyconego tą zabawą Pilota.

– Spóźniłam się?

Z uśmiechem potrząsnął głową.

– Nie, to ja przyjechałem za wcześnie... – Kiedy otworzył drzwi samochodu, pies natychmiast wskoczył do środka i usadowił się na fotelu pasażera. – Do tyłu, Pilot!

Pies spełnił polecenie i Kiley zajęła miejsce obok kierowcy. Grainger wskazał tkwiący w metalowym uchwycie plastikowy kubek.

– To dla ciebie...

Kiley pociągnęła łyk gorącej czarnej kawy.

– Dzięki... Zdążyłam wypić dopiero jeden kubek.

W drodze do warsztatu rozmawiali o mało znaczących sprawach – o zmianach w Great Harbor, szpetnych sylwetkach niektórych nowych żaglówek, braku tradycji żeglarskiej u nowobogackich. Kiley przyszło nawet do głowy, że trzymają się rozmowy tak rozpaczliwie jak tonący koła ratunkowego, że wciąż krążą wokół tematu, który naprawdę ich interesuje, lecz nie robią nic, aby go poruszyć.

„Miss Emily" była przycumowana przy pomoście. Na wodzie, w promieniach lipcowego słońca, wydawała się pełna wdzięku i bardzo zadbana.

– Wygląda wspaniale, odwaliłeś kawał dobrej roboty...

– Z pomocą Willa. Chłopak naprawdę ma do tego smykałkę.

– W dzieciństwie ciągle sklejał modele samolotów i statków. Praca nad żaglówką czy jachtem wymaga pewnie mniej więcej tyle samo ciężkiej pracy i cierpliwości.

– To prawda. – Grainger wszedł na pokład „Miss Emily" i wyciągnął rękę po torbę Kiley.

Kiley z jego pomocą przeskoczyła przez burtę i odcumowała jacht, podczas gdy Grainger włączył silnik. Szybko odbili od pomostu i wypłynęli na wody małej zatoki, kierując się w stronę otwartego morza.

– Rozejrzyj się na dole, jeśli masz ochotę. – Grainger stał za sterem, wpatrzony w ujście zatoki, do którego właśnie się zbliżali.

Emanował spokojną pewnością siebie. Znajdował się w miejscu, które przeznaczyła mu natura – za sterem dużego jachtu, z oczami utkwionymi w linii horyzontu, tam, gdzie mógł w pełni wykorzystać swoje zdolności i kwalifikacje. Kiley poczuła, jak nagle ogarnia ją fala nieoczekiwanego pożądania i pośpiesznie zeszła po drabince na dół.

W jedną ścianę kabiny wbudowana była malutka kuchenka gazowa oraz zlew, nieco dalej, za przepierzeniem, zaprojektowano sporą sypialnię z wąskimi kojami. Małe drzwi prowadziły do toalety i łazienki – Kiley miała nadzieję, że nie będzie musiała z nich korzystać. Każdy kawałek wolnej przestrzeni zabudowany był szafkami i półkami. Kiley popuściła wodze wyobraźni i na moment zamknęła oczy. Jak dobrze byłoby wybrać się w daleki rejs takim jachtem, z Graingerem za sterem... Szybko otrząsnęła się z marzeń. Powinna być wdzięczna losowi za tę krótką wycieczkę, za ten cudowny czas... Jeszcze niedawno Grainger był jej wrogiem. Ciesz się tym, co masz, pomyślała.

Wróciła na górę i usiadła na dachu kabiny przed Graingerem, udając, że radość sprawiają jej wspaniałe widoki i ruch jachtu na falach, nie jego towarzystwo.

Rozdział dwudziesty dziewiąty

Teraz, kiedy prace przy „Miss Emily" dobiegły końca, na serio wzięli się za „Blithe Spirit". Will skoncentrował uwagę na małej żaglówce i nawet nie przyszło mu do głowy, żeby narzekać na ciężką pracę. Wiele zajęć powtarzało się i mogło zwyczajnie nudzić. Wielokrotne szorowanie tego samego miejsca heblem z papierem ściernym lub pokrywanie kilkoma warstwami werniksu wymagało cierpliwości i skupienia, ale Grainger wierzył, że w przywracaniu łodzi do życia jest coś naprawdę szlachetnego. Pewnego dnia w miejsce starego, oblepionego skorupiakami i przeżartego przez robaki kadłuba ujrzeli czyste, świeżo pomalowane lśniącą białą farbą drewno i nieskażony zieloną śniedzią mosiądz.

Gdy spuścili żaglówkę z przyczepy na wodę, Grainger z przyjemnością zobaczył pełen zachwytu uśmiech Willa – mała łódź na oczach młodego człowieka zmieniła się z martwego przedmiotu w morskie stworzenie i wolna od ograniczeń siły przyciągania ziemskiego, wesoło podskakiwała na falach. Na twarzy chłopca odmalowała się ta sama radość, z jaką Grainger obserwował pierwsze wskrzeszenie żaglówki.

Staruszka wciąż może się podobać, pomyślał. Nie przypuszczał, że kiedykolwiek spojrzy na „Blithe Spirit" z tak łagodnym wzruszeniem. Czyżby w końcu zostawił za sobą tamtą tragedię i przestał widzieć jej symbol w żaglówce? A może to powolna odbudowa przyjaźni z Kiley pomogła mu wreszcie odrzucić fatalne skojarzenia?

Zaproszenie Kiley do pomocy było dla Graingera czymś w rodzaju eksperymentu. Po tym, jak spędzili ze sobą trochę czasu na neutralnym gruncie, nabrał ochoty, aby poddać się egzaminowi. Chciał wiedzieć, czy podczas spędzonej na wodzie godziny, tylko we dwoje, zmęczą się swoim towarzystwem i poczują się nieswojo, czy też nie. Czy brak przerywającego ciszę telefonu i obecności Pilota, do którego zawsze można zagadać, da im odwagę, aby cieszyć się sobą nawzajem...

Wszystko ułożyło się po jego myśli. Kiley siedziała u jego stóp, a on wskazywał jej znajome lub nowe charakterystyczne punkty linii brzegowej. Przez pewien czas nawet milczeli i wcale im to nie przeszkadzało. Przez pewien czas było tak, jak marzył – żyli teraźniejszością, nie przeszłością.

Potem Kiley usiadła w kabinie sternika. Miękkie rondo jej kapelusza powiewało na wietrze, kiedy zdjęła go, aby ściągnąć gumką gęste jasne włosy. Grainger, który nie mógł oderwać oczu od delikatnej skóry na jej karku, zaczął zastanawiać się, czy może jednak mają przed sobą wspólną przyszłość.

W sobotę, gdyby pogoda się utrzymała, planował wypłynąć razem z Willem na „Blithe Spirit". Pozostało im jeszcze umocować maszt, potem Grainger chciał pokazać Willowi, jak zmieniać liny i, jeśli czas pozwoli, założyć żagiel. Kilka lat temu, kiedy przerabiał dawny skład żagli na sypialnię nad warsztatem, natknął się na przeżarty pleśnią worek na żagiel, na którym wciąż widniała wypisana ręką Kiley nazwa – „Blithe Spirit". Grainger wrzucił worek do piwnicy, razem z tuzinem innych, i dopiero przed paru dniami wyjął trochę zniszczony, lecz wciąż jeszcze cały żagiel, i powiesił go na słońcu, aby dobrze wysechł. Postanowił go założyć, ale pomyślał, że gdyby Kiley i jej syn wrócili do Hawke's Cove na sierpniowe regaty, poszuka dla Willa czegoś lepszego.

Odbudowywali swoją przyjaźń, chociaż momentami przypominało to żeglowanie przy przeciwnym wietrze. Posuwali się naprzód powoli, bo fala była wysoka i zdradliwa. Kiley poprosiła, aby nie mówił Willowi o ich spotkaniach i Grainger zgodził się bez wahania – on także bał się, że chłopak zacznie oczekiwać od nich więcej, niż mogą mu dać.

– Will tak bardzo chce, żebyśmy...

– Czego tak bardzo chce?

– Mam wrażenie, że marzy mu się szczęśliwe zakończenie, zupełnie jak w bajce.

– A tobie nie? – Grainger spojrzał na nią uważnie.

Cieszył się każdą chwilą, jaką spędzali razem, ale było to trudne, jak rejs po wzburzonym morzu.

– Już dawno wyzbyłam się romantycznych pomysłów... – Kiley odwróciła się i sięgnęła po puszkę pasty do polerowania mosiądzu, stojącą na ławie.

– Nie wystarczy mu nasza przyjaźń? – Grainger wyjął puszkę z jej ręki i odkręcił przykrywkę.

– Mam nadzieję, że tak. – Kiley wzięła od niego otwartą puszkę.

Grainger stał tuż za nią.

– Ale mnie ona na pewno nie wystarczy – powiedział cicho.

Pilot przekrzywił głowę.

Codziennie, podczas gdy Will wykonywał zlecone mu zadania, Grainger doszukiwał się Macka w jego ruchach, linii barków czy kącie pochylenia głowy, gdy oceniał wzrokiem swoją pracę. Will także często przyglądał mu się spod oka. Byli niczym dwa ptaki tego samego gatunku, które szukają u siebie charakterystycznych, wspólnych dla nich obu cech.

– Od początku wiedziałem, że to „Blithe Spirit". – Will spokojnie pokiwał głową.

– Po czym odgadłeś?

– Po łacie z włókna szklanego. – W głosie chłopca wciąż brzmiał nie do końca naturalny spokój. – Dlaczego nie powiedziałeś mi o tym wcześniej?

– Nie byłem pewny, jak zareagujesz. Bałem się, że może nie będziesz chciał przy niej pracować, że będziesz się bał złej karmy czy czegoś w tym rodzaju... – Grainger poprawił mocowanie cum, trzymających żaglówkę przy pomoście, żeby nie kołysała się zbytnio przy stawianiu masztu. – Chyba wiesz, że żeglarze są potwornie przesądni, prawda?

Razem dźwignęli maszt i postawili go. Kiedy znalazł się między nimi, Will spojrzał na Graingera oczami Kiley, pełnymi oczekiwania i nadziei.

– Chciałbym, żebyś zgodził się na przeprowadzenie testu DNA – rzekł powoli. – Co ty na to?

Grainger zdawał sobie sprawę, że serce bije mu dużo szybciej niż powinno. Czy trzydziestosześcioletni mężczyzna, prowadzący aktywny tryb życia, lecz zdradzający niezdrowe upodobanie do czerwonego mięsa, może umrzeć na zawał w rezultacie szoku po takim pytaniu? Oczywiście sam wcześniej zastanawiał się nad taką możliwością, ale propozycja Willa mimo wszystko całkowicie go zaskoczyła. W jednej chwili rozmawiali o łodzi, a już w następnej o ojcostwie... Czy przebywanie z młodymi ludźmi zawsze najeżone było takimi zasadzkami?

Nie miał pojęcia, co odpowiedzieć. Tyle zależało od prostego badania... Jego wynik mógł przewrócić do góry nogami świat, który znał. Grainger uwierzył Kiley, kiedy wyznała, że nie wie, który z nich jest ojcem Willa. Jeżeli to on, Grainger, to jego własne postrzeganie samego siebie zyskałoby nowy wymiar, lecz jeśli nie... Czy mógłby żyć dalej, dźwigając tak wielkie rozczarowanie? I, co równie ważne, czy Will zdołałby je znieść?

W akcie swoistej samoobrony Grainger zdecydował się traktować Willa jak ukochanego bratanka. Mack był mu bliski jak brat; jeśli Will był jego synem, Mack nadal żył. Poddanie się badaniu DNA mogło pozbawić Macka jedynego dziedzictwa, jakie po sobie zostawił.

Will mocno trzymał maszt i nie spuszczał oczu z Graingera, który wyczytał w nich zaskoczenie własną odwagą, nadzieję, lęk i zmieszanie.

Potarł dłonią twarz, uświadamiając sobie, że nie golił się od poprzedniego dnia i wygląda jak prosty robotnik. Od czasu służby wojskowej i pracy w marynarce handlowej rzadko myślał o swoim wyglądzie. Golił się, kiedy miał na to ochotę, nie strzygł włosów tak długo, aż w końcu zaczynały mu przeszkadzać, nosił sprane dżinsy i wysłużone, poprzecierane flanelowe koszule, a na nogach trampki lub kalosze. Z pewnością daleko mu było do obrazu przykładnego ojca. Bardzo często zdarzały się dni, gdy widywał go tylko Pilot, zaś jego klienci w pewnym sensie spodziewali się, że szkutnik będzie wyglądał tak, jakby właśnie zszedł z pokładu łodzi po całorocznym rejsie dookoła świata. Bóg wie, co widziała Kiley, kiedy na niego patrzyła... Najprawdopodobniej zwyczajnego, szarego człowieka.

– To poważna prośba, Will. Mam oddać próbkę komórek do badania, które być może odmieni twoje i moje życie. Przemyślałeś to sobie?

Na twarzy Willa wyraz nadziei ustąpił miejsca rozczarowaniu.

– Nie chcę nic od ciebie. Zależy mi tylko na zaspokojeniu własnej ciekawości.

– Ja też jestem ciekawy, ale może trochę bardziej się boję...

– Czego? Powiedziałem już, że nie chcę alimentów ani nic w tym rodzaju. To wszystko zostanie między nami, nawet mama nie musi nic wiedzieć.

– Nie niepokoją mnie twoje motywy, tylko emocjonalne konsekwencje takiej informacji.

Will skinął głową.

– Ja też się nad tym zastanawiałem...

Brzmiąca w jego głosie łagodna ustępliwość nieco uspokoiła Graingera.

– Dajmy sobie trochę czasu – rzekł. – Jeśli nadal będziesz chciał to zrobić, powiedzmy w grudniu, zadzwonisz do mnie i załatwimy wszystko jak należy. Znamy się przecież od niecałych trzech tygodni, więc chyba dobrze będzie chwilę z tym poczekać...

– Raczej nie zmienię zdania.

– W porządku, a ja nie złamię obietnicy. – Grainger podał Willowi zwiniętą linę i przerzucił worek z żaglem z pomostu na pokład łodzi. Spojrzał na zachodnią część nieba, pomarańczowoczerwoną, zaciągniętą smugami wróżących piękną pogodę chmur. – Myślę, że uda nam się założyć liny i żagiel, zanim zrobi się ciemno. Żaglówka będzie wtedy gotowa do wyjścia w morze.

Will bez słowa spełniał polecenia Graingera. Wyraz napięcia i rozczarowania powoli znikał z jego twarzy, i kiedy za pierwszym razem gładko podnieśli żagiel, nawet się uśmiechnął.

– Naprawdę zamierzasz dać mi „Blithe Spirit"?

Grainger rzucił mu linę i kazał mocniej naciągnąć część mocującą opuszczony żagiel do bomu.

– Tak, jeżeli twoja matka nie będzie miała nic przeciwko temu, co wydaje mi się mało prawdopodobne...

– Świetnie! Super! Kiedy będę mógł na niej wypłynąć?

– Jeśli pogoda się utrzyma, możemy spróbować w sobotę.

– Nie, pytam, kiedy *ja* będę mógł wypłynąć! Chcę zabrać Catherine na krótki rejs po zatoce.

– Mówiłem ci przecież, że jeszcze nie jesteś przygotowany...

– To nieprawda! Dobrze sobie radzę, sam tak uważasz!

– Dobrze sobie radzić, a mieć doświadczenie to dwie różne rzeczy, zwłaszcza jeżeli zabierasz z sobą na pokład pasażera. Catherine może oczywiście popłynąć z nami. – Grainger zadzierzgnął węzeł na ostatniej linie i wspiął się na drewniany pomost. – Sprawdź, czy tamta lina od dziobu nie jest za krótka, dobrze? Będzie dziś silny przypływ, więc trzeba uważać, żeby łódź nie obijała się o pomost.

– Daj spokój, Grainger, opłynę z nią tylko zatokę! Nie ma w tym nic niebezpiecznego, sam wiesz najlepiej! No, co ty na to? Tylko po zatoce...

Błagalna, przekonywająca nuta w głosie Willa sprawiła, że Grainger nagle zrozumiał, z jakimi problemami wychowawczymi musiała sobie radzić Kiley. Dyskutowanie z nastolatkiem musiało być wyczerpujące.

– Nic z tego – odparł. Nie miał teraz czasu rozwodzić się nad wszystkimi zagrożeniami, wynikającymi z wypuszczania niedoświadczonych żeglarzy na wodę. – I dobrze wiesz, dlaczego nie mogę ci na to pozwolić...

Will prychnął wzgardliwie.

– Mówisz zupełnie jak ojciec! Wiesz, co ci powiem? Nigdy nie potrzebowałem ojca, a już na pewno nie potrzebuję ciebie!

Przeskoczył na pomost i bez słowa minął Graingera, który nawet nie drgnął. Niech trochę ochłonie, pomyślał. Nie miał chłopakowi za złe wybuchu gniewu – nie ulegało wątpliwości, że Will przeżył trzy trudne tygodnie. Ochłonie i odzyska rozsądek.

Czy naprawdę mówił jak ojciec? Jak Rollie, zniecierpliwiony i wiecznie gotowy oskarżać innych, a przede wszystkim syna? Grainger zawołał Willa, lecz ten nie odwrócił się i nie zwolnił kroku.

Rozdział trzydziesty

– Zachowuje się jak dzieciak, to wszystko. Nastolatki bez zmrużenia oka mówią rodzicom okropne, potwornie bolesne rzeczy, a po pięciu minutach ze słodkim uśmiechem proszą o kluczyki do samochodu. – Kiley spokojnie pokiwała głową.

– Więc nie powinienem się martwić?

– Nie. Zrobiłeś to, co należało, Grainger. Uzgodniliśmy przecież, że na razie nie może pływać sam.

Grainger podał Kiley świeży arkusz papieru ściernego. Ostrożnymi pociągnięciami zaczęła czyścić ostatni fragment dziobu „Random", przygotowując drewno na przyjęcie kolejnej warstwy werniksu.

Przez ostatnie dni utrzymywała się piękna pogoda – morze na horyzoncie było cudownie błękitne, a na jego gładkiej powierzchni nie było ani śladu grzywiastych fal. Dopiero tego ranka na niebie pojawiły się chmury, będące idealnym odbiciem jej emocji. Następnego dnia wyjeżdżali. Ubiegły tydzień spędziła z Graingerem, pracując w warsztacie, pijąc z nim kawę, słuchając opowieści o jego życiu i opowiadając mu o własnym. Twardy węzeł napięcia, powstały tak dawno temu, wreszcie się rozluźnił. Teraz niepokoiło ją przede wszystkim to, czy znowu stracą ze sobą kontakt. Coraz częściej zadawała sobie pytanie, czy może jest to jej ostatnie spotkanie z Graingerem. To nowe napięcie zaprawione było nową świadomością Graingera jako mężczyzny. Kilka razy budziła się w nocy, spocona pod lekkim kocem. Siadała na brzegu łóżka, myślała o Graingerze i powtarzała sobie, że chociaż się pogodzili, to jednak wciąż są parą praktycznie obcych ludzi, którzy dopiero próbują się poznać.

Conor dotrzymał słowa i Kiley była już umówiona na rozmowy w sprawie pracy w następny wtorek i środę. Zdawała sobie sprawę, że jeśli zacznie pracować, nie uda jej się wrócić do Hawke's Cove na sierpniowe regaty.

Przycisnęła hebel z osadzonym na nim papierem ściernym trochę za mocno, zostawiając głębszy ślad na powierzchni deski. Przysiadła na piętach i wygładziła drewno. Po chwili przeniosła wzrok na wzburzoną zatokę Maiden Cove, której wody nieustannie zmieniały kolor z szarego na zielony.

– Jeżeli dostanę tę pracę, o którą się staram, większość weekendów będę miała zajętych, wiesz? – odezwała się.

– Nici z regat! – pompatycznym tonem obwieścił Grainger.

– Nici z regat.

– Ale przyjechałabyś, gdybyś mogła?

– Tak.

– Co z Willem?

– Naprawdę uważasz, że jest już dość dobry, aby wziąć udział w regatach?

– Nie, ale gdyby został u mnie, zabrałbym go na kilka rejsów na dużej żaglówce z załogą i szybko zdobyłby doświadczenie.

– Nie zostawię go samego, Grainger.

– Wiem. – Grainger złożył swój kawałek papieru ściernego w porządny kwadrat. – I nie proponuję, żebyś to zrobiła. Chłopak niedługo wyjedzie na uczelnię, więc nie przyszłoby mi nawet do głowy, żeby teraz pozbawiać cię jego obecności...

– Będziesz miał czas, żeby wypłynąć z nim przed naszym wyjazdem?

– Stacja meteorologiczna od rana ostrzega właścicieli małych łodzi przed wychodzeniem w morze. Widzisz te fale? Zanosi się na porządny sztorm i między innymi dlatego nie wypłynąłem z Willem na „Blithe Spirit", chociaż mu to obiecałem. Poza tym chłopak jest na mnie wściekły, to drugi powód... – Grainger odwrócił się i spojrzał na część kadłuba, nad którą pracował.

– Uspokoi się.

– Może popłyniemy razem w przyszłym roku...

– Może...

Zanim Kiley wyszła z domu, odebrała telefon od Toby'ego,

który miał na stole nową ofertę. Pomyślała, że nawet jeśli jej nie zaakceptuje, w końcu jednak trafi na taką, którą przyjmie i dom przejdzie w ręce nowych właścicieli.

Wyprostowała się i popatrzyła na Graingera, który klęczał na ziemi, zwrócony tyłem do niej. Zmierzwione włosy kłębiły się mu na kołnierzyku niebieskiej koszulki polo, zupełnie jak młodemu chłopakowi. Nagle ogarnęła ją fala przygnębienia, podobna do uczucia, któremu ulegała w dzieciństwie, gdy zbliżał się czas pożegnania z Hawke's Cove i powrotu do Stouthton. Czy zawsze będzie z Graingerem tylko na trochę, na parę letnich tygodni?

Drgnęła, ukłuta ostrzem pożądania, które przeniknęło ją od serca po uda. Nie była to tylko fizyczna żądza, ale silniejsze, głębsze pragnienie związania się z ukochanym mężczyzną. Miała ochotę położyć się przy nim i wchłonąć go w siebie, zabrać z sobą jego esencję. Może rzeczywiście mają przed sobą następny rok, zupełnie inny rok, kto wie...

– Grainger?

Ton głosu Kiley zdradził widać jej myśli, bo Grainger bez słowa ukląkł obok niej i otoczył ją ramionami, pozwalając, aby oparła głowę o jego ramię. Przez parę minut klęczeli na pokładzie jachtu ojca Kiley, czując, jak wilgotny wiatr głaszcze ich policzki.

– Zobaczymy się jeszcze przed waszym wyjazdem? – oddech Graingera łaskotał jej ucho.

– Mam nadzieję... – doskonale pamiętała to dławienie w gardle i potrzebę ukrycia uczuć. Żadnych dziewczyńskich łez. – Zjesz z nami jutro śniadanie?

Śniadanie było neutralnym posiłkiem, niewymagającym żadnych znaczących wyborów, oczywiście poza decyzją, czy zjeść kiełbaski, czy bekon.

– Bardzo chętnie. Damy Willowi szansę, żeby przyzwyczaił się do nowości... – Grainger dotknął palcem najpierw jej piersi, potem swojej.

– Do nowości? – Kiley powtórzyła gest Graingera.

– Do nas. – Chwycił jej palec i przytrzymał go. – Jeżeli myślisz, że pozbędziesz się mnie, wyjeżdżając z Hawke's Cove, to mocno się mylisz...

Dławiące zgrubienie w gardle Kiley ustąpiło na moment, dzięki czemu udało jej się roześmiać i nie rozpłakać.

Po chwili Grainger puścił ją i oboje znowu zabrali się do pracy. Pół godziny później zerknął na zegarek.

– O, cholera, spóźniłem się na zebranie komitetu historycznego!

– I tak powinnam już wracać do domu... – Dziobowa część kadłuba była już praktycznie gotowa, należało tylko pokryć ją ostatnią warstwą farby.

Kiley pozbierała zużyte kawałki papieru ściernego i wrzuciła je do torby na śmieci. Grainger jak rasowy żeglarz zjechał po drabince z boku łodzi i zaczekał na nią. Kiedy stanęła obok niego, na moment mocno przytulił ją do piersi.

– W takim razie zobaczymy się jutro. O której?

– O ósmej?

– Doskonale. Posłuchaj, przepraszam za ten pośpiech, ale...

– Jedź już! – Żartobliwie odepchnęła go od siebie. – Jedź i ochraniaj Hawke's Cove przed takimi ludźmi jak Toby.

Musnął jej czoło lekkim pocałunkiem.

– Do jutra! – rzucił i truchtem pobiegł do furgonetki.

Pilot bez wahania podążył za swoim panem.

Kiedy wjechała na podjazd przed domem, Toby już na nią czekał. Samochód stał pod gankiem, co oznaczało, że Will jest w domu.

Toby zatrąbił przez rulonik ze zwiniętej dłoni, zamachał zadrukowaną kartką i wręczył ją Kiley z niskim ukłonem.

– Jest lepiej, niż liczyliśmy – oznajmił.

– My? – oczy Kiley rozszerzyły się na widok wpisanej w tekst wstępnej umowy sumy. – No, no, coś takiego...

– Uczcimy to jakoś?

– Cóż, właśnie skończył mi się zapas szampana...

– Wybierz się ze mną wieczorem na aukcję w Klubie Jachtowym. Wydamy trochę twoich świeżutkich pieniędzy.

– Sama nie wiem...

Z uśmiechem podał jej długopis.

– Podpisz na wykropkowanej linii. – Obserwował jak po chwili wahania szybko składa podpis we wskazanym miejscu. – Przyjadę po ciebie o szóstej trzydzieści.

– Nie powiedziałam jeszcze...

Toby był już w połowie drogi do samochodu.

– O szóstej trzydzieści!

– Jakie masz plany na wieczór? – Kiley wyszła z łazienki z głową owiniętą ręcznikiem.

– Pojedziemy gdzieś z Catherine.

Will układał pasjansa na stole w jadalni. Wokół niego piętrzyły się pudła z rzeczami, których Kiley nie mogła zostawić. Była pewna, że wszystkie nie zmieszczą się do mazdy, ale po prostu zapomniała, że nie przyjechała do Hawke's Cove „wakacyjną furgonetką", jak wszyscy w rodzinie nazywali ogromnego forda. Dopiero niedawno uświadomiła sobie, że będzie musiała wynająć jakiś obszerniejszy wóz albo kupić bagażnik na dach, lecz w tej chwili nie zamierzała się tym przejmować. Tego wieczoru chciała przede wszystkim zapomnieć o tym, że w południe następnego dnia ostatni raz zamknie dom i razem z Willem wyruszy w drogę powrotną do Southton.

Spojrzała na zegarek. Toby powinien przyjechać po nią za pół godziny.

– Pójdziecie coś zjeść, czy wolisz, żebym podgrzała ci zupę?

– Zjemy hamburgera w Great Harbor.

Will nie ukrywał, że nie jest zachwycony. Nie podobało mu się, że matka wybiera się na aukcję z agentem nieruchomości.

– Po się z nim umówiłaś?

– Nie umówiłam się z nim, to nie randka – Kiley ze zniecierpliwieniem pokręciła głową. – Toby po prostu zabiera mnie na aukcję do Klubu, dzięki czemu ty możesz wziąć samochód...

– Catherine też mogłaby pożyczyć samochód od rodziców.

– Will, to nie randka, powtarzam!

– Więc jak to nazwiesz?

Dobre pytanie, pomyślała Kiley.

– Czymś w rodzaju zapalenia fajki pokoju... – mruknęła.

Z całą pewnością nie czuła potrzeby świętowania tej okazji. Podpisała umowę wstępną tak szybko, że nawet nie zastanowiła się nad znaczeniem tego kroku. Toby podsunął jej kartkę, ona złożyła podpis i już było po wszystkim. Zaraz po jego wyjściu zadzwoniła do rodziców.

– Podpisałam umowę wstępną.

Głos matki Kiley nie zdradzał żadnych uczuć, ani radości, ani smutku.

– To dobrze.

– Przekaż tacie, że Grainger w przyszłym tygodniu spuści „Random" na wodę i chciałby wiedzieć, czy ma przycumować go do swojego pomostu, czy tego na terenie Klubu...

Czuła palącą potrzebę wypowiedzenia imienia Graingera na głos, chyba po to, aby zrównoważyć poczucie straty. Nie straciła Graingera, ale go odnalazła, a może to on odnalazł ją... Kiley uśmiechnęła się lekko. Następnego dnia wracała do Southton, lecz wiedziała, że wystarczy sięgnąć po słuchawkę telefonu, aby usłyszeć głos Graingera. Już nigdy nie straci z nim kontaktu. Nigdy.

Will przesunął kilka kart na świeżo odsłoniętego króla.

– Jutro musimy wcześnie wstać, więc nie spóźnij się – rzuciła.

– Mamo, to nasz ostatni wspólny wieczór! Nie zmuszaj mnie do przestrzegania jakiejś dziecinnej godziny policyjnej!

– Przypomniam ci tylko, żebyś nie tracił z oczu rzeczywistości. Chciałabym wyjechać w południe, a jeśli będę musiała budzić cię przez cały ranek, na pewno nam się to nie uda...

Nie wspomniała ani słowem, że Grainger przyjedzie na śniadanie, ponieważ miała wielką ochotę zobaczyć zaskoczenie i radość na twarzy Willa, kiedy zobaczy ich dwoje razem.

Will uśmiechnął się krzywo.

– Osobiście nie mam nic przeciwko temu, żebyśmy zostali tu na dłużej – powiedział.

Kiley energicznie wytarła włosy ręcznikiem.

– Ta idylla musi się kiedyś skończyć, chyba to rozumiesz... Muszę wrócić na nabożeństwo żałobne za Doca Johna, a w przyszłym tygodniu mam kilka rozmów w sprawie pracy. Koniec wakacji, chłopcze...

Will wyprostował się i zaczął zbierać karty. Kącik jego warg zadrżał, zdradzając starannie skrywane napięcie, kilka kart wymknęło mu się z ręki, zanim zdążył schować je do pudełka.

– O co chodzi, Will?

– Naprawdę musisz sprzedawać ten dom? Mogę przecież zgłosić się do dziekana do spraw finansowych i poprosić o większe stypendium... Mógłbym powiedzieć, że nie zamierzasz mnie wspierać, wtedy musieliby mi dać więcej pieniędzy...

– Dobrze wiesz, że to decyzja dziadków, nie moja.

Rzucił karty na stół, rozsypując część na podłogę.

– Nieprawda, to także i twoja decyzja! To ty postanowiłaś nigdy tu nie wracać, a kiedy już wróciłaś, próbujesz mi odebrać wszystko, co wiąże się z tym miejscem!

Wypadł z pokoju i z hukiem zatrzasnął za sobą drzwi, zostawiając ją samą. Kiley jak zwykle pomyślała, że naprawdę dobrze byłoby mieć kogoś, kto poparłby jej decyzję lub wskazał, gdzie popełniła błąd. Kogoś, z kim mogłaby podzielić się odpowiedzialnością, kogoś, kto przynajmniej od czasu do czasu brałby na siebie rolę surowego rodzica...

Czułaby się lepiej, gdyby mogła wmówić sobie, że Will wścieka się z powodu rozstania z Catherine, ale zdawała sobie sprawę, że nie jest to prawda. Wiedziała, że Will zdoła podtrzymać romantyczny związek przy życiu dzięki telefonom i e-mailom, zwłaszcza że niedługo znowu spotka się z Catherine na uczelnianym kampusie.

Nie, Will denerwował się z innego powodu... Czyżby chodziło o Graingera Egana? Will bardzo go polubił, jasno wynikało to z każdej szczegółowej relacji chłopaka z sesji zdrapywania i nakładania farby. Polubił Graingera i nabrał pewności, że łączy go z nim szczególna, mocna więź, nawet jeżeli nie są ojcem i synem.

Między innymi właśnie dlatego tak trudno przychodziło jej zmaganie się z niebezpieczeństwami odbudowywania związku z Graingerem. Wiele razy kusiło ją, żeby machnąć na wszystko ręką i rzucić się w wir płomiennych doznań, których tak pragnęły ich ciała – powstrzymywała ją tylko niepewność, czy rzeczywiście umocni to uczucie, które ożyło między nimi.

Musieli najpierw zbudować związek oparty na zaufaniu, a dopiero potem zasłużyć na ufność Willa.

Ponieważ Kiley nie przywiozła ze sobą nic, co nadawałoby się na taką okazję jak uroczysta aukcja, po południu szybko pojechała do Great Harbor, do butiku firmy T.J. Maxx, gdzie czekała na nią Catherine. Teraz jej nowa sukienka w kolorze makowej czerwieni wisiała w wypełnionej kłębami pary łazience, żeby wszystkie załamania materiału rozprostowały się, a zapach sklepu zniknął. Catherine namówiła jeszcze Kiley na nowe eleganckie sandały i obrożę ze sztucznych pereł. Zapomniały o kolczykach, więc Kiley włożyła proste złote kółka, które nosiła na co dzień.

Spojrzała w lustro. Po co tak się wystroiła, co strzeliło jej do głowy? Rzeczywiście wyglądała, jakby wybierała się na randkę, tymczasem czekał ją długi, męczący wieczór, w czasie którego będzie musiała tłumaczyć obecnym na aukcji znajomym rodziców, że dom został sprzedany. Układając na podbiciu cieniutkie paski nowych sandałów, Kiley obiecała sobie, że postara się jak najszybciej wyrwać z Klubu. Powinna chyba zabrać ze sobą tenisówki, żeby móc wrócić do domu pieszo, bo skoro skapitulowała wobec uporu Toby'ego, musiała albo czekać, aż ją podwiezie, albo zdać się na własne siły.

– Świetnie wyglądasz, mamo. – Will oparł się o framugę drzwi swojego pokoju. – Przepraszam, że się wściekłem...

– Dziękuję. Tak czy inaczej, nadal chcę, żebyś był w domu najpóźniej o pierwszej.

Will nie potrafił ukryć rozczarowania, że przeprosiny nie przyczyniły się do zdobycia dodatkowych punktów. Odwrócił się i rzucił na łóżko, aż sprężyny zaskrzypiały żałośnie.

– I nie zapomnij przed wyjściem spakować wszystkich swoich rzeczy. – Kiley wsunęła głowę do pokoju syna.

Will wydał potwierdzające mruknięcie.

– Przyjemnego wieczoru!

Jeszcze jedno mruknięcie.

– Uważaj na siebie, Will.

– Ty także...

– Zabawny smarkacz...

Kiley usłyszała kroki Toby'ego na ganku i ruszyła w kierunku schodów. Will dogonił ją na najwyższym stopniu i ucałował, co zdarzało mu się raczej rzadko.

– Przepraszam, mamo. Baw się dobrze i nie martw się o mnie, w porządku?

– Na pewno część wieczoru będzie w miarę udana, ale raczej nie cały...

Kiley pomyślała nagle, że w zachowaniu Willa jest coś, co powinno wzbudzić jej niepokój, lecz Toby wszedł już do salonu, zupełnie jak przyjaciel rodziny, a nie facet, który zabiera kobietę na randkę, i odwrócił jej uwagę od Willa.

– Gdybym potrafił gwizdać, na pewno bym to zrobił. Pięknie wyglądasz.

Toby był ubrany w starannie wyprasowane białe lniane spodnie, białą koszulę z gustownym krawatem w miniaturowe flagi na ciemnoczerwonym tle i niebieski blezer. Kiley szczerze pochwaliła ten dobór stroju, zadowolona, że przynajmniej raz ma mu coś miłego do powiedzenia.

– Oczywiście mogłem włożyć czarny krawat, ale ten z żeglarskimi flagami też jest odpowiedni, a nieco mniej oficjalny...

Kiedy ujął Kiley pod rękę, poczuła się trochę głupio, lecz w nowych sandałach trudno jej było poruszać się swobodnym krokiem, więc w gruncie rzeczy z zadowoleniem przyjęła tę uprzejmą pomoc. Byli już w połowie drogi do Klubu Jachtowego, gdy uświadomiła sobie, że zupełnie zapomniała o tenisówkach.

Rozdział trzydziesty pierwszy

Will chwilę przyglądał się, jak matka wychodzi z domu, wsparta na ramieniu agenta nieruchomości, a potem padł na fotel na ganku, z nachmurzoną miną pielęgnując swoje pretensje do Kiley. Miał jeszcze chwilę do odebrania Catherine z pracy; potem planował zabrać ją do jakiejś eleganckiej restauracji za resztę pieniędzy, które dostał od dziadka. Ta część planu była mało skomplikowana, ale przecież on i Catherine powinni spędzić ostatni wieczór w wyjątkowy sposób, umocnić jakoś swój związek, wykonać jakiś symboliczny gest, do którego mogliby się odwoływać, aby letni romans trwał także w zimowych miesiącach.

Mama bez ogródek kazała mu wrócić do domu wcześnie, więc najbardziej oczywisty hołd, jaki mogli złożyć swojemu nowemu związkowi, nie wchodził w grę. Poza tym Will nie był do końca pewny, czy Catherine jest gotowa, aby uprawiać z nim seks. Któregoś dnia wymknęło jej się, że tabletki antykoncepcyjne stosuje tylko ze względu na cerę. Will i Lori zrobili ten krok dopiero po miesiącu znajomości, a Catherine była dla Willa zbyt ważna, aby narażał ich znajomość, zbyt wcześnie starając się namówić ją na współżycie.

Dobrze czuł się w tym nowym związku. Dawał mu poczucie bezpieczeństwa, świadomość, że nie rozsypie się na pierwszej przeszkodzie. W głębi serca Will był przekonany, że jest to coś trwałego. On i Catherine mieli mnóstwo czasu, nie musieli się śpieszyć.

Ciągle dręczyła go jednak niepewność, kto jest jego ojcem. Nie wiedział, jak rozwiązać tę zagadkę. Można powiedzieć, że miał wszystkie potrzebne narzędzia, żeby zbudować dom, miał już nawet rozrysowany projekt, ale nie mógł znaleźć odpowiedniego miejsca. Wszystko to razem było tak samo frustrujące, jakby nie wiedział zupełnie nic. Dotyczące Grainge-ra „może" wciąż zderzało się z „może" dotyczącym Macka. Je-go matka i Grainger przypisywali Mackowi rozmaite myśli i motywy, wydawali się jednak nie pamiętać, że widzą życie tamtego wyłącznie z własnej perspektywy.

Grainger postanowił podarować mu łódź, ponieważ uwa-żał, że Mack chciałby, aby tak się stało. Na dodatek obiecał mu, że wypłyną dzisiaj w morze, a potem wycofał się, podob-no z powodu marnej pogody, chociaż Will wcale nie widział wzburzonych fal... No i najważniejsza sprawa – Grainger praktycznie odmówił poddania się badaniu DNA, zupełnie jakby nie chciał być jego ojcem. Do diabła z nim i jego kula-wymi obietnicami!

W gruncie rzeczy ani Grainger, ani mama nie mieli zielone-go pojęcia, co Mack czuł i myślał, i – co najbardziej istotne – czy zamierzał umrzeć tamtej nocy. Naturalnie nikt nie mówił o tym głośno, ale Will zastanawiał się, czy przypadkiem nie tak właśnie to wyglądało. Może wcale nie był to wypadek... Może jego matka była tak wspaniałą dziewczyną, że zawie-dziony Mack zabił się z jej powodu... Czy to możliwe? A mo-że to zdrada Graingera skłoniła Macka do desperackiego kro-ku... Czy Mack wyskoczył za burtę, ponieważ chciał dać wolność wyboru mamie i Graingerowi, czy też z żalu nad sa-mym sobą? Wszystkie wątpliwości i pytania dotyczyły Macka, jedynej osoby, która nie mogła sama opowiedzieć swojej hi-storii.

Will czuł, że potrzebny mu jest jakiś schemat, na przykład taki jak te, które rysowali na zajęciach z historii – najpierw zdarzyło się to, później tamto i w rezultacie Mack zginął, Grainger uciekł, a jego matka zaszła w ciążę.

Głęboko odetchnął słonawym powietrzem, aby pozbyć się uciskającego jego pierś ciężaru, potem zaś wstał i wszedł do domu. Znalazł stary notatnik z numerami telefonów oraz ad-resami i poszukał nazwiska MacKenzie.

Za domem MacKenziech przy Linden Street, prawie niewi-doczny z ulicy, znajdował się niewielki budynek, najprawdopodobniej przeznaczony dla gości. Powoli zachodzące słońce zaglądało do wnętrza obu domów, co sprawiało wrażenie, jakby w oknach zapalały się światła. Will siedział w samochodzie, słuchał niskiego pomruku niewyłączonego silnika i czekał na moment przypływu boskiej odwagi, która pozwoli mu zrobić to, co zamierzał. W jednym z okien domu MacKenziech widział starszą kobietę, która szybko przechodziła z jednego końca pokoju w drugi, otwierała jakieś szafki i prowadziła rozmowę z kimś niewidocznym. Wyglądało na to, że przygotowuje kolację. We frontowym oknie małego domku Will dostrzegł Conora MacKenzie, szczupłego i łysiejącego. Conor zapinał guziki białej koszuli i wiązał krawat.

Will wysiadł z samochodu, wyraźnie słysząc szybkie bicie swojego serca. Nie był tak zdenerwowany nawet tamtego ranka, kiedy pierwszy raz odwiedził Graingera. Pchnął furtkę, cały czas mamrocząc pod nosem hasło z reklamy firmy Nike, zupełnie jakby była to mantra – „Po prostu to zrób". Furtka głośno skrzypnęła, gdy jej dolna krawędź otarła się o wylaną betonem ścieżkę. Teraz Will nie miał już odwrotu. Podszedł do drzwi i nacisnął dzwonek.

Po chwili w progu stanął starszy mężczyzna. Will od razu pomyślał, że gospodarz jest podobny do jego dziadka – przygarbiony, siwy, z fałdami pomarszczonej skóry wokół ust. Mężczyzna uśmiechnął się uprzejmie, jakby spodziewał się, że zaraz będzie musiał odpowiedzieć na pytanie. Pewnie pomyślał, że Will zgubił drogę i szuka jakiegoś adresu... Poza tym był przecież lekarzem, a lekarze zawsze czekają na pytania...

– W czym mógłbym ci pomóc, synu?

– Hmmm... – Wyuczone wcześniej na pamięć słowa w jednej chwili ulotniły się z głowy Willa, który z trudem przełknął ślinę. – Ja... Ja wpadłem na chwilę, żeby... Żeby państwa poznać. Pana i panią MacKenzie. Nazywam się Will Harris.

Przyjazne, błękitne oczy doktora MacKenzie przybrały wyraz czujności.

– W takim razie wejdź... Doro!

Pani MacKenzie wyszła z kuchni, wycierając dłonie w zawiązany wokół pulchnej talii fartuszek. Sprawiała wrażenie dużo młodszej od doktora, zdaniem Willa mogła mieć najwyżej sześćdziesiąt parę lat.

– Dobry wieczór... Kogóż tu mamy?

– To Will Harris. – Doktor MacKenzie położył rękę na ramieniu gościa.

Kobieta nie zareagowała. Dalej spokojnie patrzyła na Willa i wycierała ręce. Chłopak ze zmieszaniem wyciągnął do niej rękę.

– Syn Kiley Harris – powiedział.

Tym razem reakcja była zdecydowana i oczywista. Will poczuł, jak zamknięte w jego dłoni palce kobiety nagle zwiotczały, jakby pod wpływem bezwładu.

Mimo tego nie wypuściła jego ręki i nawet przyciągnęła go odrobinę bliżej ku sobie. Zaraz potem te miękkie białe dłonie pofrunęły do jej ust, zasłaniając bruzdy na policzkach. W oczach pani MacKenzie zabłysły łzy.

– Można się było domyślić... – Doktor MacKenzie zdjął rękę z ramienia Willa i wszedł do kuchni.

– Nie zwracaj na niego uwagi. – Kobieta uśmiechnęła się do Willa drżącymi wargami. – Chodź, dam ci coś do jedzenia i picia... Opowiesz nam wszystko o sobie, dobrze?

– Nie, dziękuję, nie... – Will zaczął się wycofywać. Zobaczył w twarzach MacKenziech cierpienie i niedowierzanie, nadzieję i oczekiwanie, wszystko to, czego jego matka starała się uniknąć, i zrozumiał, że nie potrafi sobie z tym poradzić. – Nie powinienem tu przychodzić...

– Nie mów tak, Williamie...

Will uświadomił sobie, że pani MacKenzie wierzy, iż otrzymał imię po Macku. Być może nie powinno go to dziwić, w końcu Grainger też doszedł do takiego wniosku...

– Mam na imię Merriwell William, jak mój dziadek – sprostował pośpiesznie. – Tyle tylko, że imię „Merriwell" średnio sprawdziłoby się w szkole, więc wszyscy od początku mówili do mnie „Will"...

Jednak pani MacKenzie nie zamierzała rezygnować ze złudzeń.

– To bez znaczenia... – wyciągnęła rękę i leciutko dotknęła świeżo ogolonego policzka Willa. – Nie odchodź, proszę...

– Mogę zostać tylko na chwilę...

Tylne drzwi otworzyły się i Will usłyszał dobiegające z korytarza głosy dwóch mężczyzn.

– Na pewno przyszedł Conor. – Pani MacKenzie wprowadziła go do nieco ciasnej kuchni. – Pozwól, żebym cię mu przedstawiła...

Will stał na środku kuchni urządzonej w stylu lat pięćdziesiątych, kwadratowej, z dużym stołem z klonowego drewna, mikrofalówką na zastawionym wieloma sprzętami blacie i ciężkimi, solidnymi szafkami na ścianach. Była to bardzo przytulna kuchnia, dość podobna do jego własnej, tej w Southton.

Conor MacKenzie nie uśmiechał się i nie patrzył na Willa z nadzieją, rozczarowaniem czy wyczekiwaniem. Na jego twarzy malowała się podejrzliwość.

– Kto zdecydował, że masz tu przyjść? – Conor przystanął w drzwiach, chociaż pozostała trójka zajęła miejsca przy stole.

– Ja. Mama nic o tym nie wie. Jutro wyjeżdżamy, a ja pomyślałem sobie, że chyba jeszcze... Że chyba nie wysłuchałem wszystkich wersji tej historii sprzed lat... Kiedy przyjechałem do Hawke's Cove, nie wiedziałem kompletnie nic. Teraz coś już wiem i przyszło mi do głowy, że jeśli poznam was wszystkich, to może wreszcie znajdę odpowiedź, ale widzę, że to był głupi pomysł...

– Jaką odpowiedź? Czego chcesz się dowiedzieć? – twardo zapytał Conor.

– Kto był moim ojcem...

No, wreszcie to powiedział...

Imię Macka zawisło w powietrzu. Nikt nie wypowiedział go na głos i nie wyglądało na to, aby ktoś miał taki zamiar. Duch Macka wypełnił przestrzeń niewidoczną, milczącą obecnością.

– Chodzi mi o to, czy to był Grainger, czy Mack – uzupełnił Will.

Conor podszedł do stołu i oparł dłonie na jego brzegu.

– Wiemy, kogo masz na myśli...

Will podniósł się i gwałtownym ruchem otworzył kuchenne drzwi.

– Przepraszam... – mruknął. – Niepotrzebnie tu przyszedłem...

– Wystarczy, Conor! – Pani MacKenzie wstała i wyciągnęła rękę do Willa. – Chłopiec jest po prostu ciekawy, nic więcej... Chodź, Will, pokażę ci jego pokój.

Conor i doktor wymienili pełne głębokiego niepokoju spojrzenia. Nie ulegało wątpliwości, że obaj zabiegali, aby pani MacKenzie żyła teraźniejszością, nie przeszłością. Prawdopodobnie unikali wspominania w jej obecności o Macku, zupełnie jakby dopiero jego imię miało przypomnieć jej o tragedii, z którą od lat żyła każdego dnia. A teraz w ich domu zjawił się on, Will, wciągając ich z powrotem w wir przeszłości...

– Mamo... – ostrzegawczym tonem zaczął Conor.

– Nie ma powodu do obaw, mój drogi – odparła spokojnie.

Will poszedł za panią MacKenzie na piętro, do niewielkiej sypialni z lewej strony schodów. Nad dwoma łóżkami nisko wisiał ostro ścięty sufit – chłopcy, którzy kiedyś tu spali, na pewno musieli uważać, aby rano nie zrywać się zbyt gwałtownie na nogi. Na ścianach wisiały plakaty zespołów rockowych i piosenkarzy, na starannie odkurzonym biurku stał metalowy puchar, prawie dokładnie taki sam jak ten, który w ubiegłym roku otrzymał Will, kapitan zwycięskiej drużyny baseballa. W dolnym rogu lustra zatknięte były zdjęcia, a na nich ci sami młodzi ludzie, których widział na fotografiach w pokoju Kiley. Po obu stronach lustra wisiały dwa szkolne zdjęcia portretowe. Will przystanął i popatrzył na swoją twarz, wyraźnie widoczną między twarzami Graingera i Macka, obu mniej więcej w jego wieku.

Grainger wyglądał zupełnie inaczej, natomiast Mack... Cóż, Mack miał już nigdy się nie zmienić, pomyślał Will, starając się wyobrazić sobie tego młodego chłopca jako dorosłego. Kiedy matka i Grainger opowiadali mu tamtą historię, widział ich takimi, jakimi byli obecnie, nie dziećmi. W ten sam sposób zawsze wyobrażał sobie Macka jako trzydziestoparoletniego mężczyznę.

Jednak nie miał racji. Dopiero teraz uświadomił sobie, że Mack nigdy nie dorośnie, że na zawsze pozostanie chłopcem w jego wieku, chłopcem, który w swoim postępowaniu kierował się autodestrukcyjną arogancją. Może nawet, wchodząc tamtej nocy na pokład „Blithe Spirit", pomyślał: „Ja im pokażę! Pożałują tego, kiedy mnie już nie będzie!"... Czy naprawdę zaplanował to wszystko? Czy rzeczywiście chciał zginąć?

Pani MacKenzie bez słowa patrzyła, jak Will rozgląda się po małym pokoju i uważnie wpatruje się w fotografie. Odezwała się dopiero wtedy, gdy Will utkwił wzrok w swoim odbiciu.

– Conor był w college'u i praktycznie wyprowadził się z tego pokoju, więc Mack i Grainger mieszkali tu parę lat razem, zupełnie jak bracia...

Will poczuł ukłucie bólu, słysząc, jak jej głos załamuje się gwałtownie.

– Tak, słyszałem o tym – odparł.

– Obaj ją kochali. Rzucało się to w oczy, a ja wiedziałam, że cała ta historia musi się źle skończyć. Oczywiście nigdy nie sądziłam, że aż tak źle... Musisz wiedzieć, że nie miałam pojęcia o twoim istnieniu, Will... Gdybym wiedziała, twojej matce na pewno nie udałoby się utrzymać mnie na dystans...

– Wiem. Mama nie pozwalała mi przyjeżdżać do Hawke's Cove i nic mi nie mówiła. Nie przyszło mi do głowy, że inni także mogą nic nie wiedzieć...

– Najbardziej winię twoich dziadków – powiedziała cicho. – Oni przecież wiedzieli i powinni byli porozumieć się z nami... Nawet jeżeli... – umilkła, z trudem przełykając łzy. – Nawet jeżeli nie jesteś MacKenziem, traktowalibyśmy cię jak wnuka...

– Oni też nie wiedzieli, proszę pani... Mama nie powiedziała im przecież, który z nich... – Will nie wiedział, jak dokończyć zdanie. – Muszę już iść – rzekł, delikatnie poklepując ją po pulchnym ramieniu.

Doro MacKenzie otarła oczy rogiem fartuszka.

– Wrócisz jeszcze?

– Nie mogę, jutro wyjeżdżamy – Will sam boleśnie odczuł rozczarowanie, które odmalowało się na jej twarzy. – Ale będę się odzywał, obiecuję... Ma pani e-mail?

Kąciki ust pani MacKenzie uniosły się w lekkim uśmiechu.

– Nie, kochanie, lecz listy też dobrze spełniają to zadanie...

U stóp schodów czekali na nich czujni jak strażnicy Conor i doktor MacKenzie.

– Wszystko w porządku, Doro? – Stary doktor delikatnie ujął żonę za ramię.

– Tak, nic mi nie jest. – Pani MacKenzie strząsnęła jego dłoń.

– Odprowadzę cię do furtki. – Conor chwycił Willa za łokieć, jakby zamierzał wypchnąć go z domu. – Otworzyłeś starą ranę, chłopcze – powiedział, kiedy znaleźli się przed domem, lecz malujący się na jego twarzy wyraz zniecierpliwienia zniknął. – Cóż, stało się, nic już na to nie poradzimy. Proszę tylko, żebyś nie robił nic, co mogłoby ją zdenerwować...

– Chodzi panu o badanie DNA?

– Tak. Co dobrego miałoby z tego wyniknąć?

Conor najwyraźniej obawiał się, że wynik badania może odebrać jego matce słabą nadzieję, iż Mack żyje nadal – w Willu.

– Proszę się nie niepokoić, nie zaproponuję im tego. W każdym razie jeszcze nie teraz.

– Nie chcę, żeby się zawiodła...

– Myślę, że dobrze przyjęłaby oba wyniki. – Will lekko uniósł brwi.

Czy Conor naprawdę nie zdawał sobie sprawy, że jego matka kochała także i Graingera?

– Słuchaj, mały, dzisiaj wieczorem będę musiał podać jej valium, więc nie mów mi, jak przyjęłaby negatywny wynik. Nie masz pojęcia, przez co przeszła.

– A pan? – spytał Will. – Nie jest pan po prostu ciekawy?

– Nie! – Conor odwrócił się i wbiegł po schodkach do domu.

Will włączył silnik. Był zdenerwowany, ale bynajmniej nie nieszczęśliwy. Nie otrzymał odpowiedzi, ale przynajmniej uporządkował sobie wszystkie pytania.

Było jeszcze jasno, kiedy Will zabrał Catherine spod sklepu. Dość jasno, aby przed pójściem do restauracji pokazać jej żaglówkę. Szybko pojechali do Hawke's Cove, do warsztatu szkutniczego Graingera Egana.

Furgonetki nie było na podjeździe, a w odpowiedzi na pukanie do drzwi usłyszeli tylko głośne ujadanie Pilota.

– Dziwne... – mruknął Will. – Grainger nie rusza się nigdzie bez psa...

– Nieważne! Pokaż mi wreszcie tę żaglówkę i wracajmy do miasta, bo jestem potwornie głodna.

Will zaprowadził Catherine na pomost. Z tej odległości przycumowana łódź, zwrócona ku nim dziobem, nie wyglądała szczególnie imponująco. Nie był to efekt, na który liczył Will.

– Ładna – powiedziała Catherine. – Więc gdzie chcesz zabrać mnie na kolację?

– Może najpierw podpłynęlibyśmy do niej bliżej, co? – zaproponował Will. – Wejdziemy na chwilę na pokład, żebyś mogła docenić, ile się przy niej napracowaliśmy...

– Dlaczego tak ci na tym zależy? Łódź to łódź, takich żaglówek jest naprawdę dużo...

– Nie. Widzisz, chciałem zrobić ci niespodziankę. Grainger dał mi ją na własność, więc nie jest to jakaś tam żaglówka. To *moja* łódź.

– Niesamowite... Dobrze, obejrzyjmy ją z bliska.

Will i Catherine wsiedli do drewnianej szalupy, uwiązanej do pomostu. Mały silnik zaskoczył za pierwszym pociągnięciem i młodzi ludzie ruszyli w kierunku „Blithe Spirit", huśtani silną falą.

Rozdział trzydziesty drugi

W drodze do Klubu Jachtowego Toby bez chwili przerwy zachwalał lexusa i podkreślał wszystkie jego zalety. Kiley nie mogła się zdecydować, czy Toby chce zrobić na niej wrażenie, czy jest rzeczywiście zakochany w swoim wozie. Ze zrozumieniem kiwała głową i odpowiadała monosylabami, zupełnie jak w czasie rozmowy z rodzicami nowo narodzonego dziecka. Z pewnością było miłe i kochane, ale nie jej.

Przez otwarte okna płynęły dźwięki utworu Mozarta, granego przez kwartet smyczkowy, oraz przyciszony pomruk głosów i śmiech. Kiley zamknęła na chwilę oczy i wyobraziła sobie, że wchodzi do sali pełnej nastolatków, chociaż muzyka zupełnie nie pasowała do tego obrazu. Prawie poczuła już w ustach smak imbirowego piwa, kiedy głos Toby'ego wyrwał ją z zamyślenia. Szybko podniosła powieki i wsunęła rękę pod jego ramię.

Sala była wypełniona grupkami gości. Niektórzy siedzieli na bambusowych kanapkach, obitych nową tkaniną w kwiaty, inni stali oparci o framugi okien. W kamiennym kominku jak zwykle nie płonął ogień i dwóch mężczyzn opierało się o parapet z dwóch stron, tocząc ożywioną dyskusję, jakby byli wspólnikami lub zażartymi przeciwnikami. Kiley nie była pewna czy ich zna, nie mogła jednak wykluczyć, że nieco ociężałe, otłuszczone rysy kryją znajome twarze. Szybko doszła do wniosku, że to przyjęcie może okazać się trudniejsze od rocznicowego spotkania ze szkolnymi kolegami. Na szkolnej imprezie można było liczyć przynajmniej na to, że wszyscy stracili ze sobą kontakt zaraz po maturze i rozpoznają się wyłącznie po przypiętych do piersi plakietkach z imionami. Zebrani w klubie ludzie najprawdopodobniej wiedzieli, co działo się z ich znajomymi w minionych latach i nie dostrzegali zmian, które w nich zaszły. Mniej więcej połowa obecnych ubrana była w stylu Toby'ego, z nonszalancką elegancją, natomiast druga połowa nosiła wyświecone na łokciach smokingi, które niewątpliwie tylko raz w roku, na taką właśnie okazję, wyjmowali z plastikowych toreb i dopasowywali, przesuwając guziki w spodniach oraz wciągając brzuchy. Jedno było pewne – niewiele osób czuło się tu swobodnie.

Wszystkie kobiety wyglądały podobnie: wystrojone w lniane kostiumy, najczęściej intensywnie różowe, ponieważ projektanci mody wylansowali róż na kolor roku, ale także zielone, żółte i niebieskie, z rozjaśnionymi pasemkami włosami, opalonymi twarzami i białymi kręgami wokół oczu, gdzie ciemne szkła osłaniały cienką, podatną na wiotczenie skórę przed słońcem. Wszystkie sprawiały wrażenie starszych od Kiley. Były w średnim wieku, jeszcze nie w wieku jej matki, ale niezbyt od niego odległym. Wszystkie z wdziękiem trzymały kieliszki z martini, głównie po to, aby nie stać z pustymi rękami. Bliska paniki Kiley rozejrzała się dookoła, rozpaczliwie szukając wzrokiem jakiejś znajomej twarzy. Jak na zawołanie, w drzwiach stanęły Emily i Missy i ruszyły w jej kierunku.

– Dzięki Bogu! – westchnęła Kiley. – Już myślałam, że będę najmłodszą osobą w tym towarzystwie...

– Skądże znowu, całe nasze kółko zawsze pojawia się na tego typu imprezach. Bardzo cieszymy się, że udało ci się przyjść.

Czy Emily naprawdę użyła określenia „kółko"? Kiley poczuła się trochę tak, jakby była bohaterką jednej z powieści Edith Wharton. Dwojaczki łatwo było teraz rozróżnić – Emily dojrzała, natomiast Missy przybrała na wadze. Dwaj mężczyźni, którzy stali przy kominku, podeszli na dany przez Missy sygnał i zostali przedstawieni Kiley. Ralph Fitzgibbons stanowił własność Emily, Fred Detweiler należał do Missy. Wyglądali na dość sympatycznych i najwyraźniej dobrze znali Toby'ego, który po chwili przyniósł Kiley kieliszek średniej jakości białego wina. Siostry obrzuciły Kiley bacznym spojrzeniem spod zmrużonych powiek. Spodziewały się, że Kiley pojawi się sama, lecz ona nie zamierzała przejmować się ich skłonnością do plotek. Nie umówiła się przecież z Tobym na randkę.

Przez parę minut prowadzili lekką, dość przyjemną rozmowę, ale wkrótce Fred Detweiler zaczął opowiadać o biznesowym projekcie, w jaki się zaangażował. Kiley włożyła dużo wysiłku w udawanie, że uważnie go słucha, chociaż co jakiś czas rozglądała się po sali w poszukiwaniu innych znajomych swoich lub rodziców. Nikt taki się nie pojawił, co w pewien sposób potwierdzało być może obawy matki Kiley, która zawsze ostrzegała córkę, że „trzymanie się z tymi chłopakami" unicestwi jej życie towarzyskie.

W końcu ogłoszono rozpoczęcie aukcji. Kiley nie miała najmniejszego zamiaru dodawać cokolwiek do rzeczy, które musiała zabrać z Hawke's Cove, doszła więc do wniosku, że skorzysta z okazji i pożegna się.

– Toby, muszę jeszcze skończyć pakowanie. Pójdę do domu, ale ty oczywiście zostań i kup, co sobie wymarzyłeś...

– Nie, nie! Jest jeszcze wcześnie, a ja chciałem zaprosić cię na kolację. Zaczekajmy tylko, aż pod młotek pójdzie weekend w centrum golfowym.

– Naprawdę nie mogę. – Kiley nie chciała, aby przyjemny wspólny wieczór przerodził się w coś więcej.

– Z pewnością nie możesz pójść pieszo do domu w tych butach – zawyrokował Toby.

– Mogę, nic mi nie będzie...

– Proszę cię, wytrzymaj jeszcze chwilę. Potem odwiozę cię do domu, dobrze?

Była to rozsądna propozycja, zresztą Kiley czuła, że buty rzeczywiście obcierają jej pięty.

– W porządku, ale nie chciałabym długo czekać...

Kiedy parę przedmiotów zostało sprzedanych, a o weekendzie w centrum golfowym wciąż nie było nic słychać, Kiley przeprosiła na chwilę Toby'ego.

– Zaraz wrócę – powiedziała i wycofała się z zatłoczonej sali do cichego holu.

Damska toaleta była pusta. Na drewnianych drzwiach kabin widniały wycięte ostrymi narzędziami inicjały, dokładnie tak, jak to zapamiętała. „A.S. «serduszko» S.P. '79", „Gina kocha Roya – Prawdziwa Miłość Na Zawsze '81"... Nadal cuchnęło tu wilgocią i pleśnią. Kiley z niesmakiem pokręciła głową. Klub Jachtowy na pewno dysponował sporymi pieniędzmi, więc dlaczego nikt nie pomyślał, żeby wyremontować toalety? Jedynym unowocześnieniem był automat z prezerwatywami, umieszczony na ścianie obok pojemnika z podpaskami. Młodzi ludzie byli dziś dużo lepiej uświadomieni niż w czasach jej młodości. A właśnie, skoro już myśli o młodych... Ciekawe, co porabia Will. Kiley dobrze wiedziała, że ostatnie wieczory i noce bywają pełne uczuć oraz intensywnych przeżyć, i miała nadzieję, że jej syn i Catherine są rozsądni. Szybko przegnała niepożądane myśli i podstawiła mokre dłonie pod słaby strumień ciepłego powietrza z suszarki.

Nie śpieszyło jej się z powrotem do sali, w której odbywała się aukcja. Pokryła wargi świeżą warstwą szminki i poprawiła włosy, rozpuszczone i sięgające nagich ramion. Powinna była wziąć ze sobą jakiś szal, ale nie miała tu żadnego. Lipcowa noc była ciepła, lecz Kiley zdawała sobie sprawę, że niedługo się ochłodzi. Prognoza na następny dzień była fatalna – jeszcze jeden powód, aby przygotować wszystko do wyjazdu. Jeżeli zacznie padać, po prostu napchają niewielki samochód do pełna, zamiast układać w nim bagaże jak pasujące do siebie kawałki puzzli. Dobrze chociaż, że postanowiła nie zabierać z Hawke's Cove żadnych mebli... Obrazy także zostawi na ścianach, nawet ten z latarnią morską.

Kiley słyszała głos prowadzącego aukcję, który starał się wycisnąć z uczestników kolejne pięć dolarów. Może należało podarować Klubowi kilka przedmiotów na sprzedaż? Obraz z latarnią i wypełniona morskimi szkiełkami lampa mogły pewnie kogoś zainteresować...

Zgodnie z programem w następnej kolejności miano licytować upragniony weekend Toby'ego. Czas zakończyć ten niespokojny wieczór, pomyślała Kiley. Porządnie złożyła program, schowała go do torebki i otworzyła ciężkie drzwi.

– Kiley!

Z drugiego końca holu szedł ku niej Conor MacKenzie. Kiley uśmiechnęła się na powitanie, zaraz jednak zauważyła, że na twarzy mężczyzny maluje się gniew.

– Wiesz, co dziś wieczorem zrobił twój syn? – Conor przystanął między Kiley i drzwiami do toalety.

Serce Kiley ścisnęło się boleśnie, dotknięte falą dobrze znanego macierzyńskiego lęku.

– Co takiego?

– Zjawił się w domu moich rodziców. Namówiłaś go do tego?

– Nie, w żadnym razie! Mówiłam mu nawet, że nie powinien...

Conor przerwał jej, unosząc dłoń.

– Można było zrobić jedną z dwóch rzeczy – zaczął. – Mogłaś powiedzieć nam o nim dawno temu albo w ogóle z nim tu nie przyjeżdżać. Co ci strzeliło do głowy, na miłość boską?!

Błękitne oczy Conora, pociemniałe od gniewu, w niczym nie przypominały teraz oczu Macka.

– Wydaje mi się, że to nie twoja sprawa! Istnienie Willa nigdy nie było problemem waszej rodziny i nigdy nie będzie!

– Bardzo się mylisz, bo twój dzieciak przedstawił się dziś mojej matce! Jeśli się uda, to mama będzie tylko udawać, że to jej wnuk, a jeżeli będziemy mieli pecha, znowu wpadnie w głęboką depresję! I to ty będziesz za to odpowiedzialna, moja droga!

– Will ma osiemnaście lat i może robić, co chce!

Kiley była wściekła. Conor MacKenzie nie miał prawa odzywać się do niej w ten sposób, lecz Will także nie powinien narzucać się MacKenziem. Nie chodziło zresztą tylko o to, że jej nie usłuchał, ale o to, że najwyraźniej otworzył stare rany.

– Posłuchaj, jest mi naprawdę bardzo przykro... – zaczęła. – Nie jestem w stanie nic na to poradzić, mogę tylko żałować, że Will tak postąpił... Co się stało, to się nie odstanie...

– Czy właśnie w ten sposób pocieszałaś się po śmierci Macka, który zginął z miłości do ciebie? – Conor nachylił się ku Kiley, zmuszając ją do cofnięcia się pod ścianę.

Czuła bijący z jego ust metaliczny zapach dżinu i soku owocowego. Drzwi prowadzącego do wyjścia ewakuacyjnego otworzyły się nagle i do holu wszedł Grainger Egan. Conor odsunął się od Kiley.

– Egan...

Grainger przez chwilę oceniał sytuację wzrokiem.

– Conor. – W jego głosie zabrzmiało ostrzeżenie.

Kiley oderwała się od ściany i szybko podeszła do Graingera. Conor wyprostował się.

– Co wiesz o jej synu? – zapytał.

– O Willu? Przypuszczam, że dokładnie tyle, co ty.

– Uważasz, że jest twój czy Macka?

– Dla mnie nie ma to znaczenia.

– A dla mnie ma, i to duże – Conor spojrzał na Kiley. – Trzymaj go z dala od moich rodziców, do cholery!

Odwrócił się i znowu wmieszał w tłum gości. Kiley nie ruszyła się z miejsca, świadoma bliskości Graingera. Mężczyzna jednym krokiem pokonał dzielącą ich odległość i łagodnym gestem położył dłoń na jej ramieniu.

– Wszystko w porządku?

– Chyba tak, tyle że najprawdopodobniej właśnie straciłam referencje...

Grainger podniósł rękę i pogładził ją po włosach, zupełnie jakby chciał uspokoić jej galopujące serce.

Był taki przystojny... Ogolił się po raz pierwszy od ich ponownego spotkania, a jego niesforne włosy zostały umiejętnie przystrzyżone przez dobrego fryzjera. Wysoki, barczysty i szczupły, doskonale wyglądał w dopasowanym smokingu. Szaroniebieskie oczy wpatrywały się w nią z takim wyrazem, jakby wreszcie przestał ją widzieć przez witraż wspomnień. Teraz Grainger patrzył na nią przez czystą szybę teraźniejszości – nie byli już nastolatkami, lecz dorosłymi ludźmi, którzy osiągnęli dojrzałość dzięki rozmaitym przeżyciom, ludźmi wolnymi i niezależnymi od tamtych dzieciaków, niepewnych własnych decyzji i rozchwianych. Po raz pierwszy Grainger i Kiley patrzyli na siebie jak mężczyzna i kobieta.

– Nie wiedziałam, że tu będziesz...

– Nie wiedziałem, że tu będziesz...

Roześmiali się cicho.

– Chyba powinniśmy przybić piątkę na szczęście, jak dawniej, bo powiedzieliśmy to jednocześnie – odezwała się Kiley.

Stali w wąskim holu, a dobiegające z głównej sali odgłosy maskowały ciszę, która zaległa między nimi.

– Pięknie wyglądasz, Kiley.

– Ty też... To znaczy, bardzo ci do twarzy w tym smokingu... I w tej fryzurze...

– Po doczyszczeniu zwykle nie najgorzej się prezentuję. – Grainger rzucił jej uśmiech.

Kiley zobaczyła, jak ukryte dołeczki, widoczne tylko wtedy, gdy był naprawdę szczęśliwy, pojawiają się w kącikach jego ust.

Tak bardzo starali się zamknąć swoją nową znajomość w granicach jego pracy, tak gorliwie podporządkowali ją zasadom, które podświadomie uzgodnili, że teraz, stojąc tu, w miejscu, które dobrze znali, nadal walczyli, aby nie dać się porwać nurtowi przeszłości.

Kiley gorączkowo szukała w myśli słów, które mogłyby uratować ich przed skokiem w tamtą historię.

– Aukcja już się chyba kończy – odezwała się. – Mam nadzieję, że nie planowałeś kupić czegoś, co licytowano na początku...

– Nie. Jestem tu tylko dlatego, że zaoferowałem popołudniową wycieczkę moim jachtem i Klub przysłał mi bilet wstępu jako podziękowanie. Zwykle nie chodzę na tego typu imprezy.

– Chcesz powiedzieć, że nadal na nie nie chodzisz... – zabrzmiało to jak pełen serdeczności żart.

– Na to wygląda. Remontuję lub konserwuję łodzie większości tych ludzi i bardzo często jakiś członek Klubu stara się skłonić mnie, żebym pośpieszył się z pracą albo dał mu zniżkę. W gruncie rzeczy jest im wszystko jedno, czy przychodzę na ich koktajle, czy nie, ale zależy im, żebym był zadowolony...

– Więc dlaczego przyszedłeś?

Grainger znowu uśmiechnął się szeroko.

– Żeby pokazać, że popieram program szkolenia dla dzieciaków. A ty?

Kiley z trudem opanowała chęć dotknięcia palcem dołeczka w kąciku jego ust.

– Właściwie to nie wiem... Toby Reynolds mnie namówił. Oferta kupna domu, z którą przyjechał, wprawiła mnie w takie zdumienie, że nie mogłam wydusić z siebie ani słowa, a on potraktował to jako zgodę.

– Naprawdę sprzedajecie dom? Przyjęłaś ofertę?

– Tak.

– Ale chyba mogłabyś zmienić zdanie?

Grainger stał tak blisko, że czuła zapach jego kremu do golenia – cytrynowy, przyjemnie lekki, nie tak natarczywy jak zapach wody kolońskiej.

– Za późno, podpisałam już umowę.

Dotknął jej łokcia tak ostrożnie, jakby obawiał się, że gwałtownie się odsunie.

– Możemy wyjść na zewnątrz?

Skinęła głową i pozwoliła, aby wyprowadził ją przed budynek. Bijące z okien światło wydobyło z ciemności ścieżkę i przywołało towarzyszące im cienie. Gdy Kiley przystanęła na moment, żeby zdjąć pantofle, Grainger przytrzymał ją za łokieć, aby nie straciła równowagi.

– Zimno ci?

Musiała zadrżeć.

– Nie... No, może trochę... – nie czuła chłodu, tylko niezwykłe podniecenie.

Grainger zdjął marynarkę i narzucił ją na jej obnażone ramiona. Jego biała koszula stała się jasną plamą w rozproszonym księżycowym świetle. W milczeniu dotarli do molo i poszli na sam jego koniec. Oparli się o poręcze i zwrócili twarzami do siebie w gęstniejącej ciemności. W tym samym miejscu stali w ostatnią noc swojej młodości. Fale tak jak wtedy z pluskiem uderzały o grube drewniane słupy, napięte liny z metalicznym brzękiem ocierały się o aluminiowe maszty, zwiastując nadejście silnego wiatru.

– Nie sprzedawaj domu...

– Muszę. Rodzice uparli się, żeby to zrobić. Chcą pokryć koszty studiów Willa.

– Zapłacę za jego studia.

Kiley przełknęła ślinę, starając się pozbyć tkwiącej w gardle twardej kuli. Jak łatwo byłoby się zgodzić, pomyślała, w pełni świadoma, że nie może przyjąć propozycji Graingera.

– Nie. Dziękuję, ale nie... Nie mogę na to pozwolić.

– Mam dość pieniędzy, wierz mi. Nie chcę, żebyś straciła ten dom.

– Przecież to nie twój problem... – Kula w gardle Kiley stwardniała jeszcze bardziej. – Dlaczego to robisz? Nie masz żadnych zobowiązań wobec Willa... Wobec nas...

– Jeszcze trzy tygodnie temu nie wiedziałem o jego istnieniu, ale teraz, gdy zacząłem go poznawać... – niski głos Graingera złagodniał. – Nie mam nikogo innego. Chcę traktować go tak, jak chciałby tego Mack...

– Skąd możesz wiedzieć, czego chciałby Mack? Czy którekolwiek z nas może to wiedzieć?

Kiley odwróciła się, nie chcąc patrzeć Graingerowi w twarz, na której malowała się zmieszana ze smutkiem nadzieja. Położyła marynarkę na wilgotnych deskach pomostu i ruszyła w stronę Klubu Jachtowego. Czuła, że nie zniesie tych chwil odnowionej bliskości, że zaraz stanie się z nią coś strasznego. Dorosła twarz Graingera była lustrzanym odbiciem twarzy człowieka, od którego uciekła wiele lat temu. Nie wiedziała wtedy jeszcze, że Mack zginie, a ona urodzi dziecko. Na tamtej twarzy dostrzegła gniew, smutek, zazdrość, i teraz, widząc ją znowu, przestraszyła się powrotu do przeszłości i uczuć, które jej towarzyszyły.

Nagle ręka Graingera spoczęła na jej ramieniu i odwróciła ją twarzą ku niemu. Zacisnął dłonie na jej barkach i zbliżył czoło do jej czoła, jakby liczył, że przez kontakt fizyczny uda mu się zrozumieć jej myśli. Potem pocałował ją, delikatnie i ostrożnie, sprawdzając, czy nie będzie walczyła. Kiley nie opierała się jednak, a jej usta były równie gorące i spragnione jak jego. Wkroczyli na znajome terytorium, znowu sięgnęli do swoich pełnych miłości serc. Oboje wiedzieli, że przyszedł czas, aby złożyć wspomnienie tamtej nocy w spokojnym grobie i oboje drżeli, przejęci wagą tego, co musieli zrobić, świadomi, że w przeciwnym razie ich dalsze życie będzie pozbawione nie tylko miłości, ale i nadziei. Czuli, że powinni uwolnić się nawzajem.

Po raz pierwszy w życiu myśleli tylko jedno o drugim. Tylko oni dwoje rozpalali zdławiony ogień namiętności.

– Nigdy o tobie nie zapomniałem, każdego dnia żałowałem, że nie zachowałem się wtedy inaczej...

Przytulił zimny policzek do twarzy Kiley, wypowiadając słowa prosto w czającą się za jej ramieniem ciemność. Gładziła go po twarzy, starając się porównać ten policzek z tamtym, młodzieńczo gładkim, który kiedyś czuła pod dziewczęcą dłonią.

– Nie masz czego żałować... To ja wszystko zepsułam...

– Byliśmy jeszcze strasznie młodzi i zachowywaliśmy się jak dzieci, które nie mają pojęcia, że uczucia i życie są tak bardzo kruche... Musimy pozwolić, aby tamte rany wreszcie się zabliźniły...

– Żałuję, że...

– Przestań żałować, przestań patrzeć wstecz, przestań, proszę... – Jego wargi odnalazły jej usta, język budził ciepłe, wilgotne doznania, których Kiley prawie już nie pamiętała. – Obiecaj mi, że oboje będziemy mieli szansę poznać się jako dorośli, dobrze? Podrzyj tę ofertę, zostań tutaj... Zwróć nam stracony czas...

Teraz to ona uciszyła go pocałunkami. Nie czuła dotyku chłodnego nocnego powietrza, dopóki nie zadrżała, lecz nawet wtedy nie była pewna, czy przyczyną jest ciągnący znad wody wiatr, czy głębokie pocałunki Graingera.

Minęło sporo czasu, zanim zaczął pieścić jej ciało, początkowo całkowicie skupiony na jej twarzy, wargach, języku i uszach, w końcu jednak jego wargi musnęły pocałunkiem szyję i zatrzymały się na dłużej w miejscu, gdzie można wyczuć tętno. Po cudownie dręczącym oczekiwaniu jego ręce odnalazły piersi Kiley i stwardniałe sutki, prężące się pod cienkim materiałem sukienki. Oparta o balustradę, wygięła plecy w łuk, odpowiadając falą pragnień na jego pożądanie.

Donośne głosy, dobiegające z Klubu Jachtowego, powstrzymały ich na moment. Z budynku wysypała się na dziedziniec duża grupa ludzi.

– To Benny Altman – szepnął Grainger. – Ciągnie za sobą całe stado świeżo upieczonych żeglarzy, bo koniecznie chce pokazać im swoją nową żaglówkę. Cumuje ją tutaj, przy pomoście, więc lepiej stąd chodźmy...

Wystarczył ciepły oddech Graingera na skórze Kiley, aby dreszcz przebiegł jej po plecach. Chwyciła go za rękę, mocno zaciskając na niej ciepłe palce.

– Jedźmy do mnie, do domu – powiedziała, nie chcąc tracić ani chwili dłużej.

– Co z Willem?

– Umówił się z Catherine i wróci dopiero o północy. Na pewno będzie chciał wykorzystać ten czas do ostatniego ułamka sekundy...

Grainger podniósł marynarkę i znowu okrył nią ramiona Kiley. Potem pocałował ją w kark, wywołując całą falę przyjemnych dreszczy.

– W takim razie jedźmy – powiedział z uśmiechem.

Grupa towarzysząca Benny'emu Altmanowi minęła ich, wykrzykując głośne powitania, zupełnie jakby widok Graingera Egana, obejmującego kobietę na końcu molo był czymś najzupełniej naturalnym. I Kiley, i Egan doskonale wiedzieli, że następnego ranka nastąpi opóźniona reakcja i po miasteczku zaczną krążyć plotki. Ramię Egana mocniej objęło Kiley, jakby nigdy, przenigdy nie zamierzał jej uwolnić.

Na parkingu natknęli się na Toby'ego Reynoldsa.

– Hej, Kiley, myślałem, że poszłaś pieszo do domu! – zawołał. – Szukałem cię w całym Klubie!

Toby podszedł do furgonetki Graingera.

– Cześć, Grainger. Nie widziałem cię w środku. Wycieczka twoją żaglówką poszła za trzysta pięćdziesiąt, całkiem nieźle. Dzięki za ofiarność, klienci skontaktują się z tobą telefonicznie – Toby nie zauważył, że Grainger i Kiley stoją bardzo blisko siebie i że Kiley ma na sobie marynarkę Graingera. – Napijemy się czegoś na dobranoc, Kiley?

– Dasz sobie radę sam? Strasznie boli mnie głowa. – Kiley rzuciła Toby'emu uśmiech z nadzieją, że zrozumie sytuację i szybko się wycofa.

– Jasne – wzruszył ramionami. – Wsiadaj do samochodu, podrzucę cię do domu...

– Nie, nie trzeba! Grainger mnie podwiezie...

– Ciekawe, dlaczego czuję się jak licealista, który dostał kosza? – Toby lekko uniósł brwi.

Kiley uśmiechnęła się przepraszająco.

– Dziękuję za zaproszenie na koktajl – powiedziała. – Zadzwoń do mnie, kiedy ustalisz z klientami datę podpisania ostatecznej wersji umowy...

– Ach, słusznie... – Toby wbił czubek buta w żwir, którym wysypany był podjazd. – Kiedy wyjeżdżacie?

– Wczesnym popołudniem.

– Wpadnę koło ósmej i pomogę zapakować rzeczy do samochodu.

– Nie trzeba, naprawdę... – Kiley mocniej ścisnęła palce Graingera.

Toby znowu wzruszył ramionami. Miał rozwiązany krawat i wyglądał, jakby wypił o jeden koktajl za dużo, był jednak doświadczonym biznesmenem i potrafił zrozumieć, że jego propozycja została odrzucona, przebita przez kogoś innego. Wszystko wskazywało na to, że nie mógł liczyć na spędzenie drugiej części wieczoru razem z Kiley.

– W porządku, kapuję i życzę przyjemnego wieczoru – roześmiał się, spoglądając na Graingera. – Do zobaczenia w kawiarni...

W słowach Toby'ego kryła się lekka złośliwość, oczywiście nie dość ostra i wyraźna, aby zniechęcić Kiley do dalszego korzystania z jego usług przy sprzedaży domu. Toby wiedział, kiedy należy zrezygnować.

– Dobranoc, Toby. – Grainger pomógł Kiley wsiąść do pikapu.

Kiley zachichotała.

– Ma rację, rzeczywiście dostał kosza – powiedziała. – Przyzwoity z niego facet, ale to nie na nim mi zależy...

Grainger podniósł do ust jej dłoń i ucałował ją.

– A na kim ci zależy?

– Na tobie, od samego początku... – Kiley przytuliła do policzka ich złączone dłonie. – Tamtego popołudnia, które spędziliśmy razem, zrozumiałam, że Mack nigdy nie wypełni mojego serca w taki sposób jak ty... Byłam pewna, że on to zrozumie.

* * *

Grainger zatrzymał samochód na podjeździe przed domem Kiley i wyłączył silnik. Chwilę siedzieli nieruchomo, nadal poruszeni jej wyznaniem. Jak mogli nie docenić głębi uczucia Macka? Wierzyli, że niczego nie zepsują, że wszystko da się naprawić, ponieważ łączy ich przyjaźń...

– Wciąż mi go brakuje... – powiedział Grainger cicho, prawie szeptem.

Kiley czubkiem palca otarła łzę, która pojawiła się w kąciku jej oka.

– Mnie brakowało was obu...

– Ty przynajmniej miałaś Willa, miałaś kogoś...

– Wiem. Nie było chwili, żebym nie dziękowała za to losowi... Czasami mówiłam sobie, że Will jest dzieckiem was obu, kiedy indziej wydawało mi się, że jakimś cudem sama powoławałam go do życia, że jest tylko mój, ani twój, ani Macka, tylko mój... Nie chciałam, żeby należał do kogokolwiek innego. Kiedyś kochałam ciebie i Macka tak samo, ale w końcu okazało się, że mocniejsze było moje uczucie do ciebie... Jednak Macka kochałam całym sercem, tyle że inaczej. Gdybym miała pewność, że Will jest twój albo Macka, miałabym wrażenie, że moje ciało dokonało wyboru, którego ja nie potrafiłam dokonać. Uznałam, że będzie sprawiedliwiej, jeżeli Will będzie po trosze twój, a po trosze Macka.

Grainger zasłonił oczy dłonią, lecz wcześniej Kiley dostrzegła w nich błysk ulgi.

– Czy kiedyś przestanę być zazdrosny o zmarłego? – zapytał.

– Nie musisz mu niczego zazdrościć. Już nie.

– Muszę, jeśli Will jest jego synem. Wiesz, że poprosił mnie o zgodę na badanie DNA?

– Nie, ale nie jestem zaskoczona. Przez całe życie nie wiedział, kim jest, a teraz prawda jest na wyciągnięcie dłoni... Will nie rozumie tylko, że ta informacja niczego nie zmieni.

– Ależ zmieni! Nie zmieni moich uczuć, bo ja nadal będę go kochał jak syna, lecz jeśli chodzi o niego... Cóż, możliwe, że zacznie patrzeć na mnie innymi oczami... Teraz jestem facetem, który być może jest jego ojcem, ale jeśli badanie wykaże, że nim nie jestem, Will będzie widział we mnie mężczyznę, który przespał się z jego matką...

– Zgodzisz się na badanie?

– Powiedziałem mu, że jeżeli w grudniu nadal będzie mu na tym zależało, przeprowadzimy badania. I że martwi mnie tylko to, iż wynik rozczaruje nas obu.

– Rozczarowanie może okazać się chwilowe. Po pewnym czasie obaj przejdziecie nad nim do porządku dziennego.

– Ale prawda pozostanie prawdą...

Siedzieli w milczeniu, wsłuchani w dobiegający przez uchylone okno samochodu koncert świerszczy.

– Chodźmy do domu, Grainger – odezwała się w końcu Kiley.

– Wiesz, że jeszcze nigdy nie byłem na piętrze tego domu?

– Nigdy o tym nie myślałam, ale wcale mnie to nie dziwi. Moja matka zawsze przestrzegała zasad dobrego wychowania. Na pewno nie pozwoliłaby mi zabrać was na górę, chociaż ja nawet nie brałam tego pod uwagę. W moim pokoju zawsze panował potworny bałagan...

Kiley wzięła Graingera za rękę i poprowadziła go na górę tylnymi schodami. Żadne z nich nie powiedziało, czego pragnie. Łagodny, błogosławiony spokój tej szczególnej chwili uwalniał ich od konieczności deklarowania, że zamierzają nacieszyć się sobą aż do końca. Kiley, nieco zawstydzona widokiem niezasłanego łóżka i porzuconych na podłodze ręczników, wprowadziła Graingera do swojej sypialni, która kiedyś była pokojem jej rodziców. Stare sprężyny miękkiego podwójnego łoża zaskrzypiały pod ciężarem ich ciał. Oboje to spieszyli się, to zwalniali tempo, z radością zmierzając małymi krokami ku ostatecznemu spełnieniu.

Kiley, udając doświadczoną uwodzicielkę, rozwiązała krawat Graingera, lekko ściągnęła końce i zbliżyła jego twarz do swojej. Grainger zsuwał ramiączka czerwonej sukni i brzeg elastycznej dzianiny coraz niżej i niżej, aż wreszcie odsłonił piersi Kiley. Zatrzymał się przy nich, dopóki nie poznał wszystkich odcieni ich smaku. Potem, ogarnięci narastającym podnieceniem, szybko zrzucili z siebie resztę ubrań. Chwilę chłonęli się nawzajem wzrokiem, w złotawym świetle lampy oceniając zmiany, jakim czas poddał ich młodzieńcze ciała.

– Jesteś taka piękna... – Grainger ogarnął czułym spojrzeniem ciało Kiley, wciąż smukłe mimo upływu lat i porodu, wciąż jędrne, o pięknie uformowanych piersiach i kusząco zaokrąglonych biodrach.

Jej skóra, świeżo opalona po trzech tygodniach na plaży, lśniła łagodnie. Grainger przyciągnął ją do siebie, pragnąc od nowa poznać ciało, które posiadł tylko raz. Ucałował zagłębienie tuż nad pośladkami Kiley, powoli przejechał językiem wzdłuż jej kręgosłupa i dotarł do karku, gdy ona, nie mogąc znieść napięcia, przewróciła się na plecy i zaczęła go pieścić.

Wysoki, chudy chłopak zniknął, a jego miejsce zajął muskularny, doskonale zbudowany mężczyzna. Jego ciało zdawało się teraz większe, silniejsze, bardziej męskie. Kiley dotknęła napiętych krążków brodawek piersi Graingera i pozwoliła swojej dłoni przesunąć się w dół. Znalazła go, delikatnie ujęła palcami, podziwiając jego wagę i wielkość, i pieściła tak długo, aż stał się twardy jak kamień.

Rozpoczęli taniec zbliżenia, nie mogąc dłużej powstrzymać namiętności. Wystarczył umiejętny dotyk Graingera, aby Kiley wpadła w wir niezwykłych doznań, tracąc poczucie rzeczywistości, wzlatując wysoko i opadając coraz niżej i niżej w rozgrzaną studnię bez dna. Chwilę później Grainger dołączył do niej, a ich głosy wyśpiewywały pieśń niewypowiedzianej rozkoszy. Później leżeli ciasno objęci, dysząc ciężko. Grainger położył głowę na piersi Kiley. Oboje milczeli, wsłuchani w szmer swoich oddechów.

Leżeli długo, godzinę, może więcej, co jakiś czas zapadając w lekką drzemkę i budząc się, nadal złączeni, odnawiając niezwykły moment pocałunkami i pieszczotami, aż wreszcie, niesieni nową falą podniecenia, znowu wspólnie osiągnęli szczyt rozkoszy.

Gdy w końcu nasyceni, zasnęli na dłużej, wtuleni w siebie, ciepły oddech Graingera pieścił kark Kiley. Po przebudzeniu długo rozmawiali i zadawali sobie pytania. Kiley szeptem opowiadała Graingerowi o tych stronach swego życia, które mogły go ciekawić, o Willu i o tym, jak wiele razy sam fakt istnienia syna pomagał jej dźwignąć się z dna rozpaczy.

– A ty? – zapytała. – Teraz twoja kolej... Byłeś żonaty? Co się z tobą działo?

Grainger pogłaskał kciukiem dłoń Kiley i opowiedział jej, jak dwukrotnie był bliski zawarcia małżeństwa i jak jednak wrócił do domu.

– Okazało się, że mimo wszystko mogę rozpocząć tu nowe życie. Podobnie jak ty bałem się, że pochłoną mnie wspomnienia, ale odkryłem, że w takiej sytuacji trzeba zacząć tworzyć nowe...

Pocałował ją znowu, z ogromną czułością, jakby chciał pokazać jej, o co mu chodzi. Zegar w salonie zaczął bić pełną godzinę i Grainger uniósł głowę.

– Już północ. O której ma wrócić Will?

Kiley wyplątała stopę ze skłębionej pościeli.

– Najpóźniej o pierwszej, tak się umówiliśmy.

– Trochę późno, nie wydaje ci się? – Grainger pochylił się nad nią, musnął wargami jej nagie ramię, usiadł na brzegu łóżka i sięgnął po szorty.

– Nie w jego wieku. Trudno jest stawiać większe ograniczenia młodemu człowiekowi, który skończył już osiemnaście lat...

– Co on może robić w Hawke's Cove o tej godzinie?

– Boże, zupełnie jakbym słyszała zatroskanego ojca... – Kiley usiadła obok Graingera, patrząc na ich gołe nogi, i odchrząknęła z teatralną przesadą. – Will i Catherine starają się do ostatniej sekundy wykorzystać swoją ostatnią noc...

– Cóż, pewnie masz rację... – Grainger wciągnął spodnie, strzepnął pogniecioną koszulę i narzucił ją na ramiona.

Kiley obserwowała go z uśmiechem.

– Wyglądasz niezwykle seksownie, zwłaszcza w szelkach – powiedziała. – Gdyby zależało to ode mnie, codziennie chodziłbyś tak ubrany...

– Szybko przestałbym ci się podobać w tym stroju. Wyobraź sobie smoking poplamiony farbami do łodzi...

– Kochasz to, czym się zajmujesz, prawda?

– Tak. Na dodatek jestem w tym naprawdę dobry i dzięki temu stać mnie, żeby posłać Willa do Cornell.

Kiley szybko schyliła się po szorty i koszulkę, pragnąc ukryć malujące się na jej twarzy mieszane uczucia. Było już za późno, nie mogła wycofać się ze sprzedaży domu. Znowu poczuła żal, że nie wróciła do Hawke's Cove wcześniej, że tak długo czekała z potwierdzeniem swego prawa do tego miejsca. Teraz nie była już w stanie nic zrobić.

– To nie ja podjęłam decyzję o sprzedaniu domu – powiedziała cicho. – Nie sądzę, żeby rodzice zmienili zdanie, nawet jeśli wezmą pod uwagę twoją propozycję...

Grainger powoli zapiął białą koszulę, z wielką uwagą przyglądając się przepychanym przez dziurki guzikom.

– Krótko mówiąc, nadal nie jestem dla nich dość dobry...

– Nie, to nie o to chodzi. – Kiley przytuliła policzek do pleców Graingera i mocno objęła go w pasie, dotykając twardych mięśni jego brzucha. – Nigdy im o to nie chodziło...

– Więc dlaczego nie chcesz pozwolić, żebym ci pomógł? Mogłabyś wrócić tutaj, bo przecież teraz nie ma już żadnego powodu, żebyś trzymała się z dala od Hawke's Cove... A może się mylę? – odwrócił się i chwycił ją w ramiona.

– Nie czułabym się w porządku, pozwalając ci wziąć na siebie taką odpowiedzialność. Nie powinieneś poświęcać się dla chłopaka, którego znasz zaledwie trzy tygodnie.

– Nie przestanę się interesować Willem, bo ani przez chwilę nie traktowałem znajomości z nim jak jakiegoś hobby. Nie spodziewasz się chyba, że nagle wycofam się z jego czy z twojego życia...

– Nie, nie pozwoliłabym na to. Nie mogę też jednak pozwolić, żebyś...

– Udawał, że jest moim synem? – przerwał jej Grainger. – Odgrywał rolę zastępczego ojca? Poczuł, że w dużej części odpowiadam za to, co stało się dziewiętnaście lat temu? – Mówił coraz głośniej i mocno, prawie zbyt mocno przycisnął ją do siebie, jakby bał się, że mu ucieknie. – Jestem egoistą. Chcę, żebyś już na zawsze została w moim życiu, nie zniósłbym...

– Ciiii... – Kiley przykryła dłonią jego usta. – Nie zniknę, nawet o tym nie myśl. Raz uciekłam i ukryłam się przed tobą na wiele lat, chociaż nie powinnam była tego robić. Popełniłam sporo poważnych błędów...

Grainger oparł policzek na czubku jej głowy. Kołysał ją lekko, co sprawiało wrażenie, jakby znajdowali się na pokładzie dryfującego statku.

– Myślisz, że kiedyś przestaniemy patrzeć w przeszłość? Że uda nam się zrobić krok naprzód?

Kiley podniosła obie ręce, przyciągnęła głowę Graingera do siebie i pocałowała go.

– Myślę, że już zrobiliśmy ten krok – powiedziała. – I sprawiło nam to dużo przyjemności, prawda?

Zegar w salonie znowu przypomniał im o upływającym czasie. Grainger zmarszczył brwi.

– Już pierwsza! Gdzie on jest?

– Miło spędza czas w domu swojej dziewczyny.

– Mówisz to tak spokojnie...

– Bo sama miło spędzam czas i nie chcę, żeby coś zakłóciło mi tę przyjemność.

– Co pomyśli sobie Will, kiedy nagle zobaczy mnie tutaj, w środku nocy, z kołnierzykiem koszuli wysmarowanym szminką?

– Starałam się być ostrożna... – Kiley chwilę udawała, że uważnie ogląda kołnierzyk koszuli Graingera. – Naprawdę nie wiem, co Will sobie pomyśli i czego będzie od nas oczekiwał... Nie wiem nawet, czy on w ogóle wie, czego chce.

Grainger ujął jej dłonie.

– A czego ty chcesz?

Uśmiechnęła się do niego.

– Poznać cię od nowa, jako dorosłego człowieka, dowiedzieć się, kim teraz jesteś. Odkryć, czy łączy nas coś więcej poza wspólnymi przygodami z dzieciństwa i tragedią, która dotknęła nas oboje... – Kiley pochyliła się i ucałowała palce Graingera. – A jeśli chodzi o Willa, to musimy dać mu czas, aby przyzwyczaił się do tej sytuacji...

– W takim razie pojadę chyba do domu. Najlepiej będzie, jeżeli Will jednak nie zastanie mnie tutaj o tej porze. I oczywiście wrócę o ósmej rano...

– Poczułabym się potwornie rozczarowana, gdybyś nie wrócił.

– To tylko siedem godzin. – Grainger uśmiechnął się, lecz jego słowa zabrzmiały zaskakująco poważnie.

Wstali i objęli się mocno, jakby nagle ogarnął ich lęk, że zaraz po zamknięciu drzwi na zawsze znikną sobie z oczu. Jakby śmiertelnie bali się, że rano obudzą się i stwierdzą, iż noc była tylko snem.

Rozdział trzydziesty trzeci

„Blithe Spirit" tańczyła na cumach i podskakiwała lekko, podobna do podekscytowanego psa. Zanim weszli na pokład, porządnie przywiązali drewnianą motorówkę do pomostu. Zamierzali spędzić na łodzi tylko parę chwil.

– Przyjemnie się nią pływa? – Catherine przeciągnęła dłonią po gładkiej wewnętrznej stronie burty.

– Tak sądzę. Grainger... – Will chciał już powiedzieć: „nie pozwolił mi...", ale nagle zdał sobie sprawę, że zabrzmiałoby to głupio. – Grainger ciągle zagania mnie do pracy na żaglówce dziadka.

– Ale przecież ty jutro wyjeżdżasz, więc kiedy będziesz pływał na „Blithe Spirit"?

Ach, Will zadawał sobie to pytanie od rana... Jeżeli nie zabierze Catherine na krótką wycieczkę teraz, to kiedy? Co z tego, że ma łódź, skoro nigdy nie wypłynie nią w morze? Wiedział, że najprawdopodobniej nie wrócą już do Hawke's Cove. Dom został sprzedany, niedługo ten sam los spotka żaglówkę dziadka i nie będzie żadnego powodu, aby tu wracać.

– Zabierzesz mnie na wycieczkę w świetle księżyca?

– Teraz?

– Dlaczego nie? Zrobimy kółko po zatoce, wystarczy dziesięć minut...

Will wzruszył ramionami i uśmiechnął się.

– Świetnie!

Faktycznie, dlaczego nie... Grainger i mama zafundowali mu tego lata tyle wątpliwych atrakcji, że chyba zasłużył na dziesięć minut radości, prawda? Kiedy podszedł do dzioba, aby uwolnić „Blithe Spirit", przystanął na chwilę i pocałował Catherine, szczęśliwy, że może jej sprawić przyjemność.

Zatoka Maiden Cove tworzyła szeroką, nieco niezgrabną literę U. Jej ujście, dość wąski i głęboki kanał, znajdowało się między dwoma płaskimi przylądkami. Grainger mówił Willowi, że prąd w okolicy ujścia bywa naprawdę silny i podstępny. Will nie był pewny, w którą stronę porusza się prąd, ale w gruncie rzeczy nie miało to chyba wielkiego znaczenia – i tak nie zamierzał opuszczać zatoki, a poza tym zdążył już poznać wszystkie niebezpieczne punkty Maiden Cove. Grainger zawsze nalegał, żeby Will opłynął zatokę przed wyjściem na otwarte morze, więc teraz po prostu zrobi dokładnie to samo, co zwykle. Nic szczególnego – parę razy zmieni kurs, żeby się popisać, szybko zawróci, przycumuje i spokojnie pojadą na kolację.

Niebo na zachodzie przybrało ciemny odcień fioletu, a przesłonięty chmurami księżyc dawał niewiele światła. W domach stojących blisko zakrzywionego brzegu zatoki zaczęły zapalać się lampy. Zapadała ciemność, lecz Will uznał, że jakoś sobie poradzi.

Wyjął kapoki spod forpiku, podał jeden Catherine i zapiął na sobie drugi. Potem wyciągnął dulkę, wsunął centerboard i postawił żagiel. Uśmiechnął się z zadowoleniem, bo udało mu się szybko naciągnąć liny i przejść na rufę, ani na chwilę nie tracąc równowagi, zupełnie jakby był starym wilkiem morskim. W ciągu paru sekund wiatr chwycił żagiel i grot ożył w rękach Willa.

– Dlaczego nosi taką nazwę – „Blithe Spirit", „Szczęśliwy Duch"? – zapytała Catherine.

– To z jakiegoś wiersza. – Will przytrzymał rumpel ramieniem i wyciągnął rękę do dziewczyny.

Żaglówka niespodziewanie zanurkowała dziobem prosto w fale i drobiny piany morskiej skropiły ich twarze. Oboje parsknęli radosnym śmiechem.

Will myślał, że pod osłoną łagodnej ciemności zdoła powiedzieć Catherine, jak pod wpływem impulsu odwiedził MacKenziech i odkrył, że życie ma bardzo niewiele wspólnego z disneyowskimi filmami familijnymi. Gdyby mógł głośno wyrazić zmieszanie i niepewność, które ogarnęły go po tym, jak zakłócił spokój rodziców Macka, może udałoby mu się dojść do ładu z wyrzutami sumienia. Może przekonałby Catherine i samego siebie, że miał prawo zawiadomić ich o swoim istnieniu, choćby nawet w tak nieoczekiwany sposób... Catherine była tak rozsądna, spokojna i obiektywna, że może pomogłaby mu spojrzeć na całe to wydarzenie z pewnej perspektywy, zmniejszyć rozmiar popełnionego błędu i po prostu trochę mu ulżyć.

Milczał jednak, obserwując, jak wiatr łopocze żaglem. Lina miotała się w jego ręku, podobna do żywego stworzenia, które próbuje wyrwać się na wolność. Nagle wysunęła mu się z dłoni i bom zmienił pozycję, a żagiel ustawił się prostopadle do łodzi. Will mocno szarpnął mokrą i śliską liną. Trudno mu było zachować kontrolę nad wypełnionym wiatrem żaglem. Serce Willa zabiło niespokojnie, jakby dotknęła go czyjaś zimna dłoń. Czy ten niespodziewany poryw wiatru był dziełem ducha Macka?

Szybko otrząsnął się z tych idiotycznych myśli. Powinien jak najszybciej doprowadzić żaglówkę z powrotem do brzegu.

– Muszę dać żagiel na wiatr, więc szybko przeskocz na drugą stronę i nie zapomnij się schylić – powiedział.

Świetnie pamiętał poszczególne elementy manewru, słyszał wyliczający je głos Graingera. Poluzował linę, starając się nie wypuścić jej z dłoni. Żagiel opadł, bom zatoczył łuk, Catherine schyliła się i bezpiecznie znalazła się po drugiej stronie. Will poruszył rumplem, aby zmienić kierunek i pociągnął za linę. Liczył, że podciągnięty żagiel wypełni się wiatrem, ale tak się nie stało.

Mocniej szarpnął linę i nagle zrozumiał, dlaczego jego plan zawiódł – stary żagiel rozdarł się na pół i wiatr przelatywał przez dziurę.

– Kurwa mać... – zaklął.

– Co się stało?

– Żagiel się podarł.

– Zgaduję, że łódź nie ma silnika...

– Strzał w dziesiątkę – mruknął Will.

Przeszedł do przodu, aby poluzować liny i ściągnąć żagiel do punktu tuż nad rozdarciem. Miał nadzieję, że nad bomem pozostanie wtedy mały trójkąt, lecz wiatr natychmiast poderwał dziurawą płachtę wyżej. Fale zaczęły rzucać żaglówką i „Blithe Spirit" zwróciła się dziobem w kierunku ujścia z zatoki. Prąd popychał ją coraz mocniej.

– Szkoda, że nie wzięliśmy na pokład pontonu – odezwała się Catherine.

Will z trudem ukrył irytację.

– Poradzimy sobie...

– Co zrobimy? – Catherine nie sprawiała wrażenia przestraszonej. Wyglądało na to, że ufała, iż Will wydobędzie ich z opresji. – Pewnie nie masz telefonu komórkowego...

– Nie mam, ale po tej przygodzie mama na pewno jeszcze raz zastanowi się, czy mi go nie kupić...

Will popatrzył na linię brzegową. Nie był pewny, czy prąd może pchnąć ich w tamtym kierunku, wierzył jednak, że w razie czego jakoś dopłyną do brzegu, oczywiście jeżeli nie uderzą o skały...

– Gdyby prąd popychał nas od ujścia w stronę brzegu, moglibyśmy po prostu dryfować i zdać się na rumpel, ale wydaje mi się, że płyniemy w kierunku ujścia – dodał.

– Przydałyby nam się krótkie wiosła...

– Przydałyby nam się jakiekolwiek wiosła! – Will zdawał sobie sprawę, że w jego głosie brzmi złość, lecz był zbyt wściekły na siebie, aby się opanować.

Dałby wiele, żeby móc powiedzieć Catherine, że to tylko przygoda, ale czuł prawdziwy lęk. Wziął tylko kilka lekcji żeglowania i Grainger w żadnym razie nie pozwolił mu wypływać na „Blithe Spirit" w pojedynkę. Zerknął na podświetloną tarczę swego zegarka. Dochodziła dopiero dziewiąta, matka zacznie się niepokoić dopiero koło pierwszej trzydzieści... Najpierw rozgniewa się, później wpadnie w panikę, a potem... Kto wie, co będzie potem... Czy komuś przyjdzie do głowy, aby szukać ich na wodach zatoki?

W miarę jak zbliżali się do ujścia, prąd pchał ich coraz mocniej i wiatr także przybierał na sile. W miejsce niewielkich fal pojawiły się duże, znacznie wyższe od tych, które obserwowali z brzegu. Will czuł, jak mokra szorstka lina ociera skórę na jego dłoniach, nie zwracał na to jednak uwagi, starając się obrócić żaglówkę dziobem do brzegu.

„Blithe Spirit" wpadła w dolinę fali i prawie położyła się na burcie, zimna woda chlusnęła na pokład. Catherine krzyknęła głośno i Will zrozumiał, że zdała sobie sprawę z niebezpieczeństwa, w jakim się znaleźli.

– Wszystko będzie dobrze, tylko nie wpadaj w panikę... – Will niestrudzenie pracował rumplem, dzięki czemu udało mu się wykonać część zwrotu. – Wszystko będzie dobrze, zobaczysz...

Mimo tych pocieszających zapewnień, czuł, jak prąd spycha ich w kierunku wąskiego kanału, gdzie mogli rozbić się o skały lub wypłynąć na pełne morze bez żagla. Walczył dzielnie i z dziecięcą naiwnością modlił się, aby Catherine przebaczyła mu jego głupotę i aby jego matka nigdy nie dowiedziała się, co zrobił. Kiedy i tak słabe światło księżyca zaczęło blednąć, uświadomił sobie, że przede wszystkim powinien modlić się, żeby przeżyli. W pełnym blasku dnia ta scena nie byłaby tak przerażająca, lecz niemożność oszacowania wielkości fal i określenia kierunku, w jakim płyną, napełniała serce Willa zimnym lękiem. Fale nie były szczególnie potężne, ale szarpały łodzią dość często i mocno.

„Blithe Spirit" nieźle radziła sobie na wodzie – dowiodła już tego, kiedy dwa czy trzy razy zsuwali się po grzbiecie fali. Niebezpieczeństwo, że żaglówka wywróci się dnem do góry, było stosunkowo niewielkie, mogli więc zagryźć zęby i czekać na ratunek. Niedługo powinien już chyba nadejść świt... Will zerknął na zegarek i ze zdumieniem stwierdził, że od chwili, gdy oboje z Catherine weszli na pokład, minęły niecałe dwie godziny. W tym czasie fale urosły, a księżyc zmalał, odmieniając prąd.

Już na pierwszej lekcji Grainger powiedział Willowi, że na morzu sytuacja zmienia się błyskawicznie i że żaden żeglarz z prawdziwego zdarzenia nie wychodzi z portu bez prognozy meteorologicznej i mapy prądów. Teraz Will cicho zaklął pod nosem. Był tak pewny siebie, tak głęboko przekonany, że bez trudu opłynie z Catherine zatokę, że w ogóle nie poświęcił tym sprawom uwagi.

– Przepraszam cię, Catherine...

– To ja cię na to namówiłam.

– Gdybym nie był taki wściekły na Graingera... – Pierwsze ciężkie krople deszczu uderzyły o przykryty płótnem dziób. – Zabronił mi wyprowadzać żaglówkę, ale ja myślałem, że próbuje mnie ukarać za to, że zapytałem, czy zgodzi się na badanie DNA...

– Nie zgodził się?

– Nie mogę w tej chwili streszczać ci tej rozmowy ze szczegółami... Najkrócej mówiąc, nie zgodził się na badanie teraz, powiedział, że może w grudniu...

Księżyc zniknął za zasłoną z coraz cięższych chmur, niosące poczucie bezpieczeństwa jasne okna domów na brzegu rozmyły się w strugach deszczu. Catherine i Will skulili się w kokpicie, przestraszeni i zagubieni. Nie wiedzieli już nawet, czy płyną w kierunku brzegu, czy otwartego morza.

– Jeżeli wyjdziemy z tego cało, przysięgam, że nigdy...

– Przeżyjemy – przerwała Willowi Catherine. – Nie składaj pochopnie obietnic, których nikt nigdy nie dotrzymuje.

– Nie wiesz, co jeszcze zrobiłem dziś wieczorem.

– Poszedłeś do domu MacKenziech.

– Jak zgadłaś?!

– Sama bym tak postąpiła.

Wydawało im się, że łódź kręci się w kółko, lecz bez żadnego punktu odniesienia nie mogli zorientować się, w którą stronę – zgodnie z ruchem wskazówek zegara, czy przeciwnie. Fale huśtały żaglówką tak mocno i chaotycznie, że Willowi zrobiło się niedobrze i szybko przechylił się przez burtę, aby zwymiotować.

Otarł usta wierzchem dłoni.

– Pani MacKenzie chyba ucieszyła się, że przyszedłem...

– W takim razie wszystko w porządku, prawda?

– Ale stary doktor i jego syn nie byli zachwyceni. Conor MacKenzie ostrzegł mnie, żebym nie denerwował jego matki.

– Nie ma w tym nic dziwnego, nie sądzisz?

– Mack zginął na tej żaglówce – wymamrotał Will. – Jej syn...

– Nie jesteś Mackiem.

– Nie, ale robię dokładnie to samo, co on...

Czy Mack czuł to samo w ostatnich chwilach życia? Rozpacz, wynikającą ze świadomości, że spowodował własną śmierć? Że podyktowany impulsem krok może się aż tak źle skończyć? Will nie miał cienia wątpliwości, że Mack wcale nie zamierzał umrzeć.

Catherine przysunęła się bliżej. Przytuleni do siebie, kulili się na podłodze otwartej kabiny sternika, szukając ucieczki przed ulewą i nieprzeniknioną ciemnością.

– Przeżyjemy – powiedziała Catherine.

Will z całego serca pragnął jej uwierzyć.

Rozdział trzydziesty czwarty

Cudownie zmęczony i senny po fizycznym i emocjonalnym spełnieniu, Grainger prawie nie zauważył, że już dojechał do domu. Przednie reflektory furgonetki omiotły podjazd i odbiły się w tylnych światłach obcego samochodu. W pierwszej chwili Graingerowi zaświtała w głowie myśl, że Kiley w jakiś sposób dotarła tu przed nim. Pilot szczekał jak opętany i drapał pazurami ciężkie drewniane drzwi. Grainger wypuścił psa, włączył światło na podjeździe i ruszył w stronę auta. Krople deszczu na masce lśniły jak śnieg, poza tym nic nie było widać.

– Will?

Grainger otworzył drzwi z nadzieją, że w środku znajdzie chłopca, ale zobaczył tylko leżącą na fotelu pasażera torebkę dziewczyny. Jego serce ścisnął lodowaty strach. Chwycił dużą latarnię i pobiegł na pomost, nawołując Willa. Pilot ujadał wesoło, zadowolony, że może wziąć udział w zabawie.

Tylko raz, może dwa Grainger czuł prawdziwe paraliżujące przerażenie. Południowo-zachodni wiatr nieprzyjemnie chłodził jego wilgotną skórę, chociaż w gruncie rzeczy powinien być ciepły. Linki podzwaniały, uderzając o aluminiowe maszty łodzi przycumowanych do jego pomostu. W miejscu, gdzie powinna znajdować się „Blithe Spirit", tkwił ponton z dziobem zwróconym na wiatr, jak to zwykle zdarza się w złą pogodę przycumowanym łodziom.

Księżyc już zaszedł i kiedy Grainger wymachiwał latarnią, nie widział nic poza obszarem, który jej światło wydobywało z ciemności.

* * *

– Kiley? Will w domu?

– Słucham? Nie wiem... Spałam już...

Instynkt macierzyński kazał Kiley obudzić się i otrzeźwieć już po pierwszym dzwonku telefonu.

– Idź do jego pokoju i sprawdź.

Grainger wiedział już, że Will nie wrócił do domu i zdążył zawiadomić odpowiednie służby o zaginięciu młodego człowieka. Gdyby okazało się, że chłopak spokojnie śpi w łóżku, samochód jego matki znalazł się pod warsztatem w jakiś dziwny, tajemniczy sposób, a „Blithe Spirit" po prostu zerwała cumy, zawsze mógł odwołać alarm. Grainger był jednak przekonany, że Willa nie ma w domu, nie mógł też przestać myśleć o tym, że dla zaginionego na morzu liczy się każda sekunda.

– Nie ma go! – W głosie Kiley brzmiało przerażenie. – Skąd wiedziałeś?!

– Już po ciebie jadę – rzucił Grainger.

Osiem kilometrów, dzielące go od Overlook Bluff Road, pokonał z niedozwoloną prędkością. Pędził jak szaleniec. Zdawał sobie sprawę, że nie będzie w stanie łudzić Kiley nadzieją, że wszystko będzie dobrze. Gdy dotarł na miejsce, zobaczył ją w świetle lamp. Chodziła w tę i z powrotem po frontowym pokoju, z jedną ręką przyciśniętą do czoła, a drugą do brzucha. Wyglądała na chorą i rozgorączkowaną, wyglądała na osobę nieprzytomną ze zmartwienia, a przecież nie wiedziała jeszcze tego, co on.

Grainger wbiegł po schodkach do domu, lecz Kiley nie rzuciła mu się w ramiona.

– Skąd wiedziałeś, że nie ma go w domu?

Wyciągnął ręce, żeby ją objąć, ale odsunęła się i wyraźnie czekała na wyjaśnienia.

– Kiley, wiem, gdzie oni są...

– Gdzie jest Will? Gdzie oni są?

– Will i Catherine wypłynęli łodzią... – Nie potrafił powiedzieć jej, jaką łodzią.

– O, Jezu...

Odgadła. Oczywiście, jak mogłaby nie odgadnąć...

W drodze do warsztatu uprzedził ją, że już zawiadomił

służby ratownicze. Był nawet prawie pewny, że zastaną Willa i Catherine w domu, dostawionych na brzeg, przestraszonych i ostro skarconych. Nawet jeżeli Will okazał się na tyle głupi, aby wypłynąć nocą, to jednak jak na początkującego był zupełnie niezłym żeglarzem. Grainger nie wspomniał ani słowem o porywistym wietrze i silnym księżycowym prądzie, ale Kiley doskonale znała niebezpieczeństwa czyhające na bardziej i mniej doświadczonych żeglarzy. Ta wiedza podtrzymywała trwające między nimi milczenie. Grainger docisnął akcelerator.

Kiedy zahamowali na dziedzińcu pod warsztatem, od razu usłyszeli charakterystyczny szum i zobaczyli okrążający zatokę helikopter, który omiatał fale reflektorem, oboje wiedzieli jednak, że żaglówka na pewno wypłynęła już na pełne morze, świadczyła o tym chociażby godzina. Will nie był jeszcze gotowy na taką próbę, nie umiałby poradzić sobie z zasadzkami, jakie stawiał prąd, nocą i przy południowo-zachodnim wietrze o prędkości między dziesięć a piętnaście węzłów. Nie sposób było określić, jak długo „Blithe Spirit" była na falach, ale niewątpliwie opuściła już zatokę, chyba że wpadła na skały. Nie można też było wykluczyć, że młodzi ludzie mieli jakiś wypadek i wypadli za burtę. Grainger nie miał cienia wątpliwości, że muszą powiększyć obszar poszukiwań. Na moment oparł się o kabinę furgonetki, bo przerażenie i ból zaatakowały go niemal z fizyczną siłą.

Kiley stała już na pomoście, więc poszedł za nią. Przesuwające się po wodzie kręgi światła bijącego z reflektora ratowniczego helikoptera i głośny dźwięk obracających się śmigieł przykuły ich uwagę. Pilot powiedział coś niewyraźnie do mikrofonu, kiedy na dziedzińcu zatrzymały się dwa wozy policyjne i samochód morskiego pogotowia.

– Porozmawiam z nimi – rzucił Grainger.

Kiley nie odpowiedziała. Nie oderwała nawet wzroku od zataczającego koła helikoptera.

Grainger znał obu policjantów z pierwszego samochodu. Chodzili razem do szkoły średniej i grali w jednej drużynie w piłkę nożną, teraz zaś często spotykali się w kawiarni „U Lindy".

– Mamy kontakt radiowy ze strażą przybrzeżną. To matka?

– Tak – odparł Grainger. – Matka chłopca.

– Zaraz wyślemy kogoś do rodziców dziewczyny. – Policjant za kierownicą poluzował sprzączkę ciężkiego pasa z kaburą i krótkim ruchem głowy wskazał Kiley. – Spróbuj namówić ją, żeby weszła do domu, co? Nie ma przecież sensu, żeby całą noc stała na skraju pomostu...

Grainger zostawił ich i ruszył ku Kiley, której sylwetka ostro rysowała się w świetle reflektorów radiowozu. Odwrócona do niego plecami, opierała ręce na pomalowanej na biało balustradzie. Pilot stał obok niej, dotykając nosem skóry po wewnętrznej stronie jej kolana. Policyjny samochód zawrócił na dziedzińcu i Grainger nagle znalazł się w ciemności.

Instynktownie wyciągnął rękę w stronę Kiley. Jej plecy były napięte, twarde, emanujące niechęcią do wszelkiego kontaktu.

– Znajdą ich – odezwał się.

– Dlaczego dałeś mu tę łódź?! Co ci strzeliło do głowy?! – Kiley stała nieruchomo, jakby bała się, że byle poruszenie może złamać ją na pół. – Jak mogłeś doprowadzić do tego, żeby stała się częścią jego życia?! Jak mogłeś narazić go na takie niebezpieczeństwo?!

– Nie naraziłem go na niebezpieczeństwo, próbowałem tylko czegoś go nauczyć.

– Jak mogłeś pozwolić mu wypłynąć?!

– Nie pozwoliłem mu. Zabroniłem, ale w czasie, kiedy tu przyjechali, byłem z tobą.

Zniżyła głos do ochrypłego szeptu.

– Trzeba go było powstrzymać. Powinieneś był popłynąć za nim!

– Nie mogłem, nie wiedziałem, że on... – Nagle Grainger zdał sobie sprawę, że Kiley wcale nie mówi o Willu.

Miała na myśli Macka i zarzucała mu, że nie zatrzymał przyjaciela tamtej nocy, gdy wypływał na spotkanie ze śmiercią.

– Rozumiem cię – odparł, także szeptem. – I możesz być pewna, że żałuję tego każdego dnia...

– Puść mnie, daj mi spokój!

– Nie odsuwaj się ode mnie, nie uciekaj! Możemy ich znaleźć, uwierz mi! Weźmiemy moją łódź motorową, chodź!

– Niby dlaczego uważasz, że uda ci się uratować Willa? – głos Kiley był wysoki, pełen bólu. – Nie uratowałeś Macka, nawet nie próbowałeś!

Oboma pięściami z całej siły uderzyła w pierś Graingera. Pozwolił, aby wyładowała na nim swoją rozpacz i wściekłość, aż wreszcie zmęczyła się i uwolniła tak długo skrywany żal, opierając mokry od łez policzek na jego piersi. Objął ją mocno, a ona przywarła do niego, wstrząsana głębokim szlochem. Grainger zrozumiał, że chociaż pogodzili się, Kiley nigdy mu naprawdę nie przebaczyła. Gdyby teraz coś stało się Willowi... Przytulił ją, przerażony na samą myśl o tym, co mogłoby się zdarzyć.

W końcu zdołał namówić ją, żeby weszła do domu. Otulił ją kocem i zostawił zwiniętą w kłębek w swoim dużym fotelu, potem zaś włożył anorak i nieprzemakalne spodnie, wziął skrzynkę z niezbędnym sprzętem – latarkami, rakietami i materiałami opatrunkowymi – i wyszedł w noc. Wylał wodę, która zebrała się na dnie leżącego na pokładzie „Zodiacu" pontonu, sprawdził poziom paliwa w baku i załadował potrzebne rzeczy.

– Hej! – jeden z pracowników pogotowia morskiego pomachał do niego. – Gdzie się wybierasz?

– Wychodzę w morze. – Grainger zapiął na sobie kapok. – Poszukam ich.

– Nie rób tego! Nie chcemy szukać dziś jeszcze kogoś!

Grainger wiedział, że nie wytrzyma na lądzie, nie zniesie świadomości, że nie bierze udziału w poszukiwaniach. Nie życzył sobie, aby inni mówili mu, co ma robić, właśnie teraz. Jeśli do świtu nie znajdą Willa i Catherine, obszar akcji ratunkowej zostanie powiększony, włączą się do niej właściciele łodzi, kobiety zaczną przynosić żywność do remizy strażackiej, gdzie powstanie centrum dowodzenia. Mieszkańcy Hawke's Cove wiedzieli, co robić w takich sytuacjach. Wszystko będzie wyglądało tak, jak w czasie poszukiwań Macka. Tyle, że wtedy jedzenie znoszono do domu MacKenziech, a kiedy ratownicy znaleźli pustą łódź, przyszedł czas na stypę, nie na posiłek dla pełnych nadziei ludzi.

– Mnie nie będziecie musieli szukać. – Grainger odwrócił się tyłem do mężczyzny i zepchnął łódź na wodę.

Ryk silnika zagłuszył wszelkie protesty i Grainger pomknął w kierunku ujścia zatoki, jedną ręką trzymając rumpel, a drugą mocną latarkę, której żółte światło wydobywało z ciemności wąski pas morza.

Marnowali czas, szukając ich w zatoce. Jeżeli nawet Will świadomie nie wyszedł na otwarte morze, to wiatr i prądy na pewno go tam wypchnęły. Dochodziła druga. Koło dwunastej trzydzieści prąd zaczynał słabnąć, później zaczynał się przypływ. Jeśli dryfowali, podnoszące się fale powinny poprowadzić ich w kierunku południowo-zachodnim, chociaż wiatr, już łagodniejszy, lecz wciąż dość silny, na pewno pchał ich na północny wschód. Nie było pewne, po której stronie półwyspu Hawke's Cove ostatecznie wylądują, północnej czy południowej, oczywiście zakładając, że nie znaleźli się bardzo daleko na morzu. Grainger pokonał ujście zatoki, wyłączył silnik i wystawił twarz na uderzenia wiatru. Jeżeli dokona złego wyboru, jego wysiłki nie przyniosą żadnego rezultatu. Motorówka zaczęła dryfować i Grainger podjął decyzję. Włączył silnik i postanowił skoncentrować się na południowej stronie półwyspu. Przeszuka każdy przesmyk, każdą zatoczkę, wyczerpie akumulator i zużyje cały zapas paliwa, ale nie wróci do domu, dopóki ich nie znajdzie.

Rozdział trzydziesty piąty

Grainger zostawił psa w domu i Pilot szczekał i drapał w drzwi tak długo i uporczywie, że Kiley wreszcie otrząsnęła się z otępienia.

– Zamknij się! – wrzasnęła, ale gdy Pilot przekrzywił głowę i spojrzał na nią z wyraźnym wyrzutem, natychmiast ogarnęły ją wyrzuty sumienia. – No, chodź tutaj...

Usłuchał. Podszedł i usiadł z westchnieniem, przygniatając jej stopy. Ten przyjemnie ciepły ciężar zatrzymał ją w domu. Gdyby nie pies, już dawno wybiegłaby na pomost i nerwowo chodziła po nim w tę i z powrotem. Co zrobi, jeżeli straci Willa w ten sam sposób co Macka? Umrze, ale najpierw zabije Graingera... W głębi duszy wiedziała jednak, że gdyby stało się najgorsze, wszystko wyglądałoby zupełnie inaczej. Śmierć byłaby zbyt łatwym wyjściem.

Przez cały ten czas, gdy ona i Grainger cieszyli się bliskością i ciepłem swoich ciał, Will tkwił na łodzi, na wietrze, w deszczu i ciemności. Nie powinna ulegać kuszącym porównaniom między tamtym pierwszym razem, kiedy kochała się z Graingerem, i tym wieczorem. Potrząsnęła głową. Nie, nic z tych rzeczy. Tym razem znajdą „Blithe Spirit", zanim będzie za późno. Nie będzie wyobrażać sobie najgorszego, nie tutaj, nie w tym domu, gdzie poza nią i psem nie było nikogo. Wysunęła stopy spod kudłatego psiego zada, wstała i otworzyła drzwi.

– Wyjdź, no, dalej...

– Chce pani może, żeby odwieźć panią do domu? – zapytał młodziutki policjant w długim przeciwdeszczowym płaszczu, który, jak się okazało, stał tuż przy drzwiach.

– Nie, dziękuję. Zaczekam tutaj.

– Proszę mi powiedzieć, gdyby zmieniła pani zdanie, bo to może trochę potrwać.

Był zaskakująco pewny siebie i spokojny jak na tak młodego człowieka. Nie zdradził ani cienia niepokoju czy zmieszania na widok jej mokrej od łez, zapuchniętej twarzy, nie przestraszył się, że może wpaść w histerię...

Kiley zamknęła drzwi. Nie miała zamiaru poddać się atakom histerii czy nurzać się w inercji. Znalazła kanał kapitanatu portu w radiu Graingera oraz mapę nawigacyjną i mapę prądów. Postanowiła śledzić tok poszukiwań z markerem w ręku.

Grainger wypłynął, żeby szukać zaginionych. Może powinna była popłynąć razem z nim... Tak mało brakowało, aby udało im się odnaleźć tamtą czystą młodzieńczą miłość... Jednak w miarę jak noc zbliżała się do końca, Kiley coraz wyraźniej zdawała sobie sprawę, że niezależnie od wyniku poszukiwań tamta miłość między nimi nigdy już nie będzie taka jak dawniej.

Radio trzeszczało, czyjś głos odczytywał położenie jednostek ratowniczych, a ona nanosiła na mapę czerwone kropki. Mimo wszystko dobrze zrobiła, że tu została. Powinna być na miejscu na wypadek gdyby Willa i Catherine odnalazł nie Grainger, lecz ktoś inny. Byłoby przecież bez sensu, gdyby przewieziono ich na brzeg, a ona nie czekałaby na nich... I co by było, gdyby wypłynęła z Graingerem i gdyby to im przydarzył się jakiś wypadek?

Kiley nanosiła na mapę kolejne punkty, a jej umysł tworzył miliony wariacji na temat zaginionych, poszukiwanych i odnalezionych na morzu.

Bell's Cove, Bird's Cove, Morrel's Cove – we wszystkich tych zatokach nie było „Blithe Spirit". Grainger wiedział jednak, że dopóki nie zobaczy unoszących się na falach resztek łodzi lub kamizelek ratunkowych, może mieć nadzieję.

Z trudem pokonał chęć przymknięcia oczu, chociaż na moment. Wiatr przycichł, ulewa osłabła, przeszła w drobną mżawkę. Nadchodził świt – nie tyle jasny blask, co lekkie rozświetlenie ciemności. Szary, ponury świt. Na tle fioletowych chmur zamigotały skrzydła białej mewy. Grainger zmierzał teraz do French's Cove, mniejszej niż pozostałe zatoki, ale lepiej mu znanej. Na przylądku French's Cove przycupnął dom Sunderlandów, w którym mieszkał jako dziecko. Biało-czarny komin sterczał wysoko, podobny do strzegącego zatoki wartownika. Wschodzące słońce rozpaliło czerwonawe błyski w wychodzących na wschód oknach.

Zaraz za przylądkiem zobaczył ciągnącą za sobą kotwicę „Blithe Spirit".

Na dźwięk silnika z kabiny wychyliły się dwie głowy. Cztery ręce gorączkowo zamachały w powietrzu. Grainger otarł z twarzy drobiny piany morskiej, zmieszane ze łzami ulgi i radości, i odpalił rakietę w pojaśniałe niebo.

Rozdział trzydziesty szósty

Kiley zadrżała, lecz przyczyną tego doznania bynajmniej nie było świeże, rześkie powietrze, które czuła na skórze. Kiedy przygniatający ją ciężar niepokoju zniknął, jej ciało z własnej woli rozpoczęło radosny taniec.

Gdy ledwo dosłyszalny, zachrypnięty głos z radia obojętnym tonem obwieścił, że żaglówkę znaleziono w zatoczce French's Cove, ze wszystkimi członkami załogi na pokładzie, Kiley wypadła z domu, minęła młodego policjanta i pobiegła na koniec pomostu, skąd zaczęła wypatrywać świateł łodzi straży przybrzeżnej. Po pewnym czasie, jej zdaniem po paru godzinach, łódź wreszcie wpłynęła do zatoki. Na pokładzie tuż pod okienkami kabiny sternika widać było dwie sylwetki. Kiley zamachała gorączkowo, a w odpowiedzi dwie pary rąk uniosły się w górę. Kiedy motorówka przybijała do pomostu, Kiley dostrzegła u ujścia zatoki „Zodiac" Graingera, który holował „Blithe Spirit".

Nagle na pomoście znalazło się jeszcze dwoje ludzi – byli to rodzice Catherine. Kiley zdawała sobie sprawę, że powinna przedstawić się im jako matka czarnego charakteru tej historii, ale fala ulgi i gniewu, która nagle ją ogarnęła, nie pozwoliła jej przejmować się drobnymi uprzejmościami. Cała trójka stała w milczeniu, dopóki załoga nie przycumowała łodzi. Młodzi ludzie wyskoczyli na pomost, po chwili wahania szybko pocałowali się na pożegnanie i pobiegli do rodziców.

Will objął Kiley i od razu zaczął ją uspokajać, chociaż w gruncie rzeczy nie było to już potrzebne.

– Mamo, nic nam się nie stało! Strasznie cię przepraszam...

– Porozmawiamy o tym w domu.

Chłopak świetnie wiedział, że w takiej sytuacji lepiej milczeć. Kiley nie zdejmowała ręki z jego ramienia, jakby bała się, że spróbuje uciec.

Catherine wpadła w ramiona rodziców, starając się ułagodzić ich gniew.

– Nic się nie stało, kochani... Prąd wypchnął nas z kanału, bo żagiel rozdarł się na wietrze...

Kiley usłyszała jeszcze, jak dziewczyna zapewnia rodziców, że nie było w tym najmniejszej winy Willa, i zorientowała się, że związek między dwojgiem młodych może natrafić na poważne trudności.

Miotały nią podobne uczucia jak tamtej nocy, kiedy pojechała odebrać Willa z komisariatu. Rozczarowanie z powodu jego lekkomyślności; gniew, że naraził na niebezpieczeństwo siebie i kogoś innego; przerażenie jego głupotą; świadomość, że rodzice i przyjaciele w gruncie rzeczy mogą być tylko bezradnymi świadkami takich pomyłek. W tej chwili zależało jej tylko na tym, żeby jak najszybciej wywieźć Willa z Hawke's Cove, jak najdalej od Graingera. Jak mogła myśleć, że znajdą spokój w tym przeklętym miejscu, że syn odbuduje tu zaufanie, którym kiedyś go darzyła... Jak mogła być taka głupia...

Grainger przycumował „Blithe Spirit" na poprzednim miejscu i przeskoczył przez burtę na pomost. Kiley popchnęła Willa w kierunku samochodu.

– Wsiadaj! – rzuciła ostro.

– Ale ja chcę zamienić parę słów z Graingerem, podziękować mu...

– Wsiadaj, Will!

Gdy jechali przez miasteczko, było już zupełnie jasno i słońce powoli ogrzewało wilgotne nocne powietrze. Kiley wiedziała, że wieczorem, zaraz po wschodzie księżyca, znowu zerwie się mocny wiatr, ale postanowiła już, że tę noc Will spędzi w bezpiecznej odległości od Hawke's Cove.

Ludzkie serce nie jest w stanie znieść zbyt wielu ciosów, a jej i tak wytrzymało o dwa za dużo. Will za bardzo zbliżył się do scenariusza tamtej tragedii. Kiley musiała ciągle przypominać sobie, że tym razem wszystko skończyło się szczęśliwie, że wszyscy zostali skarceni przez los, ale jednak oszczę-

340

dzeni. Wiedziała jedno – że Grainger, umożliwiając Willowi kontakt z „Blithe Spirit", o mało nie pozbawił ją syna.

Weszli do domu kuchennym wejściem. Kiley zmęczonymi oczami popatrzyła na kolekcję paczek i toreb, które trzeba było zapakować do niewielkiego samochodu.

– Mogę później podziękować Graingerowi?

– Nie.

– Ale to on nas znalazł, mamo!

– Źle zrobił, dając ci tę łódź.

– To nie była jego wina, tylko moja...

– Wiem. To naprawdę była twoja wina.

– Więc dlaczego jesteś wściekła na Graingera?

– Najlepiej weź teraz prysznic i trochę się prześpij. W południe wyjeżdżamy.

– Co z tymi wszystkimi rzeczami? Nie poradzimy sobie bez bagażnika na dachu...

– Zostawiam je tutaj. Wszystkie.

– Nie, no chyba żartujesz!

– W żadnym razie. Czas się stąd zbierać. – Kiley celnym kopnięciem posłała jedno pudło do kąta, otworzyła je, wyciągnęła ze środka zwiniętą w kłąb gazetę i rzuciła ją na podłogę.

– Mamo, przestań! Co ty wyprawiasz? Zostawienie całego tego bagażu wcale ci nie pomoże!

– A niby w czym miałoby mi pomóc? – Kiley odwróciła się twarzą do syna.

Nie czuła już piasku pod powiekami. Najwyraźniej wypłukały go świeże łzy.

– Nie pomoże ci zapomnieć! Nie uda ci się wyrzucić tego miejsca i Graingera z życia, tak samo jak nie uda ci się wyrzucić mnie! Grainger i Hawke's Cove są częścią ciebie! Możesz temu zaprzeczać, uciekać przed tym i udawać, że jest zupełnie inaczej, ale ja widziałem i czułem to w tobie przez całe moje życie! Pamiętam, jak uśmiechałaś się na każdą wzmiankę o Hawke's Cove, od zawsze, nawet kiedy starałaś się powstrzymywać uśmiech! Nie przyjeżdżałaś tu i to cię zabijało, wiem o tym! Nie rób sobie tego! Dlaczego nie możesz po prostu zrozumieć, że nawet jeśli nic stąd nie zabierzesz, to ten

dom i wszystko, czego jest symbolem nadal będzie żył w twoim sercu? Dopóki masz mnie, jesteś związana z Hawke's
Cove. I z Graingerem...

– Albo z Mackiem.

– I z Mackiem!

– Mack zginął! – krzyknęła Kiley. – Ty też mogłeś zginąć!

– Nie z winy Graingera!

Stali długą chwilę w pełnym zdumienia milczeniu. Potem
Will odwrócił się i wyszedł z pokoju.

Nagle Kiley poczuła ogromne znużenie. Wcześniej zastanawiała się, jak ukarać Willa, tymczasem on stanął przed nią
nie jak czekające na reprymendę dziecko, lecz jak dorosły
człowiek, w pełni rozumiejący sprawy, które tak długo próbowała ukrywać, i to on skarcił ją.

Will był już dorosły. Kiley po raz pierwszy uświadomiła sobie, że musi zaakceptować ten fakt. Jej mały synek odszedł
i nie mogła mu dłużej wydawać poleceń. Przycisnęła czoło do
chłodnej framugi drzwi. Jej zadanie było zakończone. Co miała zrobić z resztą swego życia?

Położyła się na starej kanapie w salonie. Nie potrafiła opanować pragnienia snu, które teraz ją ogarnęło, zupełnie jakby parę chwil nieświadomości mogło ochronić ją przed emo-
cjami i poczuciem zagubienia. Leżała z rękami splecionymi
na brzuchu i podciągniętymi kolanami, zastanawiając się, czy
można umrzeć z powodu bolesnych wspomnień. Wszystko
dziwnie wymieszało się w jej głowie – wspomnienie pełnego
gniewu Macka i rozstania z nim połączyło się z obrazem bezpiecznego powrotu Willa, aż wreszcie, zapadając w półsen,
ujrzała Macka, schodzącego z pokładu łodzi straży przybrzeżnej. Ta fikcyjna wersja wydarzeń poruszyła ją tak bardzo, że nagle oprzytomniała, lecz zaraz potem, ledwo żywa
ze zmęczenia, znowu zapadła w sen. Tym razem nic jej się
nie śniło – sen naprawdę okazał się schronieniem przed rzeczywistością.

Nie miała pojęcia, jak długo spała. W ustach czuła metaliczny posmak, powieki wydawały jej się dziwnie ociężałe. Kiedy

uniosła je, zobaczyła Graingera, który siedział w fotelu naprzeciwko kanapy i po prostu na nią patrzył. Był zmęczony, nieogolony i szary na twarzy po nocnych przeżyciach. W pierwszej chwili jeszcze trochę nieprzytomna Kiley pomyślała, że widzi ducha, a prawdziwy, żywy Grainger odszedł bezpowrotnie, lecz gdy się odezwał, w jego zachrypniętym głosie brzmiał lęk, że to ona, nie on, jest duchem.

– Pamiętasz list, który mi wtedy przyniosłaś? Tamtego dnia, kiedy kochaliśmy się, ostatniego dnia, gdy byliśmy razem? Pamiętasz, że pieczątka na znaczku była z Bostonu, a adres zwrotny został zamazany? To był list od mojej matki. Udało mi się odczytać część adresu, oczywiście pod światło. Pieczątka zawierała nazwę: „Szpital McLean"...

– Ten szpital psychiatryczny?

– Tak.

– Twoja matka tam się leczyła?

– Obawiałem się tego, ale okazało się, że po prostu pracowała tam jako salowa.

Kiley usiadła, splotła dłonie i popatrzyła na Graingera uważnie, lecz z dystansem.

– Jaka ona była, twoja mama?

– Mój przyjazd bardzo ją zaskoczył. W pierwszej chwili w ogóle mnie nie poznała, zupełnie jakby wyrzuciła mnie z pamięci, jakbym nie istniał. Potem rozpłakała się i powiedziała, że musiała wyjechać, ponieważ bała się o swoje życie. Pewnego razu Rollie zastał ją przy pakowaniu naszych rzeczy, jej i moich, i ostrzegł ją, że jeżeli mnie nie zostawi, znajdzie ją wszędzie, wszystko jedno, gdzie pojedzie, ale jeśli wyjedzie beze mnie, da jej spokój. Miałem być ceną za jej wolność...

– Nie mogę uwierzyć, że zrobiła coś takiego! Że myślała przede wszystkim o sobie...

Kiley zrobiło się słabo na samą myśl o kobiecie, która zostawiła małego chłopca w rękach skorego do bicia pijaka. Co za matka mogła tak postąpić? Pamięć podsunęła jej obraz smutnej twarzy małego Graingera, bladej i zamyślonej, uśmiechniętej tylko wtedy, gdy był z nią i z Mackiem.

– Powiedziała mi, że szczerze wierzyła, iż Rollie będzie

mnie dobrze traktował. Nie przyszło jej do głowy, że on tylko blefował, że nigdy nie chciałoby mu się uganiać za nami po całym kraju...

– Powiedziałeś jej, co z tobą robił?

W pokoju zapadło długie milczenie. Grainger oddychał szybciej niż zwykle, a jego spojrzenie zwrócone było do wewnątrz, na koszmarne obrazy z dzieciństwa.

– Nie.

– Dlaczego?

– Co by to dało? Dlaczego miałem przysparzać jej jeszcze więcej cierpienia?

– Przebaczyłeś jej?

– Chyba tak, chociaż nie stało się to od razu.

– Cieszę się ze względu na ciebie, naprawdę... – Kiley usłyszała kroki Willa w pokoju na górze. – Dlaczego opowiadasz mi to właśnie teraz?

– Bo chcę, żebyś wiedziała, że nie uciekałem od ciebie i że nie sądziłem, iż Mack może być w niebezpieczeństwie. Chciałem, żebyś wróciła do niego, bo wydawało mi się, że to jego naprawdę kochasz, że pasujecie do siebie, a ja pochodzę z zupełnie innej bajki... Uważałem, że jeśli zostanę, zmarnuję stojącą przed wami szansę na szczęśliwe życie...

– Nie uwierzyłeś, kiedy powiedziałam, że cię kocham...

– Nie. Byłaś tak bardzo poruszona cierpieniem Macka, że nie mogłem wierzyć w twoją miłość do mnie. Sądziłem, że się mylisz.

– Czułam żal, że muszę zranić Macka, nic więcej.

– Uważasz, że to ja jestem odpowiedzialny za postępowanie Willa?

Kiley wstała. Zaskoczyło ją, że kolana lekko się pod nią ugięły.

– Gdyby ostatniej nocy coś stało się Willowi, nigdy bym ci tego nie darowała. Obawiam się nawet, że mogłabym zrobić coś złego...

– Nie musiałabyś. Ja sam poczuwam się do odpowiedzialności za to wszystko. – Grainger podniósł się z fotela. – Gdybym wiedział, co się wydarzy, powstrzymałbym go. Kochałem go.

– Kogo? Willa czy Macka?

– Obu.

Na tylnych schodach rozległy się kroki Willa.

– Chciałem poprosić cię, żebyś pojechała ze mną – ciągnął Grainger. – Jest coś, co powinniśmy zrobić razem.

– Co takiego?

– Wolałbym ci to pokazać. Potrzebuję twojej pomocy, Kiley.

– Nie. Za parę minut wyjeżdżamy.

– Proszę cię, pojedź ze mną...

Kiley poczuła, jak nagle wracają jej siły.

– Nie – powtórzyła. – I naprawdę lepiej by było, gdybyś wyszedł teraz i uniknął spotkania z Willem...

– Nie zrobię tego. – W głosie Graingera zabrzmiała twarda, zdecydowana nuta. – Nie pozwolę, żebyś znowu pozbawiła mnie kontaktu z Willem. Możliwe, że jest moim synem, a jeżeli nawet nie...

– Wyjdź stąd! – wybuchnęła. Przeżyła już zbyt wiele, przerażająca myśl o tym, że mogła stracić Willa, okazała się ostatnią kroplą. Czuła, że nie zniesie już więcej dramatów ani żądań stawianych jej sercu. – Nie pozwolę na to!

– Na co nie pozwolisz? – Will wszedł do pokoju, rozkładając ręce w geście rozjemcy.

– Will, zapakuj walizki do samochodu. Grainger właśnie wychodzi.

– Prosiłem twoją matkę, żeby pojechała gdzieś ze mną na parę minut...

– Jedź z nim, sam skończę pakowanie – powiedział Will.

– Nie! Wyjdź stąd, Grainger! Naprawdę nie rozumiesz?! Nie chcę mieć z tobą nic wspólnego!

– Ostatniego wieczoru było inaczej.

Kiley zrobiła krok w stronę Graingera i podniosła rękę, gotowa wymierzyć mu policzek, lecz on mocno chwycił jej dłoń.

– Mam dosyć odgrywania roli chłopca do bicia – rzekł spokojnie. – Zadajesz mi ból nie fizyczny, ale emocjonalny, a to dla mnie nie nowina... Na dodatek ranisz samą siebie. Być może nadal obwiniasz mnie za śmierć Macka, lecz wydaje mi się, że winisz także samą siebie...

– Przestańcie! – krzyknął nagle Will. – Czas, żebyście wreszcie dorośli, oboje, i raz na zawsze zamknęli przeszłość! Żadne z was nie zabiło Macka, nie ponosicie winy za jego śmierć! To Mack zrobił to, co zrobił! Postąpił jak głupiec, bo zależało mu na dramatycznym efekcie! Nie mogliście go powstrzymać, tak samo jak ty, mamo, nie powstrzymałabyś mnie przed używaniem narkotyków, gdybym chciał ich używać! Mogłabyś odseparować mnie od Mike'a, D.C. i innych moich kumpli, ale nic by to nie dało! Możesz zmusić mnie do wyjazdu z Hawke's Point, ale to nie znaczy, że zerwę z Catherine! Wczoraj wieczorem wypłynęliśmy na „Blithe Spirit", bo to ja podjąłem taką decyzję i Grainger nie ma z tym nic wspólnego! Jeżeli wybrałaś Macka, a później zmieniłaś zdanie, to cóż, zrozum wreszcie, że byliście wtedy jeszcze dziećmi, a dzieci często zmieniają zdanie... Lori też tak postąpiła, zresztą ja także. – Will patrzył na matkę i Graingera szeroko otwartymi z przejęcia, niebieskimi jak ocean oczami. – To jeszcze nie znaczy, że ktoś jest za coś odpowiedzialny! Oboje przez wiele lat żałowaliście błędu, który popełnił ktoś inny! Chyba czas to zmienić, nie wydaje wam się?

Palce Graingera wciąż ściskały przegub dłoni Kiley. Oboje nie mogli oderwać oczu od Willa. Stał przed nimi, wysoki i jasnowłosy, oświetlony wpadającym przez duże okna słońcem, z twarzą w półcieniu, i przez króciutką, niepokojącą chwilę wyglądał zupełnie jak Mack.

Grainger rozluźnił uścisk i delikatnie ujął Kiley za rękę. Kiley splotła palce z jego palcami i wreszcie poczuła, jak długie lata bólu znikają bez śladu.

Duszny poranek ustąpił miejsca pachnącemu nadchodzącą burzą popołudniu. Niebo na wchodzie wydawało się prawie fioletowe, kiedy zajmowali miejsca w „Zodiacu" Graingera. Kiley drżącą dłonią zapięła kapok. Nie rozmawiając o tym, co robią, zaczęli działać niczym zgrany zespół; nie potrzebowali słów, woleli wypełnić to poważne zadanie w pełnym szacunku milczeniu.

„Blithe Spirit" płynęła za nimi na holu. Jej świeża biała farba wręcz oślepiała na tle ciemnego nieba, chronione zaprawami drewno miało barwę klonowego syropu, na szczycie masztu powiewała niebieska flaga. Kiley i Grainger dotarli na środek zatoki Maiden Cove, do jej najgłębszego miejsca. Przeszli z „Zodiacu" na pokład „Blithe Spirit", niosąc dwa kanistry z benzyną. Grainger rzucił kotwicę, sprawdził, czy lina wślizneła się między poler i kołek, a następnie zrobił węzeł wokół kołka, aby dobrze napiąć i skrócić linę.

Płynnymi ruchami polali benzyną pokład, kabinę, burtę i stopę małej żaglówki. Grainger pomyślał, że przypomina to trochę ceremonię chrztu statku lub całej floty, kiedy to święconą wodą skrapia się dzioby rybackich kutrów.

Pomógł Kiley przejść z powrotem na „Zodiac" i sam przeszedł za nią. Włączył silnik i odpłynął na taką odległość, aby mieć pewność, że uda mu się wykonać celny rzut, zapalił flarę i podniósł się. Kiley zacisnęła rękę na jego pasie, żeby nie stracił równowagi. Grainger zamachnął się i rakieta wylądowała w kabinie „Blithe Spirit". Łódź w jednej sekundzie stanęła w płomieniach, które niczym fala ogarnęły jej burty i maszt. Kiley widziała, jak na lakierowanych powierzchniach powstają ogromne bąble i jak ogień wspina się wysoko, szybciej niż najsprawniejszy żeglarz.

Grainger przypomniał sobie, jak wchodził na główny maszt szkunera, na którym był bosmanem, jak jego stopy huśtały się na linach, a bezpieczeństwo zależało od umiejętności zachowania równowagi. Teraz podtrzymywała go Kiley i czuł się bezpieczny. Po chwili usiadł obok niej. Objęli się mocno i rozpłakali. Gorący powiew powietrza od płonącej żaglówki osuszył ich mokre twarze – wreszcie byli wolni.

Ku fioletowemu niebu, które na wschodzie rozświetlały już błyskawice, wzbiła się kolumna dymu. Nad otwartym oceanem za zatoką Maiden Cove przetoczył się potężny grzmot. Rozbrzmiewał długo, niczym popis zachwyconego własnym głosem operowego śpiewaka.

Rytualny stos Graingera i Kiley wciąż płonął. Zanim odpłynęli, wydawało im się, że w dymie i płomieniach przez moment widzieli ducha Macka, który unosił się nad „Blithe Spirit". On także w końcu odzyskał wolność.

Epilog

Było parę minut po czwartej i w salonie panował już zimowy zmrok, kiedy Will otworzył frontowe drzwi. Zanim zrzucił kurtkę, włączył lampki na choince i cofnął się parę kroków, aby z odpowiedniej odległości podziwiać piękny, okazały świerk, pod którego rozłożystymi gałęziami piętrzyła się góra prezentów. Pomyślał, że w Wigilię paczek jeszcze przybędzie, ponieważ do Hawke's Cove przyjadą dziadkowie. I oczywiście, dla podtrzymania tradycji, rankiem w dniu Bożego Narodzenia Will znajdzie kilka przeznaczonych dla niego podarunków, podpisanych przez Świętego Mikołaja. Może było to naiwne i głupie, bo przecież już od dawna nie wierzył w fikcyjnego ofiarodawcę, ale jednak przyjemne.

W lewej ręce trzymał pocztę. Wśród zaadresowanych do matki rachunków i świątecznych kartek dla nich obojga znajdowała się koperta z jego i tylko jego imieniem i nazwiskiem. Był to list, na który czekał od końca pierwszego semestru studiów, list, na który w pewnym sensie czekał od zawsze.

Wiedział, że za parę minut matka wróci ze swojej nowej pracy w szpitalu, więc jeśli chciał przeczytać wiadomość w samotności, powinien otworzyć kopertę od razu. Mimo to, z rozmysłem nie śpiesząc się, najpierw podzielił pocztę na trzy kupki. Kartki z życzeniami, rachunki, reklamówki, które należy wyrzucić... W ręku została mu koperta z wydrukowaną małymi literami nazwą laboratorium medycznego, Gen-Search.

Mama i Grainger dwa razy przyjechali odwiedzić go w Ithace. Pierwszy raz zjawili się w październiku – spędzili z nim Weekend dla Rodziców. Właśnie wtedy powiedzieli mu, że zamierzają przyśpieszyć swój ślub. Wszystko wskazywało na to, że postarali się o brata lub siostrę dla Willa.

– Za dużo informacji na raz! – poskarżył się wtedy.

W głębi serca był jednak bardzo podekscytowany myślą, że wkrótce będzie miał młodsze rodzeństwo. Co z tego, że był już dorosły i przez większą część roku przebywał z dala od rodziny... Miło było pomyśleć, że gdy przyjedzie na ferie i wakacje, zastanie w domu malucha, który będzie z podziwem patrzył na starszego brata i niecierpliwie czekał na prezenty i wspólne wycieczki na plażę, gdzie będą razem stawiać zamki z piasku.

Will położył kopertę na kanapie, przygotował drewno w kominku i rozpalił ogień. Pomyślał, że w następnym roku prezenty na pewno nie zmieszczą się pod choinką. Często zastanawiał się, czy to dziecko będzie w pełni jego bratem lub siostrą, czy tylko w połowie, wiedział jednak, że w gruncie rzeczy nie będzie miało to dla niego najmniejszego znaczenia i w żadnym stopniu nie wpłynie na jego uczucie do malca.

Usiadł przy kominku, dmuchając na rozpalający się ogień i czując jego ciepło na zmarzniętej twarzy. Stary dom Sunderlandów wymagał jeszcze wielu prac remontowych, ale Grainger i mama zrobili już bardzo dużo, aby przywrócić mu dawną urodę. Kominek był jednym z pierwszych ukończonych detali i w tej chwili stanowił najpiękniejszy element osiemnastowiecznego domu.

Bawił się brzegiem koperty, przesuwając nim po opuszkach kciuka i palca wskazującego, i co jakiś czas spoglądając na adres. Oto miał w ręku odpowiedź na pytanie, które nękało go praktycznie przez całe życie. Podświadomie pragnął, aby koperta otworzyła się sama, w rezultacie jakiegoś magicznego aktu, który uwolni go od niewyraźnego poczucia winy. Grainger dotrzymał słowa i przesłał komórki ze skóry na policzku do zbadania przez laboratorium GenSearch. Zrobił to przy okazji drugich odwiedzin w Ithace, tuż przed zimową sesją egzaminacyjną Willa.

Pojechali wtedy wszyscy na kolację, oczywiście razem z Catherine. Opowiadając zabawne historie z życia na uniwersyteckim kampusie, Will czuł na sobie serdeczne spojrzenie Graingera. Dla Graingera nie miało znaczenia, czy on i Will mają w żyłach tę samą krew – kochał Willa jak syna, wszystko jedno czy własnego, czy Macka. To Will szukał odpowiedzi na pytanie, kto jest jego ojcem; wiedział też, że gdy ją pozna, nie będzie mógł wyrzucić jej z pamięci.

Usłyszał zgrzyt zamka w tylnych drzwiach i głos matki, pytającej, czy jest już w domu. Wciąż trzymał w ręku kopertę, która miała raz na zawsze zdefiniować jego życie, stosunek do jeszcze nienarodzonego brata lub siostry i oczywiście ojca, kimkolwiek by był.

– Jestem tutaj, mamo...

Will podniósł się i wrzucił kopertę do ognia.

Ciemna smużka dymu popłynęła w górę, ku ciemniejącemu niebu.